Antonia Wesseling

Wenn ich uns verliere

ANTONIA WESSELING

wenn ich uns verliere

ROMAN

Forever

Forever by Ullstein
forever.ullstein.de

Wir verpflichten uns zu Nachhaltigkeit
- Klimaneutrales Produkt
- Papiere aus nachhaltiger Waldwirtschaft und anderen kontrollierten Quellen
- ullstein.de/nachhaltigkeit

MIX
Papier
FSC FSC® C083411

Originalausgabe bei Forever
Forever ist ein Verlag der Ullstein Buchverlage GmbH Berlin

1. Auflage September 2022
5. Auflage 2023

Umschlaggestaltung: zero-media.net, München
Titelabbildung: © FinePic®
Gesetzt aus der Quadraat Pro powered by *pepyrus*
Druck- und Bindearbeiten: CPI books GmbH, Leck
ISBN 978-3-95818-682-8

Für alle, die Maggies Farben sehen können.
Für alle, die es nicht können, aber trotzdem
nicht aufhören, es zu versuchen.

Und besonders für L. Du weißt, warum.

Hinweis

Ihr Lieben,

in diesem Buch werden auch Themen besprochen, die für manche Menschen belastend sein können. Falls ihr euch vorab informieren möchtet, findet ihr am Ende des Buches auf Seite 439 eine genaue Auflistung. Ihr solltet euch allerdings bewusst sein, dass diese Seite Spoiler für die gesamte Geschichte enthält. Wir möchten, dass ihr das bestmögliche Leseerlebnis habt.

Eure Antonia und das Forever-Team

Playlist zum Buch

Up – Olly Murs, Demi Lovato
The Woods – Hollow Coves
Broken – Lovelytheband
Schatten ohne Licht – Madeline Juno
Skinny Love – Birdy
Control – Zoe Wees
Umbrella – Rihanna, JAY-Z
Never Forget You – Zara Larsson, MNEK
Halt dich an mir fest – Revolverheld, Marta Jandovà
An deiner Seite – Batomae
I Hate u, I love u – Garett Nash, Olivia O'Brien
I Don't Believe You – P!nk
Bad at Love – Halsey
Scars To Your Beautiful – Alessia Cara
In My Blood – Shawn Mendes
Someone You Loved – Lewis Capaldi
I Hate You, Don't Leave Me – Demi Lovato

Mai, vor zwei Jahren

1. Kapitel

Maggie

Es ist Mitte Mai, und die Kälte umhüllt mich wie ein unsichtbares Hemd. Jemand hat das Fenster geöffnet, die Luft weht unangenehm in den Raum, und ich habe am ganzen Körper Gänsehaut. Doch die eigentliche, die schmerzhafte und unerträgliche Kälte kommt von innen.

Ich sitze auf der Couch einer Kommilitonin und frage mich, was ich hier eigentlich soll. Klar, wir studieren die nächsten drei Jahre zusammen, und es wäre sicher nicht schlecht, ein paar Kontakte zu knüpfen. Dennoch fühle ich mich hier so fehl am Platz, als habe es das Leben der alten Maggie nie gegeben. Als habe es *mich* nicht gegeben. Die Maggie, die unbeschwert lacht, Spaß hat, Leichtigkeit fühlt.

Wahrscheinlich habe ich deshalb mit diesen Menschen, in dieser Wohnung, in diesem Augenblick nichts gemeinsam. Fast kommt es mir vor, als würden die anderen eine Sprache sprechen, die ich nicht verstehe. Sie lachen über Scherze, die ich nicht komisch finde. Sie sprechen über Themen, die für mich nicht greifbar sind. Doch das Schlimme ist: Ich weiß, dass nicht sie die Seltsamen sind, sondern ich.

»Maggie, richtig? Du kommst auch nicht von hier, oder?« Der Typ, der sich mir als Simon vorgestellt hat, sieht mich von der Seite an und grinst.

Er ist groß und dünn, hat blonde lockige Haare und ein schwarzes Tattoo am Hals. Ich glaube, es ist ein Adler, doch so genau kann ich das nicht erkennen.

Ich nicke, lasse die Flasche Bier auf meinen Schoß sinken und klemme sie zwischen meinen Beinen ein. Wenn ich eines in den sechs Wochen hier gelernt habe, dann, dass ich meine Heimatstadt nicht nennen kann, ohne mir einen Spruch einzufangen.

»Sieht man mir das sofort an?« Ich versuche zu lächeln.

Simon kippt sich den letzten Schluck aus seiner Flasche in den Rachen und schüttelt den Kopf: »Du warst die Einzige, die ein Bier bestellt hat und kein Kölsch.«

»Erwischt.« Jetzt lächle ich wirklich. »Ich komme aus der verbotenen Stadt.« Als Simon nicht reagiert, füge ich hinzu: »Also aus Düsseldorf. Du weißt schon ... Köln und Düsseldorf ...« Ich hebe die Hände und lasse die Finger wackeln, als hätte ich etwas Gruseliges gesagt. »Woher kommst du?«

»Aus Aachen. Aber vor einem Jahr fürs Studium hergezogen.«

»Dann hast du vorher etwas anderes studiert?«

Simon nickt. »Linguistik. Ich kann mir aber jetzt etwas anrechnen lassen. Und du? War Erziehungswissenschaft deine erste Wahl?«

Als ich zu einer Antwort ansetzen will, stellt jemand die Musik leiser. Endlich! Es ist so anstrengend, ein Gespräch zu führen, wenn man gegen den Lärm anschreien muss.

»Zeit für ein Spiel«, ertönt eine weibliche Stimme.

Ich lehne mich langsam zurück. Das Sofa, auf dem ich sitze, fühlt sich ziemlich durchgesessen an. Der Stoff ist an einigen Stellen zerrissen und muffelt nach kaltem Zigarettenqualm.

»Welches Spiel?« Ein Kerl, der zuvor mit zwei weiteren in einer Ecke gestanden hat, löst sich aus der Gruppe. »Sollen wir einen Stuhlkreis bilden und uns alle vorstellen?«

»Hey, das wird witzig.« Ein Mädchen steht auf. »Wir spielen *Wahrheit oder Pflicht*. Wer kneift, muss trinken.«

Das kann ja heiter werden ... Eigentlich trinke ich selten Alkohol. Es ist weniger der Geschmack, den ich nicht mag, sondern der Kontrollverlust. Menschen legen ihre Hemmungen ab, tun unüberlegte Dinge. Ich tue unüberlegte Dinge schon ohne Alkohol. Wie soll das erst betrunken werden?

Nervös greife ich nach den Chips neben mir. Ich glaube, ich bin die Einzige, die seit der Ankunft ununterbrochen in die Schale greift. Die Snacks beruhigen mich.

Was soll's! Niemand hier kennt mich, ich kenne niemanden. Im Zweifel kann ich die Wahrheit einfach neu erfinden.

Langsam setzen sich die Ersten um uns herum auf das Sofa oder quetschen sich auf den Boden. »Wir können die Flasche drehen.« Ein dunkelhaariger Typ trinkt den letzten Schluck seines Biers und legt dann die Glasflasche auf den Tisch und gibt ihr einen Schubs.

Ich halte den Atem an, als die Flasche Schwung aufnimmt.

Als der Hals auf ein Mädchen mit schwarzer Kurzhaarfrisur zeigt, atme ich erleichtert aus.

Sie scheint ihr Schicksal gelassen zu nehmen, rückt den Ausschnitt ihres grauen Tops zurecht und grinst. »Lasst euch was einfallen! Ich nehme Pflicht.« Gespannt lehnt sie sich zurück in ihren Sessel.

Wie durch einen Schleier der Anspannung nehme ich wahr, wie jemand etwas sagt. Das Mädchen zeigt zuerst einen Vogel, löst sich aber dann von seinem Sitz und sieht sich in der Gruppe um.

Irritiert zucke ich zusammen, als Simon plötzlich vor ihr steht und sie mit einem fordernden Grinsen ansieht.

»Ich bin ein guter Küsser.«

»Das hoffe ich für dich«, antwortet sie und schlingt die Arme um seinen Hals.

Auweia. Ich muss hier weg.

Der Kuss dauert nur ein paar Sekunden. Trotzdem ist es im Zimmer so mucksmäuschenstill, dass ich mich kaum noch zu atmen traue.

»Hier gibt's nichts mehr zu sehen«, triumphiert Simon und verbeugt sich im Raum. Die beiden gehen auf ihre Plätze zurück, und es ist, als sei nichts geschehen.

»Du kannst ruhig drehen«, erklärt das Mädchen und deutet auf Simon.

Das Glas klirrt auf dem dunklen Holztisch. Wieder verkrampfe ich meine Beine und fixiere die dämliche Bierflasche, als könne sie mich jeden Augenblick erstechen. Mein Herz rast, als die Drehung sich verlangsamt. Und dann ... dann kommt es so, wie es kommen muss: Der Flaschenhals zeigt auf mich.

»Wooow.« Das Grölen der anderen dringt kaum zu mir durch. »Unser nächstes Opfer.«

Ich weiß nicht, warum mir so schwindelig ist. Kann das schon am Alkohol liegen? Meine Finger sind schwitzig, und ich will plötzlich nur noch hier weg.

»Wahrheit«, höre ich meine eigene Stimme sagen. Sie klingt fester, als ich erwartet habe.

Wahrheit ... *Niemand kann kontrollieren, was du sagst.* Niemand.

»Ich darf die Frage stellen«, ruft Simon. »Ich habe gedreht.«

»Ey, Alter, schrei nicht so. Wir sind hier nicht im Kindergarten.« Ich zucke zusammen, als sich ein muskelbepackter Kerl neben Simon auf das Sofa fallen lässt.

Simon zögert. »Wenn du einen Moment in deinem Leben zurückdrehen könntest, welcher wäre das?«

Der Muskeltyp verzieht das Gesicht: »Ich wusste, dass das Spiel öde ist. Die Frage ist lahm.« Völlig übertrieben legt er den Kopf in den Nacken und beginnt zu schnarchen. Ein paar Leute lachen, einige schimpfen, er solle die Klappe halten.

Die Blicke wenden sich mir zu, und ich ... ich weiß nichts mehr. Als habe man mir die Fähigkeit zum Denken einfach genommen. Ausgesaugt. Mein Körper ist unfähig, sich zu rühren, dabei habe ich den starken Drang, aufzuspringen und mich zu übergeben.

Aber ich sitze fest und versuche, einen Anker zu finden.

Der Boden. Meine Füße stehen fest auf dem Holz. Meine Hände. Ich kralle die Finger ins Sofa, so fest, dass meine Knöchel weiß hervortreten. Die Wände. Sie sind hellgrau gestrichen. Die Standuhr. Ich höre ihr gleichmäßiges Ticken. Oder ist das nur in meinem Kopf?

»Wenn du nicht antwortest, musst du trinken«, sagt Simon und schiebt mir ein Kölsch rüber. Der Geruch des Alkohols strömt mir in die Nase. Ich rieche die Angst. Die Erinnerung. Ich rieche den Kontrollverlust. Und dann ... verliere ich mich.

• • •

Ich sehe mich um: Es ist dunkel geworden. Ich stehe auf der Straße vor dem Haus meiner Kommilitonin und weiß nicht mehr, wie ich hierhergekommen bin. Es ist das dritte Mal, dass so was passiert ist. Das dritte Mal, seit die große bunte Welt aufgehört hat, sich für mich zu drehen.

Hastig atme ich die Frühlingsluft ein und schließe für einen Moment die Augen.

Es ist alles gut. Ich bin in Sicherheit.

Langsam lasse ich mich auf den Bordstein sinken und achte darauf, gleichmäßig zu atmen. Ich lege meine Hände an meinen Hals und erschaudere wegen der Kälte meiner Fingerspitzen. Es ist so, als sei mit der Angst jegliches Blut aus meinen Adern gewichen. Aber ich bin da. Und das ist das Wichtigste.

Wie bin ich nur auf die bescheuerte Idee gekommen, auf diese Hausparty zu gehen? Nach diesem Abend möchte ich keinen der anderen Gäste je wiedersehen. Super Voraussetzungen für mein erstes Semester in einer neuen Stadt ...

Plötzlich jagt ein Stechen durch meine Brust. Wo ist meine Tasche? Habe ich sie mitgenommen? Auf keinen Fall werde ich heute noch einen Schritt in diese Wohnung setzen. Gestresst springe ich auf, drehe mich und haste ein paar Meter zurück zu dem Mehrfamilienhaus, in dem sich meine Kommilitonen sicher fragen, warum das schräge Mädchen ohne ein Wort und wie in Trance die Party verlassen hat.

In der Dunkelheit suche ich den Boden ab. Im schwachen Licht der Straßenlaternen ist es nicht einfach, so viel zu erkennen.

Ich mache einen Schritt nach vorne und stolpere. Für den Bruchteil einer Sekunde sehe ich mich schon mit den Knien auf das Kopfsteinpflaster aufschlagen, doch reflexartig schwingt mein linkes Bein vor, und ich knicke nur ungeschickt ab.

Verdammt. Wo kam diese Bordsteinkante plötzlich her? Ein höllischer Schmerz schießt durch meinen Fuß.

Stöhnend lasse ich mich zurück auf den Boden sinken und spüre an meiner rechten Hand etwas, das sich wie meine Tasche anfühlt. Tatsächlich. Als ich meine kleine schwarze Kunstledertasche an mich ziehe, schießen mir vor Erleichterung Tränen in die Augen.

Sie muss mir bei meiner panischen Flucht von der Party von der Schulter gerutscht sein. Schnell ziehe ich den Reißverschluss auf und greife nach meinem Smartphone.

Ich brauche definitiv ein Taxi.

Mit den stechenden Schmerzen in meinem Knöchel kann ich unmöglich bis zur nächsten Bahnstation humpeln. Ich wünsche mir nichts mehr als in meiner kleinen Einzimmerwohnung zu sein, die ich seit Kurzem mein eigenes Reich nenne.

Die nächsten Minuten passiert nichts. Irgendwann öffnet sich mir gegenüber eine Haustür, und eine Frau im Bademantel eilt zur Mülltonne. Ob sie mich überhaupt entdeckt hat, wie ich reglos auf der anderen Straßenseite sitze und in den Nachthimmel schaue?

Mit einem Mal fällt mir auf, dass ich nicht mehr friere. Die Stille der Nacht beruhigt mich, sodass allmählich auch mein Unbehagen und die innere Kälte von mir abfallen. Erschöpft schließe ich die Augen.

Erst das Blenden zweier Scheinwerfer lässt mich aufblicken. Ich hebe die Hand, um dem Fahrer ein Zeichen zu geben, und beeile mich, trotz des pochenden Fußes aufzustehen. Das Auto fährt vor, und ich will gerade einsteigen, da schiebt sich von der anderen Seite eine Gestalt aus der Dunkelheit an mir vorbei. Direkt auf die Rückbank des Wagens.

»Hey«, protestiere ich lauthals. »Das ist mein Taxi.« Ich lege einen Zahn zu, öffne die Autotür und starre den Typen an, der es sich gerade auf meinem Platz bequem macht.

Er hat kurze braune Haare, sonnengebräunte Haut und ein verschmitztes Lächeln.

»Das ist meins«, wiederhole ich irritiert.

Mein Gegenüber betrachtet mich kurz. Dann legt es die Stirn in Falten: »Oder meins. Ich war zuerst hier.«

»Ich habe dieses Taxi aber bestellt«, entgegne ich und kann nicht fassen, dass dieser Blödmann jetzt auch noch mit mir diskutieren will.

Der Fahrer wirft einen verärgerten Blick nach hinten. »Haben wir es gleich?«

»Ich habe ein Taxi bestellt«, erkläre ich mit möglichst ruhiger Stimme.

»Und ich auch«, hängt sich der Typ einfach an.

Nur mein pochender Fuß hält mich davon ab, wie ein störrisches Kind auf den Bürgersteig zu stampfen. Ich beiße die Zähne zusammen, um nichts Unüberlegtes zu sagen. In solchen Augenblicken die Fassung zu bewahren, kostet mich all meine Selbstbeherrschung.

»Macht das bloß unter euch aus. Ich habe keine Zeit für dieses Affentheater«, grunzt er. »Aber bisschen zackig, wir haben Freitagabend. Wenn ihr euch nicht entscheiden könnt, steigt ihr beide wieder aus.«

Ich verschränke die Arme vor der Brust und warte darauf, dass der Idiot aus meinem Taxi aussteigt, doch er bewegt sich nicht.

»Ist das wirklich dein Ernst?«, fauche ich.

Endlich rutscht der Typ auf der Rückbank etwas in meine Richtung. Er stellt einen Fuß auf die Straße und mustert mich erneut. Seine markanten Wangenknochen treten hervor. »Wohin willst du denn, freches, blondes Mädchen?« Am liebsten würde ich ihm auf der Stelle in seine braunen Augen spucken, stattdessen reiße ich mich zusammen.

»Ich möchte nach Hause. Mit *meinem* Taxi«, erwidere ich scharf.

»Du siehst aber vermutlich ein, dass ich zuerst hier gesessen habe, oder?«

Die aufbrausende Wut brennt in meinem Bauch wie ein Feuer.

Bloß nicht die Kontrolle verlieren.

»Ach, und deshalb gehört es dir?« Ich kann nicht glauben, dass mir das gerade wirklich passiert.

Wider meine Erwartung steigt der Typ aus dem Wagen. Er ist einen halben Kopf größer als ich. Mit der rechten Hand gibt er der Tür einen energischen Schubs. Jetzt erst fällt mir der graue Rucksack auf, den er sich auf die rechte Schulter schwingt.

»Moment, Moment. Steht hier nicht irgendwo ein Kennzeichen?«, sagt er und zückt sein Smartphone.

Bevor ich antworten kann, heult der Motor des Autos auf, und das Taxi braust davon.

2. Kapitel

Leo

Verdutzt blicke ich dem Wagen hinterher und brauche einen Augenblick, bis ich begreife, was sich hier gerade abgespielt hat.

»Mann, hatte der schlechte Laune.«

»Sag mal, spinnst du eigentlich?«

»Hey, hast du das gesehen? Er ist einfach los, nicht ich.« Abwehrend hebe ich die Hände. Ich muss zugeben, dass ich so was noch nie erlebt habe.

»Du hast mir mein Taxi vergrault«, faucht das Mädchen.

»Oder du meins.« Ich lächle. Doch sie sieht nicht gerade entspannt aus. Genervt schüttelt sie den Kopf und hält mir ihr Telefon direkt unter die Nase. Denn tatsächlich: Laut Bestätigungsmail muss es wirklich ihres sein. Gewesen sein. Oops! Jetzt stehen wir hier …

»Okay, hör zu, du Blödmann«, sagt sie in sachlichem Ton. »Ich werde mir jetzt ein neues Taxi rufen, und diesmal näherst du dich dem Wagen nicht, verstanden? Ich weiß nicht, was so schwer daran sein kann, aber wenn du willst, helfe ich dir dafür auch, ein eigenes zu bestellen.«

»Schon gut! Das kriege ich allein hin. Tut mir leid, ich habe es einfach eilig gehabt.« Ich hole tief Luft und sehe ihr ins Gesicht. Moment mal ... Ist sie verletzt, oder verzieht sie wegen mir das Gesicht so leidvoll?

»Ist alles in Ordnung mit dir?«

»Es geht«, brummt sie. »Abgesehen davon, dass ich spät am Abend mit einem Fremden um ein Taxi streiten musste, habe ich mir vermutlich eben den Fuß verstaucht.«

Ich sehe mich um. »Gerade eben? Hier?«

Sie verdreht die Augen und seufzt. »Bordsteinkante. Bin umgeknickt.«

»Ohhh«, entfährt es mir. Ich hätte ihr das Taxi einfach überlassen sollen. »Dann nimm du einfach mein Taxi. Das müsste ja gleich kommen.«

Ich zücke mein Telefon und öffne die App. »Nur noch ...« Jetzt verziehe ich das Gesicht. »Verdammt, was ist denn hier los? Meine Bestellung wurde storniert?«

»Na super!«

Verlegen kratze ich mich am Kopf. »Wohnst du weit von hier?«

»Eine halbe Stunde mit der Bahn. Dann noch ein ganzes Stück gehen. Das kann ich aber mit dem Fuß vergessen.« Das hartnäckige Funkeln in ihren Augen ist faszinierend.

»Es tut mir wirklich leid. Warum hast du denn nichts gesagt?«

»Dein Ernst? Ich konnte ja nicht wissen, dass man bei einer Taxibestellung in Köln ein Gesundheitszeugnis vorlegen muss.«

Ihre Schlagfertigkeit und ihr Selbstbewusstsein sind verdammt sexy, auch wenn sie gerade mit Sicherheit nicht auf diese Art von mir wahrgenommen werden will.

»Pass auf«, entfährt es mir. Ich hebe entschuldigend die Hände. »Lass es mich wiedergutmachen!«

Kurz scheint sie zu überlegen. Ich bilde mir ein, dass die Abscheu aus ihrem Blick verschwindet.

»Ich habe wirklich nicht noch mehr Zeit zu verschwenden. Also hau einfach ab, okay?«, sagt sie dann jedoch in einem strengen Ton.

Sie will sich gerade von mir abwenden, da versuche ich es ein letztes Mal: »Ich kann dich doch jetzt nicht einfach so weghumpeln lassen.«

Eigentlich rechne ich damit, dass sie mir einen Vogel zeigt oder wortlos davonstapft, doch plötzlich werden ihre Gesichtszüge weicher.

»Tut es sehr weh?«, frage ich und verschränke meine Hände im Nacken.

Sie zuckt mit den Schultern, sieht dabei aber wirklich erschöpft aus. Wer weiß, vielleicht hatte sie auch einen beschissenen Abend. Sie sieht so aus, als wäre sie auf einer Feier gewesen.

»Weißt du, wenn mein Abend nicht eine reine Katastrophe gewesen wäre, würde ich dein schuldbewusstes Gesicht fast charmant finden.« Langsam streicht sie sich eine Strähne ihres langen Haares hinters Ohr.

»War das etwa ein Kompliment?« Meine Mundwinkel heben sich zu einem Lächeln.

»Vergiss es! Das war höchstens eine Erklärung, warum ich mir überlegen könnte, dir zu verzeihen.«

»Damit kann ich leben.« Erstaunlich gut sogar.

Ich stelle meinen Rucksack ab und gehe vor ihr auf die Knie.

»Folgt in deiner Welt nach Vergebung gleich ein Heiratsantrag?«

Sie scheint Humor zu haben. Ich schnaufe amüsiert. »Eigentlich wollte ich mir nur den Fuß ansehen. Darf ich?«

Wider Erwarten lässt sie zu, dass ich ihr Hosenbein bis zum Knie hochschiebe und einen Schuh abstreife.

Vorsichtig verlagert sie ihr Gewicht auf den verletzten Fuß, um im nächsten Augenblick ein gequältes Gesicht zu ziehen.

»Man kann äußerlich nichts erkennen. Wir sollten die Verletzung dennoch mit Eis kühlen. Außerdem solltest du das Bein hochlegen, damit der Fuß nicht anschwillt.«

Sie betrachtet mich erstaunt. »Bist du Arzt?«

Ich schüttele den Kopf. »Nein. Aber ich studiere Medizin.«

Langsam hebt sich ein Mundwinkel zu einem schiefen Lächeln. Sie sieht unfassbar niedlich aus, wenn sie so guckt.

»Magdalena.« Sie hält mir eine Hand hin, und ich greife danach. »Aber lieber Maggie.«

»Ich bin Leonard. Aber lieber Leo.«

3. Kapitel

Maggie

Vielleicht habe ich eine Vorliebe für seltsame Menschen, weil ich mir selbst dann weniger seltsam vorkomme. Mein ganzes Leben lang galt ich als ungewöhnlich oder komisch. Im Kindergarten, so behauptet es zumindest meine Mutter, mochte ich immer nur mit den Kindern spielen, die möglichst bunte Kleidung trugen. In der Grundschule erzählte ich, mein Traumberuf sei Stripperin, und auf der weiterführenden Schule hatte ich eine Phase, in der ich jede Woche meine Haare in eine neue schrille Farbe umfärbte.

»Kennst du dich hier gut aus?«, reißt Leo mich aus den Gedanken.

Ich schüttele den Kopf. »Genau genommen bin ich neu in Köln.«

Er sieht mich nachdenklich an. »Lass mich raten ... Du studierst Psychologie?«

Jetzt kann ich mir ein Lachen nicht verkneifen: »Fast. Um ehrlich zu sein, hätte ich das gerne gemacht, aber mein Durchschnitt war nicht gut genug.«

»Das ist mies. Dann warst du also keine Überfliegerin?«

Ich hebe eine Augenbraue. »Leider nein. Chronisch lernfaul

würde es deutlich besser treffen. Zumindest während der Schulzeit. Mich hat das meiste nicht interessiert. Aber jetzt habe ich mit Erziehungswissenschaft begonnen und möchte Kinder- und Jugendtherapeutin werden.«

»Wow, dann hast du ja konkrete Pläne. Finde ich cool.« Seine Worte klingen aufrichtig und interessiert. »Und zu deinem Fuß ... Vielleicht kann ich ja etwas wiedergutmachen, wenn ich kurz nach Hause laufe und etwas zum Kühlen besorge?«

»Das würdest du tun?«, frage ich.

Er zuckt mit den Schultern und fährt sich über den Dreitagebart. »Ich wohne hier direkt.«

Zögerlich nicke ich. »Wäre es okay, wenn ich mitkomme?«

Unvernünftig, Maggie. Sehr unvernünftig. Aber na und?

Leo sieht mich verwundert an. »Sicher. Ich dachte nur ... Haben deine Eltern dir nicht beigebracht, dass man nicht mit fremden Menschen nach Hause geht?«

Meine Mundwinkel zucken. »Haben deine Eltern dir nicht beigebracht, dass man fremden Menschen kein Taxi klaut?«

»Mich beschleicht das Gefühl, dass mich dieser unverzeihliche Fehler verfolgen wird«, sagt er gespielt beleidigt. Dabei lächelt er amüsiert, sodass seine haselnussbraunen Augen aufblitzen. »Aber wie du willst ... Ich kann dir auch in der Wohnung einen Druckverband anlegen.«

Ich kann nicht anders, als ihn attraktiv zu finden. Und das, obwohl mein Verstand sich mit größtem Bemühen dagegen wehrt. Als ich merke, dass ich ihn anstarre, zucke ich heftig zusammen.

Leo hält mir seinen Arm hin, sodass ich mich an ihm festhalten kann.

Als ich seine warme Haut an meinem Arm spüre, schießt ein Prickeln durch meinen Körper.

»Wenn du nicht aus Köln kommst, wo bist du dann aufgewachsen?«, unterbricht er meine Gedanken.

»In Düsseldorf«, antworte ich schnell. »Und du?«

Wir können nur sehr langsam gehen. Ich hüpfe auf dem rechten Bein neben Leo her, während er mir Halt gibt.

»Frankfurt. Ich bin allerdings schon vor drei Jahren mit meinem Bruder hergezogen.«

»Auch fürs Studium?«, frage ich.

Leo nickt. »Wir studieren beide Medizin.«

»Dann warst du der Überflieger.«

»Keine Ahnung. Es gab eine Zeit, da hat mir das Lernen Spaß gemacht. Vor allem mit meinem Bruder zusammen. Wir sind Zwillinge, Benedikt und ich.«

Plötzlich ist der Kloß in meinem Hals wieder da. Unweigerlich muss ich an Paulina denken. Auch wenn meine kleine Schwester zwei Jahre jünger als ich gewesen ist, standen wir uns immer sehr nah.

Ich wappne mich innerlich auf die Frage, ob ich auch Geschwister habe, doch sie kommt nicht. Stattdessen deutet Leo auf Lichter, die wir im zweiten Stock eines Mehrfamilienhauses sehen können. »Gleich daneben ist mein Apartment.«

»Wohnst du mit deinem Bruder zusammen?« Ich ertappe mich bei dem Wunsch, lieber mit ihm alleine sein zu wollen.

Leo schüttelt den Kopf. »Zum Glück nicht. Wir brauchen beide ein bisschen Freiraum. Aber seine Wohnung ist nicht weit von hier, und wir sehen uns häufig.«

Leo hilft mir die Stufe hoch und schließt dann die Haustür auf. »Der Fahrstuhl funktioniert manchmal nicht. Ich versuch's mal.« Während ich mich an das Geländer der Treppe klammere, ist Leo in zwei Schritten am Aufzug. Ich sehe zu, wie er zuerst nur einen Finger, dann mit der ganzen Faust auf den Drücker hämmert.

»Mach nichts kaputt«, warne ich und bin im gleichen Augenblick felsenfest davon überzeugt, dass ich in diesen Fahrstuhl nicht einsteigen werde. »Ich nehme die Treppe.«

Leo dreht sich zu mir um. »Mit deinem Fuß?«

»Kennst du diese Filmszenen, in denen die Protagonisten plötzlich im Aufzug hängen bleiben?«

»Zuerst starren sie sich verlegen an, dann küssen sie sich, und am Ende sind beide halb nackt?«

»So in etwa«, sage ich und ziehe mich die erste Stufe der Treppe hoch.

»Was hast du gegen dramatische Liebesfilme?«

»Gar nichts«, antworte ich wahrheitsgemäß. »Ich denke nur, dass wir kein Teil davon werden sollten.«

Jetzt höre ich Leo lachen. »Wenn es nur einen Fahrstuhl braucht, damit du dich in einen, zugegebenermaßen äußerst attraktiven, Mann verliebst ...«

Ich bleibe stehen und drehe mich zu ihm um: »Der Punkt ist, ich möchte meinen Kindern nicht erzählen, dass ich ihren Vater nur kennengelernt habe, weil er mir ein Taxi klauen wollte.«

Leo kratzt sich am Kopf. »Der Punkt geht an dich.« Er überholt mich rechts auf der Treppe und steht plötzlich direkt neben mir: »Du musst das nicht machen. Ich kann dich hochtragen.«

Mein verräterisches Herz fängt an zu pochen.

»Besser nicht«, höre ich mich sagen. Die Vorstellung, dass Leo mich bis ins zweite Stockwerk trägt, löst so ein Unbehagen in mir aus, dass ich eiligst versuche, mich die nächste Stufe hochzuziehen. Wer weiß, ob ich ihm nicht viel zu schwer bin ... Obwohl Leo eigentlich ziemlich athletisch aussieht. Sportlich schlank, aber nicht so gepumpt wie die meisten Kerle aus meinem früheren Fitnessstudio. Oh Gott, ich muss endlich aufhören, ihn so abzuchecken!

Als wir seine Wohnungstür erreichen, schiebt Leo sich an mir vorbei und steckt langsam den Schlüssel in sein Schloss.

Dann hält er inne. »Kannst du vielleicht kurz hier warten?«

Ich schmunzele. »Lass mich raten: Du hast eine Freundin, die verreist ist, und du musst erst alle gemeinsamen Fotos zukleben?«

Er grinst. »Fast.«

»Oh, mein Gott, vielleicht ist sie sogar da, und du sperrst sie ins Badezimmer?«

»Was wäre ich dann für ein Freund?« Jetzt lacht Leo.

»Einer, der seine Freundin betrügt?«

Er sieht mich herausfordernd an: »Wieso meinst du, dass ich sie betrügen würde? Bisher habe ich einem verletzten Mädchen nur meine Hilfe angeboten.«

Mir schießt die Hitze in den Kopf, und ich hoffe, dass Leo nicht bemerkt, wie rot ich plötzlich geworden sein muss. Warum sind meine Vorstellungen schon längst wieder fünf Schritte vorausgewandert?

Als die Tür aufspringt, schiebt er sich durch einen dünnen Spalt ins Innere seiner Wohnung, und ich höre einen Moment später ein hastiges Rascheln. »Ich hatte heute keinen Besuch mehr erwartet«, ruft er durch die geschlossene Tür. Einen Augenblick später steht er wieder vor mir. Diesmal hält er mir die Tür auf, sodass ich eintreten kann.

Leos Wohnung ist ein bisschen größer als mein Einzimmerapartment, dafür aber wesentlich unordentlicher.

»Kreatives Chaos«, sagt er mit einem Schmunzeln.

»Wie lange wohnst du hier schon?«

»Seit ich in Köln bin. Knapp drei Jahre.«

Ich nicke und fahre mit den Händen über eine hölzerne Ablage. »Es ist schön hier«, spreche ich meine Gedanken laut aus.

Die Wände sind weiß gestrichen, der Boden ist aus hellem Laminat. Leo hat eine kleine Sitzecke, bestehend aus zwei Sesseln und einer Stoffbank ohne Rücklehne.

»Wie kannst du das bezahlen?«, entfährt es mir. Im nächsten Augenblick wird mir bewusst, wie indiskret die Frage gewesen ist. »Ich meine, allein für meine fünfundzwanzig Quadratmeter geht hier in der Stadt ein halbes Vermögen drauf.«

»Meine Eltern bezahlen alles, solange ich mein Studium in Regelstudienzeit schaffe.«

»Setzt dich das nicht auch enorm unter Druck?«, frage ich laut und sehe mich in der Wohnung nach Fotos oder anderen persönlichen Gegenständen um. Vergebens.

»Ein wenig, ja.« Er zögert kurz. »Aber das ist schon in Ordnung.« Dann verschwindet er in einem zweiten Raum, um keine zehn Sekunden später mit einer Schale Eis wieder aufzutauchen.

»Du kannst dich auf den Sessel setzen.«

Langsam humpele ich zu der Sitzecke, um mich im nächsten Moment auf den weichen Stoff fallen zu lassen.

Leo kniet sich vor mir auf den Teppich, zieht erneut den Schuh von meinem Fuß und wickelt diesen behutsam in ein helles Küchenhandtuch mit Eis.

Als die Kälte auf meine Haut trifft, ziehe ich erschrocken Luft durch die zusammengepressten Zähne ein.

»Gleich wird es besser.« In seiner Stimme steckt so viel Fürsorge, dass mir ganz warm ums Herz wird. »Halt das mal fest.«

Ich beuge mich vor, um das Tuch mit dem Eis an meiner Verletzung zu fixieren.

»Es fühlt sich vermutlich schlimmer an, als es ist.« Leo setzt sich in den Sessel neben mich und mustert mich von der Seite.

»Ich habe mal Fußball gespielt. Jedes Wochenende nach einem Spiel durfte mein Vater mir einen umgeknickten Fuß, eine Schürfwunde oder Ähnliches versorgen.« Um seine Mundwinkel zeichnet sich ein Lächeln. »Wahrscheinlich kannst du gleich wieder besser laufen und bist morgen putzmunter.«

Ich schlucke. »Ja, hoffentlich.«

»Möchtest du etwas trinken?« Leo hat kaum gesessen, da steht er wieder auf und holt zwei Gläser. »Ich habe leider nichts da ... also nur Wasser.«

»Wasser ist perfekt. Wo wolltest du eigentlich hin?« Ich deute zur Tür. »Mit dem Taxi, meine ich.«

»Nur zu Freunden«, murmelt er und fährt sich durchs Haar. »Ich war viel zu viel mit dem Lernen beschäftigt und spät dran. Hätte sich wahrscheinlich eh nicht mehr gelohnt. Und deine Party? Scheint ganz schön lahm gewesen zu sein.«

»Es war keine richtige Party. Nur ein paar aus meinem Studiengang, die sich besser kennenlernen wollten.«

»Aber warum bist du so früh gegangen? Sag bloß nicht, dass du noch etwas Wichtiges vorhattest?«

Ich werfe einen Blick auf die Uhr. Er hat recht. Es ist erst kurz nach elf.

Ich zucke mit den Schultern. »Es lag weniger an den anderen Leuten ... eigentlich sind alle sehr nett gewesen. Aber *Wahrheit oder Pflicht* ...« Ich breche ab, als wäre alleine der Name des Spiels Erklärung genug für meinen missglückten Abend.

»War auch nie mein Ding. In der Siebten musste ich meiner Deutschlehrerin ein Liebesgeständnis machen. Kannst du dir vorstellen, wie sich ein schüchterner zwölfjähriger Junge da fühlt?« Er prustet los. »Danach war ich ein für alle Male durch mit dem Spiel.« Immer noch belustigt dreht er das Glas Wasser in seiner

Hand. »Gibt es etwas in deinem Leben, was du heute gerne rückgängig machen würdest?«

Gänsehaut überkommt mich. Genau dieser Satz ist es gewesen, der mich vor weniger als einer Stunde in die schlimmsten Stunden meines Lebens zurückkatapultiert hat.

»Oder viel interessanter: Welcher Aufgabe musstest du dich heute stellen?« Amüsiert nimmt er einen Schluck.

»Keiner.« Erst als mir meine knappe Antwort über die Lippen gerutscht ist, merke ich, wie abweisend ich wirken muss.

»Tut mir leid«, füge ich deshalb schnell hinterher. »Ich wurde bei dem Spiel an etwas erinnert.« Der Kloß in meinem Hals ist wieder da. Der Druck hinter meiner Stirn, die Faust in meinem Bauch. Die Angst. Die Wut. Ich bekomme kaum noch Luft, weil mich die innere Spannung so zerreißt. Einen Moment sagt niemand etwas.

»Das ist okay«, erwidert Leo schließlich.

»Ich muss dann mal los.«

Viel zu hastig stehe ich auf, spüre auf der Stelle das Pochen in meinem Knöchel, doch ich ignoriere es.

Der Schmerz in meinem Bein ist nichts gegen die endlose Leere, die ich zu gut kenne.

Meine Beine fühlen sich zittrig an, als ich den Sessel zurückschiebe und zur Tür schwanke.

Leo ist in wenigen Schritten neben mir. Ich rieche sein Aftershave, spüre seine Hand auf meiner Schulter. Ich will nicht, dass er sie wegzieht.

»Du musst darüber nicht sprechen.« Er lächelt vage. »Über den Abend. Das Spiel.«

Ich sehe ihn an. Ich höre auf zu denken. Ich beuge mich vor. Und ich ertränke den Schmerz in einem Kuss.

4. Kapitel

Leo

Ich erwidere ihren impulsiven Kuss mit einem Hunger, der mir neu ist. Gierig atme ich ihr Parfüm ein und vergrabe meine Hände in ihrem langen Haar.

»Maggie.« Ihr Name dringt wie ein Stöhnen aus meinem Mund.

Doch sie unterbricht den Kuss nicht, drückt lustvoll ihre Fingernägel in meinen Rücken und küsst mich fordernder.

Mein Herz kitzelt in meiner Brust, und ich will mehr. Mehr von dieser Frau, die meine Gedanken in so kurzer Zeit vollkommen benebelt hat.

Maggie lehnt sich gegen die Wand, ohne sich dabei von mir zu lösen. Sie stöhnt leise, als sie meinen Pullover ein Stück hochschiebt und langsam mit der rechten Hand über meinen nackten Bauch fährt. Meine Erektion pulsiert heftig in meinem Schritt. Langsam lösen sich unsere Lippen voneinander, und sie sieht mich ausgehungert an.

Ich bin so verblüfft, dass ich nicht dazu gekommen bin, mir die Frage zu stellen: *Gehe ich zu weit?* Dieses Mädchen ist unberechenbar. In einem Augenblick bin ich felsenfest davon überzeugt, sie nie mehr wiederzusehen, im nächsten spüre ich ihren zarten Körper so eng an mir, als würde sie sich festklammern und *Lass mich nicht gehen* sagen.

Ist das hier wirklich etwas, das wir tun sollten?

»Ich brauche dich.« Es ist keine einfache Bitte, sondern eine klare Aufforderung. »Maggie«, flüstere ich ihren Namen. Diesmal bin ich es, der seine Hände vorsichtig unter ihr Top gleiten lässt. Ihre Haut ist warm und weich. Ich streife zuerst über ihren Bauch, dann spüre ich den Stoff ihres Bustiers.

Ihre Küsse werden gieriger, hastiger und mutiger.

Mit einer Hand befreie ich sie aus ihrem Top, ziehe sie eng an mich und lasse das Verlangen durch jede Faser meines Körpers jagen. Ich greife Maggie vorsichtig unter die Arme und trage sie mit wenigen Schritten in mein kleines Schlafzimmer.

Wie eine schnurrende Katze sitzt sie vor mir auf dem Bett und beginnt, mir den obersten Knopf der Hose zu öffnen.

Oh Mann. Wenn sie nur wüsste, wie unheimlich sexy ich ihre Selbstsicherheit finde.

»Hast du Kondome da?«

Ein Grinsen huscht über mein Gesicht.

»Unterm Bett.«

Sie bückt sich, während ich ein wenig nachhelfe und mir meine Hose von den Beinen streife.

Ich knie mich aufs Bett und nehme Maggie die Packung mit den Kondomen aus der Hand.

»Lieblingsfarbe?«

Anstatt einer Antwort schmunzelt sie nur, lässt sich in meine Decke fallen und verschränkt die Arme hinter ihrem Kopf.

Ihr Brustkorb hebt und senkt sich im Takt ihrer Atmung. Ich verliere sie keine Sekunde aus den Augen. Die Enge in meinen Boxershorts macht es mir unmöglich, an etwas anderes zu denken.

Langsam bewege ich mich auf sie zu, beuge mich über sie und betrachte für einen Moment ihr schönes Gesicht.

»Hast du noch Schmerzen?«

Sie schüttelt den Kopf.

Ihre Finger fahren über den Bund meiner Boxershorts. So vorsichtig, dass der Druck sich immer weiter aufbaut und ich unruhig werde. Keuchend schließe ich kurz die Augen, spüre sie an meinen Beinen auf und ab streifen. Die Spannung ist unerträglich. Ich greife nach ihrem Arm, umfasse ihre Gelenke mit einer Hand, sodass sie sich nicht mehr regen kann. Mit Zeige- und Mittelfinger fahre ich genussvoll zwischen ihre Schenkel. Sie zuckt und windet sich unter mir, dann entfährt ihr ein gestöhntes »Bitte«.

Ich befreie mich aus meinen Shorts, widme mich zuerst ihren Jeans, dann dem schwarzen Spitzentanga. Ich komme nicht dazu, ihren Körper zu bewundern, denn die Gier danach, endlich in ihr zu sein, überrollt mich wie eine Welle.

Und während wir, zwei Fremde, die eigentlich nichts voneinander wissen, miteinander verschmelzen, fühlt es sich so perfekt an, dass ich nicht aufhören kann, mich zu fragen, ob das hier gerade wirklich passiert.

• • •

Ich wache auf von ihrem leisen Schluchzen.

»Maggie?« Ganz vorsichtig lege ich meine Hand auf ihre Schulter. Sie ist immer noch unbekleidet, allerdings hat sie sich meine Bettdecke bis zum Kinn hochgezogen. »Ist alles okay?«

Sie zuckt mit den Schultern.

»Wenn du nicht mit mir sprichst, sitzen wir gleich in einem

See voller Tränen«, sage ich sanft. »Und dann schwimmst du mir davon.«

»Meinst du?« Sie schnieft. »Aber vielleicht will ich das ja.«

»Vor mir davonschwimmen?«

Sie nickt vage. »Nicht nur vor dir. Vor allen. Auch vor mir.«

Ich beuge mich vor, schiebe mit der Nasenspitze die Bettdecke ein Stück zur Seite und presse einen Kuss auf ihren tränennassen Hals.

»Das musst du aber nicht. Wir können auch einfach hier liegen bleiben, und du erzählst mir, was dich so traurig macht?«

Die Decke bewegt sich, und ihre linke Hand schiebt sich unter dem Stoff in meine Richtung. Als sich unsere Fingerspitzen berühren, durchfährt mich ein Kribbeln.

»Wir kennen uns doch gar nicht.« Bevor sie ihre Hand wegziehen kann, habe ich nach ihr gegriffen und drücke sie ganz fest.

»Genau. Und wenn du das willst, werden wir uns nie wiedersehen.« Verständnislos sieht sie mich an. Schnell suche ich eine Erklärung: »Manchmal sind es fremde Menschen, denen man sich am besten öffnen kann. Immerhin haben wir bei denen nichts zu verlieren.«

Einen Augenblick sagt keiner von uns etwas, bis sie zögerlich die Stille durchbricht: »Hast du ein Geheimnis, Leo? Ein Geheimnis, das dich immer wieder einholt?«

Ich halte den Atem an. Worauf läuft das Ganze hier hinaus?

»Nein, ich denke, so ein Geheimnis habe ich nicht«, antworte ich wahrheitsgemäß.

»Siehst du.« Mit einem Ruck lässt sie meine Hand los, dreht sich zur Seite und schweigt.

Ich mache keine Anstalten, sie zu berühren, sondern spreche einfach weiter: »Ich habe einen Traum, von dem nie jemand erfahren darf, weil ich sonst einige Menschen enttäuschen würde.

Menschen, die mir wichtig sind. Insofern ist es sinnlos, darüber nachzudenken. Vielleicht könnte man das als Geheimnis bezeichnen.«

Ihren Körper durchfährt eine leichte Regung, doch sie bleibt abgewandt.

»Woher weißt du das?« Noch immer kann ich nur ihren Hinterkopf mit den blonden, mittlerweile verstrubbelten Haaren sehen.

»Was weiß ich?«, frage ich nach.

»Woher weißt du, dass es sinnlos ist?« Sie hat aufgehört zu weinen. Zumindest ist ihre Stimme wieder klar.

Ich möchte antworten, wünsche mir, dass unser Gespräch jetzt nicht aufhört, doch ich habe keine Antwort darauf.

»Weißt du, was ich glaube?«, durchbricht sie das Schweigen. Erst jetzt dreht sie sich mir wieder zu, und ich betrachte ihre wunderschönen grünen Augen, die durch die Tränen noch größer und glänzender aussehen.

Sie holt tief Luft: »Dass die Vorstellung, es wäre sowieso alles sinnlos, dich davor schützt, es auszuprobieren und zu versagen.«

Ihre Worte sind ein Messerstich in meiner Brust. Weil ich in dem Augenblick, in dem sie verklungen sind, weiß, dass sie recht hat.

Meine Antwort ist ein zaghaftes Nicken. »Warum so klug, freches, blondes Mädchen?«

»Ich beschäftige mich halt mit so was, Blödmann«, murmelt sie.

Meine Mundwinkel zucken, und ich kann ein kleines Lächeln nicht unterdrücken.

»Und du willst es mir sicher nicht erzählen?«, frage ich, in der Hoffnung, sie wendet sich nicht wieder von mir ab. »Dein Geheimnis gegen meins. In diesem Raum, versiegelt mit Schweiß und ...« Ich sehe mich suchend um.

»Sperma?« Jetzt grinst sie.

»Genau. Zwei Fremde, die nicht nur Intimitäten austauschen, sondern auch das Gepäck ihrer Seele.«

»Du solltest Philosoph werden.«

»Vielleicht.«

»Leo?«

»Ja, Maggie.«

»Bist du sicher, dass du das hören willst? Dann erzähle ich dir jetzt meine Geschichte.«

5. Kapitel

Maggie

»Ich bin schuld an dem Tod meiner kleinen Schwester.« Als die Worte meinen Mund verlassen haben, weiß ich, dass es kein Zurück mehr gibt. Ohne nachzudenken, lasse ich es geschehen und öffne meine Erinnerungen an die Nacht, die mein Leben für immer zerstört hat.

»Wie meinst du das?«, fragt Leo vorsichtig. Er erscheint plötzlich ziemlich überrumpelt. Kein Wunder, dieser Satz ist einfach zu schnell aus mir herausgebrochen. So, als könne ich erst jetzt wieder besser atmen.

»Meine kleine Schwester hat einen Autounfall gebaut, weil ich sie nicht abgeholt habe. Das ist jetzt ein halbes Jahr her.« Meine Worte pulsieren im Hals, schießen wie ein prall gefüllter Wasserball an die Oberfläche, sodass es kein Zurück mehr gibt.

»Ich war an diesem Abend bei Theresa, meiner Freundin. Wir waren damals heimlich zusammen.« Mein Herz liegt schwer in meiner Brust. Es ist surreal, diese Worte nach all den Monaten endlich in den Mund zu nehmen. Niemals hätte ich gedacht, dass ich es überhaupt schaffe, mit jemandem darüber zu sprechen. »Wir hatten einen schönen Abend. Ich konnte mich nicht von ihr trennen, wir sind ziemlich frisch verliebt gewesen. Also habe ich meine Schwester gebeten, ein Taxi zu nehmen. Das hat sie aber nicht getan. Sie ist betrunken in ihr Auto gestiegen.« Ich habe aufgehört zu weinen, doch in diesem Moment würde ich mir wünschen, meine Gefühle von den Tränen wegspülen lassen zu können.

Ich vergrabe mein Gesicht in Leos Kissen. Am liebsten möchte ich auch diesen Abend, diese Nacht so schnell wie möglich verdrängen.

»Was tust du da?« Seine Stimme ist nah an meinem Ohr. Ich muss ihn wegstoßen, ihm sagen, dass er verschwinden soll. Aber was, wenn er auf mich hört? Wenn er nicht versteht, dass das Einzige, was ich im Grunde wirklich möchte, ist, dass er nicht aufhört, jetzt bei mir zu sein?

Ich atme lauter in das Kissen, möchte meine Antwort hier und jetzt in diesem dunkelblauen Stoff ersticken.

»Maggie, hör mir zu. Das ist nicht deine Schuld.«

Und dann sind da seine Worte. Seine Worte, die nichts als Lügen sein können. Lügen, die wie Messerstiche unter meine Haut dringen. Seine Hände fahren über meinen Rücken. Langsam und zärtlich. Doch plötzlich fühlen sich Berührungen an wie Schmutz, den ich von meinem schuldigen Körper abwaschen muss.

Mein Kopf hebt sich langsam vom Kissen. Er ist so schwer, dass ich enorme Kraft aufwenden muss, ihn nicht sofort wieder sinken zu lassen.

»Hast du mir nicht zugehört, Leonard? Ich habe den Tod meiner kleinen Schwester zu verantworten. Es ist meine Schuld, dass sie gestorben ist. Mit achtzehn. Sie war fast noch ein Kind. Und ich habe sie nicht abgeholt.« Ich möchte, dass er anfängt, genau das zu verstehen. Ich möchte, dass er anfängt, in mir das Monster zu sehen, das ich wirklich bin.

»Das tut mir so leid, wirklich. Ich verstehe, wie schlimm das sein muss.«

Er versteht mich.

»Und natürlich habe ich dir zugehört.«

Er hört mir zu.

»Aber ich bin mir ganz sicher, dass du zu hart zu dir bist.«

Er versteht mich nicht. Er hört mir nicht zu.

»Wenn du nicht einmal in dem Auto gesessen hast, wie kannst du dann irgendeine Schuld tragen?«

»Ich habe sie nicht abgeholt«, sage ich noch einmal.

»Das, was dir passiert ist, Maggie, ist furchtbar. Niemand sollte so etwas erleben müssen. Aber es lag doch nicht in deiner Verantwortung.«

Ganz langsam füllen sich meine Lungen wieder mit Luft. Dabei hatte ich nicht einmal gemerkt, dass ich zuvor den Atem angehalten habe.

Warum tun seine Worte so gut? Warum sauge ich alles, was er sagt, so hungrig in mich auf, als habe ich nur einen einzigen Buchstaben davon verdient? Sie dürfen nicht guttun. Sie dürfen es nicht. Lügen dürfen nicht guttun.

Und da sind sie wieder: die Tränen. Sie laufen über meine Wange. Erst kräftig, dann immer schwächer, bis meine Augen trocken brennen.

»Bertolt Brecht hat gesagt: Ein Mensch ist erst tot, wenn niemand mehr an ihn denkt.«

»Ich werde niemals aufhören, an sie zu denken.«

Leo nickt. »Erzähl mir von ihr. Was ist deine schönste Erinnerung an sie?«

Darüber muss ich kurz nachdenken. Ich lehne mich vorsichtig

gegen das Kopfteil des Bettes, schließe die Augen und versuche, die Bilder in meinem Kopf zuzulassen.

Der Schmerz nagt an mir. Doch ich schiebe ihn nicht weg. Stattdessen halte ich meine Hand auf die brennende Brust und sortiere meine Erinnerungen.

»Ich habe mal zu Nikolaus eine Rute bekommen. Damals war ich sechs oder sieben. Meine Mutter meinte, dass der Nikolaus dieses Jahr sehr enttäuscht von mir gewesen ist, weil ich nicht artig war.«

Langsam öffne ich die Augen und betrachte Leo. Er hat eine Augenbraue hochgezogen, als wolle er sagen: *Welche Eltern ziehen so was wirklich durch?*

»Ich nahm das als Kind einfach so hin und schämte mich. Paulina aber hat den ganzen Tag geweint. Anstatt mit ihrem Geschenk zu spielen und ihren Süßkram zu essen, schrieb sie mit ihren ersten krakeligen Buchstaben einen Brief an den Nikolaus.« Um meine Mundwinkel zuckt ein Lächeln.

»Und deine Eltern?«, fragt Leo.

»Am nächsten Tag bekam ich doch noch ein Geschenk. Sie behaupteten, der Nikolaus habe es sich anders überlegt und würde diesmal ein Auge zudrücken.«

Keiner von uns beiden sagt etwas.

Schnell wische ich mir mit der linken Hand eine Träne aus meinem Gesicht. »Weißt du eigentlich, dass du die einzige Person bist, vor der ich innerhalb des letzten halben Jahres geweint habe?«

Leo lächelt unsicher. »Meinst du, ich sollte mich freuen oder an mir zweifeln?«

Ich tue so, als würde ich überlegen. »Zumindest solltest du dir deiner vertrauenerweckenden Ausstrahlung bewusst sein, bevor du das nächste Mal ein Mädchen von der Straße aufreißt.« Unweigerlich muss ich schlucken. *Das nächste Mal.*

Weil dieser Abend einer von vielen ist. Ob Leo so was regelmäßig macht? Ich bin die Letzte, die sich darüber auslassen dürfte. Immerhin bin ich diejenige, die unüberlegt und impulsiv mit einem Mann nach Hause gegangen ist, den sie gerade fünf Minuten kannte.

»Okay, ich werde es mir merken«, antwortet er leise.

Ich hebe meinen Kopf und betrachte ihn kurz. »Was denkst du gerade?«

Er schaut mich an. »Deine Geschichte hat mich betroffen gemacht, und ich habe Sorge, etwas Falsches zu sagen.«

Zögerlich lehne ich mich an seine Schulter. Ich fröstele, und ich ziehe die Bettdecke ein Stück höher.

»Ist dir kalt? Es ist schon spät«, horcht Leo nach.

»Möchtest du, dass ich gehe?«

»Möchtest du denn gehen?«

Ich schüttele den Kopf. »Die Nacht macht einsam.«

»Findest du? Ich mag diese Tageszeit eigentlich«, überlegt er.

Nachdenklich zucke ich mit der Schulter. »Die Nacht verändert etwas. Wenn die Welt draußen stiller wird, höre ich meine Gedanken umso lauter.«

Er nickt. »Vielleicht ist genau das der Grund, warum ich die Nacht so mag. Die Stille inspiriert mich.«

Ich halte für einen Moment inne. Die Vorstellung ist wahnsinnig schön.

»Sie inspiriert dich wozu?«

»Dann schreibe ich.«

Vorsichtig hebe ich den Kopf und sehe ihn von der Seite an. »Du schreibst?«

Sein Nicken kommt zögerlich. »Das, Maggie, ist mein Traum.«

»Was schreibst du denn?«

Er zögert. Ich rechne damit, dass er sich mir wieder verschließt. »Wenn du willst, kann ich dir morgen einen Text zeigen.«

»Unbedingt. Ich bin mir sicher, du machst das gut.« Die Worte sind ohne nachzudenken aus mir herausgekommen, und ich meine es ehrlich. Leo hat eine Art, sich ausdrücken, die mehr verspricht.

Als ich aufsehe und in Leos warme Augen blicke, weiß ich, dass er diesen Satz zum ersten Mal gehört hat. Ich spüre, wie viel ihm meine Worte bedeuten. Und ich hasse den Gedanken, dass ich aus seinem Leben wieder verschwinden muss. Weil wir nur zwei Fremde sind, zwei Fremde, die nicht nur Intimitäten austauschen, sondern auch das Gepäck ihrer Seele.

6. Kapitel

Maggie

Als ich wach werde, spüre ich zum ersten Mal seit Stunden wieder meinen verletzten Fuß. Das leichte Pochen in meinem Knöchel erinnert mich an die Geschehnisse des vergangenen Abends.

Es ist nicht das erste Mal gewesen, dass ich mit einem fremden Typen geschlafen habe. Aber es war das erste Mal, dass ich mich und meine Seele in nur einer einzigen Nacht so in jemandem verloren habe. Ich habe Leo mein Herz ausgeschüttet und fühle mich verdammt nackt.

Leo muss das Fenster geöffnet haben. Aus einem großen Dachfenster zieht frische klare Luft in das kleine Zimmer. Ich drehe mich samt Decke zur Seite und suche das Bett nach Leo ab, doch er scheint schon aufgestanden zu sein. Der Abdruck seines Kopfes auf dem Kissen bestätigt mir allerdings, dass ich mir den Abend, den Sex, unser Gespräch ... das alles nicht bloß eingebildet habe.

»Bist du wach?« Sein dunkelbrauner Haarschopf lugt durch den Türspalt.

»Nein«, grummele ich und kneife die Augen zu.

»Es ist schon nach dreizehn Uhr.«

Oh Mann, ich habe viel zu lang geschlafen.

»Magst du Frühstück?«

»Wer mag kein Frühstück?«

Normalerweise bleibe ich nie so lange bei einem Typen. Die Situation nach dem Aufwachen ist schließlich das Unangenehmste überhaupt. Doch heute ist nichts wie *normalerweise.*

Ich hebe den Kopf vom Kissen, setze mich langsam auf und schaue mich zum ersten Mal bewusst in Leos Schlafzimmer um. Der Raum ist nicht groß, keine zwölf Quadratmeter, schätze ich. Alles ist ziemlich minimalistisch gehalten, es gibt keine Dekoration, keine Bilder oder einen Kalender an der Wand. So bietet das Zimmer allerdings ausreichend Platz für das große Bett, einen alten Holzschrank, einen komplett leer gefegten Schreibtisch und einen großen Spiegel an der Tür.

Müde reibe ich die Augen und versuche, mich selbst in meinem Anblick wiederzufinden. Vergeblich. Alles an meinem Spiegelbild erscheint mir fremd.

Irgendwo unter einem Berg von Kissen und Decken finde ich mein Shirt. Hastig ziehe ich es über und richte meine strubbeligen Haare.

»Du hast nicht zufällig eine Bürste?«, rufe ich in den Nebenraum und ziehe mit den Fingern die hartnäckigen Knoten aus dem Gestrüpp auf meinem Kopf.

»Klar. Gleich neben den Tampons.« *Blödmann!* Hätte doch sein können.

Ich klettere aus dem Bett und entdecke auf dem Boden meine auf links gezogenen Jeans. Die Erinnerung daran, wie Leo sie mir am Abend zuvor gierig von den Hüften gezogen hat, lässt mir die Röte in die Wangen schießen. *Holy Shit!* Ich sollte einfach verschwinden und nie mehr herkommen.

»Was ist falsch daran, als nicht menstruierende Person Tampons zu besitzen? Das ist sehr besucherinnenfreundlich.«

Leo erschrickt, als ich plötzlich hinter ihm stehe. »Immerhin habe ich einen Mülleimer im Badezimmer. Noch nie benutzt, aber einsatzbereit«, sagt Leo stolz.

»Ich gebe zu, das beeindruckt mich mehr, als es sollte.« Ein Grinsen stiehlt sich auf mein Gesicht.

»Magst du Toast?« Leo hält mir die Packung direkt vor die Nase. Als ich die Stirn runzele, fügt er schmunzelnd hinzu: »Natürlich nicht so. Ich habe auch einen Toaster.«

»Erst Mülleimer, dann Toaster ... Sag bloß, du hast auch eine Mikrowelle«, scherze ich.

Leo legt seine Hände auf meine Schultern und dreht mich einmal um hundertachtzig Grad. »Sonst noch Wünsche?« Er lächelt, als seine Finger auf den dicken Kasten klopfen, der gleich vor mir steht.

»Du hattest recht«, sage ich.

»Womit?«, fragt Leo.

»Mit dem Fuß. Manchmal pocht es noch leicht, aber ich kann wieder normal laufen.«

»Das war meine Wundermedizin.« Ein Lächeln breitet sich auf seinem Gesicht aus.

»Welch Selbstüberschätzung«, spotte ich und verdrehe grinsend die Augen.

Auf Leos kleiner Küchenablage finde ich ein Serviertablett mit Schokocreme, Marmelade und Erdnussmus.

Während Leo das Frühstück zubereitet, decke ich den Tisch.

Beim Essen selbst sagt keiner von uns etwas. Leo isst konzentriert sein Toastbrot, und ich scrolle unachtsam durch meinen Instagram-Feed, ohne überhaupt wahrzunehmen, was ich hier wirklich sehe. Hauptsache, ich scheine beschäftigt und Leo glaubt nicht, mich unterhalten zu müssen.

Ich habe den Ton abgeschaltet und klicke mich wahllos durch ein paar Storys.

Als die Sonnenstrahlen auf den kleinen Esstisch fallen, erfüllt sich etwas in mir mit so viel Wirklichkeit und Verstand, dass ich nur eines will: den gestrigen Abend aus unseren Köpfen ausradieren.

Vielleicht hat Leo in einer Sache recht: Die Nacht verändert etwas. Sie lässt das Leben unwirklich erscheinen, sodass die Realität am nächsten Morgen noch brutaler auf einen einstürzt.

Als ich endlich den Blick über mein Smartphone hebe, merke ich, dass Leo mich beobachtet. »Wie geht es dir heute?«

Ich hoffe, er spürt nichts von meiner Unsicherheit und Sorge.

»Gut«, lüge ich und nehme einen Schluck von meinem Orangensaft. »Ich bin nur müde. Die Nacht war kurz.«

»Aber schön.«

»Hm?« Ich bin mir nicht sicher, ob ich ihn richtig verstanden habe.

»Sie war schön. Die Nacht mit dir.«

Beinah verschlucke ich mich an dem Saft. Mein Körper steht innerhalb von wenigen Sekunden unter Strom.

»Wie meinst du das?« Meine Stimme ist kratzig. Dabei gebe ich mir größte Mühe, ruhig zu bleiben. Wirklich.

»Also, ich meine nicht das, was du erzählt hast ...«, setzt er an und sucht nach den richtigen Worten. »Sondern halt der ganze Rest ...«

Mein Herz klopft so schnell, dass ich fürchte, er könne es hören. »Ja.« Mehr bekomme ich nicht heraus. Meine Finger haben sich unter dem Tisch zu einer dicken Faust verkrampft. »Ich muss mal«, unterbreche ich ihn, bevor weitere Worte aus meinem

Mund dringen können. Ich möchte jetzt bloß nicht reden. Vor allem nicht über unser Gespräch letzte Nacht.

»Du weißt ja, wo das Bad ist.«

So schnell mich meine wackeligen Beine tragen, mache ich mich auf ins Badezimmer. Die aufsteigende Übelkeit treibt mir kalten Schweiß auf die Stirn. Ich lehne mich gegen das Waschbecken, versuche meine hektische Atmung zu beruhigen und gehe gedanklich meine Möglichkeiten durch. Ich kann zurück zu Leo gehen, mich höflich von ihm verabschieden und auf der Stelle verschwinden. Köln ist eine große Stadt. Die Wahrscheinlichkeit, dass wir uns wiedersehen, ist gering.

Warum bohrt sich mir bei diesem Gedanken so viel Enttäuschung in die Brust? Ich spüre, wie sich wieder Druck hinter meinen Augen bildet. Was auch immer gestern geschehen ist … es ist, als sei eine Mauer eingebrochen. Die Gefühle, vor denen ich mich so lange geschützt habe, brechen über mich herein. Schnell drehe ich den Wasserhahn auf, stelle die Temperatur kälter und halte das Gesicht in den Wasserstrahl.

Das eisige Wasser brennt auf meiner Haut wie Feuer, doch ich ziehe den Kopf nicht zurück, sondern warte, bis jegliche Spuren von Tränen aus meinem Gesicht verschwunden sind.

Als ich erneut einen Blick in den Spiegel werfe, spüre ich, wie viel Wut in meinem Bauch hochkocht. Wut. Da ist so viel Wut.

Ich bin so unendlich wütend auf mich.

Meine Muskeln verhärten sich, die Anspannung fließt durch meine Adern wie schäumendes Blut, und ich kneife die Augen fest zusammen. Das ist nur ein Gefühl, versuche ich mich zu beruhigen. Nur ein Gefühl. Doch es fühlt sich an, als gäbe es nichts anderes mehr. Als sei ich dieses Gefühl.

Für einen Augenblick schaffe ich es nicht mehr, Luft zu holen.

Ich umfasse mit der rechten Hand mein linkes Handgelenk und drücke so fest zu, dass die Knöchel weiß hervortreten.

Etwas spüren. Fühlen, dass ich noch real bin und nicht endgültig den Verstand verloren habe.

Der Schmerz pulsiert in meinem Arm, doch ich höre nicht auf, mir wehzutun. *Du hast es verdient. Du bist ein schlechter Mensch! Du hast Schuld! Schuld an allem! Du musst das tun!*

Das Gefühl erreicht seinen Höhepunkt. Ich falle. Nicht wirklich. Nur in meinem vernebelten Hirn.

Der Druck weicht aus meinen Zellen, und ich hole erstickt Luft. Da sind sie. Ich kann meine Beine wieder fühlen. Die Faust in meinem Bauch löst sich langsam, und es gelingt mir endlich wieder, einen klaren Gedanken zu fassen.

Leo, der in der Küche auf mich wartet. Wenn ich nicht rechtzeitig im Badezimmer verschwunden wäre ...

Ich habe die Kontrolle verloren. Doch jetzt. Jetzt bin ich wieder da.

7. Kapitel

Leo

Als ich höre, wie die Badezimmertür leise aufgeschlossen wird, lasse ich meinen Toast sinken und halte inne. Ich habe keine Ahnung, was mich jetzt erwartet. Die Situation vorhin hat mich überfordert. *Alles hier überfordert mich.* Ich bereite mich innerlich auf ein Krisengespräch vor und überlege kurz, mit welchen Worten ich am wenigsten Schaden anrichten kann, da erweist sich meine Sorge als unbegründet.

Wider meine Erwartung tritt mir eine putzmuntere Maggie entgegen.

»Meine Güte, ich habe immer noch so einen Hunger.« Hastig setzt sie sich zurück an den Esstisch und zieht den Teller ran.

Ich bin verwirrt. Trotzdem beschließe ich, nichts zu sagen, und nehme erneut einen Bissen von meinem Toast.

»Siehst du, wie die Sonne durch das Fenster scheint? Der Tag ist viel zu schade, um hier drinnen zu sein«, flötet sie und wirft immer wieder einen Blick über ihre Schulter. »Wir haben doch bestimmt zwanzig Grad.«

Um ehrlich zu sein, weiß ich nicht, ob mich ihr Sinneswandel freuen oder mir Sorgen bereiten soll, deshalb zögere ich, bevor ich sage: »Wenn du magst, können wir nach dem Frühstück rausgehen.«

Wir.

Kaum haben die Worte meinen Mund verlassen, beiße ich mir auf die Zunge. *Wenn du willst, musst du mich nach diesem Abend nie mehr wiedersehen.* Das habe ich ihr gestern versprochen.

Mein Herz fängt an, wie wild in meiner Brust zu klopfen, und ich bereite mich innerlich auf eine Abfuhr vor.

Doch zum zweiten Mal an diesem Morgen überrascht Maggie mich.

»Unbedingt. Das klingt toll. Ich habe von Köln noch nicht viel gesehen. Klar, den Dom, ein paar Geschäfte von innen ... Aber du kennst doch sicher coolere Spots, oder?«

Ihr Strahlen erfüllt mich mit Wärme. Es ist kein aufgesetztes Lächeln, nein, ich bin mir absolut sicher, dass das Gefühl, was ich in ihren funkelnden Augen sehe, *echt* ist.

Die Traurigkeit ist aus ihren Gesichtszügen gewichen, und ich erkenne in ihr wieder die Maggie, die mir mit ihren frechen Kontern viel zu sehr unter die Haut gegangen ist.

»Ich habe tatsächlich in den letzten Jahren die eine oder andere schöne Stelle entdeckt.« Immer noch überrascht stehe ich auf, fege die Krümel vom Tisch und räume die Teller in die Spüle.

Entzückt klatscht sie in ihre Hände. »Toll! Ich bin bereit.«

• • •

Als wir in der Innenstadt ankommen, ist es Nachmittag. Die Sonne strahlt so intensiv auf uns herab, dass ich meinen Pullover ausziehen muss. Unser erster Anlauf ist der Drogeriemarkt. Ich habe Maggie nur irritiert angesehen, als sie plötzlich vor den großen Scheiben stehen blieb und in ihrer Tasche kramte. »Willst du mitkommen? Ich muss mir eine Bürste kaufen.«

Eigentlich gefällt mir ihre strubbelige Frisur ziemlich gut. Sie sieht unfassbar sexy aus, wenn sie vor mir läuft und ich die kleinen Knötchen in ihrem Haar betrachte. Weil ich genau weiß, wie sie hineingekommen sind.

»Ich warte draußen. Das dauert ja vermutlich nicht lange«, sage ich und blicke mich vor dem Geschäft um.

Eine ältere Frau sitzt auf dem Boden, bittet mich um eine Spende. Ich verstehe nicht, was sie sagt, krame aber eine Münze aus der Tasche.

Mit meiner Vermutung, der Einkauf würde nicht lange dauern, lag ich allerdings ziemlich falsch. Es ist zwar nur eine Viertelstunde vergangen, als ich durch die Glasscheibe Maggies Silhouette an der Kasse entdecke, aber die Zeit kam mir vor wie eine halbe Ewigkeit.

Für einen Moment betrachte ich sie durch die Scheibe und verliere mich in der Vorstellung, was wäre, wenn wir uns ab jetzt häufiger sehen würden. Würden unsere Wochenenden ab jetzt immer so aussehen? Am Morgen nach einer Wahnsinnsnacht etwas zerstreut wach werden und dann den ganzen Tag gemeinsam verbringen?

»Da bin ich wieder.« Plötzlich steht Maggie vor mir, drückt mir mit einem »halt mal kurz« ihre Tasche in den Arm und versucht, ihre neu erstandene Bürste von einem Etikett zu befreien.

Ich sehe zu, wie sie sich hartnäckig durch das widerspenstige Haar bürstet.

»Den Dom hast du schon gesehen, aber wenn du magst, können wir zum Rheinufer gehen. Ich wette, da bist du noch nicht gewesen«, schlage ich vor.

»Das klingt super.«

Wir kämpfen uns am Neumarkt vorbei durch die überfüllte Schildergasse, schlängeln uns durch die Menschenmassen in Richtung Rheinbrücke. Die ganze Zeit über muss ich darauf achten, Maggie nicht zu verlieren. Immer wieder springt sie zu einem Schaufenster, begutachtet die Schuhe, Taschen oder Bikinis (ist es verwerflich, dass ich mir vorstelle, sie würde einen davon anprobieren?) und verschwindet zwischen anderen Menschen.

Mittlerweile habe ich Gefallen an ihrem Sinneswandel gefunden und versuche, die aufgelockerte Stimmung einfach zu genießen.

Die Terrassen am Rheinufer sind prall gefüllt. Wir scheinen nicht die Einzigen zu sein, die sich über das gute Wetter freuen.

Ein Mann mit langen dunklen Haaren, die er sich zu einem Pferdeschwanz gebunden hat, steht in kurzen Shorts vor einer Staffelei und schwingt einen Kohlestift.

Ich habe ihm nur einen flüchtigen Blick zugeworfen, doch als Maggie mich am Ärmel zieht, bleiben wir stehen.

»Wow.« Auf ihrem Gesicht breitet sich ein Staunen aus.

Sie deutet auf das Porträt, das er zeichnet. »Siehst du die verschiedenen Hell- und Dunkeltöne? Das alles schafft er mit einem einzigen Stift.«

Sie hat recht. Alleine durch das Ausüben von Druck gelingt es ihm, tolle Schattierungen zu zaubern. »Ich wusste nicht, dass in dir eine Künstlerin steckt.« Erstaunt lächle ich sie an.

Maggie dreht sich zu mir um und zuckt mit den Schultern. »Mit Kohlestiften kenne ich mich kaum aus. Ich habe es mal mit Aquarell versucht.« Bei dem Wort *versucht* verfinstert sich ihr Gesicht. »Ich male nicht mehr.«

»Oh, okay. Wollen wir ihn denn fragen, ob er dich zeichnen will?«, überlege ich.

Kurz scheint sie nachzudenken, dann schüttelt sie den Kopf. »Schon okay. Ich mag es, mir seine Kunst einfach nur anzusehen.«

»Und du? Zeigst du mir irgendwann mal etwas von deiner Arbeit?«, frage ich neugierig.

Maggie hebt eine Augenbraue. »Wenn ich dich an etwas erinnern darf ... Zuerst schuldest du mir etwas.«

Wie könnte ich es vergessen. Meinen Text.

Wir gehen weiter und erreichen bald darauf die Rheinbrücken.

Eine Gruppe Touristen schiebt sich an uns vorbei. Wir schauen zu, wie sie gemeinsam ein Foto machen, den Dom im Hintergrund.

»Weißt du, was ich mich frage?«

Als ich mich umdrehe, sehe ich, dass Maggie vor den Gittern mit den Liebesschlössern stehen geblieben ist.

»Nein, aber du wirst es mir sicher gleich sagen«, antworte ich belustigt.

Sie verdreht die Augen, behält dabei aber ihr Lächeln. »Ich frage mich, wie viele Paare, die sich hier ewige Liebe und Treue geschworen haben, heute noch zusammen sind.«

Ahnungslos schnaube ich. »Ich fürchte, nicht viele. Das ist ein Grund, warum ich von solchen Symbolen nichts halte. Ewige Liebe und Treue, das sollte man sich persönlich versprechen und nicht wegen eines Schlosses.«

Maggie lacht. »Das verstehe ich. Mich würden keine zehn Pferde an so ein Gitter bringen. Und weißt du was? Wenn doch, dann würde ich nachts hierherschleichen und das Schloss aufbrechen.«

»Damit dein Name nicht mit einem Verflossenen in Verbindung steht?« Ich stelle mir belustigt Maggies Nacht- und Nebelaktion vor.

»Genau.« Sie grinst. »Kannst du dir mich mit einer Bohrmaschine vorstellen? Ich habe zwei linke Hände und schaffe es nicht einmal, eine Glühbirne auszutauschen. Aber glaub mir, ich würde es trotzdem tun.«

Ich sehe an ihr herab und schüttele prustend den Kopf. »Mit einer Bohrmaschine kannst du da auch nicht viel anfangen. So was macht man eher mit einer Zange.«

»Siehst du! Ich habe keine Ahnung.« Sie grinst.

»Solltest du jemals Hilfe dabei brauchen, kannst du dich melden.«

»Du würdest mir helfen, das Schloss zu brechen?« Jetzt sieht sie mich todernst an.

»Natürlich.« *Allein um zu sehen, wer dir das Herz gebrochen hat.*

Schnell drehe ich mich von ihr weg und zeige mit der rechten Hand über den Rhein auf die weißen Stufen, die am anderen Ufer des Flusses in der Sonne glänzen.

»Ganz schön viel los hier. Ich hab mich hier früher manchmal mit Kommilitonen zum Lernen getroffen.«

»Jetzt nicht mehr?«, fragt Maggie neugierig.

Ich zucke mit den Schultern. »Im letzten Jahr hatte ich so viel zu tun, dass ich mich lieber alleine unter meinen Lernsachen vergraben habe. Mit der Ablenkung hätte ich niemals im Herbst mein Physikum geschafft.«

»Und das Schreiben?«

Ich hole tief Luft. »Manchmal habe ich nachts wach gelegen. Mein Kopf hat so gequalmt, dass an Einschlafen nicht zu denken gewesen ist. Häufig bin ich aufgestanden und habe ein paar Sätze aufs Papier gebracht.« Die Erinnerung an diese stressige Zeit gräbt mir eine Faust in den Magen.

»Und woran arbeitest du genau?«

Es fühlt sich seltsam an, mit jemandem darüber zu sprechen.

Als ich als Kind meine ersten Geschichten gezeigt habe, erntete das hauptsächlich Spott. Ein kleiner Junge, der mehr Freude an Worten als an Autos hat? Der lieber in fremde Welten abtaucht, statt Buden zu bauen? Ich hab schnell gelernt, darüber zu schweigen, und meine Texte tief in den Schubladen versteckt. Ich lachte über die Mädchen in der Klasse, die ihre Aufsätze freiwillig abgaben, bis ich irgendwann kapierte, dass manche Träume einen nicht loslassen.

»Vor Kurzem habe ich einen Thriller angefangen.«

»Das ist cool.«

»Liest du?«, frage ich Maggie.

»Um ehrlich zu sein, viel zu selten«, gesteht sie. »Ich mag Bücher schon irgendwie, aber es gelingt mir nicht, mich so lange auf einen Text zu konzentrieren.« Maggie pustet sich eine Haarsträhne aus der Stirn.

»Hast du denn so was wie ein Lieblingsbuch?«, erkundige ich mich.

Maggie überlegt. »Ich habe vor einiger Zeit *Ein ganzes halbes Jahr* gelesen. Das hat mich sehr berührt.«

»Oh, wow, du liest Liebesromane?«

»Nur, wenn sie nicht in Fahrstühlen beginnen.«

Ich muss lachen, als ich ihre Anspielung auf gestern Abend verstehe.

»Aber wenn ich eines Tages dein Buch in einer Buchhandlung entdecke, werde ich es kaufen. Versprochen.«

Ich muss lächeln. Die Vorstellung, jemals meinen eigenen Text zu veröffentlichen, lässt in mir ein warmes Glücksgefühl aufsteigen.

»Das ist noch ein langer Weg. Ich weiß nicht, ob es das Richtige für mich wäre.«

»Warum nicht?«, fragt Maggie verständnislos.

»Ich habe dir ja gesagt, dass mein Vater Arzt ist. Mein Bruder studiert Medizin. Ich studiere Medizin. Es würde einfach nicht in das Bild meiner Eltern von mir passen, wenn ich …«

Sie unterbricht mich: »Das ist doch Schwachsinn. Eltern sollten sich freuen, wenn ihre Kinder so etwas wie ihre Berufung gefunden haben.«

Ich schlucke einen dicken Kloß hinunter. Es tut weh, sie das sagen zu hören. Natürlich weiß ich, dass sie recht hat, aber allein die Vorstellung vom enttäuschten Blick meines Vaters schnürt mir die Luft ab.

Während wir das Rheinufer wechseln, sagt niemand von uns etwas. Es ist keine unangenehme Stille. Ich kann es genießen, neben Maggie einfach nur herzulaufen und meinen Gedanken nachzuhängen. Und in diesem Moment gelange ich zu der Erkenntnis, wie wertvoll es ist, mit jemandem wirklich gut schweigen zu können.

8. Kapitel

Maggie

Tausend bunte Lichter funkeln in meinem Sichtfeld. Vor einer halben Stunde hat die Dämmerung eingesetzt, die Luft riecht nach Zuckerwatte, und von überall sind Stimmen zu vernehmen. Viele Menschen schlendern über den Kirmesplatz und vergnügen sich in leuchtenden Fahrgeschäften.

Mein Herz springt in meiner Brust wie verrückt. Achterbahnen, schnelle Karussells ... Es ist, als würde das Kind in mir vergnügt in die Hände klatschen. »Warst du schon öfter hier?«

Leo schüttelt den Kopf. »Ist eigentlich nicht mein Ding. Zweimal im Jahr findet hier eine noch viel größere Kirmes statt.«

Ich reiße die Augen auf. »Wie kann das hier nicht dein Ding sein? Ich finde es unfassbar aufregend.«

Leo lacht auf. »Vielleicht, weil ich nicht so auf Achterbahnen stehe.«

Jetzt muss ich auch schmunzeln. »Sag bloß, du hast Angst.«

Er zuckt mit den Schultern. »Nicht wirklich Angst, aber ein mulmiges Gefühl.«

Ich greife übermütig nach seinem Arm und ziehe ihn in Richtung einer Pommesbude. »Mir hängt der Magen auf halb acht.

Wenn ich nicht gleich etwas zwischen die Zähne bekomme, knabbere ich dich an.« Die Worte sprudeln nur so aus meinem Mund, ohne dass ich nachdenken kann.

»Wir würden sicher großes Aufsehen erregen, du Kannibalin. Lass uns lieber was holen.«

Leo bestellt uns beiden jeweils eine große Portion Pommes frites mit Ketchup, woraufhin ich darauf bestehe, das Essen zu bezahlen.

Wir bleiben ein paar Meter vor der Bude stehen und machen uns über das Essen her.

»Und du bist ein kleiner Adrenalinjunkie?«, erkundigt sich Leo, während ich mir einen Spritzer Ketchup von der Wange wische.

»Wie kommst du denn darauf?«, frage ich unschuldig zurück. »Aber ja. Ich mag es, für einen Augenblick mal keine Kontrolle haben zu müssen, einfach loszulassen«, sage ich und stecke mir zwei Fritten gleichzeitig in den Mund.

»Verrückt. Und ich habe das Bedürfnis, die Kontrolle bewahren zu wollen.«

»Das kann ich auch verstehen, aber auf einer Achterbahn verlierst du kontrolliert die Kontrolle. Du kannst dich ziemlich sicher darauf verlassen, dass du bald wieder festen Halt auf dem Boden findest.«

»Kontrolliert die Kontrolle verlieren, das ist ein interessanter Gedanke.«

Ich klappe meine leere Pappschale zusammen und sehe mich nach einem Mülleimer um. »Los, komm, wir versuchen es.«

Leo verschluckt sich beinahe an seinem letzten Bissen. »Jetzt?«

Ich nicke heftig. »Na klar! Durch die Angst ist gegen die Angst.«

...

Als wir in der Schlange vor der Achterbahn stehen, zweifele ich kurz daran, ob es eine gute Idee gewesen ist, Leo zu überreden.

Er ist kalkweiß im Gesicht, und ich erwische ihn mehrfach dabei, skeptisch das Gerüst abzuchecken.

»Alles in Ordnung?« Selbst mein Puls fängt an, immer schneller zu rasen, je näher wir uns auf das Kassenhäuschen zubewegen.

Leo sucht meinen Blick. »Wir ziehen das jetzt durch.«

Ich halte inne. »Es ist wirklich okay, wenn du Angst hast. Ich wollte nicht ...«

»Ja, bitte?« Der Ticketverkäufer unterbricht mich.

»Wir sind zu zweit«, sagt Leo und wirft mir ein beruhigendes Lächeln zu. Diesmal bezahlt er, greift nach unseren Karten und zieht mich an dem Häuschen vorbei.

Und bevor wir die Stufen hoch zum Einstieg der Achterbahn gehen, spüre ich Leos Atem an meinem Ohr.

»Jetzt, freches, blondes Mädchen, möchte ich dich schreien hören.«

Ich schreie. Lauter als je zuvor. Mein Herz hämmert so stark in meiner Brust, dass ich kaum noch Luft bekomme. Die Hände fest in den Griff gekrallt, schließe ich die Augen und warte auf den Kick. Ich warte auf das bedingungslose Glücksgefühl, die Erlösung vom ewigen Zerdenken. Als die Bahn erneut hochfährt und ich erahnen kann, dass ich jeden Augenblick innerlich explodiere, dringt ein Lachen aus meinem Mund. Ich muss lachen. Aus dem Innersten frei lachen. Ich spüre Leos Finger an meiner Hand und greife danach, drücke fest zu, als ich merke, wie wir den Höhepunkt der Achterbahn erreicht haben.

Leos Haut ist schwitzig, doch als ich die Augen öffne, um nach ihm zu sehen, treffen sich für den Bruchteil einer Sekunde unsere Blicke, und ich kann ein Lächeln in seinem Gesicht erkennen.

Dann fallen wir. Mein Herz springt, meine Gedanken gehen irgendwo in meinem Kopf verloren, und ich vergesse alles um mich herum. Da ist nur noch das große Gefühl der Freiheit.

Ich. Bin. Frei.

Zumindest für den Augenblick.

Als die Bahn mit einem heftigen Ruck zum Stehen kommt, löst sich mein Körper aus der Anspannung, und ich atme tief durch.

»Das war unglaublich. Das war so unglaublich.« Ich springe aufgeregt aus meinem Sitz und drehe mich zu Leo um. Er ist immer noch leichenblass, doch seine Augen funkeln, und seine Mundwinkel sind zu einem Grinsen verzogen: »Unglaublich, ja. Wir haben überlebt.« Er streckt siegessicher eine Faust in die Luft.

Ich muss mir vor Lachen den Bauch halten. »Du hast es gut gemeistert. Um ehrlich zu sein, hatte ich kurz Angst, dass du mir die Pommes auf die Füße kotzt.«

»Glaub mir, viel hätte nicht mehr gefehlt.«

Wir stehen so nah nebeneinander, dass sich unsere Hände fast berühren. Doch diesmal fühlt es sich weniger leicht an, danach zu greifen. Meine Gedanken werden langsam wieder klar, und ich spüre, wie mir bei der Vorstellung ganz heiß wird.

Wir haben diese Nacht miteinander verbracht, aber trotzdem fühlt sich öffentliches Händehalten für mich plötzlich viel intimer an als alles Vorherige.

Ich ziehe meine Hand weg und fahre mir stattdessen durch das zerzauste Haar. »Möchtest du noch was anderes ausprobieren?« Meine Stimme ist etwas leiser geworden.

»Eins der anderen Foltergeräte?« Leo reißt die Augen auf.

Ich nicke. »Man härtet ab mit der Zeit, versprochen!«

Er schüttelt den Kopf. »Ich schlage vor, bevor wir uns wieder das Hirn aus dem Kopf schleudern, gehen wir lieber Lebkuchen kaufen.«

»Lebkuchen?« Ich runzele die Stirn. »Wir haben Mai.«

»Es ist nie zu früh, Lebkuchen zu essen.«

»Oh doch!«, beschwöre ich. »Lebkuchen isst man frühestens ab November. Alles andere verstößt gegen den Weihnachtskodex.«

»So was gibt es?« Leo kann ein höhnisches Grinsen nicht unterdrücken.

»Aber hallo!«, sage ich todernst. »Und ich nehme das sogar sehr genau. Wenn du also vorhast, heute Lebkuchen zu verputzen, muss ich das an den Nikolaus melden.«

»Meinst du, ich bekomme dann auch eine Rute?« Als seine Worte den Mund verlassen haben, sehe ich ihm sofort an, dass er es bereut. »Tut mir leid, Maggie. Ich wollte nicht …«

Sofort unterbreche ich ihn. »Alles okay.« Hastig hole ich einen tiefen Zug Luft. »Lebkuchen darfst du trotzdem nicht essen. Nicht, solange du mit mir unterwegs bist.«

Leo räuspert sich: »Gibt es sonst noch Regeln, an die ich mich halten muss?«

Ich tue so, als würde ich überlegen. »Keine Kirmes ohne Achterbahn.«

»Kein Problem. Wir gehen einfach nie wieder auf eine Kirmes.«

Als mir der Inhalt seiner Bemerkung bewusst wird, flattert in meinem Bauch etwas auf. Wir sprechen so, als habe das alles hier eine Zukunft. Das Verrückte daran ist, dass mir die Vorstellung gefällt.

»Keine Liebesschlösser«, ergänzt Leo und reißt mich damit wieder aus den Gedanken.

»Keine Liebesschlösser!«, wiederhole ich bestätigend. »Wir können stattdessen Zuckerwatte essen. Wenn du magst?«

Und ehe ich mich's versehe, spüre ich Leos Hand an meiner. Seine Finger umfassen zuerst mein Handgelenk, dann gleiten sie weiter runter, bis sein kräftiger Griff meine ganze Hand umschließt.

Mein Atem beschleunigt sich, und in meinem Kopf überschlagen sich die Gedanken. Die drängendste Frage aber ist, wann zum Teufel ich ihn endlich wieder küssen kann.

9. Kapitel

Leo

Wir schaffen es kaum durch die Tür.

»Wenn uns die Nachbarn so sehen«, höre ich Maggies Kichern an meinem Ohr, ehe sie mich in meine Wohnung schiebt. Ihre Arme schlingen sich um meinen Hals, und ihr Gesicht ist plötzlich so nah, dass ich ihren Atem auf meiner Haut spüre.

Ich dränge sie gegen die Wand und versiegele ihren Mund mit meinen Lippen.

Diese Küsse machen mich wahnsinnig. Sie bringen mich dazu, alles um uns herum auszublenden. Ich will nur eins: dass es verdammt noch mal nie mehr aufhört. Dass dieses Wochenende kein Ende mehr nehmen wird. Nie mehr.

»Ich war seit zwei Tagen nicht duschen, trage seit gestern die gleiche Kleidung, und wir waren den ganzen Tag unterwegs«, kichert Maggie und schiebt meine Hand von ihrem Bauch. »Wir können jetzt unmöglich ...«

Bevor sie weitersprechen kann, deute ich mit dem Finger ein Schweigen an.

»Ich hätte da eine Idee ...« Ehe sie sich versieht, habe ich nach ihrer Hand gegriffen und ziehe sie ins Badezimmer. »Wozu habe ich eine große Dusche?«

Als ich mich zu ihr umdrehe, hat Maggie schon ihr Top über den Kopf gezogen.

»Na dann.« Sie grinst. »Worauf warten wir noch?«

Ich trenne mich ebenfalls von Shirt und Pullover, öffne eilig den Gürtel und verliere Maggie dabei nicht aus den Augen. Allein ihr dabei zuzusehen, wie sie sich die Jeans von den Beinen streift, lässt meine Lust in die Höhe schießen. Als wir beide in Unterwäsche nebeneinanderstehen, habe ich das dringende Bedürfnis, sie am ganzen Körper zu berühren.

Langsam, viel zu langsam, mache ich einen Schritt auf sie zu, bis wir so nah voreinander stehen, dass ich ihren Atem in meinem Gesicht spüren kann. Ich strecke die Hand nach ihr aus, streiche eine Haarsträhne hinter ihr Ohr und betrachte ihre smaragdgrünen Augen.

»Bitte«, haucht sie, als ich mit den Lippen genüsslich über ihren Hals fahre, um sie zu küssen.

»Bitte, lass mich nicht zappeln.«

Die Erektion in meinen Boxershorts lässt mich kaum an etwas anderes denken als daran, endlich wieder in ihr zu sein.

Während Maggie mit ihren Fingern meinen Rücken entlangfährt und schließlich an meinen Shorts angelangt ist, öffne ich hastig ihr Bustier. Sanft lege ich meine Hände um ihre kleinen Brüste und beuge mich schließlich hinunter, um sie mit meinem Mund zu verwöhnen.

Lustvoll greift sie nach meinem Arm und dreht mich in Richtung Dusche. »Nicht hier.«

Ich folge ihr, trete nach Maggie unter das warme Wasser und schließe kurz die Augen, um meine Haare unter den Strahl zu stellen.

Es ist, als würde ich mich vergessen. Die Hitze strömt direkt in mein hartes Glied. Meine Hände umfassen ihr Gesicht wie automatisch, und im nächsten Moment küssen wir uns, als würde mein Leben davon abhängen.

»Leo.« Ich höre meinen Namen. Doch sie spricht nicht weiter, presst ihre Lippen fester auf meine.

Wir halten uns für eine gefühlte Ewigkeit, berühren uns, küssen uns, verlieren uns in diesem Augenblick.

»Bleib«, dringt es aus ihrem Mund.

»Was?«, frage ich. Mein Herz klopft schnell, der Wasserstrahl ist so nah an meinem Ohr, dass ich sie kaum verstehen kann.

Doch ohne zu antworten, lässt sich Maggie auf die Knie sinken. Ich will sie festhalten, fürchte zuerst, sie sei gefallen. Doch dann schießt das Blut zwischen meine Beine, und ich spüre ihre Lippen, die meine Härte umschließen. Mich durchfährt ein Stöhnen.

Oh Gott. Was macht sie nur mit mir?

Mit der einen Hand fährt sie immer wieder über meinen unteren Bauch, mit der anderen hält sie sich die nassen Haare aus dem Gesicht. Der Anblick jagt mir einen Stoß der Erregung nach dem anderen durch den Unterleib. Ich drohe jeden Moment zu explodieren, will sie bitten, langsamer zu machen, den Augenblick auszukosten. Ich möchte in ihr sein, mich in ihr bewegen, langsam und dann schnell. Doch dann vernebelt die Realität, und ich kann nicht anders als zuzulassen, dass die Hitze meinen Körper überfällt und ich den besten Blowjob meines Lebens bekomme.

• • •

Maggie hört das Klingeln zuerst. Mit einem Mal ist sie hellwach und stürzt sich förmlich auf die Tasche.

»Drei verpasste Anrufe. Ich habe das Telefon unter der Dusche nicht gehört.«

Ich setze mich auf die Bettkante und fahre mit der Hand durch mein immer noch feuchtes Haar. Das, was ich gerade erlebt habe, war der absolute Wahnsinn. Wie in einer Trance sind wir nebeneinander aufs Bett gefallen, und mit ziemlicher Wahrscheinlichkeit hätte es nicht mehr lang gedauert, bis ich eingeschlafen wäre. »Vielleicht ist etwas passiert!«, sorgt sich Maggie und stürmt mit dem Handy am Ohr aus dem Zimmer.

Ich bin mir ziemlich sicher, dass die Angst mit ihrer verstorbenen Schwester zu tun hat, denn um ehrlich zu sein, hatte ich es noch nie so eilig, an mein Telefon zu gehen.

»Leo!« Ihre Stimme zittert, als sie zurück ins Schlafzimmer kommt.

Ich stehe auf, halte mit einer Hand das Handtuch fest und mache einen Schritt auf sie zu. »Ist alles in Ordnung?«

Nein. Ihr Blick verrät mir, dass es alles ist, aber nicht in Ordnung.

»Mein Vater. Leo, ich muss ins Krankenhaus.«

Mein Herz macht einen Sprung.

»Ich muss ins Krankenhaus«, wiederholt sie, diesmal noch panischer.

»Was ist passiert?«, frage ich und suche hektisch meine Kleidung zusammen.

»Mein Vater hatte einen Herzinfarkt. Wir wissen noch nichts Genaues. Meine Mutter sitzt im Krankenhaus und wartet auf den Bescheid der Ärzte. Ich muss zu ihr.« Vollkommen aufgelöst hebt sie ihre Wäsche auf, streift sich das Top über und schlüpft in die Jeans.

»Wie komme ich von hier aus nach Düsseldorf? Ich muss los.«

Ich versuche, meine Gedanken zu sortieren. Nach Düsseldorf

braucht sie mit den öffentlichen Verkehrsmitteln mindestens eine Stunde, sicher sogar mehr.

»Warte, Maggie. Lass mich mitkommen.«

»Was?«

»Ich fahre dich.«

10. Kapitel

Maggie

»Weißt du überhaupt, wie das funktioniert?«, frage ich Leo skeptisch und steige in den Wagen ein.

»Das ist ganz einfach«, beantwortet er nicht so wirklich meine Frage.

Ich habe keine Ahnung von diesem Carsharingmodell. Deshalb hoffe ich einfach, dass Leo mich sicher und schnell ins Krankenhaus fährt.

Mein Puls rast wie verrückt, als ich mich auf den Stoff des Autositzes sinken lasse und darauf warte, dass Leo den Motor startet.

»Was passiert nach einem Herzinfarkt? Wie stehen die Chancen? Leo, du bist fast Arzt.«

Er korrigiert mich nicht, beantwortet aber auch nicht meine Frage. »Es wird alles gut, Maggie.«

»Woher willst du das wissen? Hattest du schon einmal so einen Zusammenbruch?«

Leo sagt nichts, fährt konzentriert aus der Parklücke und schlängelt sich in den Verkehr.

»Er hat seine Tochter verloren. Seine kleine Tochter. Wie sollen wir wissen, dass er das erträgt? Wie viel macht so ein Körper mit?« Schon wieder sind da diese Tränen. Tränen, die ich einfach nicht zurückhalten kann. Leos rechte Hand sucht nach meinem Oberschenkel, doch ich ziehe mein Bein zurück.

»Nimm beide Hände ans Lenkrad«, fauche ich ihn an. »Willst du, dass wir auch einen Unfall bauen?«

Die Worte sprudeln aus meinem Mund wie Gift, aber ich kann nichts dagegen tun.

Leo starrt stur geradeaus. Er reagiert auch nicht, als ich meinen Oberkörper nach vorne reiße und die Hände an meinen Kopf schlage.

»Er stirbt. Alle sterben meinetwegen. Es ist meine Schuld. Alles ist meine Schuld.«

Ich spüre den Druck zuerst in meinen Beinen. Er schießt wie tausend Blitze durch meine Muskeln und verwandelt mich innerhalb von Sekunden in eine tickende Zeitbombe.

Die Wut ist wieder da, und ich bekomme kaum noch Luft.

Ich will Leo anschreien, ich will, dass er all den Hass spürt, der in mir lodert. Den ich fühle. Den ich gegen mich fühle.

Ich will, dass jemand versteht, wie tief verwundet ich bin.

»Maggie, bitte beruhige dich.«

»Lass mich.« Ich beiße fest die Zähne zusammen, um nicht etwas zu sagen, was ich hinterher bereue.

Ich will ihm wehtun. Nicht.

Ich will, dass er leidet. Nicht.

Ich will. Nicht.

Ich weiß es nicht.

Ich weiß nichts mehr.

Selbst von der Seite kann ich erkennen, dass Leo absolut überfordert mit der Situation ist.

Es tut mir so leid. Dass ich ihm das antue. Dass ich dieses

Monster bin, das ihn verletzen will. Er hat das nicht verdient. Verdammt. Niemand hat das verdient.

»Was siehst du draußen?«, höre ich seine Stimme.

»Wo?« Mein Hals schnürt mir immer weiter die Luft ab.

»Was siehst du, wenn du aus dem Fenster schaust? Zähl mir alle Gegenstände auf, die blau sind.«

Ich brauche einen Augenblick, um zu verstehen. Etwas in mir weigert sich, mitzuspielen. Doch dann sehe ich Paulinas Gesicht vor mir. Ich sehe meinen Vater. Ich sehe Leo, der alles in seiner Macht Stehende versucht, um mich sicher zu meinen Eltern zu bringen.

»Nachthimmel«, presse ich hervor.

»Welche Farbe hat der Himmel genau? Ist es ein Dunkelblau, oder ist es eher ein Schwarz?«

Kurz überlege ich. »Ein ganz tiefes Blau, fast schwarz. Aber es ist noch kein Schwarz. Es ist blau.«

»Und siehst du auch Wolken?«

Ich nicke. Dann bemerke ich, dass Leo seinen Blick nach vorne aus dem Fenster gerichtet hat.

»Ja«, sage ich also. »Die Wolken sind nur ganz schwach zu sehen. Aber ich erkenne den Mond.«

»Haben wir abnehmenden oder zunehmenden Mond?«

Ich erinnere mich daran, wie mein Vater mir einst den Unterschied erklärt hatte: »Wenn der Mond abnimmt, ist die linke Hälfte gewölbt. Das kannst du dir merken, weil das kleine a auch links eine Rundung hat.«

»Zunehmend«, sage ich und fahre mit den Fingern an den Scheiben die rechte Mondwölbung nach.

Langsam merke ich, wie der Druck in meinen Muskeln nachlässt. Dennoch höre ich nicht auf. »Ich sehe die Autobahnpfeiler. Als Kind habe ich sie immer gezählt.«

»Ich auch«, sagt Leo. »Und wenn wir in den Urlaub gefahren sind, hat meine Mutter irgendwann eine zufällige Zahl genannt und behauptet, das wäre die genaue Anzahl an Pfeilern, die wir noch bräuchten, um anzukommen. Ich habe stundenlang mitgezählt.«

»Und dann?«, frage ich.

»Meist bin ich eingeschlafen.« Wir verlassen die Autobahn. Mein Herz schlägt immer noch schnell in meiner Brust, doch immerhin kann ich langsam wieder atmen.

»Leo?«

»Ja.«

»Tut mir leid.«

»Schon okay.«

»Ich habe so viel Angst.«

»Ich weiß, Maggie. Aber ... ich bin bei dir, okay?« Er wendet den Blick nicht von der Fahrbahn ab.

Meine Stimme senkt sich. »Okay.«

Als wir den Stadtrand erreichen, schließe ich die Augen und konzentriere mich auf meine Atmung.

»Wir sind gleich da. Noch maximal acht Minuten«, verkündet Leo schließlich.

Ich nicke schwach, schaffe es nicht, zu antworten. Es hätte wieder passieren können. Hier. Hier in diesem Auto. Es hätte wieder passieren können.

Dass ich die Kontrolle verliere. Dass ich *mich* verliere. Oder auch uns.

• • •

»Maggie.« Ich sehe meine Mutter am anderen Ende des Ganges. Ich höre ihre Stimme. Ich weiß, dass sie dort steht. Aber trotzdem wirkt alles so unecht, als wäre es nicht ich, die das erlebt, sondern jemand anders.

»Mama.« Meine Beine laufen von allein, immer schneller und schneller, bis ich meiner Mutter in die Arme fallen kann. Ich umschlinge ihren Hals, vergrabe mein Gesicht in ihrer Schulter und rieche den vertrauten Geruch ihres Parfüms. Als sie ihre Hände auf meinen Rücken legt, spüre ich durch den Stoff die Kälte.

Meine Mutter ist tränenüberströmt, und ihre Mascara ist verwischt.

»Wo ist er?«, frage ich und sehe mich im Flur nach rechts und links um. »Können wir ihn sehen?«

Meine Mutter schüttelt den Kopf. »Ich sitze schon fast zwei Stunden hier und warte. Eine Bypass-Operation dauert ungefähr drei Stunden.« Ihre zittrige Stimme ist für mich kaum zu ertragen. Ich fasse ihre Hand fester und presse ihr einen Kuss auf die Wange. »Jetzt bin ich da, okay? Ich bin hier.«

Erst bei diesen Worten zündet wieder etwas in meiner Erinnerung, und ich zucke zusammen. »Ich bin nicht alleine gekommen«, sage ich und drehe mich zu Leo um.

Ein wenig verunsichert und mit Abstand steht er dort und lächelt traurig, als meine Mutter ihn ansieht.

»Leonard, ich bin ein Freund Ihrer Tochter.« Reaktionslos beobachte ich, wie meine Mutter seine Hand nimmt und sich mit ihrem Vornamen vorstellt.

Ich weiß genau, dass Mama sich unter gewöhnlichen Umständen als Allererstes die Frage stellen würde, was genau *ein Freund* bedeutet. Doch heute sieht sie einfach nur mit verquollenen Augen zwischen Leo und mir hin und her und sagt dann: »Es ist gut, dass du nicht allein gefahren bist, Maggie.«

Ich schlucke. Dann nicke ich und begleite meine Mutter zu einer Reihe von Stühlen. Leo setzt sich rechts von mir auf einen

Platz. Keiner von uns sagt etwas, doch ich spüre seinen leeren Blick. Ich kann mir denken, dass er sich alles andere als wohl in seiner Haut fühlt, doch trotzdem bin ich froh, dass er bei mir geblieben ist. Schnell wende ich den Blick von ihm ab.

Mit geschlossenen Augen lasse ich die Minuten passieren. Minuten, in denen ich keine Worte finde, meine Mutter zu trösten. Ein Ertrinkender kann einen anderen Ertrinkenden nicht retten.

»Frau Freytag?« Ich zucke zusammen, als unser Name durch den Flur schallt. Plötzlich steht eine Krankenschwester vor uns. »Sind Sie Frau Freytag?« Sie wendet sich an meine Mutter. Diese springt sofort von ihrem Stuhl auf.

»Wie geht es ihm? Geht es ihm gut?«

Die Schwester lächelt uns beruhigend an. »Ich darf Ihnen leider nichts sagen. Aber die Ärztin erwartet Sie. Ich begleite Sie hin.«

Vor weniger als fünf Stunden habe ich auf einer Achterbahn gesessen und den Kick gesucht, und auf einmal fühle ich mich mitten im freien Fall. Es ist, als wäre mir der Boden unter den Füßen weggerissen worden. Meine Beine zittern, als ich aufstehe.

»Maggie.« Leo hält meinen Arm fest. »Ich warte hier, okay?«

Hin- und hergerissen suche ich den Blick meiner Mutter, doch diese ist aufgeregt hinter der Krankenschwester hergelaufen.

»Ich glaube, alles andere wäre ziemlich unpassend«, sagt Leo und umarmt mich fest. Als ich seinen Körper so eng an mich gepresst fühle, wünsche ich mir, die Zeit zurückspulen zu können. »Okay.« Vorsichtig löse ich mich von ihm und wende mich ab.

Und als mich meine Füße Schritt für Schritt über den Boden des Krankenhauses tragen, merke ich, wie ein Teil von mir sich weiter und weiter und weiter von ihm entfernt.

Ein Teil, der genau weiß, dass er Leos Zuneigung verdammt noch mal nicht verdient hat.

• • •

Mein Vater ist um mindestens zehn Jahre gealtert. Vielleicht ist es aber auch nicht der Herzinfarkt gewesen, der mir sein Gesicht so fremd und mitgekommen aussehen lässt. Vielleicht ist es der Zerfall. Ein Zerfall, den auf diese brutale Weise nur Eltern fühlen können, die ihr Kind verlieren. Ich will tief durchatmen, doch die Luft hier im Krankenzimmer ist so dick, dass sie kaum einen Weg in meine Lungen findet.

Selbst die Worte der Ärztin dringen nur wie durch einen Schleier zu mir durch. Mein Vater wird wieder nach Hause kommen. So viel habe ich verstanden.

»Er wird weitestgehend wie vorher leben können«, hat die Ärztin vorhin gesagt. Aber was hieß das schon? Vorher? Für unsere Familie gibt es nur ein einziges Vorher. Und das ist seit einem halben Jahr vorbei.

»Wir sind morgen früh wieder da.« Meine Mutter streicht über die Wange meines Vaters. »Die Familie hält doch zusammen.« Bei ihren letzten Worten bohrt sich ein dicker Pfeil in meine Brust. Tut sie das? Hält unsere Familie noch zusammen? Oder ist sie in dem Augenblick zerrissen, in dem ein Glied aus der Kette herausbrach?

Ich bin mir sicher, dass auch meine Mutter in diesem Augenblick an Paulina denkt. Paulina, die Jüngste von uns, die in solchen Situationen als Einzige gewusst hätte, was zu sagen ist.

Paulina, die heute noch leben könnte, wenn ich in dieser verdammten Nacht einmal das Richtige getan hätte. Wir verlassen das Krankenhauszimmer zu dritt. Mam. Ich. Und diese verdammte Schwere.

»Gib mir einen Augenblick, okay?« Ich schlucke den Kloß immer wieder hinunter, um die aufkommenden Tränen zurückzuhalten. »Du kannst schon zurückgehen. Ich muss nur kurz …« Atmen. Einatmen und ausatmen. »Ich muss nur auf die Toilette.«

Ich kämpfe gegen den unerträglichen Drang an, mich zu übergeben. Es ist halb zwei Uhr nachts. Durch das große Fenster im Krankenhausflur fällt schwaches Mondlicht herein.

»Okay, Schatz. Aber bitte …«

»Ich beeile mich«, presse ich hervor, halte mir unauffällig die Hand vor den gekrümmten Bauch und zwinge mich zu einem erschöpften Lächeln. Meine Mutter ist noch so in ihren Kummer versunken, dass sie blind für meine Panik ist. Die Doppelflügeltür springt auf, und schon ist meine Mutter dahinter verschwunden.

So schnell mich meine Beine tragen, eile ich in die Richtung, in der das Besucher-WC ausgeschildert ist.

Der Toilettenraum ist menschenleer.

Ich höre das Geräusch der Lüftung und erschaudere. Alles erscheint mir wie in einem Horrorfilm. Doch mein rasendes Herz lässt mich kaum klare Gedanken fassen.

Das alles hier ist zu viel. Viel zu viel. Die Nacht mit Leo. Diese plötzlichen Gefühle, die meinen Körper in Hochspannung versetzen. Mein Vater, den ich an diesem Abend hätte verlieren können. Paulina. Schuld. Schuld. Schuld. Die Gedanken hämmern gegen meine Stirn.

Spannung zieht aus meinen Beinen hoch in den Bauch.

Nein, bitte nicht. Ich will nicht, dass das hier passiert.

Eine Welle aus Zittern, aus Schmerz, aus Wut überrollt mich.

Ich werfe mich gegen die Wand neben dem Waschbecken, schließe die Augen und fahre mit den Händen vorsichtig über das Porzellan. Ich brauche Wasser. Blind drehe ich den Hahn auf und halte meine Finger unter den kalten Strahl.

Gierig beuge ich mich runter und lasse die Kälte über mein angespanntes Gesicht laufen. Leo. Meine Mutter. Sie warten draußen auf mich. Der Zeitstress macht den Druck in meinem Bauch nur noch schlimmer.

Hastig krame ich mein Handy aus der Tasche. Meine Finger krallen sich um das Display so fest, weil ich fürchte, es sonst jeden Augenblick gegen die Wand zu schmeißen.

»Ich brauche noch einen Augenblick«, tippe ich eine Nachricht an meine Mutter. Mit dem letzten Stück Selbstbeherrschung halte ich mich davon ab, sie in einer Sprachnotiz anzuschreien. Ihr zu sagen, dass sie schuld ist. Schuld, weil sie diese Nacht noch mehr für meinen Vater da sein sollte. Weil sie Paulina die Party erlaubt hat. Weil sie es mir so schwer macht, mich ihr anzuvertrauen.

Weil ich überhaupt existiere. Weil sie meine Mutter ist und Mütter immer Schuld haben.

Bumm. Bumm. Bumm. Am Arsch. Das ganze Leben kann mich am Arsch lecken. Meine Mutter. Mein Vater. Leo. Alle am Arsch. Mit geballten Fäusten schlage ich gegen die geflieste Wand, in der Hoffnung, irgendwie den Druck aus meinem Körper ableiten zu können. Doch es funktioniert nicht. Es funktioniert einfach nicht.

Meine Gedanken und Gefühle stellen sich quer. Sie kontrollieren meine Bewegungen, lassen mich mich machtlos fühlen. Machtlos gegenüber der ganzen verdammten Welt.

»Maggie?« Als ich Leos Stimme höre, wird der Stein in meinem Bauch zu einem Felsbrocken. Ich kann nicht mehr stehen. Die Wut übermannt mich, sie lässt mich verschwinden. Ich bin die Wut. Ich bin nichts anderes mehr.

»Maggie? Bist du da drin?«

Was macht er hier? Warum zum Teufel hat er mich gesucht?

Ich will nicht antworten, ich will, dass er wieder verschwindet. Dorthin verschwindet, wo er hergekommen ist.

»Hau ab«, keuche ich. »Lass mich in Ruhe.«

Einen Moment später schiebt sich die Tür auf. Zuerst sehe ich nur den Schatten seiner Gestalt, die auf den blau leuchtenden Boden fällt.

»Was machst du hier? Was ist passiert?« Er schaut mich besorgt an.

»Verschwinde«, zische ich. »Verschwinde einfach.«

Ich kann genau sehen, wie ihm das Lächeln aus dem Gesicht fällt.

»Maggie? Alles ist gut. Ich habe mit deiner Mutter gesprochen. Dein Vater wird ...«

»Nichts wird. Ich habe gesagt, du sollst verschwinden.«

Wut. Druck. Wut. Druck.

Lass mich nicht los.

»Das ... das verstehe ich nicht.« Plötzlich ist in seinen Augen so viel Betroffenheit.

»Was verstehst du nicht?«, feuere ich. »Dass ich dich nicht mehr wiedersehen will?«

Leo schluckt. Er ist zu fassungslos, um zu sprechen. Zu verletzt. In der Luft liegt eine Schwere. Eine Schwere, die mich beinah zerquetscht.

»Heulst du wirklich um zwei Tage? Zwei Tage, die mir nichts bedeutet haben?« Ein kaltes Lachen dringt aus meinem Mund. Ein Lachen, das kein Lachen ist. Ein Lachen, an dessen Stelle ein bitterliches Weinen sein sollte.

»Maggie. Erklär mir, was hier passiert«, sagt er trocken, macht einen Schritt auf mich zu.

»Fass mich nicht an«, spucke ich ihm förmlich entgegen. »Verschwinde aus meinem Leben.«

Bleib. Mit jedem Schritt, den er sich mir nähert, gehe ich einen halben Meter nach hinten. Bis ich mit dem Rücken vorm Waschbecken stehe. »Geh einfach!«

Bleib.

»Geh und melde dich nicht mehr bei mir.«

Tu's nicht.

Der Schmerz in seinen Augen jagt mir einen scharfen Stich in die Brust. Ich bin ein Monster. Ich habe ihn nicht verdient.

»JETZT.« Das Schreien kommt von mir.

Leo weicht zurück, er dreht sich um.

Er geht. Er geht. Er geht.

Und das, obwohl ich doch so unbedingt wollte, dass er bleibt.

2. Teil

Juli, jetzt

11. Kapitel

Maggie

»Das können Sie doch nicht machen«, höre ich meine eigene Stimme sagen. Ich klinge fremd in meinen Ohren. Ganz weit weg und gleichzeitig viel zu schrill.

»Es tut mir wirklich leid, Frau Freytag, aber ich kann nichts mehr für Sie tun.«

Mit ungläubigen Augen sitze ich da und zähle gedanklich bis drei. Der fette Kloß in meinem Hals macht es mir schwer, Luft zu holen. Die Panik schießt wie ein Pfeil durch meine Brust.

Es ist Montag, ich befinde mich im dritten Stock des BAföG-Amts und stehe kurz vor einem Zusammenbruch.

»Es muss doch noch eine Möglichkeit geben. Vielleicht kann ich das irgendwie erklären?«

Herr Wagner seufzt, setzt sich erneut an den Computer und überfliegt sein Dokument. »Glauben Sie mir, ich würde Ihnen wirklich gerne helfen, aber mir sind die Hände gebunden. Es steht nun einmal so in den Voraussetzungen für die BAföG-Zahlung. Spätestens im vierten Monat des fünften Semesters müssen die Leistungen bis Ende des vierten Semesters nachgewiesen werden. Und Ihnen fehlen ja bestimmt noch fünf Klausuren.«

Sechs, verbessere ich ihn gedanklich. Mir fehlen sechs Klausuren. Genau genommen vier und zwei Hausarbeiten.

Er schenkt mir ein mitleidiges Lächeln. Als würde das irgendetwas ändern.

Ein Brennen schießt durch mein Handgelenk, und ich betrachte die Rötung, die durch das Schnipsen meines Haarbands verursacht wurde. Doch ich höre nicht auf, lasse das Band wieder und wieder gegen meine Haut schießen, um mich von den Gedanken abzuschirmen. Ich schlucke, höre die Stimme des Beamten nur noch ganz weit weg. »Dann ... kann ich jetzt gehen?«, frage ich im gleichen Moment, in dem ich mich abwende.

Ich versuche, ruhig zu atmen, den Kloß in meinem Hals runterzuschlucken. In mir tobt ein Kampf, von dem niemand außer mir etwas mitbekommt. Das habe ich mittlerweile zumindest die meiste Zeit im Griff.

»Jeder kann verstehen, dass Sie jetzt erst einmal verzweifelt sind, aber ich kann Ihnen anbieten, das Ganze noch einmal mit der Studierendenberatung durchzugehen.« Herr Wagner kratzt sich am Hinterkopf. »Vielleicht finden Sie eine andere Möglichkeit, das Studium zu finanzieren. Zum Beispiel durch einen Kredit.«

Am liebsten würde ich den Kerl einfach zum Verstummen bringen. Wenn er doch nur wüsste, was seine Worte in meinem Inneren anrichten.

»Frau Freytag, hören Sie mir noch zu?« Irritiert hebt er die Hand, als könne er mich damit aus meiner geistigen Abwesenheit holen.

Ich nicke stumm, erhebe mich und zeige mit dem Finger in Richtung Tür, in der Hoffnung, nun endlich verschwinden zu können.

Die Enge in meinem Hals ist kaum noch zu ertragen. Blitzschnell drücke ich die Türklinke runter und stürze aus dem Raum.

Als ich mit dem Rad in die Straße einbiege, in der ich seit einem Jahr wohne, bin ich vollkommen außer Atem. Ich habe ziemlich heftig in die Pedale getreten. Doch dafür haben der Druck und die Schwere in meiner Brust nachgelassen. Konzentriert atme ich die Sommerluft durch die Nase ein und steige vom Rad.

»Ich fürchte ... ich brauche dich nicht zu fragen, wie es gelaufen ist«, begrüßt mich Alicia beim Hineinkommen. Ein Blick in mein frustriertes Gesicht hat ihr vermutlich gereicht.

»So ist es«, sage ich emotionslos und lasse mich von innen an der Haustür hinabgleiten. Alicia bleibt im Flur stehen. Ihre braunen Locken stehen in alle Richtungen ab, und sie trägt ihre Lesebrille. Vermutlich hat sie den ganzen Vormittag gelernt. Das würde auch den müden Ausdruck und die Erschöpfung in ihrem blassen Gesicht erklären.

»Ich habe echt gedacht, dass es noch eine Chance gibt. Ich meine, so ein bisschen Toleranz.«

»Mir fehlen die Punkte für sechs Prüfungen. Sechs! Das kann ich gar nicht schaffen.« Mein Kopf liegt schwer auf meinen angewinkelten Knien.

»Na ja, da braucht es ... vielleicht noch mehr Toleranz?«

Ohne es zu wollen, muss ich grinsen.

Ich liebe meine Mitbewohnerin. Auch, wenn ich weiß, dass die einzige Person, die an dieser Situation schuld ist, ich selbst bin, tut es unheimlich gut, jemanden zu haben, der mit für einen einsteht.

»Es ist zwölf Uhr vormittags, und ich fühle mich, als wäre ich den ganzen Tag durchgerannt.«

Alicia nickt. »Willst du vielleicht erst einmal etwas essen? Ich habe dir vom Hummus was übrig gelassen. Steht im Kühlschrank.«

Ich lege meinen Rucksack im Flur ab und folge Alicia in unsere WG-Küche. Genau genommen ist unsere Küche mehr eine kleine Kochecke. Viel Platz zum Zubereiten haben wir jedenfalls nicht. Zwei Herdplatten, einen vollgestopften Kühlschrank mit bunten Klebezetteln an der Tür und eine Spüle.

Direkt neben dem Esstisch befindet sich eine Fensterbank mit Kräutern, die rein zufällig immer dann eingehen, wenn ich mit Gießen dran bin. An der Wand neben einem instabilen Vorratsregal hängt ein Kalender mit Hundefotos, der eigentlich schon drei Jahre alt ist. Alicia besteht darauf, dass er hängen bleibt, und da er streng genommen schon länger hier wohnt als ich, habe ich kein Mitspracherecht.

Während ich mir eine halbe Tüte Cracker mit Hummus einverleibe, zerbreche ich mir den Kopf über meine Optionen. Ohne den Zuschuss zum Studium bin ich geliefert. Ich kann nicht einmal meine nächste Miete bezahlen. All die Pläne, die mir die letzten Monate das Gefühl von Halt vermittelt haben, liegen mit den Füßen getreten vor mir. Und das Schlimmste ist: Ich weiß genau, dass das alles meine Schuld ist. Ich habe Prüfungen im letzten Augenblick verschoben oder nicht bestanden. Seit Beginn des Studiums habe ich so sehr mit meinen vielen Gedanken gekämpft, dass es mir schwerfiel, mich aufs Lernen zu konzentrieren. Immer wenn ich mich auf die Uni konzentrieren wollte, fing der Stress in meinem Kopf an, lauter zu werden.

Ich fühle mich so kraftlos und leer, dass ich seit einer Stunde am Küchentisch sitze, die Augen geschlossen habe und die Gedanken durch meinen Kopf stürmen lasse.

Ich gebe Alicia genau eine Stunde Zeit, dann raffe ich mich auf und klopfe an ihre Tür. Mein Inneres steht unter Hochspannung, und ich weiß mir einfach nicht mehr anders zu helfen.

»Darf ich ...?«

»Immer«, höre ich ihre Stimme durch die Tür. Ich schiebe mich in ihr Zimmer und bleibe unschlüssig vor ihrem Bett stehen.

Alicia hat die Nase in ein Unibuch gesteckt und liegt alle viere von sich gestreckt auf der karierten Bettdecke.

»Krisengespräch?«

Ich nicke. »Eventuell.«

Nervös setze ich mich auf ihren Schreibtischstuhl, ziehe die Beine an und lege den Kopf auf die Knie.

»Wenn ich keinen Job finde, muss ich mich sofort dransetzen, einen Untermieter für mein Zimmer zu finden«, sage ich knapp und beobachte, wie Alicia sich wortlos aufsetzt. »Ich habe kaum Ersparnisse, und wenn der Zuschuss fürs Studium wegfällt, muss ich zurück zu meinen Eltern ziehen.«

Allein bei der Vorstellung fühle ich eine dicke Faust in meinem Magen.

Ich habe seit über drei Wochen kein Wort mit meinen Eltern gewechselt. Was sie sagen würden, wenn ich plötzlich mit gepackten Kartons vor der Tür stehen würde?

Das geht einfach nicht, nein.

»Das geht einfach nicht«, spricht Alicia meine Gedanken laut aus. »Du kannst mich doch nicht meinem Schicksal hier überlassen.« Sie springt von ihrem Bett auf und setzt sich direkt vor mir auf den Boden.

»Glaub mir, ich werde das nicht freiwillig tun.«

Ich sehe auf sie hinab und versuche, die aufsteigenden Tränen zu verhindern.

Wenn Alicia wüsste, was für mich alles an dieser Wohnung hängt.

Nicht nur unsere Freundschaft, sondern auch mein gesamter Neuanfang. Ein Neuanfang, den ich brauchte, um zu verarbeiten, dass es die alte Maggie nicht mehr gibt und nie mehr geben wird.

»Du brauchst einen Job«, sagt Alicia bestimmt. »Wir sind in Köln. Großstadt! Es dürfte doch nicht so schwierig sein, dich irgendwo unterzubringen.«

Alicia steht auf, geht zu einem ihrer Wandregale und zieht ihren Laptop heraus. »Überlass das mir, okay? Vielleicht habe ich auch schon eine Idee.«

Ein Lächeln windet sich um meine Lippen. Das ist der Grund, warum ich Alicia liebe. Sie lässt mich nicht im Stich und ist einer der wenigen Menschen, die einfach bleiben.

Als ich am nächsten Morgen wach werde, fühlt es sich so an, als wache ich aus einem Jahrhundertschlaf auf.

Im Flur poltert etwas. Es klingt, als sei etwas runtergefallen. Dann höre ich ein lautes Fluchen.

Ich hole tief Luft, räuspere mich und rufe: »Alles okay?«

»Jaha.« Alicia klingt gereizt.

Meine Zimmertür fliegt auf, und meine Freundin steht in Jeans und Shirt vor mir. Zuerst schaut sie irgendwie sauer aus, dann unglaublich verdutzt: »Was ist denn hier los?«

Irritiert setze ich mich auf, merke, wie mein Kreislauf noch etwas hinkt, und lehne mich gegen die Wand. »Was soll sein?«, frage ich und fahre mit den Händen meinen Nachttisch ab. Irgendwo dort muss ich mein Handy über Nacht zum Laden hingelegt haben.

»Wir haben fast halb zwei.« Alicia starrt mich fassungslos an.

»Erst?«, frage ich sarkastisch. Meine Hände erfassen mein Handy. Ich entriegele den Bildschirm und scrolle durch meine Nachrichten.

»Ist alles okay bei dir?« Alicia sucht mein Zimmer nach irgendwelchen Hinweisen ab. Weiß Gott, was sie erwartet. Benutzte Kondome? Einen Typen, den ich ruckartig unter meinem Bett versteckt habe?

»Abgesehen davon, dass ich wirklich existenzielle finanzielle Probleme habe, ist alles super«, sage ich ironisch und lege das Handy zur Seite.

Ich stelle mir vor, wie die Zeit genau in diesem Moment stehen bleibt, ich für immer in diesem Bett liegen bleibe und es absolut keine Konsequenzen haben würde.

»Um ehrlich zu sein, habe ich nicht einmal gewusst, dass du noch hier drin bist, bis du gerufen hast.« Alicia seufzt.

»Wie dem auch sei ... Wolltest du den Wäschekorb im Flur nicht gestern noch ausräumen? Ich habe mir heftig den Fuß gestoßen.«

Stimmt. Da war doch was. Eigentlich bin ich sorgfältiger, was den Haushalt angeht, aber gestern Abend, als Alicia mich gebeten hat, die Wäsche zu sortieren, war ich mit den Gedanken so neben der Spur, dass ich das vermutlich vergessen habe.

»Sorry. Tut es arg weh?«

Alicia lässt sich auf den Fußboden sinken und legt das Gesicht in die aufgestützten Hände: »Was genau? Der Fuß oder das Herz?«

Ich halte die Luft an. Okay, das erklärt die angespannte Situation. Es geht also nicht um die vergessene Wäsche, sondern wieder einmal um Timon.

»Irgendetwas sagt mir, dass du die halbe Nacht wach geblieben bist«, horche ich vorsichtig nach.

Sie sieht auf. »Gute Intuition. Ich habe ihn angerufen ...« Sie hebt entschlossen die Hand. »Und bitte sag mir jetzt nicht, was für ein blöder Fehler das war.«

»Okay«, murmele ich. »Ich sage dir nicht, dass es ein blöder Fehler war.«

Alicia sieht mich an und grinst. »Mensch, Maggie. Hat dir schon einmal jemand gesagt, wie verdammt schrecklich es ist, dass du immer so ehrlich bist?«

»Das ein oder andere Mal bestimmt.« Ich klopfe neben mich aufs Bett und beobachte, wie Alicia sich vom Fußboden hebt und neben mich auf die Matratze fallen lässt.

Sie seufzt laut. »Ich verstehe ihn einfach nicht, weißt du? Ich verstehe ihn wirklich nicht. Er kriegt seinen verfluchten Arsch nicht hoch, um sich endlich auf einen Job zu bewerben. Und wenn ich dann auch nur ein Wort sage, rastet er vollkommen aus.«

Ich halte kurz inne, um meine Reaktion abzuwägen. Manchmal bin ich mir nicht sicher, wie sich eine gute Freundin in dieser Situation verhält. Ein Teil von mir möchte Alicia schütteln, so lang, bis sie aus diesem Tagtraum wach wird und erkennt, dass Timon nicht der Richtige für sie ist. Doch ein anderer Teil weiß, dass diese verflixten Gefühle kein Richtig oder Falsch kennen und es rein gar nichts bringt, Alicia zur Vernunft bringen zu wollen.

Ich hole tief Luft und drehe Alicias schmalen Oberkörper in meine Richtung. Sie ist ein ganzes Stück kleiner als ich. »Ihr habt euch getrennt. Nein, DU hast dich getrennt. Meinst du nicht, du solltest einfach ein bisschen Abstand einhalten und dich daran erinnern, warum du es beendet hast?«

Im gleichen Moment, in dem ich die Worte ausgesprochen habe, fällt mir auf, dass ich mich wie eine Mutter anhöre. Also lege ich die Arme um ihren Hals. »Süße, ich kann mir denken, dass das alles andere als leicht ist.«

Alicia ist tough, das weiß ich. Das Erste, was sie damals bei der WG-Besichtigung zu mir gesagt hatte, war: »Mein letzter Mitbewohner war unordentlich, laut und hat meine getragenen Slips geklaut. Meine Ansprüche ans gemeinsame Wohnen sind dementsprechend relativ bescheiden, aber wenn du kochen kannst und keine derartigen Fetische mitbringst, hast du gute Chancen.«

Wir hatten uns bei der Besichtigung auf Anhieb so gut verstanden, dass Alicia mir den Platz am gleichen Tag zugesagt hatte. Jenen kuriosen Mitbewohner hatte ich Gott sei Dank nicht mehr kennengelernt.

Ich hatte gleich zweimal Glück. Einmal, weil unsere kleine WG nicht nur gut bezahlbar ist, sondern auch recht zentral liegt. Und ein zweites Mal, weil Alicia die beste Mitbewohnerin ist, die man sich überhaupt wünschen kann. Und den Teufel werde ich tun, sie Timon erneut ohne Widerstand zu überlassen.

»Du bist nicht allein, hörst du? Wir können es uns gemeinsam schön machen. Ich habe dich lieb!«

Alicia dreht sich zu mir um: »Ich verstehe mich selbst nicht, Maggie. Eigentlich weiß ich doch, dass wir uns nicht guttun und unsere Beziehung von Anfang an irgendwie ungesund war. Ich hasse es, was aus mir geworden ist, seit ich ihn kenne.«

»Und ich weiß genau, dass du wieder die starke Alicia werden kannst. Wenn du ihn gehen lässt.«

Ich greife nach ihrer Hand und umfasse sie ganz fest. »Liebeskummer ist das schrecklichste Gefühl der Welt. Aber er geht vorbei.« *Diese Worte aus meinem Mund.*

» Wenn man es so hört, klingt es viel leichter ...«

»Aber das ist es nicht«, sage ich schnell. »Leicht, meine ich. Das weiß ich. Aber du kannst das, okay?«

Als Alicia zu mir aufsieht, sehe ich, dass in ihren Augen Tränen stehen. Ich beuge mich etwas vor und greife nach ihrer Hand.

»Weißt du, wir können auch einfach so tun, als gäbe es außer uns nichts«, fantasiere ich. »Wir bleiben einfach in diesem Bett liegen, gucken eine Folge *Prison Break* nach der anderen, trinken tassenweise Himbeertee, essen Cracker mit Hummus und vergessen die Welt außerhalb dieses Zimmers.«

Alicia entfährt ein Lachen. »Nichts da.« Blitzschnell dreht sie sich auf den Bauch, um mit den Fingern ihr Handy aus der Po-Tasche zu ziehen. »Das Beste habe ich bisher fast vergessen. Du hast einen Job, meine Liebe.«

Ich brauche einen Moment, um zu registrieren, was meine Freundin da gerade gesagt hat. »Einen Job?«

»Okay, zugegebenermaßen musst du erst beweisen, dass du sozial kompatibel, einigermaßen geschickt und zuverlässig bist. Zuverlässiger als mit unserer Wäsche.« Alicia grinst breit: »Ich habe meinen Bruder gefragt. Er meinte, dass sie sowieso noch jemanden für halbtags suchen.«

Alicias Bruder gehört ein Café in der Kölner Innenstadt. Obwohl es ganz in der Nähe ist, bin ich, wie ich zu meiner Schande gestehen muss, noch nie dort gewesen. Ich kenne Oman nur vom Erzählen, aber alles, was ich von Alicia über ihn weiß, klingt ziemlich sympathisch.

»Also?«

Ich nehme Alicia wortlos in den Arm. Manchmal frage ich mich, ob sie überhaupt eine Ahnung davon hat, wie viel Licht sie an Tagen wie heute in meine Welt bringt.

»Danke, du hast echt einen gut bei mir«, sage ich.

Alicia lässt mich ruckartig los. Ein freches Grinsen huscht über ihr Gesicht: »Wenn das so ist …«

Ich ahne nichts Gutes und lasse mich zurück in mein Kissen fallen: »Der Gutschein gilt ab morgen.«

»Nichts da.« Ein weiteres Kissen landet auf meinem Gesicht. »Steh auf und besorg uns neues Müsli. Die letzte Packung ist leer, es ist fast zwei, und wir haben beide noch nichts gegessen.«

Ich unterdrücke ein Seufzen, befreie mich aus Decken und

Kissen und rutsche vorsichtig aus meinem Bett. »Spielverderberin. Ich war ja für die Variante mit dem *bis heute Abend Netflix schauen*.«

»Das war, bevor ich dir einen neuen Job besorgt habe, meine Liebe. Jetzt bringen wir Schwung in den Tag.«

• • •

Eine halbe Stunde später verlasse ich mit knurrendem Magen die Wohnung. Der nächste Supermarkt ist zu Fuß nur ein paar Hundert Meter entfernt, also spare ich mir die stickige Bahnfahrt und laufe schnell los.

Als ich den Supermarkt betrete, halte ich einen Augenblick inne und sammele mich. Die nächsten Wochen sollte ich noch etwas vorsichtiger mit meinem Geld umgehen, denn ich habe ja keine Ahnung, ob das mit dem Job überhaupt funktionieren wird.

»Kann ich mal durch?« Eine ältere Frau bahnt sich ihren Weg mit einem Rollator an mir vorbei.

»Entschuldigung«, presse ich hervor und springe zur Seite. Beinahe werfe ich dabei einen Korb mit frischem Obst um.

Ich atme tief durch und steuere die Abteilung mit dem Müsli an. Während ich aufmerksam die Preisschilder studiere, höre ich eine Stimme hinter mir.

»Maggie!« Im nächsten Moment tippt mir eine Person auf die Schulter. Überrascht drehe ich mich um und sehe einer wildfremden Frau in die Augen. Ich habe keine Ahnung, woher sie meinen Namen weiß. Hitze schießt mir in die Wangen. Ich versuche, in ihrem Gesicht einen Hinweis zu finden, woher wir uns vielleicht kennen.

»Was für ein Zufall.« Die Frau lacht. »Es ist ja eine halbe Ewigkeit her, seit wir uns gesehen haben.«

»Jaaa«, sage ich schnell und setze ein gespieltes Lächeln auf. »Eine Ewigkeit.« Hektisch werfe ich einen Blick nach rechts und links. Ist die Frau allein unterwegs?

Sie ist mindestens zehn Jahre älter als ich, sehr schmal, fast dünn, und hat lange schwarze Haare, die sie zu einem ordentlichen Zopf gebunden hat.

»Ich habe dich fast nicht erkannt«, sagt sie strahlend. »Wie geht es dir?« Sie macht kurz eine Pause. »Ich hoffe, es ist okay, dass ich das einfach so frage.«

Nervös beiße ich mir auf die Lippe, klammere den Einkaufskorb fester und nicke langsam: »Mir geht es gut.« Standardantwort, aber zumindest eine Antwort, die jeder hören möchte, oder?

Und was habe ich einer wildfremden Frau überhaupt zu sagen?

»Ähhh ... wie geht es dir?«, frage ich zurück und tue so, als würde ich die Müslipackungen studieren.

»Oh, danke der Nachfrage.« Sie lässt sich von meiner unsicheren oder fast abweisenden Art kein bisschen irritieren. »Ich habe fast dreißig Kilogramm abgenommen, kannst du das glauben?«

In meinem Gehirn rattert es. Vielleicht kommt sie mir deshalb nicht bekannt vor? »Stimmt«, stoße ich hervor. »Ich habe dich im ersten Augenblick auch nicht erkannt.« Im ersten Augenblick ... Ähm ... ja, genau ...

»Die anderen haben schon mehrfach nach dir gefragt. Niemand wusste etwas. Wenn ich ihnen erzählen kann, dass ich dich hier getroffen habe, werden sie mir das niemals glauben.«

Ein mulmiges Gefühl macht sich in mir breit. Plötzlich fällt es mir wie Schuppen von den Augen. »Ich ... ich bin okay, weißt du?«, presse ich hervor, halte den Korb wie einen Schutzschild vor meinen Bauch. »Es tut mir wirklich leid, Anne.« Auf der Stelle ist mir ihr Name wieder eingefallen. »Aber ich muss dringend los.« Ich sehe mich Hilfe suchend um. »Die Einkäufe ausräumen.«

Ich quetsche mich an ihr vorbei aus dem Gang, haste zur Kasse und bezahle. Erst als ich aus dem Laden raus bin und mein Müsli fest umklammert im Arm halte, kann ich wieder durchatmen.

12. Kapitel

Leo

Folge deinen Träumen, sagen sie.

Dann kommst du an dein Ziel, sagen sie.

Doch dass einem der Druck fast die Kehle zuschnürt, man tagelang nicht schlafen kann und keinen Bissen mehr runterbekommt, davon sagen sie dir nichts.

Es sind noch genau fünfundfünfzig Tage, die mir meine Lektorin bis zur finalen Abgabe gegeben hat. Der Kalender neben meiner Tür fühlt sich jeden Morgen wie eine tickende Zeitbombe an.

Die vielen Buchstaben auf meinem Laptop ergeben keinen Sinn mehr. Vielleicht haben sie das nie. Ich sitze da, starre auf den Bildschirm und wünsche mir, die Gedanken auch nur ansatzweise sortieren zu können. Seit Wochen kenne ich das Datum für die Abgabe, doch anstatt mich zu motivieren und für den Endspurt anzuspornen, fühle ich mich mit jedem Tag leerer und ausgelaugter.

Die Sommersonne wirft ihre verräterischen Strahlen durch mein Fenster, als fordere sie mich auf, das Beste aus der Situation zu machen. »Das Beste«, grunze ich, während ich den Stapel mit den Notizen vom Schreibtisch fege und das Gesicht auf das kalte Holz sinken lasse.

Die Idee für mein Manuskript kam mir während einer harten Prüfungsphase. Ich stand vor meiner Haustür und wartete auf den Pizzaboten, als mich ein Geistesblitz traf.

Sofort machte ich mich dran, die Idee aufzuschreiben, und überhörte sogar beinah das Klingeln an der Tür, als der vom Regen durchnässte Bote mit fast einstündiger Verspätung meine Bestellung vorbeibrachte.

Die Pizza war kalt, die Idee umso besser. Dachte ich damals.

Über ein Jahr ist das her.

Seitdem ist es, als habe mein ganzes Leben sich auf den Kopf gestellt.

Zuerst habe ich die Zeit zwischen den Klausuren genutzt, um ein bisschen zu schreiben. Ich habe niemandem davon erzählt, aber das war auch ganz schön: Mein Geheimnis war eine Art Zufluchtsort, der sicher auf mich wartete, wenn ich von der Uni nach Hause kam. Als ich den Schritt wagte und mein Exposé mit einer dreißigseitigen Leseprobe an mehrere Agenturen schickte, glaubte ich nicht wirklich an eine Zusage.

Die ersten Wochen vergingen, eine Absage nach der anderen trudelte in mein Postfach, bis ich nach einem beschissenen Tag abends die E-Mails aufrief und die ersten Zeilen einer Antwort las. Ich glaubte zuerst an einen Irrtum. Doch sie wollten mehr Text lesen, mich zumindest telefonisch kennenlernen, und als ich ein paar Wochen später das Okay erhielt, verschwamm die Welt vor meinen Augen.

Nach drei Monaten hatten wir nicht nur einen guten Verlag gefunden, nein. Mein Agent konnte sogar einen sehr guten Vorschuss aushandeln. Einen Vorschuss, der mir das Gefühl gab, jemand könne wirklich an mich und meinen Debütroman glauben. Und der mir Mut machte, mich ganz dem Schreiben zu widmen.

Seit ich ein kleiner Junge gewesen bin, wollte ich nichts lieber als das hier: schreiben. Alles auf diese Karte setzen und nichts unversucht lassen. Das Studium schmeißen für eine Selbstständigkeit? Vom Schreiben leben können?

»Das kannst du vergessen«, höre ich heute noch die Stimme meiner Mutter durchs Telefon schallen.

»Dann sieh zu, dass du deine Miete ab jetzt selbst bezahlst«, brüllte mein Vater beim Abendessen den ganzen Tisch zusammen, als ich von meiner Entscheidung, mein Studium abzubrechen, berichtete.

Das ist sieben Monate her. Die ersten Wochen konnte ich mich noch gut über Wasser halten und war hoch motiviert. Aber der Vorschuss war dann doch schneller aufgebraucht als gedacht. Im Frühjahr dieses Jahres fand ich mich also mit Sack und Pack vor Benedikts Tür vor.

»Kann ich hier für ´ne Weile unterkommen?«

»Was heißt ´ne Weile?«, fragte er nur und bot mir ein kleines Zimmer in seiner Bude an.

Er erwartete keine Antwort. Bis heute nicht. Obwohl ich immer noch ganze elf Quadratmeter seiner Wohnung in Anspruch nehme.

»Bist du da?« Die Haustür springt auf, und ich höre Bens Schritte auf dem Laminat näher kommen.

So schnell ich kann, wische ich die Blätter vom Boden auf und lege die Finger auf meine Tastatur.

»Wo soll ich sonst sein?«, erwidere ich, als die Zimmertür aufspringt und mein Bruder hereinspaziert.

»Mel kommt heute Abend zum Essen. Nur damit du Bescheid weißt.«

Die ersten Tage hat Ben noch gefragt, ob es mich stören würde, wenn seine Freundin abends mitisst. Doch das habe ich ihm schnell abgewöhnt. Seine Bude, seine Regeln. Abgesehen davon ist Melina schwer in Ordnung. Sie studiert Germanistik im vierten Semester, weshalb es uns nie an Gesprächsthemen fehlt. Die beiden haben sich vor einem Jahr auf einer Datingplattform kennengelernt. Obwohl ich mir sicher bin, dass Ben weniger nach der großen Liebe als nach einem raschen Abenteuer gesucht hat, fand er in Mel genau das, was er unterbewusst brauchte: Ehrlichkeit, Vertrauen und Herzlichkeit. Ihr haben wir auch die sporadische Dekoration in der Wohnung zu verdanken. Ich bin mir jedenfalls sicher, dass Ben von allein keine Teelichter auf die Fensterbank gestellt hätte.

»Du spannst mir aber nicht noch die Freundin aus?«, hat Ben bei meinem Einzug gefragt. »Erst mein Gesicht, dann die Wohnung, dann die Freundin. Du weißt, ich teile alles mit dir, aber auch Zwillinge haben Grenzen.«

Wir sind keine eineiigen Zwillinge, dennoch ist die optische Ähnlichkeit zwischen uns definitiv vorhanden.

»Kochst du?«, frage ich, ohne meinen Blick vom Bildschirm zu lösen.

»Melina kocht. Linsenbolognese. Seit sie kein Fleisch mehr isst, will sie mich mit pflanzlichen Rezepten beeindrucken.«

Ich nicke schnell. »Mal sehen, ob das klappt.«

Ben wirft einen vorsichtigen Blick über meine Schulter. »Kommst du voran?«

Mein Bruder ist der Einzige aus der Familie, der sich nie über mein Schreiben lustig gemacht hat. Und das, obwohl ich genau weiß, dass er es nicht verstehen kann.

Ben ist rational, viel weniger verträumt. Für ihn ist das Medizinstudium genau das Richtige. Immer schon. Ein Grund, warum ich es aufgegeben habe, ihm den Platz als Lieblingssohn meiner Eltern streitig machen zu wollen.

»Läuft«, murmele ich und tippe einen bedeutungslosen Satz in die Tastatur.

»Gut, gut.« Er fragt nicht weiter nach. Vielleicht, weil wir uns doch in einer Sache verdammt ähnlich sind: Wir machen die Dinge mit uns selbst aus.

Als mein Bruder das Zimmer verlässt, drücke ich den Finger auf die Löschtaste und radiere den letzten Satz aus dem Dokument.

Nach meiner Joggingtour schließe ich vollkommen erschöpft die Haustür auf. Es riecht es nach dampfendem Nudelwasser und warmen Tomaten.

»Da bist du ja. Mach dich schnell frisch, die Sauce ist gleich fertig.« Mel steht hinter dem Herd. Sie hat die langen braunen Haare zu einem Zopf gebunden und studiert gerade ein Rezept. »Wenn dein Bruder den Blick vom Tablet wenden kann und den Tisch deckt, können wir essen.«

Ben sitzt auf dem Sessel und ist in sein iPad vertieft. Schnell schiebe ich mich ins Bad, pelle mich aus den verschwitzten Sportsachen und drehe die Dusche auf.

Das kalte Wasser tut gut. Manchmal habe ich das Gefühl, unter dem festen Strahl der Dusche für einen Augenblick meine Sorgen vergessen zu können. So als habe dieses Wasser die Fähigkeit, den ganzen Stress von meiner Haut zu wischen.

Ich lehne den Kopf in den Nacken und lasse die Kälte über mein Gesicht fließen.

Danach schlüpfe ich hastig in meine bequeme Jogginghose und ein Shirt, fahre mir mit der linken Hand durch das nasse Haar und verlasse das Bad.

Ben scheint sich mittlerweile vom Lernen gelöst zu haben. Auf dem Tisch stehen zumindest drei Teller und das passende Besteck.

»Es riecht göttlich«, sage ich und setze mich an meinen Platz.

Mel lächelt vorsichtig und stellt die Temperatur am Herd runter. »Zuerst wird probiert. Ich habe das Rezept auf Instagram gesehen. Die Kommentare waren zumindest sehr positiv.«

Seit ein paar Wochen probiert sie sich durch verschiedene Blogs auf den sozialen Netzwerken und überrascht uns mit immer ausgefalleneren Kreationen.

»Ich bin immer noch dafür, dass du irgendwann deinen eigenen Blog erstellst. Oder einen YouTube-Kanal«, sage ich und mache Platz auf dem Tisch, damit Ben einen Topfuntersetzer ablegen kann.

»Vielleicht irgendwann«, murmelt Melina und sieht dabei verlegen aus. »Ich weiß doch gar nicht, wie man so was aufbaut. Außerdem gibt es davon schon zigtausend.«

Sofort winke ich ab. »So darfst du überhaupt gar nicht erst denken.«

Sobald alle sitzen, fängt mein Bruder an, das Essen in sich hineinzuschaufeln. »Mal schauen, ob ich euch etwas übrig lasse. Ich habe den ganzen Tag in der Bibliothek gelernt, mir qualmt der Kopf, und jede Faser meines Körpers schreit nach Kalorien. Ihr könnt euch nicht vorstellen, wie anstrengend das Studium ist.«

Mel verharrt in ihrer Bewegung, wirft Ben einen warnenden Blick zu und mustert dann mich. Natürlich ist jegliche Rücksicht mir gegenüber nur gut gemeint, aber für mich fühlt es sich ziemlich mies an.

»Also natürlich wisst ihr das. So war das nicht gemeint. Natürlich wissen wir alle, dass ...« Mein Bruder setzt zu einer Erklärung an.

»Das schmeckt mindestens so gut, wie es riecht.« Ich unterbreche ihn und stecke mir erneut eine Gabel voller Spaghetti in den Mund.

Mel ist die Einzige von uns, die wirklich kochen kann. Selbst wenn Ben und ich es immer wieder versucht haben, kommt keins unserer Ergebnisse jemals an Melinas Rezepte ran.

Ein paar Minuten sagt niemand von uns etwas. Wir sind damit beschäftigt, den ganzen Topf Pasta zu vernichten, und lassen die leisen Kaugeräusche und das Klingen des Bestecks für uns reden.

»Wir wollten mit dir noch über etwas sprechen, Leo«, durchbricht Mel das Schweigen schließlich. »Streng genommen wollte Ben dir etwas sagen.« Sie wirft meinem Bruder einen auffordernden Blick zu.

Dieser verschluckt sich augenblicklich an einem Bissen und fängt an, erstickt zu husten. Hastig schiebe ich ihm ein Glas stilles Wasser über den Tisch zu, das er in einem Zug leert.

»Wäre ungünstig, wenn ausgerechnet du krepierst. Immerhin bist du der einzige Quasi-Arzt am Tisch.« Ich grinse, um die Stimmung zu lockern. Doch weder Mel noch Ben reagieren auf das, was ich sage. Innerhalb von weniger als einer Minute liegt plötzlich eine Anspannung in der Luft, die kaum auszuhalten ist.

»Wie dem auch sei ...« Melinas Wangen sind gerötet, als sie ihren Teller ein Stück zur Seite schiebt und nach den richtigen Worten sucht.

»Ja?« Ich senke die Gabel langsam, wische mir mit dem Zeigefinger die Soße aus den Mundwinkeln und lasse meinen Blick von Mel zu Ben wandern. Keiner der beiden fährt fort.

Mein Zwillingsbruder rammt die Ellenbogen in die Tischplatte und fährt mit der rechten Hand über die Stirn.

»Ähm okay«, sage ich etwas lauter. »Könnte mich mal jemand aufklären? Anscheinend geht es hier ja um mich, oder?«

Eine latente Unruhe hat sich in mir gebildet. So schwer, wie den beiden dieses Gespräch zu fallen scheint, erwartet mich auf jeden Fall keine gute Nachricht.

»Wir wissen, dass es für dich gerade schwierig ist, Leo, aber wir denken jetzt schon sehr lange über den Schritt nach und möchten gerne zusammenziehen.«

Mein Magen verkrampft sich, und ich beiße die Zähne fest zusammen. Ich weiß genau, worauf das hier hinausläuft.

»Es ist wirklich nichts gegen dich. Du störst uns überhaupt nicht oder so«, fügt sie blitzartig hinzu und sucht mit ihrem Blick Hilfe bei Ben.

»Wir wollen dich nicht gleich rausschmeißen, Leo«, sagt dieser leise. Es kostet mich keine Mühe, in seinen Augen das schlechte Gewissen zu sehen. »Du weißt, ich könnte das nie. Aber vielleicht findest du bald doch eine eigene Wohnung?«

Ich weiß nicht, welches Gefühl zuerst da ist: Angst, weil mir langsam wirklich der Arsch auf Grundeis geht, oder Scham, weil ich das alles ganz allein mir zuzuschreiben habe.

• • •

Am Abend bin ich seit langer Zeit mal wieder verabredet. Meine Jungs und ich trinken wenig Alkohol. Wir haben nie viel Wert darauf gelegt, uns gegenseitig herauszufordern und Grenzen zu testen. Dennoch ist an manchen Tagen unsere typische Männerrunde genau das, was ich brauche. Dann treffen wir uns in einer alten Kneipe am Dom. Die meisten Stammkunden sind mindestens doppelt so alt wie wir, die Musik, die aus einer alten Box dringt, geht definitiv über unsere Zeit hinaus, und die ganze Einrichtung des Ladens spricht vermutlich mehr die Generation Ü-50 an.

Gerade das macht unsere Abende in der Kneipe so harmonisch. Keine Frauen in unserem Alter, keine Kommilitonen ... nur wir vier Jungs, die zwei Runden Kölsch genießen und Karten spielen.

Wir kennen uns vom Uni-Sport. Im ersten Semester, in dem wir noch halbwegs Zeit für Freizeit hatten, sind wir regelmäßig zum Training gegangen. Tarek, der eigentlich Boxen, Philipp, der sich im Breakdance ausprobieren wollte, und dann noch Julian und ich, die einen Ausgleich zum Studium suchten.

Ich bin erstaunlicherweise der Erste, der die Kneipe betritt.

»Die anderen sind noch nicht da«, ruft mir Olli, der Inhaber des Ladens, zu. »Willste schon was trinken?«

»Ein Platz reicht mir erst mal«, antworte ich und sehe mich um. Normalerweise sitzen wir immer an einem runden Tisch am Fenster, doch heute ist dieser von einer anderen Gruppe besetzt. Laute Stimmen dringen zu mir rüber.

»Habe nicht damit gerechnet, dass ihr mal wiederkommt. Ihr seid lange nicht hier gewesen«, tönt Ollis Stimme hinter mir. »Hätte euch sonst doch was freigehalten.« Er grinst.

»Kein Ding«, sage ich. »Hatten viel um die Ohren in letzter Zeit.« Ich folge ihm an einen Tisch weiter hinten im Laden. Hier ist es sogar ein wenig ruhiger als direkt neben der Bar.

Kaum habe ich mich gesetzt, entdecke ich, wie Julian und Tarek den Laden betreten.

»Heute bist du ja mal pünktlich«, feixt Tarek. »Die letzten Male mussten wir immer auf dich warten.«

Er meint seine Worte natürlich nicht vorwurfsvoll. Die Jungs wissen, dass ich die letzten Monate kaum Zeit für irgendetwas anderes als Schreiben aufbringen konnte. Dennoch versetzt es mir kurz einen Stich. Obwohl ich jede freie Minute am Laptop verbracht habe, hänge ich so weit zurück, dass die Deadline nächsten Monat quasi undenkbar einzuhalten ist.

Ich zucke mit den Schultern. »Sieh es als Kompliment. Ich hatte es halt eilig, euch mal wiederzusehen.«

Tarek reckt den Daumen in die Luft. »So soll es sein. Philipp hat uns anscheinend nicht so vermisst.«

Fragend sehe ich ihn an. »Was ist mit ihm?«

Julian schüttelt den Kopf. »Er hat mir e-e-eben abgesagt. Stress in der Liebe.«

Philipp ist der Einzige von uns, der seit ein paar Wochen eine neue Freundin hat. Und obwohl er vermutlich noch in der Frischverliebt-Phase stecken sollte, in der man Partner selbst dann noch vermisst, wenn man dreimal am Tag miteinander schläft und kaum einen Schritt allein vor die Tür geht, knallt es bei den beiden ziemlich oft.

»Das kann ja heiter werden«, seufzt Tarek und runzelt die Stirn.

»Aber er will uns ba-ba-bald zu seinem Geburtstag einladen. Ihr sollt euch den Termin scho-schon mal freihalten.«

Wir unterbrechen Julian nie, wenn er etwas länger braucht, einen Satz vollständig zu sprechen.

»Hoffentlich wird's eine coole Party.« Tarek nimmt unser Bier entgegen und stellt es jedem vor die Nase. »Vielleicht lernen wir seine Herzensdame dann sogar bald kennen.«

Während ich langsam an meinem Glas nippe, ext Julian das Glas in einem leer. »Wir warten di-di-die ganze Zeit schon auf Neuigkeiten. Tarek war letztens sogar schon in einem Bu-Bu-Buchladen, um zu schauen, ob wir deinen Namen schon im Regal bew-w-w-undern können.«

Anfangs war es mir ziemlich unangenehm, mit ihnen über mein Autorenleben zu sprechen, denn, um ehrlich zu sein, hatte ich keinen der anderen jemals mit einem Buch in der Hand gesehen. Doch heute erschien es mir wesentlich einfacher, ihre liebevoll gemeinten Witze zu ertragen, als das Thema andauernd totzuschweigen.

»Ach, gib es doch zu«, sage ich zu Tarek. »Du würdest nie freiwillig eine Buchhandlung betreten.«

Dieser zuckt mit den Schultern. »Wenn einer meiner besten Freunde den neuen *Herr der Ringe* schreibt, dann werde ich definitiv der Erste sein, der ihn kauft.«

Ich lache auf. »Du hast *Herr der Ringe* doch niemals gelesen.«

Tarek protestiert. »Aber die Filme gesehen.«

»Da-das ist nicht das Gleiche«, widerspricht Julian, und ich stimme ihm sofort zu.

»Wie dem auch sei, ich verspreche, ich kaufe es.« Mein Kumpel hebt beschwörend die Hände.

»Es wird sowieso noch eine Weile dauern. Außerdem muss ich mich jetzt erst einmal nach einer neuen Bude umsehen.« Mir entfährt ein Seufzen.

»Was? Wieso?«

»Was ist mit der Wohnung dei-deines Bruders?«, fragt Julian irritiert.

»Da entsteht jetzt ein Liebesnest«, sage ich abfälliger, als es eigentlich klingen sollte. »Melina zieht ein.«

»Uhhh, dann ist es ja ernster zwischen den beiden als gedacht«, überlegt Tarek laut.

»Und sie werfen dich jetzt einfach raus?«

Ich leere mit zwei Schlucken mein Kölsch. »So sieht's aus. Nicht direkt, aber …« Kurz suche ich nach dem richtigen Wort. Sofort habe ich das Bedürfnis, Ben zu verteidigen. Die Jungs kennen meinen Bruder nur flüchtig. Obwohl wir Zwillinge sind, hatten wir schon immer unterschiedliche Freundeskreise.

»Aber i-i-indirekt.«

»Aber indirekt«, bestätige ich. »Wenn ihr also etwas mitbekommt ... Hauptsache, sie ist bezahlbar ... dann wisst ihr Bescheid.«

Ich bin unkonzentriert, als die Jungs das Kartenspiel auf den Tisch auslegen, und verliere beide Partien haushoch.

Schon während des Trinkens spüre ich einen leichten Druck hinter meiner Stirn und lasse die Hälfte meines Kölschs stehen.

Vermutlich gehöre ich einfach ins Bett.

Solange ich noch eins habe.

13. Kapitel

Maggie

Für mich gibt es kaum etwas Schöneres, als entspannt in den Tag zu starten. Ich liebe es, morgens noch eine Weile im Bett zu liegen und mir später im Badezimmer für alles besonders viel Zeit zu lassen. Doch wenn ich einen Termin habe, stehe ich viel zu früh auf, um bloß nicht zu spät zu kommen. Meist beeile ich mich dann so sehr, dass ich am Ende noch tausend Stunden Zeit habe, die ich mit Warten verbringen muss.

»Bist du noch nicht los?« Alicia ist aufgeregter als ich. Obwohl heute *mein* erster Arbeitstag ist.

»Ich muss erst um neun Uhr da sein«, grummele ich und belege mir einen vierten Toast. »In der Zeit bin ich dreimal zu Fuß gegangen.« Ich werfe einen Blick auf die Uhr und korrigiere mich: »Mehrfach zu Fuß. Wir haben gerade mal halb acht.«

Alicia ist im Gegensatz zu mir eine absolute Frühaufsteherin.

»Du wirst dich wohl oder übel an das Aufstehen gewöhnen müssen.«

»Maximal dreimal die Woche«, schnaufe ich und schiebe die Krümel in meine freie Hand, um diese über der Spüle loszuwerden.

»Das wird«, bestärkt Alicia mich. »Ich habe Oman vorgewarnt.« Sie grinst.

»Vorgewarnt? Was habe ich verpasst? Sind wir an dem Punkt angekommen, an dem es sinnvoll ist, Menschen zu warnen, bevor ich irgendwo aufkreuze?«

Meine Freundin schüttelt lachend den Kopf. »Natürlich nicht. Aber wenn du Glück hast, teilt er dich zumindest nicht in die frühste Schicht ein. Die hat nämlich schon vor einer Stunde begonnen.«

Erleichtert werfe ich Alicia einen Luftkuss zu. »Du bist ein Schatz.«

»Und du solltest dir einen Teller nehmen, wenn du isst. Hier liegen überall Krümel.«

»Schon aufgegessen«, rufe ich und springe von meinem Stuhl auf. »Mache ich weg, wenn ich wiederkomme.«

Für die restliche Zeit verschwinde ich in meinem Zimmer, tausche die Jeans, die ich trage, gegen einen Rock aus und lege einen Hauch von Make-up auf.

Draußen erwartet mich frühmorgendliche Sommerluft. Die Sonnenstrahlen, die sanft auf mein Gesicht fallen, tun so verdammt gut.

Das Café, das Alicias Bruder Oman seit einem Jahr leitet, liegt nicht viel weiter als einen Kilometer von uns entfernt. Kaum zu glauben, dass ich es trotzdem noch nicht geschafft habe, dort auch nur ein einziges Mal zu frühstücken.

Mein Herz klopft immer schneller, je näher ich der Straße komme, die ich allein heute drei Mal auf Google Maps eingegeben habe.

Als ich von Weitem den hellen Schriftzug auf einer kleinen Tafel über der Tür entdecke, möchte ich am liebsten umdrehen. Ich fühle mich kein bisschen bereit für diesen Job. Ich habe noch nie als Kellnerin gearbeitet. Was ist, wenn ich mich als vollkommen unfähig herausstelle?

Doch mangels Alternativen beeile ich mich, das Café zu erreichen.

Ich atme tief durch und trete ein. Der Geruch von Kokosnuss dringt mir sofort so penetrant in die Nase, dass ich mich verwundert umsehe.

Die Tische sind bereits zum Großteil besetzt. Die meisten Gäste sind in meinem Alter oder nur unwesentlich älter. »Dir wird es gefallen. Der Laden ist ziemlich hip«, rufe ich mir Alicias Beschreibung in Erinnerung.

Die Wände sind aus dickem Backstein. Die unterschiedlichen Brauntöne strahlen eine angenehme Gemütlichkeit aus. Genauso wie die dunklen Holztische, über denen kleine Laternen hängen. Auch die Theke, hinter der ein junger Mann steht und Getränke zubereitet, ist mit hölzernen Platten gepflastert.

Ich entdecke eine große schwarze Tafel, auf die jemand mit weißer Kreide in verschiedenen Sprachen die Worte »Herzlich willkommen« geschrieben hat. Zumindest erahne ich, dass das die Buchstaben bedeuten sollen. Außer Englisch und *un petit peu* Französisch spreche ich nämlich keine Fremdsprachen.

»Ein Tisch für dich allein?« Der Typ hinter dem Tresen wird endlich auf mich aufmerksam.

Schnell schüttele ich den Kopf. »Ich bin zum Probearbeiten hier.«

In seinem Gesicht leuchtet die Erkenntnis auf. »Magdalena?«

Ich nicke. »Maggie reicht.«

»Okay, Maggie. Ich bin Sven. Dann stelle ich dich mal dem Cheffe vor.« Sein breites Grinsen ist so ansteckend, dass die Aufregung nachlässt und ich mich ein wenig bestärkt fühle. »Falls du dich wunderst. Ein Gast hat eben seinen Kokosshake verschüttet. Ich krieg den Geruch hier vermutlich die nächsten Tage nicht raus.« Er hält sich wenig begeistert die Nase zu. »Wenn du mich fragst, sollten wir Kokos von der Karte nehmen.«

Sven führt mich in einen schmalen Flur hinter der Theke. »Wir haben hier hinten unsere persönlichen Sachen. Taschen, Jacken, Schwarzgeld ...«

Als ich ihn überrascht ansehe, lacht er auf. »Das war nur ein Witz. Oman hat ein eigenes Büro. Klein, aber fein. Eigentlich ist er aber meist bei uns hinter der Bar. Ich nehme an, er wartet auf dich.« Wir schieben uns an einer riesigen Zimmerpflanze vorbei zu einer Tür. Sven klopft fest an und wartet einen Augenblick, bis man von innen Schritte hört.

»Dann überlasse ich dich mal deinem Schicksal«, flüstert er und macht ein geheimnisvolles Gesicht.

»Ich werde es überleben«, sage ich und stemme einen Arm in die Hüfte. *Fake it till you make it.*

»Vermutlich. Haben die meisten.«

Bei seiner lockeren Art fühle ich mich auf der Stelle willkommen.

Wenn Oman nur halb so entspannt ist wie sein Kellner, muss ich mir wirklich keine Sorgen machen.

»Da haben wir sie ja.« Die Tür springt auf, und im nächsten Moment stehe ich einem fast zwei Meter großen Mann gegenüber, der so gar keine Ähnlichkeiten mit meiner zierlichen und kleinen Freundin Alicia hat. Ein schwarzes Shirt spannt über seinem kräftigen Bizeps.

»Hi«, sage ich perplex. Mein Gegenüber hat das lebensfrohste Lächeln, das ich vermutlich je gesehen habe. Ich schätze ihn auf Anfang dreißig.

»Oman.« Er reicht mir die Hand. »Und du musst die Morgenmuffel-Maggie sein.«

Ich werde sie töten. »Ähm«, kommt es peinlich berührt aus meinem Mund. »Ich merke schon, Alicia hat in besten Tönen von mir gesprochen.«

Oman nickt. »Wie man sie kennt. Jedenfalls freue ich mich, dass wir uns auch endlich persönlich kennenlernen. Ich habe viel von dir gehört.« Mit einer Handbewegung winkt er mich in sein Büro hinein und setzt sich an den Schreibtisch.

»Auch Dinge, die mich vor meinem potenziellen Chef nicht schlecht dastehen lassen?« Mir gelingt ein Lächeln.

»Absolut. Deshalb bist du hier. Wir brauchen hoch motivierte Mitarbeitende. Die Stimmung des Personals schlägt sich immer auf die Gäste nieder.«

Ich nicke schnell. Das leuchtet mir ein. »Kann ich heute schon anfangen?«

Hastig wühlt Oman in einigen Unterlagen. »Heute schauen wir erst mal, ob es dir hier gefällt und ob du dir vorstellen kannst, dauerhaft mit den anderen zu arbeiten.« Er macht eine Pause und lacht verschmitzt. »Glaub mir, manchmal sind sie alle so durch den Wind, dass ich verstehen könnte, wenn du es dir anders überlegst. Aber ich lieb sie trotzdem.«

»Ich glaube nicht, dass ich es mir anders überlege«, sage ich und denke dabei an Svens freundliche Begrüßung.

»Komm, ich führe dich mal herum.« Als Oman von seinem Drehstuhl aufsteht, folge ich ihm zurück ins Innere des Cafés.

»Du hast es sicher beim Reingehen gesehen: Unsere Gäste sind ziemlich jung. Hier wird fleißig auf Instagram geteilt und verlinkt. Um unsere Social-Media-Präsenz kümmert sich eigentlich Nina, aber alle anderen helfen ihr mal mit dem Beantworten von Nachrichten. Heutzutage ist der Online-Auftritt unheimlich wichtig. Mittlerweile kommen auch bekannte Blogger und Bloggerinnen zu Gast und teilen den Besuch mit ihrer Community.«

»Damit sollte ich zurechtkommen«, antworte ich und sehe mich im Eingang um. Sven ist diesmal an einem Tisch mit lauter Mädels. Ich höre sein Lachen bis hierher und kann mir ein Schmunzeln nicht verkneifen. »Und Flirten mit den Gästen ist erlaubt?«

Oman zuckt lachend mit den Schultern. »Gehört zum Kundenservice. Du glaubst gar nicht, wie häufig ich schon nach seiner Nummer gefragt wurde.«

»Und? Gibst du sie raus?«, frage ich neugierig.

Oman zieht eine Augenbraue hoch. »Etwa Interesse?«

Eilig winke ich ab. »Oh Gott, so war das nicht gemeint. Bloß nicht. Ich habe genug Probleme.«

Schnell wende ich meinen Blick wieder Alicias Bruder zu und deute auf eine Tafel mit Frühstücksangeboten. »Ist das jeden Tag gleich?«

»Wir wechseln immer mal wieder, meistens zur Saison. Im Winter gibt's dann mehr Bratapfel und Zimtporridge und weniger fruchtige Smoothiebowls als jetzt im Sommer. Im Herbst ist Pumpkin Spice der absolute Renner, und im Frühjahr bieten wir wieder mehr Obst an.«

»Und alles rein vegan?«, erkundige ich mich und suche auf der Karte nach etwas, das mich eventuell vom Gegenteil überzeugt.

»Und veggie. Aber erst, seitdem ich hier der Chef bin.« Er drückt mir einen Flyer in die Hand. »Wir setzen auf Nachhaltigkeit und Tierwohl.«

Ich nicke. »Finde ich cool. Ehrlich!« Schnell überfliege ich den Flyer, auf dem hauptsächlich die angebotenen Speisen beworben werden.

Oman nimmt zwei Gläser aus dem Schrank und stellt sie vor uns auf die Theke. »Wenn du magst, kann Sven dir zeigen, wie du die Smoothies zubereitest. Das meiste ist aber selbsterklärend, wenn du die Zutaten liest. Ich bin gleich wieder da. Wenn jemand kommt, kannst du die Bestellung einfach notieren.«

Ehe ich eine Rückfrage stellen kann, ist Oman verschwunden, und ich stehe etwas überrascht allein hinter der Theke. Eine zweite Kellnerin, die mir bisher noch nicht vorgestellt wurde, nimmt gerade die Bestellung an einem kleinen Tisch in der Ecke auf. Sie scheint ziemlich beschäftigt.

Verunsichert sehe ich mich im Café nach Sven um und fühle mich innerhalb von Sekunden unheimlich verloren.

Damit ich eine Beschäftigung habe und nicht überflüssig wirke, drehe ich mich von der Tür weg und öffne eine Schublade.

Mir offenbart sich nichts Spektakuläres. Neben mehreren Rollen Kassenzettelpapier finde ich eine Schere und ein großes Paket mit weißer Kreide. Schnell mache ich mich an die nächste Schublade: Handschuhe, Putzlappen und ein Hygienespray. Ich drücke die Schublade zu und drehe mich zu einem Schrank um. Er ist mit vielen Gläsern und Schalen gefüllt.

Ich erwische mich immer wieder dabei, wie ich panisch einen Blick zur Tür werfe, um mich zu vergewissern, dass niemand reinkommt oder an der Theke eine Bestellung aufgeben möchte. Doch alle Gäste scheinen zufrieden zu sein.

Ein Glück!

Ich höre ein lautes Lachen an einem Tisch in der hinteren Ecke. Dieser Sven scheint wirklich ein Sonnenschein zu sein. Diesmal ist er allerdings bei einer Gruppe Jungs stehen geblieben und räumt deren Teller ab. Ob mir diese Lockerheit, mit der die anderen die Gäste bedienen, auch gelingen kann? In Gedanken versunken öffne ich die erste Schublade erneut.

»Hi.« Eine dunkle Stimme reißt mich vollkommen aus den Gedanken. »Ich hätte gerne noch einen Kaffee.« Mein Herz macht auf der Stelle einen Sprung. *Einen Kaffee. Das sollte ich ja schaffen.* Ich drehe mich zu dem Gast um und setze mein freundlichstes Lächeln auf. Doch als ich den dunkelhaarigen Typen erblicke, geben meine Knie nach.

14. Kapitel

Leo

Es sind über zwei Jahre vergangen, genauer gesagt ist es zwei Jahre und zwei Monate her, dass ich das letzte Mal in diese Augen geblickt habe: Maggie. Auf einmal prasseln die Erinnerungen auf mich ein, und ich weiß nicht, was ich sagen soll.

Wie begrüßt man eine Frau, die man nur zwei Tage gekannt und der man fast zwei Jahre hinterhergetrauert hat?

Ich habe mir oft vorgestellt, wie es wäre, sie wiederzusehen. Ihr Fragen zu stellen zu der Nacht, in der sie mich so plötzlich stehen ließ.

Ich sollte wütend sein. Ich *wollte* wütend sein. Wütend, weil sie mich nächtelang um den Verstand gebracht hat.

Doch in diesem Augenblick fühle ich etwas anderes. Mein verräterisches Herz freut sich, sie zu sehen. Zu wissen, dass sie okay ist.

»Mit Zucker? Milch?«, dringt ihre Stimme zu mir durch.

Ich brauche einen Moment, um mich auf den Boden der Realität zurückzuholen. Hat sie mich nicht erkannt? Die Tatsache, dass sie mich wie einen Fremden behandelt, schmerzt mehr, als ich mir eingestehen will.

»Milch«, sage ich schnell. »Hafermilch.«

Beinah regungslos nickt sie. »Kommt sofort.«

Seit wann arbeitet sie hier?

Ich besuche dieses Café nahezu täglich, inhaliere den Kaffee wie Leitungswasser und kenne jeden Kellner und jede Kellnerin mit Vornamen. Sie muss definitiv neu sein. Für den Bruchteil einer Sekunde überlege ich, sie genau das einfach zu fragen, doch ihre abweisende Art macht es mir schwer, ein Gespräch anzufangen.

»Ich sitze ganz hinten«, sage ich trocken und versuche, sie nicht länger als notwendig anzustarren. Im nächsten Moment taucht Oman aus der Hintertür auf. Er strahlt über das ganze Gesicht, als er mich sieht. Wir haben uns in den letzten Wochen ein bisschen angefreundet.

»Leo! Du hast meine neue Kellnerin also schon kennengelernt. Was sagst du? Taugt sie was?«

Röte schießt Maggie ins Gesicht. Blitzschnell wendet sie sich von uns beiden ab und sucht im Schrank nach einer Tasse. Ich würde ihr gerne sagen, dass sie die falsche Seite des Schrankes erwischt hat, doch ein klitzekleines bisschen Schadenfreude hält mich ab.

»Bestimmt. Wir hatten noch keine Zeit, uns ausführlich zu unterhalten«, sage ich und bemühe mich, möglichst echt zu lächeln.

»Na dann.« Endlich wird Oman auf Maggies Suche nach der Tasse aufmerksam und öffnet den richtigen Schrank.

»Moment! Du kannst den Kaffee gleich mitnehmen!« Mit einem Handzeichen bittet Oman mich, zu warten.

Ich lasse mich auf einen Hocker neben der Theke sinken und beobachte, wie Oman Maggie die Kaffeemaschine erklärt.

Das bietet mir die Gelegenheit, Maggie ein wenig genauer von hinten oder zumindest von der Seite zu betrachten.

Ihre Haare sind ein ganzes Stück länger als damals und reichen weit über die Schulter. Dunkelblondes, glattes Haar, das sie heute zu einem Zopf gebunden hat.

Maggie trägt einen blauen Jeansrock und ein helles Shirt, das gut zu ihren Haaren passt. Ich finde sie schön. Mein Herz schlägt schnell, und ich versuche mir zu sagen, dass es allein die Aufregung, ja, gar die ungewohnte Situation ist. Dazu habe ich gestern getrunken und die Nacht unruhig geschlafen, weil ich mal wieder viel zu lange über meinen Text nachgedacht habe.

Die Kaffeetasse landet vor meiner Nase, und ich werde aus meinen Überlegungen gerissen.

»Hier. Der Kaffee mit Hafermilch.« Sie steht direkt vor mir, keinen halben Meter entfernt, und ich nehme ihren süßlichen Geruch wahr.

»Danke, Maggie.« Ihr Name ist mir schneller von den Lippen gerutscht, als ich nachdenken konnte.

Für einen Moment haben wir direkten Blickkontakt, und ich sehe in ihren Augen, dass sie das Gleiche denkt wie ich.

Es fühlt sich an, als habe ich uns mit ihrem Namen zurück in einen Sommerabend vor zwei Jahren katapultiert.

Plötzlich zuckt sie zusammen. Oman ist hinter ihr aufgetaucht. »Was? Du bist nicht mal eingestellt, und schon siehst du mich so entgeistert an? Wie soll das werden, wenn der Laden mal richtig voll ist«, scherzt er und lacht Maggie an.

Ich nehme einen Schluck Kaffee und verbrenne mich beinah, weil er so heiß ist.

»Ich war nur in Gedanken«, antwortet sie und wendet sich von mir ab. »Was gibt's?«

»Bei Leo kannst du dich auch besonders anstrengen. Er ist unser treuster Gast.« Mit einem Augenzwinkern deutet Oman auf mich. »Seit ein paar Monaten trinkt er seinen Kaffee schon hier, und keiner konnte ihn bisher vertreiben.«

Ich grinse. »Du bestichst mich einfach mit zu gutem Koffein.«

»Wenn du irgendwann berühmt bist, zahlst du das alles zurück. Leo arbeitet an einem Buch.«

Maggie verharrt in ihrer Bewegung, doch Oman spricht unbeirrt weiter: »Kannst du dir vorstellen, dass er Autor ist? Ich weiß ja nicht, wie es dir geht, aber bei Schriftstellern denke ich immer an alte Männer, die komplett zurückgezogen leben und in eine Schreibmaschine tippen.«

Hitze steigt in mir auf. Hitze und Nervosität, die ich dringend überspielen sollte. »Meine Güte, du lebst gedanklich ja wirklich noch ganz woanders.«

Der zuckt mit den Schultern. »Wohl möglich. Umso spannender finde ich es ja, dass ich bei der Entstehung deines Werkes dabei war.« Er greift nach einem Paket mit Kaffee. »Zumindest unterstützend. Als Dealer quasi.«

Ich spüre Maggies unruhigen Blick auf mir. »Definitiv hast du dazu beigetragen. Allerdings muss ich jetzt mal wieder zurück.« Ich deute auf meinen verlassenen Tisch in der Ecke des Cafés. »Sonst wird das nämlich in diesem Leben nichts mehr mit meiner Deadline.«

Ohne eine Reaktion abzuwarten, gehe ich zu meinem Tisch zurück. Mein Laptop steht verloren auf dem dunklen Holz und wartet darauf, endlich in Benutzung genommen zu werden. Doch als ich mich auf den Stuhl sinken lasse, muss ich erst einmal tief durchatmen.

Als ich heute Morgen aus dem Haus gegangen bin, habe ich mit vielem gerechnet, aber nicht damit, nicht mit Maggie.

Ich habe das Gefühl, beobachtet zu werden, also lege ich die

Hände auf die Tastatur und starre auf den Bildschirm. Ich muss nur lang genug auf die Zeilen schauen. Lang genug, dass sich die Magie wieder entfaltet, dass ich wieder anfangen kann, das zu fühlen, was das Schreiben all die Jahre in mir ausgelöst hat.

Ich tippe einige Zeichen und beginne dann mit der Überarbeitung des sechsten Kapitels, in dem der verzweifelte Ehemann den Kommissar anfleht, die Suche nach seiner Frau noch nicht aufzugeben. Auch wenn alle Indizien dafürsprechen, dass Elena ermordet wurde … Vergebens versuche ich, das Geschehen um mich herum auszublenden, und nippe unruhig an meinem Kaffee. Immer wieder bilde ich mir ein, Maggies Stimme zu hören.

Maggie. Ob sie immer noch studiert? Ist ihr Vater okay? Und plötzlich ist da noch etwas. Eine Frage, über die ich mir die Minuten zuvor noch keine Gedanken gemacht habe.

Ist Maggie in einer Beziehung?

Und warum tut mir die Vorstellung, dass sie vergeben ist, so verdammt weh?

15. Kapitel

Maggie

Als ich nach vier Stunden das Café verlasse, weiß ich absolut nicht mehr, wo mir der Kopf steht. Meine Gedanken hängen wie lose Fäden in meinem Hirn, und es will mir einfach nicht gelingen, irgendwas davon zu sortieren.

Die Tatsache, dass mir Oman den Job zugesagt hat, ist plötzlich nicht mehr nur mit Freude verbunden, sondern auch mit der Angst, Leo ab sofort täglich wiederzusehen. Doch ich habe keine Wahl, weil ich auf das Geld so dringend angewiesen bin.

Mein Körper fühlt sich wie schweres Blei an, als ich mich den Weg nach Hause schleppe. Die ersten Meter crtappe ich mich dabei, immer wieder zurückzusehen, weil eine irrationale Angst mir zuflüstert, Leo könne mir nachlaufen. Dabei ist dieser Gedanke völlig übertrieben. Im ersten Augenblick war ich mir nicht einmal sicher, ob er mich erkannt hat. Es sind mehr als zwei Jahre vergangen, und ich habe keinen Plan, mit wie vielen Mädels er seither seine Nächte verbracht hat.

Doch dann hat er meinen Namen gesagt, was erleichternd und angsteinflößend zugleich war. *Er weiß, wer ich bin. Er hat mich nicht vergessen.* Erleichternd war es, weil es sich für mich schmerzhaft angefühlt hätte, für einen Menschen, dem ich so viel anvertraut habe, austauschbar gewesen zu sein. Aber genau das flößt mir auch so viel Panik ein, denn Leo weiß mehr über mich, als jemals eine Person wissen sollte. Es macht mir Angst, ihn auch nur entfernt in meinem Leben zu wissen.

Ich beschleunige meine Schritte und atme tief durch, als ich das Tor schließe, das zu unserem Mehrfamilienhaus führt. Im Erdgeschoss wohnen Alicia und ich. Hier bin ich erst mal sicher.

Am nächsten Tag fühle ich mich stark. Stark und selbstbewusst. Ich habe die halbe Nacht wach gelegen und mir für heute etwas überlegt.

Man sagt schließlich nicht ohne Grund, dass es wichtig ist, über Dinge zu sprechen, anstatt sich tagelang mit ihnen herumzuschlagen.

Ich bin eine halbe Stunde zu früh auf der Arbeit. Wer hätte das gedacht? Mein zweiter Tag, und ich mache schon freiwillig Überstunden. Man könnte fast meinen, ich habe gute Laune. Fast. Als ich mir die Schürze mit dem Aufdruck »Krümelcafé« umbinde, kommt Oman aus seinem Büro und begrüßt mich mit einem Handschlag.

»Wow, so stellt man sich engagierte Mitarbeitende vor.«

»Alles, was Alicia über mich gesagt hat, ist gelogen. Ich liebe den Morgen«, sage ich mit einer gesunden Portion Sarkasmus. »Wenn ich es oft genug sage, werde ich dran glauben.«

Oman nickt. »Ich bin gespannt. Die ersten Gäste kommen gegen acht. Du kannst nachsehen, ob die Ware fürs Frühstück angekommen ist.«

Große Kisten voller Obst erwarten mich direkt vor der Hintertür. Ich versuche, eine davon anzuheben, allerdings ist das Gewicht eindeutig zu schwer für mich. Keine der Kisten bewegt sich auch nur einen Zentimeter, als ich mit meiner ganzen Kraft versuche, sie zu heben.

»Brauchst du Hilfe?«

Ich zucke zusammen. Vermutlich, weil mein Unterbewusstsein auf diese Stimme sogar noch schneller reagiert als ich selbst.

Leo.

Kann er nicht wie alle anderen Gäste den normalen Eingang benutzen?

In einer sportlichen Stoffhose und einem weißen Shirt steht er vor mir und deutet auf die Obstkisten. »Das wiegt doch sicher eine ganze Menge.«

Ich reagiere nicht auf das, was er sagt, sondern starre ihn einfach nur an. Oh Mann. Sonst fehlt es mir doch auch nicht an Worten. Ausgerechnet vor Leo komme ich mir so unbeholfen vor.

»Du nimmst nicht gerne Hilfe an, das weiß ich.«

»Du weißt gar nichts über mich«, sage ich.

Leo lacht. »Ich bin fünfzehn Minuten neben dir eine Treppe hochgelaufen, für die man normalerweise keine zwei braucht. Und das nur, weil ich dir nicht helfen durfte.«

»Das sollte dir nur eine Niederlage ersparen. Ich bin schwerer, als ich aussehe«, antworte ich.

»Hilfe annehmen hat nichts mit Schwäche zu tun, Maggie«, übergeht er meinen Kommentar.

»Wenn du magst, gebe ich dir mein Poesiealbum. Dann kannst du es ja reinschreiben«, schießt es aus mir heraus.

»Warum bist du so schroff?«, fragt er, ohne das Gesicht zu verziehen.

»Ich bin nicht schroff«, sage ich und gebe mir Mühe, die Kiste wenigstens für einen Moment anzuheben.

»Ich falle nur nicht gerne zur Last.« Verdammt, habe ich das gerade wirklich gesagt? Ich kann einfach nicht glauben, dass es

Leo schon wieder gelungen ist, mir intime Sachen über mich zu entlocken.

»Du könntest dich ja umdrehen.« Jetzt lächelt er. So herzlich und ehrlich, dass mir die Knie weich werden.

Ich atme tief durch. »Warum umdrehen?«

Leo zuckt mit den Schultern. »Wenn du nicht siehst, wie ich die Kisten reintrage, dann musst du dich nicht bedanken. Du hast mich nicht drum gebeten, bist mir nichts schuldig.«

Seine Worte ergeben in meinem Kopf überhaupt keinen Sinn. Weil ich gar nicht in der Lage bin, klare Gedanken zu fassen.

»Du hast sie doch nicht mehr alle«, will ich sagen, doch ich schaffe es nicht, mehr als ein Flüstern rauszubringen.

»Also?« Leo macht einen Schritt auf mich zu, wartet einen Augenblick, ob ich widerspreche, und legt dann die Hände auf meine Schulter. Mein Puls beschleunigt sich, und Gänsehaut fährt über meinen gesamten Körper, als ich seine Berührung wahrnehme. Ich spüre einen leichten Druck, als er mich vorsichtig um die eigene Achse dreht und sich schließlich wieder von mir löst.

Immer noch in einer Art Starre gefangen, nehme ich wahr, wie Leo hinter meinem Rücken eine Kiste hebt und sich mit strammen Schritten von mir entfernt.

Als ich mich wieder umdrehe, fühlen sich die letzten Sekunden an wie ein Traum. Verblüfft schaue ich auf die Stelle, an der tatsächlich eine Kiste fehlt, und schüttele fassungslos den Kopf.

Es dauert nicht lange, da ist Leo wieder aus dem Inneren des Cafés getreten. »Hey, du schummelst«, sagt er, als er mich erneut registriert.

Ich nicke nur. »Du musst das wirklich nicht tun. Ich werde reingehen und Oman bitten. Du bist hier doch Gast.«

Leo winkt ab, dann sieht er mich mit einem durchdringenden Blick an. »Außerdem helfe ich gerne alten Bekannten.«

Mein Herz setzt beinah einen Schlag aus. Er hat es tatsächlich gesagt. *Alte Bekannte.* Sind wir das?

»Leo.« Ich versuche, ihn festzuhalten, als er erneut mit einer Obstkiste durch die Tür verschwindet. So schnell ich kann, folge ich ihm durch den Hintereingang und bleibe dicht an seiner Seite.

Mir ist es wichtig, dass Oman nichts von dem Gespräch mitbekommt, deshalb ist es sinnvoller, mit Leo zu sprechen, bevor meine offizielle Schicht beginnt.

»Können wir reden?«, presse ich hervor und spüre vor Aufregung ein Pochen in meinem Hals. Hektisch schließe ich die Tür zum engen Lagerraum.

»Tun wir das nicht die ganze Zeit schon?« Im Gegensatz zu mir gibt sich Leo keine Mühe, leiser zu sprechen.

»Es ist besser, wenn wir etwas Wichtiges klären«, sage ich leise, ohne auf ihn einzugehen.

»Du meinst, wir reden miteinander, anstatt einfach abzuhauen? Tun wir so was?« Er ist sauer. Glaube ich. Wer wäre an seiner Stelle nicht sauer auf mich?

Dennoch bin ich so perplex, dass ich einfach im Lagerraum stehen bleibe und zusehe, wie Leo die Tür öffnet und dann sein brauner Haarschopf hinter der Holzkiste mit Äpfeln verschwindet.

16. Kapitel

Leo

Ich bin nicht sauer auf Maggie. Nicht mehr. Nicht, nachdem ich fast zwei Jahre Zeit hatte, über eine Frau hinwegzukommen, mit der ich zwei Tage verbracht habe. Völlig irrationale Verhältnisse, findet mein Kopf. Mein Herz lacht darüber. Also über den Kopf.

Warum ich mir den Kommentar nicht sparen konnte? Vielleicht, weil ich gehofft habe, Maggie eine Reaktion entlocken zu können. Stattdessen ist sie einfach stehen geblieben und hat mich mit ihren großen grünen Augen angestarrt.

Als ich die letzte Kiste Obst hinter der Bar abgestellt habe, steht Maggie mit verschränkten Armen vor mir. Sie kaut auf ihrer Unterlippe und sieht nachdenklich aus.

»Du wolltest also reden«, sage ich und beschließe, mich endlich wie ein Erwachsener zu benehmen.

Sofort nickt sie. »Das hier bringt für mich alles durcheinander.« Mit der Hand macht sie eine ausschweifende Geste durch das Café.

»Hey, ich habe mir das nicht ausgesucht. Ich war zuerst hier.«

Wieder nickt sie. »Das weiß ich. Du hast jedes Recht der Welt, hier zu sein.« Ihre Worte überraschen mich, und ich warte auf das Aber.

»Aber ich bin auf diesen Job hier angewiesen. Es ist mir unangenehm, aber ich brauche das Geld. Dringend. Und Fakt ist, dass wir beide in einem Raum ... das geht einfach nicht.«

Irritiert sehe ich sie an. »Warum geht das nicht?«

Sie schluckt, sucht nach den richtigen Worten. »Das ist doch offensichtlich. Es bringt alles durcheinander. Dich. Mich.«

Jetzt rümpfe ich die Nase. »Maggie, zieh mich da nicht rein. Für mich ist alles in bester Ordnung. Die Sache zwischen uns ist geklärt. Sie war von dem Moment an geklärt, als du mir gesagt hast, was dir unsere Nacht bedeutet hat.«

Röte schießt in ihr Gesicht.

»Ist es das, was für dich schwierig ist? Dass wir Sex miteinander hatten?«, frage ich.

Sie springt einen Schritt zurück. »Sag das nicht so laut.« Verzweiflung zeichnet sich auf ihrem Gesicht ab.

»Ist es das?«, frage ich unbeirrt ein zweites Mal.

»Quatsch.«

»Was ist es dann?«

Sie holt tief Luft und senkt dann die Stimme: »Es ist zu viel für mich. Die Dinge, die du über mich weißt ... Du erinnerst mich einfach an unschöne Momente.«

Wow, auf so einen Kommentar bin ich nicht vorbereitet gewesen. »Wenn du mich ansiehst, geht es dir beschissen?«

Sie zuckt mit den Schultern. »Ist das so wenig nachvollziehbar?«

»Nein«, antworte ich und hebe dann abwehrend die Hände. »Ist es nicht. Manchmal kriege ich auch schlechte Laune, wenn ich mich ansehe. Dennoch weiß ich keine Lösung für dein Problem.«

»Du könntest dir doch einfach ein neues Café suchen«, entfährt es ihr.

»Bitte?« Langsam werde ich wütend. »Das kann doch nicht dein Ernst sein.« Ich lache spöttisch auf. »Hast du vielleicht sonst noch Wünsche?« Als ich mich von ihr wegdrehen will, hält sie mich an der Schulter fest.

»Nein, Leo, so habe ich das nicht gemeint.« Ihre Stimme klingt so verdammt verzweifelt, dass meine Wut ein wenig weicht und ich einfach nur traurig werde.

»Wenn Oman von dem erfährt ... Wenn Oman weiß, was ...« Maggie gelingt es nicht, den Satz zu Ende zu bringen.

»Er wird überhaupt nichts erfahren. Nicht von mir«, erwidere ich und starre sie ungläubig an. »Warum sollte ich so etwas tun?«

Doch Maggie schafft es nicht, den Blick zu halten.

»Du hast mir wehgetan«, sage ich und spüre, wie auf der Stelle mein Herz schneller klopft. »Ja, es waren nur zwei Tage, und du hast mir wehgetan. Aber was habe ich davon, deshalb jetzt dir zu schaden? Oh Gott, Maggie. Wenn du mich für so einen Menschen hältst, verstehe ich, warum du mich damals loswerden wolltest. Aber weißt du was? Du hast dich geirrt.« Die Worte kommen wie automatisch aus meinem Mund. Als ich fertig bin, fühlt mein Innerstes sich wie taub an. Ich warte darauf, dass sie etwas sagt. Doch stattdessen schluckt sie nur, verharrt einen Moment in ihrer Bewegung, um sich dann mit Schwung umzudrehen.

Diese Frau verwirrt mich. Sie verwirrt mich sogar sehr.

• • •

Die nächsten Tage sitze ich an meinem Stammtisch und kann nicht verhindern, dass ab und zu ein Blick in Richtung Theke fällt. Dort kann ich beobachten, wie Maggie die Smoothies zubereitet. Manchmal bekomme ich dabei einen bösen Blick zugeworfen. Vor allem dann, wenn sie mir einen Kaffee an den Platz bringen muss.

»Zu viel Koffein ist ungesund«, sagt sie, als sie die Tasse neben meinem Laptop abstellt.

»Schlechte Laune auch«, erwidere ich und grinse noch etwas breiter. »Hey, erhöht ein Lächeln nicht auch die Chancen auf Trinkgeld?«

Ihre Miene verfinstert sich. »Ich brauche dein Geld nicht.«

Um ehrlich zu sein, bin ich finanziell derzeit eh nicht in der Lage, großzügiges Trinkgeld zu geben.

Die anderen wissen hier Bescheid, und niemand hat mich je blöd angesehen. Ganz im Gegenteil, die letzten Wochen hat mir Oman viel zu häufig ein Heißgetränk ausgegeben und mir dabei freundschaftlich auf die Schulter geklopft.

Maggie winkt ab und dreht mir wieder den Rücken zu. Oh Mann, manchmal erwische ich mich dabei, wie ich einen Blick auf ihren Po werfe und ein wenig in Fantasien versinke. Dann widme ich mich wieder meinem Text.

Erst gestern habe ich einen langen E-Mail-Austausch mit meiner Lektorin geführt, der mir nun endlich Aufschluss gab, was das nächste Kapitel angeht. Dennoch gleicht mein Inneres einem ausgeschöpften Fass. Ich kann mit meinen Worten kaum noch etwas anfangen.

Zum wiederholten Mal googele ich Dinge wie »Schreibblockade« oder »Inspiration«, kann mit den Tipps allerdings kaum etwas anfangen. »Entspann dich! Erzwing es nicht!«, steht auf den einen Seiten, während andere dazu raten, sich durch die schwierigen Phasen einfach durchzuboxen.

Ich habe meinen zweiten Kaffee längst ausgetrunken und hänge seit einer halben Stunde über einem YouTube-Video, das sich mit dem Thema *Fiktionales Schreiben* beschäftigt. Das meiste davon weiß ich bereits, trotzdem tut es gut, mich wenigstens beschäftigt zu fühlen.

»Spannungsaufbau?« Maggies Stimme lässt mich hochschrecken. Sie hat gerade einen Nebentisch abgeräumt und wirft jetzt einen Blick auf meinen Bildschirm.

»Du beobachtest mich?«

Sie sieht süß aus, wenn sie ihr Lächeln versucht zu unterdrücken. »Wenn ich du wäre, würde ich mit dieser Unterstellung sehr vorsichtig sein.«

Ich nehme an, sie spielt darauf an, dass ich meinen Blick ebenfalls kaum von ihr lassen kann. Allerdings habe ich keine Probleme, das zuzugeben.

Sie stellt mir einen Tee auf den Tisch. »Ohne Koffein. Geht aufs Haus. Ich soll dir von Oman ausrichten, dass er dafür eine signierte Ausgabe haben möchte.«

Ich werfe einen skeptischen Blick auf den Teebeutel. »Sag ihm, für einen Kaffee hätte es sogar zwei Bücher gegeben.«

Maggie runzelt die Stirn. »Zuerst solltest du es vielleicht zu Ende schreiben.«

»Da sagst du was«, murmele ich leise. Vorsichtig nehme ich einen Schluck Himbeertee.

»Wozu schaust du so was?« Sie deutet auf den Bildschirm. Mir fällt auf, dass ihre Gesichtszüge weicher geworden sind. Es ist fast so, als habe sie sich in meiner Anwesenheit ein klitzekleines bisschen mehr entspannt. »Geht's beim Schreiben nicht mehr um das Gefühl und weniger um eine Technik?«

»Man sollte schon beides beherrschen.«

»Und dir fehlt es an der Technik?« Sie räumt meine leere Kaffeetasse ab und sieht mich fragend an. Im nächsten Moment wird sie an einen anderen Tisch gerufen, und ich bleibe ihr eine Antwort schuldig. Doch die Wahrheit ist: Die kann ich ihr in diesem Augenblick nicht geben, denn eigentlich ist das Ganze viel komplizierter. Nein, es fehlt mir nicht an der Technik. Es sind vielmehr die Gefühle, die sich verändert haben. Die sich einfach nicht mehr so greifen lassen wie damals.

Ich sehe ihr noch ein paar Sekunden nach, wende mich dann wieder dem Laptop zu.

Am Nachmittag verlasse ich das Café. Ich habe fast sieben Stunden dort gesessen und zumindest den Anfang meines Manuskripts bearbeitet. Zum ersten Mal seit meiner Krise macht sich wieder eine Art Zufriedenheit in meiner Brust breit. Ich kann wieder ein wenig freier atmen, schöpfe Hoffnung aus meinem kleinen Erfolg.

Mein Heimweg führt genau durch den Unipark.

Die meisten Studierenden fangen schon seit Wochen die intensiven Sonnenstrahlen des Hochsommers ab und liegen auf den Wiesen vor der Universität. Ich schlendere durch die breite Allee und biege danach auf die Zülpicher Straße ab.

Vor einem kleinen Buchladen bleibe ich stehen und betrachte die Auslage von draußen. Die meisten Bücher kenne ich tatsächlich vom Sehen. Früher wurde ich nicht nur fürs Schreiben verlacht, sondern auch für mein unbändiges Interesse an verschiedensten Geschichten. Ich verbrachte die meiste Zeit meiner Pubertät in kleinen und großen Buchhandlungen, vergrub meinen Kopf zwischen Einbänden und saugte das Leben zwischen den raschelnden Buchseiten förmlich auf. Tatsächlich kann ich mich sogar immer noch, nach über zwei Jahren, an Maggies Lieblingsbuch erinnern. *Ein ganzes halbes Jahr.* Ich habe das Cover schon häufig in einem Regal entdeckt. Doch heute packt mich eine ungewöhnliche Neugier. Deshalb trete ich durch die Ladentür ein.

Die Buchhändlerin grüßt mich freundlich und bietet mir ihre Hilfe an. Ich nenne ihr den Titel.

»Für Ihre Mutter?« Als ich das Buch an die Kasse schiebe, lächelt die Buchhändlerin mich an. Wahrscheinlich will sie nur höflich sein und das Gespräch suchen, doch ich verdrehe innerlich genervt die Augen.

»Aber nein. Das ist für mich.« Ich spüre den Blick der Frau auf mir, als suche sie an meinem Körper oder meiner Kleidung irgendwelche typisch weiblichen Züge. Sie sieht ziemlich verwirrt aus, als sie meine Oberarme fixiert.

Wortlos, aber mit der Faust in der Tasche, klemme ich das Buch unter meinen Arm und verlasse den Buchladen. Für heute habe ich nämlich etwas vor.

17. Kapitel

Maggie

Diese Nacht träume ich etwas, von dem ich niemals jemandem erzählen werde. Ich bin die Letzte im Café, um die Tische abzuwaschen, als noch ein Gast hereinkommt. Seltsamerweise erkenne ich ihn zuerst an seinen Augen. Er steht plötzlich so nah, dass ein verdammtes Kribbeln durch meinen Unterleib geht. Als ich wach werde, bin ich von meinem Fast-Sex-Traum so verstört, dass ich Alicia beim Frühstück ausgiebig umarme und sogar anbiete, nachher den Abwasch zu übernehmen.

»Hast du ein schlechtes Gewissen?«, fragt sie erstaunt und lässt sich auf ihren Platz sinken.

Ich schüttele den Kopf. »Muss man ein schlechtes Gewissen haben, um anderen eine Freude zu machen?«

Während der Wasserkocher vor sich hin brodelt, öffne ich den Kühlschrank und räume vegetarische Wurst, Guacamole und Marmelade auf den Tisch. Meine Schicht beginnt heute erst zwei Stunden später, deshalb frühstücke ich zu Hause.

»Übrigens komme ich gleich mit«, verkündet Alicia, als ich vorsichtig die ersten Scheiben Toast aus dem Toaster ziehe.

»Ins Café?«, frage ich und setze mich ihr gegenüber an den Tisch.

Alicia nickt. »Ich habe die letzten Tage so viel gelernt und gönne mir heute eine Pause.«

Ein Lächeln macht sich in meinem Gesicht breit.

»Eine Pause könnte ich auch gebrauchen.« Ich seufze.

Alicia streckt ihre Hand aus und tätschelt über meinen Oberarm.

»Wir können es uns die Tage doch mal richtig schön machen.«

Ich widerspreche ihr nicht, obwohl ich an meine Hausarbeit denke, an die ich mich diesen Sommer dringend setzen sollte. Nachdenklich beiße ich in einen Toast und nippe an meiner Tasse Tee.

Alicia scrollt durch ihr Smartphone, und ich bin so in meine Gedanken versunken, dass ich nicht einmal mitbekomme, wie sie irgendwann die Küche verlässt.

Als ich aus meinem Tagtraum erwache, ist eine halbe Stunde vergangen, und ich habe nicht mehr viel Zeit, bis ich zur Arbeit losgehen muss. Deshalb beeile ich mich, das Geschirr neben der Spüle zu stapeln, und drehe den Hahn auf.

Ich will gerade den ersten Teller in der Suppe aus Schaum und Wasser versenken, da blinkt eine neue Nachricht auf. Instagram. Neugierig beuge ich mich über mein Smartphone und fahre im selben Augenblick wieder mit dem gesamten Oberkörper zurück. @Leowinter95. Winter? Ist das Leos Nachname?

Ohne weiter nachzudenken, greife ich nach meinem Handy und wische über den Bildschirm, sodass ich den Text lesen kann, ohne online zu gehen.

»Du hattest recht, es ist unheimlich gut«, steht dort. Was ist unheimlich gut?

Und wie hat er überhaupt meinen Account gefunden? Okay,

zugegebenermaßen ist mein Instagram-Name @maggie.freytag nicht sonderlich einfallsreich gewählt. Genauso wenig wie seiner.

Anstatt die Nachricht zu öffnen, betrachte ich seinen Account. Keine Bilder und privat. Mist! Als ich unseren Chat anklicke, kann ich vor Aufregung kaum noch atmen.

Ich hatte damals überlegt, mich bei ihm zu melden. Nach der Sache im Krankenhaus. Wirklich. Wochen später habe ich überlegt, mich zu entschuldigen, ihm alles zu erklären. Ich wollte zu ihm fahren, mit ihm sprechen. Ihm sagen, dass mir die Zeit sehr wohl etwas bedeutet hat. Doch jedes Mal, wenn ich mich gerade dazu entschlossen hatte, überrollte mich die Angst wie eine Welle, und ich vergrub mich tagelang in Schamgefühlen. Er hat mich in meinen verletzlichsten Momenten gesehen. Es war, als könnte ich nicht einmal mehr die Erinnerungen daran ertragen. Dass er nie mehr etwas von sich hören lassen hat, kann ich ihm natürlich nicht verübeln. Also habe ich mich dafür gehasst. Dafür, dass ich den einzigen Menschen von mir gestoßen habe, bei dem ich jemals dachte, mich vollständig öffnen zu können.

Auf dem Bild, das ich öffne, erkenne ich ein Buch, das ich selbst vor einigen Jahren gelesen habe. *Ein ganzes halbes Jahr* von Jojo Moyes. Eine unfassbar berührende Geschichte, die mich die ein oder andere Träne hatte verdrücken lassen. Als ich Leos Text »Du hattest recht, es ist unheimlich gut« ein zweites Mal lese, verstehe ich erst, was er meint. Vor zwei Jahren, als wir uns über sein Schreiben unterhalten haben, habe ich ihm mein Lieblingsbuch verraten.

»Du hast es gelesen?«, tippe ich und warte auf eine Antwort.

»Nicht nur den ersten Teil. Auch die beiden anderen.«

Ich runzele die Stirn. Bevor ich antworten kann, tippt er eine neue Nachricht: »Hast du alle gelesen?«

»Nein«, schreibe ich und merke, dass meine Antwort sehr

knapp ist. »Nur den ersten. Fortsetzungen machen die Geschichte sowieso nur kaputt.«

Leo schreibt. Ich lehne mich gegen die Küchenablage und überlege mir, das Spülen auf später zu verschieben.

»Dann suchst du kein Happy End?«, leuchtet es mir entgegen.

Ich überlege. Dann tippe ich: »Für mich war das Ende im ersten Teil ein Happy End.«

Es dauert fast zwei Minuten, bis Leo wieder antwortet: »Das sagt sehr viel über dich aus.«

Ich runzele die Stirn. »Was denn?«

»Darüber müssen wir das nächste Mal in Ruhe sprechen.«

Das nächste Mal. Als ich die Bedeutung dieser Worte verstehe, wird mir ganz heiß. Es passt nicht in mein Konzept, dass Leo so verdammt freundlich und aufrichtig zu mir ist. Manchmal ist es einfacher, Menschen zu hassen, als sich mit ihnen zu beschäftigen, sie zu verstehen, sie an sich ranzulassen.

@Leowinter95 folgt dir jetzt.

»Okay.« Ich tippe diese Worte, obwohl ich weiß, dass ich es einige Sekunden später bereuen werde. Und trotzdem folge ich ihm zurück.

»Okay?« Leo scheint über meine Antwort mindestens so verwundert wie ich selbst.

»Okay, Blödmann«, korrigiere ich mich.

»Okay, freches, blondes Mädchen.«

Ich korrigiere: Ich hasse ihn doch. Zumindest ein bisschen.

• • •

Oman sieht überrascht aus, als ich in Alicias Begleitung das Café betrete. »Hoher Besuch! Mein Schwesterherz gestattet mir die Ehre.« Er kommt hinter der Theke hervor und umarmt Alicia.

»Gewöhn dich nicht dran«, erklärt diese. »Ich hab eigentlich viel zu viel zu tun.«

» ... zu busy also für deinen großen Bruder«, witzelt Oman.

»Zu busy für irgendwas«, korrigiert Alicia.

Ich muss lächeln, denn als Oman sie mit seinen kräftigen Armen umschlingt, habe ich kurz ein bisschen Angst um meine zarte Freundin, die beinah zur Seite wegkippt.

»Eigentlich wollte ich nur sehen, ob du Maggie hier gut behandelst. Streng genommen gestatte ich also ihr die Ehre.« Sie grinst mich an, und ich recke den rechten Daumen in die Luft.

»Oh, da fällt mir doch gleich etwas ein.« Oman löst sich von Alicia und verschwindet im Inneren des Cafés.

Meine Freundin und ich tauschen neugierige Blicke aus, werden aber nicht lange auf die Folter gespannt. Als Oman wieder auftaucht, ist sein Gesicht zur Hälfte mit einem Strauß Rosen verdeckt.

»Die wurden hier abgegeben. Ohne direkten Absender.« Er stellt den Kübel mit den Blumen auf die Theke und sieht uns fragend an. »Ich hab mich schon bei allen anderen erkundigt. Kann es sein, dass sie für dich sind? Vielleicht hast du unserem Leo schöne Augen gemacht.«

Überrumpelt zucke ich zusammen. »Leo? Was hat er damit zu tun?«

Oman lächelt. »Ich hatte den Eindruck, du gefällst ihm.«

Ich weiß vor Schreck nicht, was ich sagen soll.

»Leo ist so ein netter Kerl. Vielleicht solltest du ihm eine Chance geben.«

»Ein heimlicher Verehrer?« Alicia wirft mir einen kurzen neugierigen Blick zu, dann fixiert sie Oman. »Und du solltest dich nicht in Maggies Liebesangelegenheiten einmischen. Du bist ja schrecklicher als Mama früher.«

Oman wird ganz rot unter der dunklen Haut.

Um seinen Blick nicht mehr halten zu müssen, beuge ich mich über den Strauß Blumen. »Und du meinst echt, dass die für mich sind?« So richtig glauben kann ich das nicht. Rote Rosen? Niemals! Es scheint mir nicht Leos Art zu sein, so was einfach zu verschicken.

Alicia startet einen neuen Versuch. »Ist er dein Typ? Arbeitet er auch hier?« Während sie neben mir nach einem Kärtchen in dem Strauß sucht, klärt Oman sie über Leo auf.

»Leonard ist Autor. Er schreibt seit ein paar Monaten hier in unserem Café. Wir haben uns angefreundet. Wirklich korrekter Typ.«

Bevor er weitersprechen kann, wird er von einem Kunden an den Tisch gerufen. Zum Glück! Das Gespräch ist mir wirklich unangenehm.

Plötzlich zuckt Alicia zusammen. »Oh, mein Gott«, entfährt es ihr.

»Was ist?« Ich folge ihrem Blick und halte eine Sekunde später ein kleines Schild in der Hand, das an dem Papier befestigt war.

»Es tut mir leid. Bitte melde dich. T.«

Mich durchfahren Erleichterung und Unwohlsein zugleich.

Die Blumen sind nicht für mich. Natürlich nicht.

»Die Blumen sind von Timon.« Alicias Stimme zittert.

Ich lasse den Zettel los und nehme meine Freundin fest in den Arm. »Dieser Vollidiot.«

Sie macht sich vorsichtig von mir los. »Ich bin okay.« Tatsächlich wirkt sie innerhalb von Sekunden wieder halbwegs gefestigt. »Er muss gewusst haben, dass ich die Blumen niemals angenommen hätte.«

Ich nicke. »Deshalb hat er sie nicht zu uns, sondern hierher geschickt.«

»Es wundert mich nur, dass er das wirklich gemacht hat.«

»Wie meinst du das?«, murmele ich.

»Er wirkte so wütend. So böse auf mich nach der Trennung. Er scheint mir tatsächlich verziehen zu haben.«

Einen Moment glaube ich, nicht richtig verstanden zu haben.

»Er hat *dir* verziehen?« Alicia muss den Zugang zur Realität verloren haben.

Sie hebt besänftigend eine Hand. »So habe ich das nicht gemeint. Es wundert mich einfach nur. Normalerweise dreht er tagelang so ab.«

Oman kommt zurück zur Theke und erhascht einen neugierigen Blick auf uns. Ich winke ab. »Lange Geschichte. Jedenfalls sind die Blumen nicht von Leo!«

An Alicia gewandt, flüstere ich: »Okay, wir überlegen uns etwas, wenn ich hier raus bin. Bis dahin schreibst du ihm nicht, okay?«

Alicia nickt. Manchmal mache ich mir mehr Sorgen um sie als um mein eigenes verkorkstes Leben. Und das soll etwas bedeuten.

Den ganzen Tag ertappe ich mich dabei, Ausschau nach Leo zu halten, und kassiere dafür einen Spruch von Oman. »Vermutlich kommt er erst später.«

»Wer?«, tue ich ahnungslos.

»Es steht dir auf dem Gesicht geschrieben.« Oman grinst.

Immer wieder bringe ich Alicia eine Cola an den Tisch und hoffe, dass sie in meiner Abwesenheit keine Nachricht an Timon schreibt.

Mein Smartphone vibriert genau in dem Augenblick, als ich meine Schürze zusammenfalte und im Inneren des Cafés meine Tasche packe. *Mama.* Das schlechte Gewissen überkommt mich wie eine Sturmflut. Nicht nur, weil ich mich die letzten Wochen kaum bei ihr gemeldet habe, sondern auch, weil ich für einen Moment überlege, sie einfach wegzudrücken.

»Hey.« Ich gebe mir Mühe, möglichst fröhlich zu sprechen, als ich den Riegel zur Seite schiebe und das Gespräch annehme.

»Maggie? Bist du dran?« Meine Mutter klingt aufgewühlt. Sofort schießt mein Puls in die Höhe, und ich bin in höchster Alarmbereitschaft.

»Ist etwas passiert?«, frage ich erstickt.

»Du hast dich nicht gemeldet. Ich habe ewig nichts von dir gehört. Weder auf meine Nachrichten hast du reagiert noch angerufen.«

Ich hole tief Luft. »Es tut mir so leid.« Es ist kein Geheimnis, dass ich eine miserable Tochter bin. Aber was soll ich meinen Eltern sagen? Dass ich allein beim Gedanken an sie schreckliche Schuldgefühle bekomme?

»Du weißt doch, dass ich mir Sorgen mache, wenn ich nichts von dir höre. Geht es dir gut?«

Ich nicke, bis mir auffällt, dass sie mich durchs Telefon nicht sehen kann. »Ja, Mama. Ich habe einen Job gefunden.« Langsam lasse ich mich auf einen Stuhl sinken und lehne mich gegen die Wand.

Meine Mutter wirkt irritiert. »Neben dem Studium? Bist du dir sicher, dass du dir nicht zu viel auflädst?«

»Nein, das ist schon in Ordnung. Es gab Probleme mit dem BAföG, und ich brauche das Geld. Mach dir keine Gedanken. Es ist toll in dem Café. Alle sind super nett.« Ich senke die Stimme, damit mich niemand außer ihr hören kann. Ich befinde mich in einer Art Pausenraum, und es wäre mir unangenehm, wenn einer der anderen zufällig mitbekommt, dass ich über sie spreche.

»Das freut mich, Schatz. Du weißt doch, dass du dich melden

kannst, oder?« Meine Mutter klingt, als habe sie geweint. Das Schlimme ist: Seit fast drei Jahren hört sie sich genauso an. Seit Paulinas Tod ist die Schwere ihres Herzens aus jedem Wort raushörbar.

»Das weiß ich, Mama«, antworte ich. *Aber das will ich nicht. Denn ich ertrage uns nicht. Euer Leid. Mein Leid.* Nichts davon sage ich laut. Aber das muss ich auch gar nicht.

»Ich habe eine Tochter verloren, Maggie. Meine zweite zu verlieren, überlebe ich nicht.« Die Worte schallen so plötzlich in der Leitung, dass ich einen Schlag in der Brust fühle. Nach Paulis Tod hat meine Mutter ihren Halbtagsjob gekündigt und sich ziemlich isoliert. Anfangs habe ich versucht, sie zu einer Therapie zu überreden und Schritte zu gehen, die ich mir selbst nicht zugetraut habe.

Seitdem … Mir wird schmerzhaft bewusst, dass ich selbst kaum eine Ahnung davon habe, wie meine Eltern sich die letzten Jahre und Monate mit ihrem Leben arrangiert haben. Denn alles, was ich versucht habe, ist, selbst zu überleben.

»Aber ich bin hier«, flüstere ich. »Wir sind nicht weit auseinander. Du kannst jederzeit zu mir kommen.« Ausrede hin oder her. Ich bin nicht einfach nur eine miese Tochter. Ich bin die mieseste Tochter der Welt. Denn während ich das sage, weiß ich, dass sie kaum noch Auto fährt. In den letzten zwei Jahren, die ich in Köln wohne, ist sie nie ohne meinen Vater hier gewesen.

»Ja«, murmelt meine Mutter dennoch. »Vielleicht mache ich das mal. Bald. Oder du kommst her. Dein Zimmer ist immer noch für dich da, das weißt du ja.«

Genau wie das von Paulina. Keiner von uns hat es nach ihrem Tod gewagt, großartige Veränderungen vorzunehmen. Das letzte Mal, als ich das Zimmer meiner Schwester betreten habe, war es, als würde sie jeden Augenblick wiederkommen und rufen: »Hey, hier bin ich wieder. Der Urlaub war abgefahren ohne euch.« Ja, vermutlich würde sie genau so etwas sagen und mich die restlichen Wochen damit aufziehen, dass sie richtig Farbe bekommen hat, während ich im sonnenarmen Deutschland so weiß wie eine Wand geblieben bin.

»Maggie?«, reißt mich meine Mutter aus den Gedanken. »Hast du mir zugehört? Bist du noch mal in der Gruppe gewesen?«

Auf der Stelle schnürt sich mein Hals zu. Druck bildet sich hinter meiner Stirn, und meine Hände fühlen sich taub an, als ich das Smartphone ein paar Zentimeter sinken lasse.

»Mam, das ist nicht das Richtige für mich«, flüstere ich und öffne den oberen Knopf meiner Bluse, um freier atmen zu können.

»Oh Schatz, du solltest dir das wirklich noch mal überlegen. Wir haben so viele Erfahrungsberichte gelesen, und die meisten schrieben von tollen Veränderungen. Du musst dich einfach mehr darauf einlassen.«

Ich verkrampfe die Muskeln, presse die Zähne zusammen und kratze mir vor Nervosität über die Stirn. »Nein, verdammt. Ich bin nicht die anderen. Lass mich einfach in Ruhe.« Es kostet mich jegliche Selbstdisziplin, das Telefon nicht gegen die Wand zu schlagen. »Und wenn du nur angerufen hast, um dich in mein Leben einzumischen, dann lege ich jetzt auf.«

Einen Moment höre ich nur ihren schwachen Atem in der Leitung. Dann flüstert sie leise meinen Namen. »Ich hab dich lieb, okay?«

Jede Faser meines Körpers zieht sich zusammen, und ich kratze fester über meine Stirn. Meine Finger bohren sich unter die Haut, als könne ich damit das unerträgliche Gefühl der Wut einfach ausblenden. »Ich dich auch«, höre ich mich sagen. Ganz fremd. Ich liebe meine Mutter wirklich. Das weiß ich. Aber ich kann es in diesem Moment nicht fühlen. Weil es wie immer ist. Ich stelle meine Gefühle auf Stopp. Denn manchmal kann ich nur überleben, wenn ich die ganze Welt vor mir wegsperre.

»Du siehst aus, als hättest du mit dem Teufel persönlich gesprochen«, entfährt es Alicia, als ich zurück nach vorne ins Café komme.

»Nein«, sage ich trocken. »Nur mit meiner Mutter.«

»Manchmal bin ich mir nicht sicher, ob ich deine Eltern jemals kennenlernen will.« Sie sagt es mit Humor in der Stimme, trotzdem spüre ich bei ihren Worten einen Stich in meiner Brust.

»Danke, dass du gewartet hast.«

Alicia nickt. »Oh, freu dich nicht zu früh. Wir beiden Hübschen haben nämlich heute etwas vor.«

Bevor ich etwas erwidern kann, hält mir meine Freundin ihr Handy vors Gesicht. »Ein Kommilitone von mir schmeißt eine Hausparty, und wir sind eingeladen.«

»Ich bezweifle, dass ich von einer Person eingeladen wurde, die mich gar nicht kennt«, sage ich, während ich mich bei Alicia unterhake und sie nach draußen begleite. Erst als wir das Café schon verlassen haben, fällt mir auf, dass sie die Blumen stehen gelassen hat. Ich beschließe, sie nicht darauf anzusprechen, denn ich bin ziemlich sicher, dass das kein Versehen war.

»Oh doch, meine Liebe. Er hat ausdrücklich von meiner wunderschönen Mitbewohnerin gesprochen, die ich auf meinen Instagram-Bildern verlinkt habe. Es gibt kein Entkommen.«

Ich verdrehe die Augen. »Alicia, ich habe wirklich keine Lust.«

»Appetit kommt beim Essen, Maggie. Wir müssen nicht lange hingehen, aber komm schon, es täte uns beiden gut, mal auf andere Gedanken zu kommen. Ich bin mir sicher, es gibt auch ein paar süße Typen für dich.«

»Pah.« Ich lache auf. »Glaub mir, ich habe genug von süßen Typen.« Die beiden letzten Worte unterstreiche ich mit einer abweisenden Handbewegung.

»Das klingt ja fast so, als würde zwischen dir und diesem Leo wirklich was laufen.« Alicia macht ein neugieriges Gesicht. »Ich schlage vor, dass du mir das erzählst ...« Sie holt tief Luft. » ... während ich dir die Haare glätte und ein Outfit raussuche. Für heute Abend. Für die Party.«

Wenn ich an Alicia etwas hasse, dann, dass ich ihr absolut keine Bitte ausschlagen kann. »Meinetwegen. Ich kann aber nicht versprechen, dass ich mich nicht nach ein paar Minuten in irgendeine Ecke setze und Musik höre.« Ich wackele mit meinem Smartphone. »Meine eigene Musik.«

Alicia verdreht die Augen. »Das wird super, das weiß ich.«

Eine halbe Stunde später sitze ich bei uns im Badezimmer auf einem Hocker und jammere, weil meine Freundin mit dem Glätteisen in der Hand alles andere als zimperlich umgeht.

»Willst du mir die Haare ausreißen?«, schimpfe ich und nehme eine Bürste zu Hilfe.

»Was ich will, ist, dass du mir von deinem Leo erzählst. Wie kommt Oman darauf, dass er dir Blumen schickt?«

Ich zucke zusammen. Nicht nur, weil mich jedes Mal eine Gänsehaut überkommt, wenn ich auch nur an Leo denke, sondern auch, weil Alicia meine Kopfhaut mit dem Heizstab berührt hat.

»Da ist nichts«, beharre ich. »Nichts. Nada.« Vorsichtig fahre ich mir über die verbrannte Stelle und rümpfe die Nase.

»Stell dich nicht so an. Wer schön sein will, muss leiden.« Alicia grinst.

»Ich will aber gar nicht schön sein«, grunze ich und starre

mich im Spiegel an. »Außerdem finde ich mich schon super. Sieh dir diese Freude an. Ist sie nicht ansteckend?« Albern verziehe ich mein Gesicht zu verschiedenen Grimassen.

»Wunderschön.« Alicia streckt mir im Spiegel die Zunge raus. »Also läuft zwischen euch nichts?«

Ich tue so, als würde ich ihre Frage nicht verstehen.

»Zwischen Leo und dir!«, trällert sie und fährt schon wieder mit diesem verdammten *Ich-brenn-deinen-Schädel-weg*-Ding über mein widerspenstiges Haar.

»Das war einmal«, sage ich und puste mir eine Strähne aus dem Gesicht. »Wir hatten vor zwei Jahren mal was miteinander. Eine einzige Nacht. Das war nichts. Seit wir uns wiedergetroffen haben, lässt er mich nicht in Ruhe. Und wenn du mich fragst ...« Während ich die Worte ausspreche, ist mir selbst bewusst, was ich mir vormache. »... wenn du mich fragst, nervt er einfach nur.« Mein Herz schlägt schneller, als sich die Lüge aus meinem Mund befreit.

»Okay«, meint Alicia nur und nimmt eine neue Strähne zwischen das Glätteisen. »Schade.«

Ich frage nicht nach, wie sie das meint, sondern schließe einfach nur die Augen. Wie auch immer diese Party heute Abend enden mag: Ich finde sie jetzt schon ziemlich bescheuert.

18. Kapitel

Maggie

Wir sind die Ersten, stelle ich fest, als Alicia mich die Stufen zu dem riesigen Haus hochscheucht. Die Villen in Marienburg kosten ein Vermögen, und ich kann nicht aufhören, mich zu fragen, wie viel ein Mensch in seinem Leben gearbeitet haben muss, um sich hier ein Grundstück leisten zu können.

Auf dem Weg haben wir noch ein Sixpack Kölsch besorgt, und ich weine jetzt schon um jeden einzelnen Cent, weil ich Alkohol immer noch nicht besonders genieße.

»Ihr seid ja pünktlich«, begrüßt uns der hochgewachsene Typ mit den blonden Haaren. Er zwingt erst Alicia, dann mich in eine schnelle Umarmung, aus der ich mich mit einem höflichen Lächeln löse.

»Schön, dass ihr da seid. Übrigens heiße ich Tobi.«

Ich erahne, dass er der Gastgeber ist, und werfe Alicia einen Hilfe suchenden Blick zu.

»Er ist toll«, formt diese langsam mit den Lippen, und ich gebe mein Bestes, ihr zu glauben.

Gemeinsam gehen wir durch einen kleinen Flur, stellen unsere Getränke in der Küche ab und folgen Tobi in ein riesiges

Wohnzimmer. Ich fühle mich ein wenig unbeholfen, als ich die großen Bilder an den Wänden mustere und dann meinen Blick über das Sofa schweifen lasse. Es ist aus hellbraunem Echtleder, dem auf den Sitzflächen ein großes Fell übergelegt wurde. Ich tippe auf Schaffell und kriege eine Gänsehaut.

Der ganze Raum wirkt teuer auf mich, eher konservativ und überhaupt nicht nach meinem Geschmack.

»Wollt ihr etwas trinken?«, ruft uns Tobi entgegen.

»Ein Kölsch und eine Limo«, sage ich und werfe Alicia ein Lächeln zu. Sie hat es verdient, heute einen schönen Abend zu haben, und wenn ich auch nur einen Funken zu ihrem Glück beitragen kann, dann bin ich froh.

Bald darauf trudeln die nächsten Gäste ein, und der Raum füllt sich mit Stimmengewirr, fremden Gerüchen und Alkohol. Viel Alkohol. Viel mehr Alkohol. Alicia und ich sitzen mit einer kleinen Gruppe Studierenden zusammen, die sich einen Haufen Karten geschnappt und daraus ein Trinkspiel veranstaltet haben. Ich habe mich zu einer unabhängigen Jury erklärt und nippe an meiner Limo, ohne mitzumachen. Ein Mädchen holt ihr Smartphone aus der Tasche, streckt den Arm aus und will ein Foto schießen. Der Typ neben uns gibt Alicia einen Schmatzer auf die Wange, und verschwitzte Hände, die zu einem Kerl neben uns gehören, legen sich für den Schnappschuss auf meine Schulter. Jeder von uns soll seinen Instagram-Namen eingeben, sodass innerhalb von einer halben Minute das Telefon einmal im Kreis rotiert ist.

»Keine Sorge, nur für meinen Ex. Der glaubt, ich sitze zu Hause und heul mir die Augen aus dem Kopf«, grinst sie und drückt auf *Posten*.

Es dauert nicht mehr lange, und ich habe das Gefühl, die

Stimmen der anderen werden immer lauter und aggressiver, sie hämmern förmlich gegen meine Stirn.

Alicia hat nach ein paar Schlucken ausgesetzt und presst sich nun eng an meinen Körper. »Halt mich für verrückt, aber mir ist jetzt schon kotzübel.«

Ich lege liebevoll einen Arm um ihren Hals. »Trink ein bisschen Wasser. Oder zumindest das hier!« Schnell reiche ich ihr meine Limo und laufe in die Küche, wo jemand gerade dabei ist, ein Schnapstablett vorzubereiten.

»Habt ihr hier irgendwo ein Stück Brot?«, frage ich und sehe mich um.

Tobi, der als Gastgeber direkt an der Quelle sitzt, reicht mir ein Stück geschnittenes Baguette. Als ich seine Hand auf einmal an meiner Schulter spüre, zucke ich zusammen.

»Wenn du noch auf der Suche nach anderen Dingen bist, weißt du ja, wo du mich findest«, haucht er mir ins Gesicht und lässt mich unfreiwillig an seiner Fahne teilhaben.

»Danke nein, Romeo«, entgegne ich und betrachte ihn mit einer Mischung aus Ekel und Irritation. »Mir reicht das Baguette.« Hastig greife ich nach dem Brot und mache mich daran, meine Freundin zu suchen.

Alicia lehnt an einer Wand neben dem Sofa und hat sich von dem Geschehen ein Stück distanziert. Sie ist ganz blass geworden. Ich nehme ihr ihr Glas ab und reiche ihr das Brot. »Iss mal ein Stück Baguette.«

Abwesend schüttelt sie den Kopf. »Ich habe kaum getrunken, Maggie. Vermutlich war das heute Abend doch nicht die klügste Idee, und ich bin einfach etwas durch den Wind.«

»Das ist okay«, sage ich und versuche, ihr mit der Hand über den Arm zu fahren, doch sie weist mich ab. »Keine Berührungen, okay? Wenn mich jemand anfasst, muss ich kotzen.« Ein zaghaftes Lächeln fährt über ihr Gesicht, und ich bin froh, dass sie zumindest das noch schafft.

»Wollen wir gehen?«

Alicia sieht sich im Wohnzimmer um. »Mann, Maggie. Weißt du, ich hasse es, dass ich das hier nicht genießen kann. Ich würde das hier so gerne cool finden.«

Ich muss lachen. »Vor ein paar Jahren hatte ich eine Phase, in der ich andauernd versucht habe, Kaffee zu mögen. Ich habe mir einen nach dem anderen reingezogen, obwohl ich den Geschmack richtig eklig fand. Nur weil ich es so gerne mögen wollte.«

»Es hat nicht geklappt«, stellt Alicia richtig fest.

»Das hat es nicht. Manche Dinge kann man nicht erzwingen. Und ich finde unsere Netflix-Abende zu Hause schwer in Ordnung.«

Jetzt lacht sie auch. »Heute sollte ich aber ins Bett.«

Ich nicke. »Dann los.«

Vorsichtig greife ich nach ihrem Arm, ohne ihren Körper zu viel zu schütteln, und kämpfe uns einen Weg zur Tür frei.

Auf einmal spüre ich einen heftigen Luftzug. Jemand hat die Haustür geöffnet, und als mein Blick das Gesicht des neuen Gastes streift, sackt mir das Herz vor Schreck ein Stück tiefer.

»Timon«, entfährt es mir, denn der schwarzhaarige Typ im Eingang ist niemand Geringeres als Alicias Ex-Freund. Jener Ex-Freund, unter den sie vor zwei Wochen wegen seiner Gewalttätigkeiten einen Schlussstrich gezogen hat.

»Wir müssen gehen.« Ich ziehe Alicia am Ärmel. »Timon ist hier.«

Ruckartig löst sich meine Freundin von mir. »Red keinen Scheiß.« Mit großen Augen starrt sie mich an.

»Er ist gerade reingekommen. Wir müssen hier raus.«

Ziemlich schnell stellen wir fest, dass der einzige Ausgang an Timon vorbeiführt, der mit hochrotem Kopf im Flur steht und sich hektisch umsieht.

»Weiß er, dass wir hier sind?« Alicias Stimme ist zittrig geworden.

»Keine Ahnung, ob er uns gesehen hat«, antworte ich. Wir sind nicht mehr weit von Timon entfernt, als er auf uns aufmerksam wird. Ich beiße die Zähne zusammen. So fest, dass sich meine Schläfen anspannen und ich mich auf nichts anderes mehr konzentrieren kann als auf das Pochen hinter meiner Stirn. Die Ruhe bewahren. Jetzt.

»Ich mach das schon«, sagt Alicia leise, als ahne sie, welche plötzliche Energie mich durchfließt. Sie lässt mich stehen und nähert sich Timon.

Ich sehe Wut in jeder seiner Bewegungen und spüre, wie sich meine Anspannung aufbaut. Hier sind überall Leute. Er wird sich ja wohl zusammenreißen. Alicia kann nichts passieren. Uns kann nichts passieren, rede ich mir ein.

»Was machst du hier?«, fährt meine Freundin ihn an.

»Ich passe auf, dass meine Freundin keinen Scheiß baut«, blafft Timon. Er spricht so laut, dass sich die ersten Leute nach uns umsehen. Aber anstatt zu helfen, gehen sie ein paar Meter auf Abstand. Oh wow, Menschheit. Danke für nichts.

»Ich bin weder deine Freundin, noch muss irgendjemand auf mich aufpassen«, zischt Alicia.

Ein höhnisches Lachen dringt aus Timons Mund. »Woher die Ablehnung? Letztens hast du noch gierig meinen Schwanz gelutscht.«

Hass breitet sich in meinem Körper aus wie Gift. Ich sehe Alicia von der Seite an und bemerke, wie sich ein Schatten aus Scham und Verzweiflung über ihr Gesicht zieht.

»Timon, verschwinde einfach. Sonst rufen wir die Polizei.« Ich weiß nicht, woher ich die Kraft nehme, ruhig zu sprechen, während mich die Wut wie eine übergroße Welle überrollt.

Alicias Hand umfasst meine. Ich bin mir auf einmal nicht mehr sicher, ob ich gerade auf sie aufpasse oder andersherum.

»Die Polizei«, spuckt er mir ins Gesicht. »Ich bin durch diesen Eingang gekommen, genau wie ihr. Nachdem ich auf Instagram sehen musste, wie meine Freundin irgendeinem Wichser fast die Zunge in den Hals steckt.«

»Ich habe keinem anderen ...« Alicias Stimme versagt, und sie bricht ab.

»Sie muss sich hier für gar nichts rechtfertigen.« Ich verschränke die Arme vor der Brust. »Und weißt du was? Wenn sie wollte, würde sie diese Nacht vermutlich lieber *seinen Schwanz lutschen* als deinen.«

Als die Worte meinen Mund verlassen haben, liegt für den Bruchteil einer Sekunde eine gefährliche Stille in der Luft. »So, und jetzt hör mir zu, Timon. Wenn du nicht auf der Stelle verschwindest, wirst du das wirklich bereuen.« Ich baue mich vor ihm auf. Es ist, als habe sich eine enorme Kraft in mir gesammelt, die alle Bedenken auslöscht.

Timon lacht. »Versuchst du ernsthaft, mir zu drohen? Du?«

Das Grinsen in seinem Gesicht ist so gehässig, dass es den Zorn in mir zum Überlaufen bringt. Ich koche innerlich.

»Lass gut sein, Maggie.« Alicias rechte Hand streift wieder meinen Oberarm.

»Ja, Maggie. Lass gut sein«, äfft Timon nach, wendet sich wieder an Alicia. »Und du kommst jetzt wieder zur Vernunft.«

Ich nehme nur im Augenwinkel wahr, wie er nach Alicias Arm greift, sie an sich ziehen will. Kurz glaube ich, unfähig zu sein. Unfähig, mich zu rühren. Etwas zu tun.

Doch es geht um Alicia. Meine Freundin. Und jetzt ist es *meine* Wut, die mich über mich hinauswachsen lässt.

»Lass sie los!« Ich ziehe Alicia mit einem Ruck von Timon weg. Ich gerate ins Taumeln. Aus dem Augenwinkel sehe ich, wie Timon nach mir ausholen will.

Doch da ist mein Kopf schon gegen die Wand geschlagen.

19. Kapitel

Leo

Ich bin erst ein einziges Mal so lange im Café geblieben. Das Abendprogramm ist eher etwas für prickelnde Dates oder große Freundesgruppen. Die Musik wird lauter gestellt, auf den Tischen stehen gesalzene Erdnüsse, und Oman hat mir gerade einen alkoholfreien *Sex on the Beach* aufs Haus gebracht. Der Laden ist rappelvoll, und ich habe seit über einer Stunde kein Wort geschrieben, weil meine Konzentration irgendwo zwischen dem Cranberry-Geschmack und den vielen verschiedenen Menschen verloren gegangen ist.

In Wahrheit habe ich gehofft, dass Maggie heute noch arbeitet, doch als Oman mich bei einem unauffälligen (ich dachte wirklich, er sei unauffällig) Blick durchs Café ertappt hat, verrät er mir, dass Maggie heute die Mittagsschicht übernommen hat.

Als Oman kurz darauf später in heller Aufregung zurück an meinen Tisch kommt, winke ich ab. »Keinen Cocktail mehr, bitte. Mein Magen ist voll mit diesen verfluchten Salznüssen.«

Doch Oman schüttelt den Kopf. »Leo, ich brauche deine Hilfe. Es ist etwas passiert.«

Ich spüre, wie sich eine Schwere um meine Brust legt. »Was ist los?«, frage ich alarmiert und klappe meinen Laptop zu.

»Meine Schwester ist auf einer Party gewesen. Es gab dort einen Vorfall, und Maggie ist gestürzt. Sie ist im Krankenhaus. Ich würde dich nicht fragen, wenn ich einen Ausweg wüsste, aber ich muss heute Abend hierbleiben, und ich habe auch ein paar Shots ...« Ohne ihn ausreden zu lassen, springe ich auf. »Was für ein Vorfall?«

Oman schüttelt den Kopf. »Das weiß ich nicht. Alicia hat mich angerufen. Sie klang ziemlich aufgelöst und bat mich, sie beide im Krankenhaus abzuholen. Mir fällt niemand ein, den ich so schnell fragen könnte.«

»Das ist kein Problem«, sage ich. »Ich habe Zeit.«

Oman notiert mir eilig die Adresse. Seine rechte Hand zittert, als er mir den Zettel reicht. »Bitte, melde dich, wenn du weißt, was passiert ist. Ich soll dir Maggies Nummer geben. Alicias Telefon ist leer. Du kannst sie über Maggies anrufen.«

»Natürlich.« Plötzlich bin ich heilfroh, dass ich nichts getrunken habe. So schnell ich kann, packe ich den Laptop unter die Arme und eile an den Tischen vorbei hinaus auf die Straße. Ich komme selten mit dem Auto, denn der Weg nach Hause ist nicht weit. Aber Ben hat mich heute gebeten, auf dem Rückweg noch ein paar Einkäufe zu besorgen. Das fällt mir erst wieder ein, als ich über den Bürgersteig haste und die Fahrertür aufreiße.

Scheiß auf die Cornflakes und scheiß auf alles, was auf dieser verdammten Liste steht, die Mel mir heute Morgen mitgegeben hat. Das Einzige, was gerade zählt, ist, dass die Mädchen okay sind.

In meinem Kopf geistern tausend Horrorszenarien. Was kann auf einer Party alles passiert sein? Ich drücke wie ein Irrer auf das Gaspedal und suche an einer roten Ampel den Beifahrersitz nach meinem Handy ab. Das muss ich in dem Eifer irgendwo abgelegt haben.

Kurz bevor die Ampel auf Grün springt, entdecke ich es in einem Sitzspalt. Ich tippe Maggies Nummer ein und höre mein eigenes Herz so laut klopfen, dass ich das Piepen am anderen Ende der Leitung nicht wahrnehme. Als ich ihre Stimme höre, zucke ich augenblicklich zusammen.

»Leo?« Sie weint. Verdammt, Maggie weint, und die Hintergrundgeräusche lassen mich kaum verstehen, was sie sonst noch sagt.

»Ich habe mit Oman gesprochen. Was ist passiert? Wo seid ihr? Bist du okay?« Ich verschlucke mich beinah an meinen Worten.

»Ja. Ich habe mir nur den Kopf angeschlagen. Die Ärztin kommt, ich muss auflegen!« Dann ist ihre Stimme schon wieder weg, und ein unerträglich lautes Rauschen dröhnt durch die Freisprechanlage.

Ich lasse das Telefon während der Fahrt unbeachtet in meinem Schoß liegen und versuche, mich auf den Straßenverkehr zu konzentrieren, ohne von meinen Gedanken übermannt zu werden.

Den Kopf aufgeschlagen ... Wie zur Hölle ... Ich will gar nicht wissen, auf was für einer Party sich die beiden an diesem Abend rumgetrieben haben.

Ich stelle das Auto ab und entdecke sofort das große Schild mit der Aufschrift: Notaufnahme. Wenn die beiden mit einem Rettungswagen gekommen sind, werden sie sicher dort hineingebracht worden sein. Die Notaufnahme ist voll, fast alle Stühle sind belegt.

»Guten Abend«, sage ich durch die heruntergelassene Glasscheibe zu der Frau am Empfang. »Zwei Freundinnen von mir wurden hier …« Weiter komme ich nicht, denn auf einmal löst sich eine Gestalt aus der hinteren Ecke des Wartebereiches und stürmt auf mich zu.

»Leo.«

Wer hätte gedacht, dass sie sich mal so über unser Zusammentreffen freut? Ich lächle erleichtert, bis ich ihre tränenerfüllten Augen und das Pflaster unter ihrem Haaransatz sehe. »Maggie.«

Ehe ich wieder klar denken kann, hat sie ihre Arme um meinen Oberkörper geschlungen und mich in eine feste Umarmung gezogen.

Im ersten Augenblick bin ich überfordert von dieser unvorhersehbaren Nähe, doch dann beruhigt sich mein Herzschlag, und ich lege meine Hände sanft auf ihre Schulterblätter.

»Was ist denn passiert?«

Maggie löst sich aus der Umarmung und streicht ihr Oberteil glatt. »Verdammt, es tut mir leid. Ich wollte dich nicht bedrängen«, schnieft sie und verschränkt unsicher die Arme vor der Brust.

»Du hast mich nicht bedrängt«, versichere ich. »Wo ist Alicia?«

Maggie schüttelt aufgelöst den Kopf. »Sie ist nur kurz auf der Toilette. Wir durften gehen. Bei mir scheint wohl alles in Ordnung zu sein.«

Ich greife nach Maggies Arm und zwinge sie, ruhig zu bleiben. »Noch mal ganz von vorne. Was genau ist passiert, dass ihr hier seid?«

Maggie schließt kurz die Augen, atmet tief durch und fängt dann noch mal langsam an zu erzählen: »Eigentlich wollten wir nach Hause gehen. Die Party war lahm, Alicia hat sich nicht gut gefühlt. Plötzlich ist ihr Ex aufgetaucht. Die beiden sind seit Monaten immer wieder getrennt und dann wieder zusammen. Es ist kompliziert, weil er …« Sie sucht nach den richtigen Worten. »Er ist unberechenbar und tickt manchmal komplett aus.«

»Ihr Ex-Freund ist auch eingeladen gewesen?«, frage ich.

Maggie schüttelt erneut den Kopf. »Nein, er hat mitbekommen, dass Alicia da ist, und ist dann komplett ausgerastet. Ich wollte nur, dass er aufhört. Also …« Sie hält inne.

Ich lasse vor Schreck Maggies Arm los. »Hat er dir wehgetan?«

»Nicht direkt. Ich wollte Alicia helfen, und, verdammt, dabei habe ich es viel schlimmer gemacht. Ich wollte vor Timon zur Seite ausweichen und bin mit dem Kopf gegen die Wand geknallt. Jemand hat den Rettungswagen gerufen, und Timon ist abgehauen.« Während sie spricht, steigt ihr vor Aufregung die Röte ins Gesicht. Ich fühle mich so stark zu ihr hingezogen, dass ich mich nur mit Mühe davon abhalten kann, Maggie fest an mich zu pressen. Stattdessen versuche ich, sie mit Worten zu beruhigen: »Es ist absolut nicht deine Schuld. Alles ist gut. Ich bringe euch nach Hause.«

»Schon okay. Wollen wir uns hinsetzen, solange wir auf Alicia warten?« Maggie zieht vorsichtig an meinem Ellenbogen. Ich nicke nur und folge ihr auf den Platz, den sie wohl auch vor meiner Ankunft im Krankenhaus besetzt hatte.

»Wo bleibt sie denn?«, murmelt Maggie und sieht sich suchend nach Alicia um. »Sie wollte wirklich nur schnell die Toilette suchen, ist aber jetzt bestimmt schon fünfzehn Minuten weg. Denkst du, ich sollte sie suchen gehen?«

»Gib ihr noch einen Augenblick! Ich nehme an, sie hat sich auch ziemlich erschrocken.«

Der Raum leert sich von Minute zu Minute. Zwar kommen immer wieder einige neue Patienten in die Notaufnahme, dennoch erscheint es mir wesentlich ruhiger als bei meiner Ankunft.

Maggie fährt mit den Fingern nervös die Stuhllehne ab und

lässt das Bein auf und ab wippen. »Warst du schon oft im Krankenhaus?«

Ich betrachte sie fragend: »Als Patient?«

Sie zuckt mit den Schultern: »Während deines Studiums sicher auch, oder?«

»Ab und zu. Mein Vater hat eine Weile im Krankenhaus gearbeitet. Mittlerweile hat er eine eigene Praxis. Und du?«

Maggie starrt auf den Boden, als suche sie dort etwas Wichtiges. »Es geht.« Ich nehme von der Seite wahr, wie ihr Kiefer sich verkrampft, sie ihre Oberschenkelmuskeln beim Sitzen anspannt und die Finger in ihre Jeans krallt.

»Alles wird gut«, höre ich mich sagen, bevor ich langsam meine Hand ausstrecke und sie auf ihren Arm lege. Die erste Träne tropft von ihrem Kinn auf meine Handoberfläche und sickert in den Stoff ihrer dünnen Jacke. »Alicia ist sicher gleich da.«

Maggie schüttelt den Kopf.

»Oh doch.« Ehe sie erneut widersprechen kann, berühre ich ganz vorsichtig ihr Kinn und zwinge sie, mich anzusehen.

Doch als ich die Worte ausgesprochen habe und Maggies tränenerfüllte Augen sehe, wird mir klar, dass es nicht Alicia ist, um die ihr verwundetes Herz trauert.

20. Kapitel

Maggie

Als meine Eltern mich damals anriefen, hat es geschneit. Den ganzen Winter über habe ich mir nichts sehnlicher gewünscht als Schnee. Pauli und ich wollten Fotos in einer weißen Winterlandschaft machen und hatten schon seit Tagen die dicken Schneeschuhe aus dem Keller vor der Tür stehen. Als mein Telefon in meiner Tasche vibrierte und ich den Namen meiner Mutter im Display las, wusste ich, dass es um Pauli ging. Ich ahnte es nicht. Ich wusste es.

Meine Schwester war an der Unfallstelle sofort tot. Draußen schneite es so wunderschön, als wolle der Himmel uns sagen, dass alles nur ein Irrtum sei. Dass wir uns später die Winterschuhe anziehen und Schneebilder machen sollen. Doch ich habe nie wieder Schneebilder gemacht. Nie wieder habe ich mich über den Schnee gefreut. Denn ich wusste in dem Augenblick genau, dass es meine Schuld gewesen ist. Meine Schuld, dass Paulina mit achtzehn Jahren bei diesem verfluchten Autounfall gestorben ist.

Andere Zeit, andere Menschen, andere Umstände ... und trotzdem reichte alleine der Anblick eines verfluchten Rettungswagens, dass ich genau an die Zeit zurückdenken muss, die ich um jeden Preis vergessen wollte.

»Ich bin okay«, lüge ich und streiche mir die Tränen aus dem Gesicht. »Oh Mann, du musst denken, dass ich eine richtige Heulsuse bin.« Es ist mir so unangenehm, dass Leo zum wiederholten Mal dabei ist, als meine Mauer einreißt.

»Vielleicht denke ich auch einfach nur, dass du häufig traurig bist«, antwortet Leo und lächelt. Dabei funkeln seine Augen direkt in mein gebrochenes Herz hinein. Es sollte verboten sein, so schön lächeln zu können.

»Ich bin okay.« Sofort räuspere ich mich und ziehe ruckartig meine Hand weg. Erst jetzt bemerke ich, dass wir so nah beieinandersitzen, dass wir auf andere wie ein Paar wirken müssen.

Ich recke meinen Hals. Als hätte ich es geahnt, kommt Alicia genau in diesem Moment um die Ecke gelaufen. Ihre Augen sind leicht gerötet, doch zum ersten Mal seit Stunden hat sie wieder etwas Farbe im Gesicht.

»Maggie. Es tut mir so leid«, ruft meine Freundin und schlingt die Arme um mich. »Weißt du, Maggie wollte seine Vorwürfe nicht einfach so stehen lassen. Wenn sie sich etwas in den Kopf gesetzt hat, gewinnt der Gerechtigkeitssinn immer«, erklärt sie an Leo gewandt.

Ich höre den beiden einfach nur zu und bewege mich wie in einer Art Trance aus dem Krankenhaus.

Als ich die frische Luft durch die Nase einziehe, ist es, als könne auch meine Seele seit Stunden zum ersten Mal wieder atmen. Die Schwere löst sich aus meinen Knochen, und ich spüre die Erleichterung wie eine sanfte Umarmung.

Alicia und ich folgen Leo zu seinem Wagen. Es kommt mir so unwirklich vor, dass wir gemeinsam hier auf dem Parkplatz stehen und das Krankenhaus verlassen. Insgeheim frage ich mich, ob auch Leo an jene Nacht zurückdenken muss, in der ich ihn von mir gestoßen habe. Ich schlucke bei dem Gedanken und versenke das Gesicht in meinem aufgestützten Arm. Ich habe mich auf die Rückbank verzogen, um ungestört aus dem Fenster zu sehen.

Der Tag war einfach zu viel für mich. Zu viel für das Chaos in meinem Kopf, und ich kann es kaum erwarten, die Decke über meinen ausgelaugten Körper zu ziehen, um endlich zu schlafen.

Als der Wagen ein paar Minuten später schon über die Einfahrt rollt, öffne ich die Augen. Wie auch immer das passieren konnte, aber die Abgeschlagenheit muss mich eingeholt und in einen kurzen Schlaf gezogen haben.

»Möchtest du noch mit rein?«, höre ich Alicia Leo fragen. »Ich kann dir nicht oft genug danken, dass du gekommen bist.«

Am liebsten möchte ich protestieren. Diese Nacht ist mir genug unter die Haut gegangen, als dass ich mich vor die Herausforderung stellen möchte, Leo in unsere Wohnung zu lassen.

»Wenn ihr nichts dagegen habt«, antwortet Leo, und ich spüre auf der Stelle mein rasendes Herz in der Brust.

Plötzlich grollt in der Ferne ein Donner, und ich zucke zusammen. Innerhalb von kurzer Zeit ist ein heftiges Gewitter aufgezogen.

»Das haben sie in den Nachrichten angesagt. Heute Morgen schon«, sagt Leo und stellt den Motor aus. »Vielleicht hat mein Bruder hinten im Fußraum einen Schirm.« Als er sich langsam nach hinten beugt und mit den Händen unter den Sitzen sucht, streift ein Finger meine Jeans. Reflexartig ziehe ich das Bein weg, dabei hat sich die kurze Berührung alles andere als schlecht angefühlt.

»Oder auch nicht«, seufzt er und zuckt mit den Schultern. »Ich schlage vor: Eine von euch beiden rennt zur Tür und schließt auf. So lange warten wir im trockenen Auto.«

Ich schnaube. »Du bist ein echter Gentleman, weißt du das?«

Leo grinst. »Oh, das bin ich tatsächlich. Allerdings besitze ich keinen Haustürschlüssel.«

Alicia gibt sich geschlagen, kramt in ihrer Jackentasche und atmet schließlich tief durch. »Wie wahrscheinlich ist es, dass ich innerhalb der nächsten Sekunden vom Blitz getroffen werde?«

Leo schüttelt den Kopf. »Sehr, sehr unwahrscheinlich. Das Gewitter ist noch Kilometer entfernt.«

Als meine Freundin die Tür aufdrückt und sich blitzschnell vom Sitz erhebt, höre ich erneut einen Donnerschlag. Alicia schreit erschrocken auf. Durch die Fensterscheibe beobachte ich, wie sie hastig über den Bürgersteig zur Haustür stürmt und ihre Finger das Schloss suchen. Ich zähle im Kopf die Sekunden mit, die ich mit Leo allein im Wagen sitze. Sollte ich etwas sagen? Ein Gespräch anfangen?

Vielleicht überlegt er sich das anders, schießt es mir durch den Kopf. Vielleicht möchte er lieber nach Hause ... Es regnet, es ist spät ... Wer möchte um diese Uhrzeit freiwillig unterwegs sein? Vor allem bei diesem Wetter? Ein Teil von mir schämt sich für diesen Gedanken. Leo ist uns an diesem Abend eine große Hilfe gewesen, und anstatt mich höflich bei ihm zu bedanken, plant mein Verstand, ihn möglichst schnell loszuwerden. Oder ist das mein verängstigtes Herz, das Panik bei der Vorstellung bekommt, ihn noch näher an mich heranzulassen?

»Machst du dir Sorgen um sie?«, reißt mich Leo aus der Grübelei. Als ich nach vorne sehe, treffen sich unsere Blicke im Rückspiegel. Mein Puls rast, und ich spüre, wie sich meine Beine verkrampfen. »Um wen?«

Er nickt mit dem Kopf in Richtung Haustür. »Na, um Alicia. Du weißt schon, dass ihr so einen Vorfall wie heute bei der Polizei melden könnt?«

Ich beiße mir auf die Lippe und schüttele den Kopf. »Keine Chance. So gerne ich es auch tun würde, ich kann mich da nicht so leicht einmischen. Wir sind das Thema zu Hause schon oft genug durchgegangen. Wie oft habe ich schon gedacht, dass sie es endlich verstanden hat. Doch der Typ hat eine Macht über sie, die sich kein Mensch vorstellen kann.«

Bevor Leo antworten kann, winkt Alicia uns aus dem Hausflur zu.

»Na los.« Ich stoße die Autotür auf, reiße die Arme über den Kopf und kämpfe mich durch den starken Regen in Richtung des Lichtes. Als ich an der letzten Treppenstufe angekommen bin, zieht Leo an mir vorbei und erreicht als Erster die Tür zu unserer Wohnung. Alicia hat bereits die Schuhe ausgezogen und empfängt uns mit einem vorsichtigen Lächeln. Sie sieht immer noch blass und erschöpft aus.

»Willst du etwas trinken?« Bei Alicias Frage hält Leo inne. Ich spüre seinen Blick auf mir, als wolle er fragen, ob das für mich in Ordnung sei. In meinem Magen zieht sich alles zusammen. Ein Teil von mir sehnt sich danach, jeden Moment mit ihm zu verbringen, doch ich weiß genau, dass diese Entscheidung nicht richtig wäre. Leo und ich ... Diese Kombination hat sich selbst ausradiert, als ich ihm nicht nur von meiner unendlichen Schuld erzählt, sondern ihn in einer meiner schwersten Minuten von mir gestoßen habe.

Er hat mich gesehen. Verletzlich. Verletzend.

Ich zucke mit den Schultern. »Das kann ich nicht für dich entscheiden.« Dann gehe ich an den beiden vorbei in die Küche. Eigentlich verspüre ich keinen Hunger. Der Abend hat mir so auf den Magen geschlagen, dass Essen meine letzte Priorität sein sollte. Allerdings ist da dieses Gefühl. Dieses Loch in meinem

Bauch, von dem ich längst weiß, dass keine Nahrung dieser Welt es je stopfen wird.

»Wir können auch später noch etwas kochen.« Ich habe Alicia nicht wahrgenommen, bis sie plötzlich hinter mir steht und mir diesen Satz ins Ohr flüstert.

»Ich habe aber jetzt Hunger«, sage ich und nehme mir einen Teller aus dem Schrank. »Wolltest du dich nicht um unseren Gast kümmern?« Ich stelle ihr demonstrativ ein Glas vor die Nase. »Immerhin hast du ihn eingeladen.« Um ehrlich zu sein, weiß ich selbst nicht, warum ich plötzlich diesen Groll empfinde.

Alicia versperrt mir den Weg zum Kühlschrank. »Maggie. Meiner Einschätzung nach ist Leo ...«

Ich hebe abwehrend die Hände. »*Meiner* Einschätzung nach solltest gerade du keine Beziehungstipps oder Ähnliches geben.«

Kaum sind die Worte aus meinem Mund geflogen, bereue ich sie. Alicias müdes Lächeln erstarrt. Sie greift nach dem Wasserglas und verlässt wortlos die Küche. Und ich? Ich stehe wie angewurzelt da und spüre, wie mich die Wut wellenartig überrollt. Meine Finger umfassen das Porzellan fester, als könne ich nur so garantieren, nicht die Fassung zu verlieren.

Zehn. Neun. Acht. Ich zähle langsam runter.

Meine Beine verkrampfen, der Knoten in meinem Bauch schnürt sich fester und fester. Ich bekomme kaum noch Luft. Innerhalb von Sekunden bestehe ich nur noch aus diesem einen Gefühl.

Und dann explodiert alles. Die Welle ertränkt mich. Überall auf dem Boden liegen weiße Scherben. Die Spannung ist nur für Sekunden aus meinem Körper gewichen, im nächsten Moment kommen die Schuldgefühle.

»Maggie.« Alicia steht im Türrahmen. Sie hat sich die Hände

vor den Mund geschlagen und sieht mich mit weit aufgerissenen Augen an. »Was ist passiert?«

Als wäre das alles nicht schlimm genug, taucht auch Leo neben ihr auf, mustert das Dilemma auf dem Boden und runzelt die Stirn. »Scherben bringen Glück.«

Ehe ich mich's versehe, hat er den Besen aus der Ecke genommen und macht sich daran, den zerbrochenen Teller von den Fliesen zu kehren.

Ich löse mich aus der Starre, spüre die Hitze in jedem Muskel glühen und stürze an den beiden vorbei in mein Zimmer. Atmen. Ich muss wieder atmen. Auf der Stelle atmen. Draußen regnet und stürmt es. Das Gewitter scheint näher gekommen zu sein, doch ich lasse mich nicht davon abhalten, das Fenster aufzureißen und die feuchte Luft zu inhalieren. Mehr als fünf Minuten stehe ich einfach nur da. Ganz langsam entweicht die Anspannung aus meinem Körper. Stattdessen brennen erneut Tränen in meinen Augen. Ich wische sie mir von der Wange, als es an der Zimmertür klopft.

»Darf ich reinkommen?« Ganz leise und dumpf dringt Alicias Stimme aus dem Flur hinein.

Ich reagiere nicht, fühle mich so schwach und ausgelaugt, dass ich nicht einmal mehr weiß, was ich eigentlich selbst will.

Erst als ich Alicias warme Umarmung spüre, ist es, als habe jemand den Pfropfen aus meiner Lunge gelassen. Ich bekomme wieder Luft.

»Was ist denn los?«, fragt meine Freundin und streicht mit der Hand über meinen Kopf. Sie hält mich so fest, dass ich keine Chance habe, ihr zu antworten. Stattdessen atme ich den Stoff ihres Oberteils ein.

»Es ist alles ein bisschen viel«, presse ich hervor, als Alicia sich vorsichtig von mir löst. Niemand von uns sagt etwas. Stattdessen sehen wir beide einfach schweigend in den vom Blitz erhellten Nachthimmel und lassen das Fensterbrett nass regnen.

»Wo ist er?« Ich breche nach ein paar Minuten die Stille, weil ich nicht anders kann.

»Gegangen«, antwortet Alicia und beißt sich auf den Fingernagel. »Es ist schon spät. Er wollte sicher nach Hause.«

Ich wünschte, ihre Antwort würde mir einen Funken Erleichterung schenken. Stattdessen fühle ich mich noch bedrückter als zuvor.

»Ist nicht so leicht mit den Männern, oder?« Alicia lächelt mich vage an.

Nachdenklich zwinge ich mich zu einem Nicken. »Er ist okay. Leo, meine ich.«

»Aber?«, hakt meine Freundin nach.

»Aber ich bin nicht okay. Das wird er irgendwann merken und gehen.« Ich schlucke den Kloß hinunter.

»Du sagst, ich sollte keine Tipps in Liebesangelegenheiten geben …«

Ich unterbreche sie: »Das war nicht so gemeint. Es tut mir so leid. Ich war sauer, und …«

»Nein, schon okay. Du hast recht. Aber trotzdem hatte ich bisher nicht den Eindruck, dass Leo sich so schnell vertreiben lässt, sondern als sei das eher dein Ding.«

21. Kapitel

Leo

Eigentlich hatte ich beschlossen, am nächsten Morgen auszuschlafen.

Doch als ich die Augen aufschlage, durchfährt mich ein Schrecken. Melina steht im Türrahmen und starrt mich voller Verwirrung an. »Was machst du denn hier?«

Okay, es ist neun Uhr in der Früh, ich habe keine fünf Stunden geschlafen, dennoch bin ich mir ziemlich sicher, dass das hier mein Zimmer ist. Noch.

Ich mustere den großen Zollstock, den Mel in ihrer Hand hält. »Schlafen. Zumindest habe ich das getan«, seufze ich und rutsche am Kopfstück hoch, sodass ich aufrecht im Bett sitze.

»Das meine ich nicht«, murmelt Melina und verschwindet kurzerhand wieder im Flur. Ich höre sie nach meinem Bruder rufen. Wenige Sekunden später erscheint auch Ben in meinem Zimmer.

»Habe ich was verpasst?«, frage ich und schlage die Bettdecke ein Stück zur Seite, ohne mich dabei komplett in Boxershorts zu zeigen.

»Sorry. Ich habe nicht damit gerechnet, dass du noch hier

bist«, presst Ben hervor. »Normalerweise bist du um die Uhrzeit laufen oder irgendwo mit deinem Laptop.«

Irgendwo mit deinem Laptop, wiederhole ich im Kopf. Kaum zu glauben, dass er mein Schreiben mittlerweile auch so sieht.

»Und was sucht ihr in meinem Zimmer?« Ich behalte Melinas Hände im Auge und runzele die Stirn.

»Ich wollte eigentlich nur etwas ausmessen«, stammelt Mel und lässt ihre Hände mit dem Zollstock hinter dem Rücken verschwinden.

Die Mühe hätte sie sich sparen können, denn natürlich habe ich die Lage schon verstanden.

»Ach, komm schon«, brumme ich. »Ihr müsst mich wirklich nicht für bescheuert halten.« Ich weiß, es sollte kein Grund sein, sauer zu sein. Es ist Bens Wohnung, und ich kann ihm nicht verübeln, dass er mich gerne aus der Bude haben will. Aber so?

»Es tut mir leid.« Mein Bruder lässt sich neben mir aufs Bett sinken. »Das sollte wirklich nicht so rüberkommen.« Er holt tief Luft. »Dein Zimmer … Also dieser Raum sollte vielleicht unser Schlafzimmer werden, und wir brauchen ein größeres Bett.«

Melina kaut nervös auf der Unterlippe. »Wenn wir die Maße nicht jetzt schon durchgeben, kommt es vielleicht nicht pünktlich an.« Ich beobachte, wie sie sich unsicher auf die Lippe beißt und von einem Fuß auf den anderen wippt. »Wir wollten nicht, dass du es mitbekommst. Das war überhaupt nicht böse gemeint.«

»Schon okay.« Ich hebe abwehrend die Hände und ziehe meine Füße zurück aufs Bett. »Ihr könnt die Wand ausmessen. Allerdings hättet ihr auch einfach fragen können.«

Die beiden tauschen verunsichert Blicke aus. Vermutlich überlegen sie, ob sie mein Angebot annehmen oder lieber verschwinden sollen. Doch als ich erneut mit den Schultern zucke, mein iPhone von der Nachtablage nehme und in Nachrichten versinke, nehme ich im Augenwinkel Bens Nicken wahr. Zuerst sagt keiner der beiden etwas, doch schließlich taucht vor Melinas Bauch wieder der Zollstock auf, und die beiden beginnen, mein Zimmer – ich korrigiere: das neue Schlafzimmer – zu vermessen.

Schmerzlich wird mir bewusst, dass ich mir etwas einfallen lassen sollte. Mein aktueller Kontostand lässt wenig Perspektiven zu. Entweder muss ich dringend das Gespräch mit Ben suchen und ihm eindringlich erklären, dass ich noch mehr Zeit brauche, oder …

Ich wische mit dem Daumen durch meine Mails. Über Nacht sind zwei neue Nachrichten meines Agenten eingetroffen.

Mit beschleunigtem Puls öffne ich die erste E-Mail.

Wie ich es erwartet habe, erkundigt er sich nach dem aktuellen Status meines Manuskripts. In der zweiten Nachricht bittet er um einen Rückruf am Montag, weil wir dringend das nächste Projekt besprechen sollten. Schon bei der Vertragsunterzeichnung habe ich einige Ideen für kommende Geschichten angekündigt und ein weiteres Exposé eingereicht. Doch nun bohrt sich bei dem Gedanken eine dicke Faust in meinen Magen. Schreiben bedeutete mein ganzes Leben lang absolute Freiheit. Es war, als würden die Worte nur mir gehören und niemand anderem. Doch in den letzten Monaten wurde mir klar, wie blockierend der Erfolgsdruck sich auf meine Kreativität auswirkt.

Ohne eine Antwort zu schicken, schließe ich den Mailverlauf und schlüpfe unter der Decke in eine Jogginghose. Mit dem Smartphone in der Hand laufe ich in die Küche, um mir Frühstück zu machen. Auf der Küchenablage stoße ich zufällig auf meine Ausgabe von *Ein ganzes halbes Jahr*. Der Umschlag ist ein wenig zerknickt, und ich fahre mit den Fingern über die Leserillen. Ich habe es letzte Woche an Melina verliehen, die sich über mein plötzliches Interesse an Liebesromanen gefreut hatte.

Bei dem Gedanken an die Geschichte sehe ich Maggies Gesicht vor meinem geistigen Auge: die blonden Haare, das ansteckende Lachen. Doch ich sehe auch die Wut und Verzweiflung in ihr. Es wäre gelogen, wenn ich behaupten würde, dass der gestrige Abend mich nicht verdammt verwirrt hat. Maggies plötzliche emotionale Distanz, die Scherben auf dem Boden ... Ich kann mir auf diese Frau einfach keinen Reim machen.

»Leo!« Als ich meinen Namen höre, zucke ich zusammen. Ich lasse die Packung mit den Cornflakes sinken.

»Was gibt's?«, frage ich und halte den Kopf aus der Küche.

Melina steht unschlüssig vor mir. »Hast du etwas gegen Katzen?«

Ich runzele die Stirn. »Hat irgendwer etwas gegen Katzen?«

»Super. Pass auf, es geht um Viktor, meinen Kater«, sagt Mel und läuft an mir vorbei zum Küchenfenster.

»Wer nennt seinen Kater Viktor?« Ich kann mir ein Schmunzeln nicht verkneifen.

»Wir haben ihn vor fünf Jahren von der Katzenhilfe adoptiert. Mein Ex und ich.« Sie seufzt. »Viktor ist super süß und verschmust. Du wirst ihn lieben. Und er kann sich schon mal an die Umgebung gewöhnen.«

Ich trete neben sie und werfe einen Blick nach draußen. Die Sonne glänzt am Himmel, als hätte es das Gewitter von gestern überhaupt nicht gegeben.

»Wir werden bestimmt dicke Freunde, solange ich noch hier wohne.« Der letzte Satz war nicht vorwurfsvoll gemeint. Doch als die Worte über meine Lippen gekommen sind, zieht Mel unbehaglich die Schultern zusammen.

»Es tut mir wirklich leid, Leo. Wir wollen dich nicht unter Druck setzen. Ich bin mir sicher, du findest eine Wohnung, und so lange bist du hier wirklich willkommen.«

Ich nicke schnell, ohne auf das Gespräch großartig einzugehen.

»Wie auch immer ... Ich freu mich auf den kleinen Mann.« Katzen sind toll. Als Kinder hatten Ben und ich uns immer Haustiere gewünscht, doch unsere Eltern waren dagegen.

»Viktor wird sich mindestens genauso freuen. Ich glaube, es gefällt ihm ganz und gar nicht, eine Wohnungskatze zu sein. Hier hat er die Chance, ein paar Mäuse zu jagen. Wenn er überhaupt noch weiß, wie das geht.« Sie grinst.

»Glaub mir«, murmele ich. »Wie manche Dinge funktionieren, vergisst man nicht.«

Mel betrachtet mich interessiert. Erst jetzt wird mir klar, dass meine Worte zweideutig klingen. »Vergiss es!« Ich winke ab. »So war das nicht gemeint.«

Mel grinst. »Du machst es ja richtig spannend.«

Ich winke ab. »Die Sache ist kompliziert.«

Vermutlich trifft *kompliziert* den gestrigen Abend ganz gut.

»Dann gibt es jemanden in deinem Leben?« Ehe ich mich's versehe, hat Mel sich auf den Stuhl in der Küche sinken lassen und stützt aufmerksam ihr Gesicht in die Hände.

»Das habe ich nicht gesagt«, erwidere ich und gieße mir kalte Hafermilch über die Cornflakes.

»Aber gemeint?« Vor Mel kann man nichts verschweigen. Ich überlege, ob Maggie wohl genauso ist? Neugierig? Mir wird immer wieder bewusst, wie wenig ich wirklich über sie weiß. Und trotzdem ist dieses *Etwas* zwischen uns ...

»Vielleicht.« Ich nehme den ersten Löffel meines Frühstücks zu mir und zucke mit den Schultern.

»Du musst sie uns vorstellen. Unbedingt.«

Bevor Mel sich in dieser Idee verlaufen kann, hebe ich abwehrend die Hände: »Wir sind keine Freunde.« Das waren wir nie.

»Wir sind zwei Quasi-Fremde, die ein paar Erinnerungen miteinander verbinden.«

Ein vages Lächeln breitet sich auf Melinas Gesicht aus. »Leo, manchmal bist du ein Mysterium für mich. Vielleicht bist du deshalb Autor geworden. Du schaffst es jedenfalls, die Spannung aufzubauen.«

Bevor ich antworten kann, taucht mein Bruder in der Küche auf. »Was treibt ihr hier ohne mich?« Er stellt sich hinter Melina an den Stuhl und fährt ihr mit seinen Händen über den Rücken. In jeder seiner Bewegungen stecken Zuneigung und Fürsorge. So habe ich ihn bisher bei keinem anderen Mädchen gesehen, und das, obwohl er nie etwas hat anbrennen lassen. Noch immer wundere ich mich, wie mein Bruder sein bisheriges Medizinstudium mit Bestnoten meistern konnte, während er die Abende auf Dates oder Partys verbracht hat. Mel scheint ihn mit ihrer Warmherzigkeit zur Ruhe zu bringen. Sie muss etwas Besonderes für Ben sein, und ich wünsche mir, dass das genauso bleibt.

»Wir treiben nichts.« Sie wirft ihren Kopf in den Nacken und sieht Ben mit großen Rehaugen an. »Wir haben nur über euren neuen Mitbewohner gesprochen.«

Mein Bruder sieht mich fragend an, und ich antworte ihm mit einem Lächeln. »Na gut, dann ist das jetzt also beschlossene Sache.«

22. Kapitel

Maggie

Zwei Tage später stehe ich vor *dem* Regal in der Drogerie und werfe einen verstohlenen Blick zur Seite. Ein Verkäufer ist schon zum wiederholten Mal an mir vorbeigelaufen, und langsam glaube ich, dass ich verdächtig für ihn aussehen muss. Dabei ist das Ganze mehr als albern. Wer Sex hat, sollte auch in der Lage sein, einen Schwangerschaftstest zu kaufen. Nur dass es hier nicht um mich geht, sondern um Alicia.

Als ich heute Morgen aufgewacht bin, war das Klo für eine halbe Stunde blockiert. Das ist ziemlich unüblich, denn normalerweise schließt keine von uns die Tür ab. Ich musste lang warten, bis meine Freundin in der Lage war, sich vom Klodeckel zu lösen und mich ins Bad zu lassen.

»Seit wann geht das jetzt schon?«, habe ich gefragt.

»Die ganze Nacht«, lautete Alicias knappe Antwort.

Zuerst hatte ich nach einer anderen Erklärung für ihre Übelkeit gesucht, doch keine Theorie war überzeugend genug, um sie von der Idee abzubringen, dass sie schwanger sein könnte.

Also stehe ich jetzt in der Kölner Innenstadt und suche neben

Kondomen in verschiedensten Geschmacksrichtungen nach einem vertrauenerweckenden Schwangerschaftstest.

»Kann man Ihnen helfen?« Himmel, jetzt ist es so weit. Der Verkäufer steht neben mir und sieht mich mit einem aufgesetzten Lächeln an.

Augenblicklich schießt mir die Röte ins Gesicht. Ich komme mir super kindisch vor und fühle mich in den Beginn meiner Pubertät zurückversetzt, in der es mir unangenehm gewesen ist, Tampons oder Rasierklingen zu kaufen.

»Hm?«, mache ich reflexartig und greife wahllos in das Regal hinein. Der Kerl wirft einen Blick auf meine Auswahl und grinst verlegen. Erdbeerkondome. An sich nichts Verwerfliches, aber vermutlich für Alicia ein wenig zu spät.

»Vergriffen.« Hastig hänge ich das schwarze Paket wieder in das Regal zurück.

Der Verkäufer kratzt sich unschlüssig am Kinn und zeigt in Richtung Kasse. »Also kommen Sie klar?«

Ich nicke abrupt und werfe einen konzentrierten Blick zurück in das Regal. Bevor ich ein weiteres Mal des Diebstahls verdächtigt werde, entscheide ich mich für einen Frühtest. Angeblich soll man mit dessen Hilfe schon vor dem Einsetzen der Periode eine Schwangerschaft bestimmen können. Auf dem Weg zur Kasse lege ich noch eine Packung Kaugummi, Haarbänder und ein Fläschchen Nagellackentferner in den Einkaufswagen, in der Hoffnung, so ein wenig von dem Test ablenken zu können. Der Kassierer nennt mir regungslos den Betrag, und ich verlasse in Windeseile den Laden.

Alicia reißt mir zwanzig Minuten später den Einkauf förmlich aus den Händen.

»Bleib ruhig«, sage ich langsam und folge ihr ins Badezimmer.

Während meine Freundin die Packung aufreißt und den Test entnimmt, lasse ich mich auf den Badewannenrand sinken und öffne den Browser. »Wenn du bereits überfällig bist, kannst du den Test morgens und abends machen. Die Dinger sind ziemlich genau.«

Ich wende mich von Alicia ab, während sie auf den Streifen pinkelt. Wir warten gemeinsam drei Minuten, die mir wie eine halbe Ewigkeit vorkommen.

Als die Zeit vergangen ist und mein Handywecker klingelt, beugen wir uns gleichzeitig über den Teststreifen. Ein Strich. Negativ.

»Wie schade«, sage ich mit einem Augenzwinkern. »Ich habe mich schon auf eine Patenschaft gefreut. Wie hätten wir das Kind denn genannt?«

Natürlich mache ich nur Spaß, als ich anfange, einige verrückte Namen aufzuzählen. Doch im nächsten Moment spüre ich, wie Alicias Körper zu beben anfängt. Ihre Augen füllen sich mit Tränen, und sie zieht die Beine fest an die Brust.

»Oh, Süße, was ist denn los? Alles ist gut. Der Test ist negativ. Dein Zyklus hat sich einfach etwas verschoben. Das passiert bei dem ganzen Stress in letzter Zeit.« Ich rutsche über den Boden zu ihr hinüber und greife nach ihrer kalten Hand.

Alicia schüttelt langsam den Kopf. »Ich weiß«, schluchzt sie und fährt mit ihren Fingern über meinen Pulloverärmel.

»Du hast einen ziemlichen Schrecken bekommen, oder?«, frage ich leise.

»Weißt du, Maggie?« Sie wischt sich die Tränen von der Wange und atmet tief durch. »Ich weiß nicht, ob wir darüber mal gesprochen haben, aber Oman und ich …« Sie macht kurz eine Pause. »Unsere Eltern sind nicht unsere leiblichen Eltern. Wir wurden beide adoptiert.«

Ich nicke überrascht. Das hat sie vorher tatsächlich nie erwähnt.

»Unsere Eltern konnten keine eigenen Kinder bekommen. Deshalb haben sie zuerst Oman aufgenommen, dann meinen Bruder Oliver, und zwei Jahre später wurde ich adoptiert«, fährt sie fort. »Was nichts daran ändert, dass sie alle meine Familie sind.«

Ich bleibe still neben Alicia sitzen und halte weiterhin ihre Hand.

»Es mag vielleicht seltsam klingen, aber die Angst vor einer Schwangerschaft fühlte sich für mich unfair an. Wie ein Verrat an meiner Ma, die jahrelang für ihren Kinderwunsch gekämpft hat.« Alicia beugt sich vorsichtig nach hinten, ohne sich von mir abzuwenden, und reißt mit der rechten Hand ein paar Blätter Toilettenpapier von der Rolle.

Nachdem sie sich die Nase geputzt hat, holt sie erneut tief Luft. »Ich weiß, dass Timon kein guter Vater für mein Kind sein kann. Ich weiß es, Maggie. Aber dennoch gibt's einen Teil von mir, der einfach so schlecht von ihm loskommt. Ich glaube, das macht mir so etwas wie Schuldgefühle. Ein richtig schlechtes Gewissen.«

Mein Herz fängt an, schneller zu schlagen. Instinktiv fasse ich mir an die Brust und nicke.

»Du bist nicht für die Gefühle deiner Mutter verantwortlich, hörst du?« Es fühlt sich so falsch an, Alicia Ratschläge zu geben, während ich mit mir doch seit Jahren die gleichen Kämpfe austrage.

»Ich weiß. Aber es kommt nicht wirklich an. Nur an der Oberfläche. Es ist manchmal, als werde mein Innerstes davon nicht berührt. Das klingt so unsinnig.«

»Tut es gar nicht«, widerspreche ich. »Ich kann das sehr gut verstehen.« *Besser, als du denkst.* Am liebsten würde ich meine Freundin in den Arm nehmen, ihr sagen, dass sie mit ihren Gefühlen niemals allein ist. Doch ich weiß, dass ich das heute nicht kann. Noch nicht. »Es ist trotzdem wichtig, dass wir uns das immer bewusst machen.« Ich schlucke. »Dass es Lügen sind, die wir uns an den schlechten Tagen selbst erzählen und irgendwann angefangen haben zu glauben.«

»Das stimmt.« Sie seufzt, zieht die Beine eng an den Körper und umschlingt sie mit den Armen.

»Es ist hart, das weiß ich zu gut, aber vertrau dir und deinem Herzen! Nicht diesem bescheuerten Kopf!«

Sie sieht mich nachdenklich an. »Wenn du auch reden willst ...« Sie hebt entschlossen die rechte Hand.

»Das ist lieb.« Ich stoße mich vom Badewannenrand ab und öffne die Badezimmertür. »Heute habe ich allerdings nichts anderes mehr vor, als für die Uni zu lernen. Wer hat eigentlich das Wort Semesterferien erfunden? Unpassender geht's kaum.«

»Vorlesungsfreie Zeit«, korrigiert mich Alicia grinsend.

Ich nicke. »Leider. Die tausend ungelesenen Dokumente auf meinem iPad sehen das genauso.« Obwohl ich weiß, dass ich mich vermutlich die nächsten Stunden kaum auf meine anstehende Hausarbeit konzentrieren kann, möchte ich jetzt erst einmal allein sein.

»Du meldest dich? Auch wegen Timon?«

»Immer«, verspricht sie.

Als die Badezimmertür hinter mir ins Schloss fällt, atme ich tief durch. Wieder und wieder wird mir bewusst, wie leicht Schweigen doch ist.

Ein Lachen zu fälschen und Glücklichsein vorzutäuschen, ist so viel einfacher, als zu erklären, warum man innerlich so leer ist. Ich lasse meinen Kopf tief in das Kissen sinken, schließe die Augen und gebe die Tränen frei. Frei für den weichen Stoff, der jede von ihnen auffrisst, als hätte es die Traurigkeit niemals gegeben.

• • •

Als ich wach werde und auf die Uhr blicke, ist es, als würde ein Blitz durch meinen Körper jagen. Ich schieße hoch und stoße mir beinah den Kopf an meinem Wandregal.

»Verdammt!« Wir haben nach achtzehn Uhr, und ich habe den ganzen Samstag verschlafen. Allein bei dem Gedanken an meine sich stapelnde Arbeit für die Uni überkommt mich Panik. Die letzten Wochen, eigentlich seit die »vorlesungsfreie Zeit« begonnen hat, habe ich gekonnt alles, was mit meinem Studium verbunden ist, von mir weggeschoben. Der Job im Café nimmt mehr Zeit ein, als ich erwartet habe.

Mein Magen knurrt, und mir fällt auf, dass ich heute Morgen nicht einmal gefrühstückt habe.

Ich stehe langsam auf, trinke einen Schluck aus der Wasserflasche, die immer neben meinem Bett steht, und hole tief Luft. Erst dann verlasse ich mein Zimmer, um mir zum Abendessen einen Teller Nudeln zu kochen.

Alicia sitzt an ihrem Schreibtisch und lernt. Vermutlich skypt sie dabei mit einer Kommilitonin, denn ich höre leise Stimmen bis in den Flur dringen. Ich weiß zu schätzen, wie sehr sie mir in Momenten wie heute Morgen vertraut hat, und ich nehme mir felsenfest vor, ihr auch irgendwann mehr von mir zu erzählen. Diese WG ist das Beste, was mir in den letzten Jahren passiert ist. Nachdem ich ein ganzes Jahr allein in einem Einzimmerapartment am Rande von Köln gewohnt habe, fühlt sich das Leben mit Alicia wie ein absoluter Jackpot an. Ich sortiere diese Gedanken in meinem Kopf, während ich ein kleines Tablett mit dem Teller Pasta, einem großen Glas Apfelschorle und einem Soja-Vanille-Dessert in mein Zimmer balanciere. Die Arbeit in Omans Café zahlt sich bei dieser Aufgabe definitiv aus. Wäre vor ein paar Monaten sicherlich noch etwas zu Bruch gegangen, gelingt es mir heute, das Abendessen sicher auf mein Bett zu stellen.

Während ich die Nudeln mehr oder weniger elegant auf die Gabel aufrolle, öffne ich Instagram auf dem Desktop. Es hilft mir, weniger Gedanken nachzuhängen, wenn ich durch die verfälschten Leben anderer Menschen scrolle. Weniger bei mir selbst sein, mehr hier und da …

Erschrocken klicke ich einen Schritt zurück. Mist. Unabsichtlich habe ich Leos Story abgerufen.

Er soll bloß nicht denken, dass mich irgendetwas davon interessiert, was er macht. Allerdings … Jetzt ist es sowieso zu spät, also klicke ich wieder vor und öffne die erste Sequenz. Warum zur Hölle enttäuscht es mich, dass es nur ein Lied ist, das er geteilt hat?

Ich klicke den Song an und werde zurück auf meinen Spotify Account geleitet. Oh, mein Gott. Dieser Song ist …

»Vielleicht kannst du noch etwas über guten Musikgeschmack lernen.« Ehe ich mich‘s versehe, habe ich auf Leos Story geantwortet. Holy Shit, Maggie. So war das nicht geplant. Kurz überlege ich, die Nachricht zurückzuziehen, doch da muss ich an das Gespräch mit Alicia denken. Für einen kurzen Moment ist es, als weiche zumindest ein Teil der Schwere aus meiner Brust. Mutig sein. Anfangen, sich selbst zu vertrauen.

»Gefällt dir der Song nicht?«

Als die Nachricht auf dem Display meines Smartphones aufleuchtet, macht mein Herz einen gewaltigen Sprung.

Ich schüttele fassungslos über mich selbst den Kopf.

»Was ist mit diesem hier?«

Ein paar Sekunden später blinkt der Link zu einem Song in unserem Chatverlauf: »The Woods« von Hollow Coves.

Das Lied kenne ich, dennoch klicke ich darauf und lasse es für eine halbe Minute laufen.

»Ist okay«, schreibe ich zurück.

»Gib es zu, du liebst es.«

Ich zögere, bevor ich all meinen Mut zusammenpacke und Leo mit dem Link zu einem anderen Song antworte.

»Das ist … traurig«, antwortet Leo nach mehr als einer Minute.

»Finde ich nicht«, erwidere ich und lasse den Song selbst abspielen. »Broken« von Lovelytheband ist eins meiner absoluten Lieblingslieder. Vermutlich, weil es mehr über mich offenbart, als manche Worte je aussagen könnten. Mehr, als Leo je von meiner Wahrheit verstehen wird.

»Musik sagt viel über Menschen aus. Du hast einen Hang zur Melancholie, denkst übers Leben nach und hast Angst vor Liebe.«

Ich schreibe »Du Hobbypsychologe«, dabei trifft seine Antwort genau ins Schwarze. Er hat durch seine Worte eine Nähe zu mir geschaffen, die mich verletzlich fühlen lässt.

»Das alles willst du in ein paar Zeilen lesen können?« Ich schicke Lachsmileys hinterher, die davon ablenken sollen, wie sehr Leo mich verstanden hat.

Auf der Stelle ploppt ein nächster Link auf. Als ich ihn anklicke, erkenne ich, dass er in meine eigene Playlist führt. »In My Blood« von Shawn Mendes.

Mein Herz glüht vor Anspannung, als ich meinen eigenen Gedanken korrigiere: Oh doch, Leo ist näher an der Wahrheit, als er ahnt.

23. Kapitel

Leo

Ich habe mich in den letzten Wochen zu einem Menschen entwickelt, der ich nie werden wollte. Ich habe mir nicht nur sämtliche Songs aus Maggies Playlists angehört, sondern mir immer wieder vorgestellt, wie es wäre, sie noch einmal zu küssen. So wie damals.

Liegt es daran, dass ich diese Frau einfach nicht durchschauen kann? Manchmal lodert zwischen ihrer selbstironischen Art doch etwas, was man als Annäherung werten könnte, und ich möchte nichts unversucht lassen, irgendwann mit ihr über den Abend von damals zu sprechen, der mir bis heute nicht aus dem Kopf geht. Es ist, als hätte ich in diesem Krankenhaus eine andere Maggie gesehen. Eine Maggie, die sich mit der extravertierten, witzigen und selbstbewussten Maggie einen Körper teilt, aber dennoch kaum Gemeinsamkeiten zeigt.

»Was machst du gerade? Außer meine Musik hören?«, fragt sie, und ich ertappe mich beim Grinsen.

Ich antworte mit einem Foto. Spätestens jetzt muss ich wirklich unheimlich wirken, denn seit einer halben Stunde sitze ich tatsächlich in Melancholie versunken auf einer Mauer vor dem Haus, in dem ich bis vor einigen Monaten selbst gewohnt habe.

»Du sitzt vor deiner Wohnung und hörst Musik? Mach dich noch einmal über meinen Geschmack oder andere Angewohnheiten von mir lustig«, schreibt sie und sendet ein GIF mit einer lachenden Katze.

»Ich fühle mich erwischt«, antworte ich und ziehe meine Jacke aus. Obwohl es schon spät geworden ist, fühlt sich die Sommerluft noch warm und angenehm an. »Du könntest auch vorbeikommen?« Ich denke nicht lange über diese Nachricht nach, bin mir absolut sicher, dass Maggie innerhalb von Sekunden ablehnen wird.

»Warum nicht?«

Zuerst kann ich nicht glauben, dass diese Buchstaben tatsächlich auf meinem Display stehen.

Hat sie sich vielleicht verlesen? Kurz überlege ich, noch mal nachzufragen, da leuchtet erneut eine Nachricht von Maggie auf: »Jetzt?«

»Jetzt oder nie«, tippe ich und sehe mich um. Jahrelang ist diese Umgebung mein Zuhause gewesen, und ich vermisse die Zeit mehr, als ich mir eingestehen will.

Als ich erneut etwas schreiben will, ist Maggie offline gegangen, und ich beschließe, einfach zu warten.

Ein Teil von mir fragt sich, ob sie mich mit ihrer Antwort vielleicht nur hochgenommen hat. Doch anstatt von der Mauer zu springen und mich auf den Rückweg zu machen, bleibe ich sitzen und betrachte die fortgeschrittene Dämmerung. Es gibt so vieles, was ich Maggie gerne sagen würde, und gleichzeitig erscheint mir nichts davon als passend.

Wie habe ich es Melina beschrieben?

Maggie und ich sind keine Freunde. Wir sind nur zwei Quasi-Fremde, die ein paar Erinnerungen miteinander verbinden.

Als sich ein Schatten aus der Dunkelheit löst, zucke ich zusammen.

»Bin ich so Furcht einflößend?« Bei dem Klang von Maggies Stimme breitet sich auf meinem ganzen Körper eine Gänsehaut aus.

»Davon träumst du vielleicht«, erwidere ich und rutsche ein Stück zur Seite.

Doch Maggie runzelt die Stirn und bleibt einen knappen Meter entfernt vor mir stehen. »Hat es einen Grund, warum wir vor deiner Wohnung sitzen, anstatt reinzugehen?«

Ich grinse wehmütig. »Das ist nicht mehr meine Wohnung.«

Jetzt sieht Maggie ziemlich verblüfft aus. »Du bist umgezogen?«

»Im Frühjahr schon.« Ich zucke mit der Schulter und nicke schnell. »Seitdem wohne ich bei meinem Bruder.«

Es sieht so aus, als würde bei Maggie ein Groschen fallen. »Ahhhh, stimmt. Du hattest ihn erwähnt. Und nun lebt ihr in einer WG?« Sie nähert sich langsam der Mauer, auf der ich sitze, und zieht sich vorsichtig auf den Stein hoch.

»Fast. Ich habe mein Studium abgebrochen. Seitdem ist es etwas schwierig.« Ich wende den Blick von ihr ab und lasse den Kopf in den Nacken fallen, um den Halbmond am Himmel zu betrachten.

»Abnehmender oder zunehmender Mond?«, fragt Maggie flüsternd.

Ein Lächeln kitzelt in meinen Mundwinkeln. Ich muss nicht lange überlegen.

»Zunehmend.«

Schweigend sehen wir hoch, bis Maggie plötzlich ihre Jacke auf die Mauer legt und in den Schneidersitz wechselt.

»Bist du häufig hier?«

»Ändert meine Antwort irgendetwas daran, wie du über mich denkst?« Diesmal ist mein Lächeln echt.

»Nicht wirklich. Du bist manchmal seltsam, ja. Aber ich bin es kein bisschen weniger.«

Ich beobachte grinsend, wie Maggie mit den Fingern das Muster auf ihren Sneakern nachfährt.

»Die Antwort ist Nein. Es ist tatsächlich das erste Mal, dass ich hergekommen bin. Vor mehr als drei Monaten bin ich ausgezogen. Meine Eltern wollten die Miete nicht mehr bezahlen.« Ich hoffe inständig, dass meine Worte nicht allzu verzweifelt klingen.

»Stimmt. Da war ja was«, antwortet sie nur. »Etwas namens Regelstudienzeit.«

Es wundert mich, dass Maggie noch so genau die Abmachung zwischen mir und meinen Eltern kennt. Als Ben und ich damals in Köln für einen Studienplatz angenommen wurden, war Geld kein Thema. Solange ich mein Medizinstudium mit besten Leistungen durchziehen würde.

»Ich habe nicht damit gerechnet, dass du kommst«, sage ich wahrheitsgemäß.

»Komm schon!« Sie hebt eine Augenbraue und lächelt vorsichtig. »Was wäre ich für ein Mensch, würde ich dich hier ganz allein deiner Melancholie überlassen? Außerdem …« Sie bricht ab.

»Außerdem was?«, frage ich nach.

Sie legt den Kopf schief und zuckt dann mit den Schultern. »Außerdem rede ich gerne mit dir. Zumindest manchmal.«

»Danke.« Ich bin verblüfft über die offenen Worte. »Du bist auch umgezogen.«

»Bessere Lage. Besserer Preis. Bessere Mitbewohnerin.«

»Hast du nicht vorher allein gewohnt?«

Maggie nickt. »Sag ich doch. Bessere Mitbewohnerin.«

Verwirrt schaue ich sie an.

»Ich war mir selbst vorher nicht die beste Wohnungsgenossin.«

Bei ihrer Umschreibung muss ich erneut schmunzeln.

»Wie geht es dir?«

Die Frage überrascht mich. Ich verschränke die Arme vor der Brust. »Ich denke sehr viel nach. Und du? Was machst du eigentlich?«

Sie löst ihre Beine aus dem Schneidersitz und kniet sich vor mich auf die Mauer. Plötzlich sind wir keine zwanzig Zentimeter voneinander entfernt, und ich gebe zu, dass mich die Vertrautheit in ihren Augen überrascht. »Ich studiere. Da hat sich nicht viel verändert.«

»Und was willst du machen?«, frage ich nach.

Maggie streicht sich eine lockere Haarsträhne aus dem Gesicht: »Ist das nicht das Gleiche?«

Entschlossen schüttele ich den Kopf: »Nicht unbedingt.« Ich deute mit dem Zeigefinger auf mich. »Wie viele Menschen tun tagtäglich Dinge, die sie eigentlich gar nicht erfüllen?«

Maggie scheint nachzudenken, denn sie hält in ihrer Bewegung inne, und ihr Blick schärft sich. »Du hast es geschafft. Das, was du machst … Du lebst deinen Traum, Leo. Ich finde das bewundernswert.«

Ihre Worte freuen und treffen mich zugleich. Maggie hat recht. Das, was ich in den letzten Monaten getan habe, sollte das sein, wovon ich seit meiner Kindheit geträumt habe. Und obwohl Maggie und ich uns in vielerlei Hinsichten fremd sind, fühle ich mich ihr in diesem Moment wieder so nah wie in der Nacht, in der wir unsere Geheimnisse tauschten.

»Und wenn es nicht mehr mein Traum ist? Wie kann sich etwas, das eigentlich so richtig sein sollte, so falsch anfühlen?«

Maggie rutscht auf ihrem Stück Mauer unruhig hin und her.

»Tut mir leid«, sage ich rasch. »Ich wollte dich mit diesem Thema nicht abschrecken.«

Sofort sieht sie mich überrascht an. »Wie kommst du darauf, dass es mich abschreckt?«

Als ich nicht antworte, beugt sich Maggie schlagartig vor und berührt mich mit ihrer Hand am Bein.

»Was meinst du?«, fragt sie dann. »Können wir nur zufrieden leben, wenn wir all unsere Träume verwirklichen?«

Auf diese Frage hätte ich vor einigen Monaten noch fest überzeugt mit einem Ja geantwortet, doch auf einmal wird mir bewusst, dass ich es nicht weiß. Mein Herz füllt sich bei dem Gedanken ans Schreiben nicht mehr mit der gleichen Wärme, wie es einst gewesen ist. Und das Schlimme ist: dass genau diese Erkenntnis der eigentliche Schmerz ist. Das Wissen um etwas, das mir verloren gegangen ist.

»Ich denke nicht«, beantwortet sich Maggie die Frage selbst. »Es ist mutig, sich in seinen Träumen zu versuchen. Du bist mutig, Leo. Aber ich bin mir sicher, es gibt viele verschiedene Wege, um erfüllt zu leben. Nicht jeder von uns wird seinen Traumjob ergattern. Wenn damit das ganze Leben zerstört wäre, müssten die meisten Menschen in schweren Depressionen versinken. Denkst du nicht?«

Ich zucke mit den Schultern und lasse sie weitersprechen.

»Der eine findet sein Glück in der Familie, der andere hat einen besonderen Sport, und wiederum eine andere Person geht einer Arbeit nach, die er oder sie liebt. Erfüllung funktioniert doch auf vielen Wegen.«

Ihre tiefgründige Antwort verblüfft mich. »Lebst du ein erfülltes Leben?«

Maggie beginnt aus heiterem Himmel zu lachen. »Davon bin ich noch so weit entfernt wie ...« Sie springt mit einem Ruck von der Mauer und tippt mit den Fingern auf den Stein. Dann entfernt sie sich rückwärts von mir. Zuerst langsam, dann beschleunigen sich ihre Schritte, und sie beginnt, beinah zu rennen. Ich sehe amüsiert zu, wie sie mehrfach im Kreis geht, ohne mich dabei aus den Augen zu verlieren.

»Fall bloß nicht hin«, rufe ich so laut, dass sie mich hoffentlich noch hören kann, und fasse mir lachend an den Kopf.

»Siehst du das, Leo?« Maggie steht mittlerweile bestimmt mit einer Distanz von hundert Metern von mir entfernt. Ich kann nur erahnen, wie sie sich langsam bückt und mit den Händen die Straße antippt. »So weit bin ich von einem erfüllten Leben entfernt.«

Plötzlich knickt ihre Silhouette ein, und ich zucke erschrocken zusammen, als Maggie beinah nach hinten kippt. Sie steht zu weit von mir weg, um ihr sofort zu Hilfe zu sein. Hat sie Schmerzen?

Ein sanfter Windstoß bläst mir in den Rücken, und ich lasse mich von der Mauer ab. »Warte!« Hastig hole ich sie ein.

Doch Maggie scheint in Ordnung. Stattdessen lacht sie. Sie lacht, als gäbe es nichts Komischeres auf der Welt als meinen verblüfften Anblick. Ich gehe in die Hocke, um mit ihr Blickkontakt zu halten. »Alles okay?«

Immer noch in den Bauch prustend, nickt sie. »Es ist einfach zu seltsam. Alles. Das hier.« Mit einer Handbewegung streift sie den Asphalt um sie herum und fasst sich dann in das Haar.

Ich bin unschlüssig, ob mich ihr Lachen amüsieren oder beängstigen sollte. Doch ehe ich weiter darüber nachdenken kann, steht sie wieder aufrecht neben mir und hält sich die Hand kichernd vor den Mund. »Manche Dinge muss man einfach mit Humor nehmen.«

Irritiert ziehe ich einen Mundwinkel zu einem schiefen Lächeln. »Kann es sein, dass man bei dir manchmal nicht weiß, woran man gerade ist?«

Maggie hält inne und zuckt mit den Schultern. »Du könntest mich einfach häufiger fragen.«

»Manchmal glaube ich, du magst mich«, sage ich wahrheitsgemäß. »Dann bist du die Maggie, die mich fasziniert. Die eine unerklärbare Anziehungskraft auf mich ausüben kann.«

Ihre Gesichtszüge entspannen sich, und innerhalb von Sekunden spüre ich eine Verletzlichkeit in ihrem Blick. Es ist, als sei jedes Selbstbewusstsein aus ihren Bewegungen gewichen.

»Und dann verschwindest du auf einmal. Du lässt mich stehen, willst nichts mit mir zu tun haben. Das verwirrt mich. Du verwirrst mich.«

Ich verstumme. Es ist, als seien meine Gedanken plötzlich in einem Durcheinander verknotet. Ich nehme wahr, wie Maggie einen Schritt auf mich zumacht. Jeder meiner Sinne spürt sie, sieht sie, riecht sie. Jeder Takt meines verkorksten Herzens sucht ihre Nähe.

»Die Antwort ist: Ich weiß es nicht.« Ihre Stimme ist klar. »Das sind halt meine Gefühle.«

Ich schlucke. »Und was sagen deine Gefühle jetzt gerade?«

Maggie legt ihre Hand auf ihre rechte Brust und schließt die Augen. »Vermutlich möchte ich dich gerne küssen.«

Mein Puls rast.

Und obwohl eine Stimme in mir verzweifelt schreit, dieses

Mädchen könne mir ein zweites Mal wehtun, kann ich nicht anders, als ihrem Wunsch nachzukommen.

24. Kapitel

Leo

Unsere Eltern haben Ben und mich zum Abendessen eingeladen. Und weil mein Bruder in letzter Zeit nirgendwo ohne Melina hingeht, fahren wir zu dritt nach Frankfurt.

Das Angebot, in unserem Elternhaus zu übernachten, habe ich vehement abgelehnt. »Es wäre besser, wenn ich am Montag wieder in Köln bin.«

»Warum denn? Du machst doch sowieso nichts. Dann kannst du deiner Mutter auch mal den Gefallen tun«, ist die Antwort meines Vaters gewesen. Nach diesem Gespräch musste ich erst einmal meinen Frust wegjoggen.

Die Wolken hängen für einen Augusttag ziemlich gelangweilt am Himmel, die Sonne scheint spontan Ferien zu machen, und trotzdem ist meine Laune verhältnismäßig gut, als wir in das Auto steigen und Ben den Motor aufheulen lässt.

Die Gedanken an den letzten Abend erfüllen meine Brust mit Wärme und Zuversicht. Wir haben uns geküsst. Wieder und wieder versuche ich, mir die Erinnerungen an das Gefühl aufzurufen, doch keine davon kommt an das tatsächliche Glück heran, das ich in dem Moment empfunden habe.

Unser Kuss war kein normaler Kuss. Diese Intensität. Dieser Hunger. Ich kann mir das nicht eingebildet haben.

»Haben wir die Blumen?« Melina wollte unter keinen Umständen mit leeren Händen kommen. Sie scheint angespannt vor dem Besuch. Ich kann es ihr nicht verübeln, dass ihr meine Eltern Angst machen. Genau wie mir. Dabei denke ich nicht, dass sie sich Sorgen machen muss. Immerhin hat sie sich den richtigen Sohn geschnappt. Den einzigen, der überhaupt zu gebrauchen ist.

»Sind nicht weggelaufen«, bemerke ich und werfe einen Blick auf die Orchidee, die neben mir auf dem Rücksitz steht. Kaum zu glauben, dass es Menschen gibt, die diese Dinger schön finden. Und noch weniger zu glauben, dass ich mit einem dieser Menschen verwandt bin. Für mich gibt es nur eine Art von schönen Blumen: die auf dem Feld.

Ob Maggie Blumen mag? Ich denke nicht. Sie ist eher so der Typ ... Kaktus? Ja, das passt ziemlich gut. Und genau das mag ich so an ihr. Ich muss lächeln.

Die Autofahrt dauert fast zwei Stunden, die ich nutze, um auf der Rückbank Textnachrichten an Maggie zu verfassen, die ich bislang allerdings alle nicht abgeschickt habe. Und trotzdem kann ich mir ein dickes Grinsen nicht verkneifen.

»Sollten wir uns Sorgen machen?«, fragt Ben und betrachtet mich aufmerksam im Rückspiegel. Ich sehe auf und schüttele lächelnd den Kopf. »Warum solltet ihr?«

Ich kann sehen, wie Melina und er stumm Gedanken austauschen.

»Du bist viel zu gut gelaunt.« Mel dreht sich zu mir um und grinst. »So hat man dich lange nicht erlebt.«

»Darf man sich nicht mal auf seine einzigen Eltern freuen?«, frage ich ironisch und hebe eine Augenbraue.

Mel lacht. Doch anstatt nachzubohren, sieht sie aus dem Fenster.

Die Fahrt vergeht langsam. Ich tippe eine Nachricht, lösche sie wieder, tippe erneut und stecke irgendwann mein Telefon in die Tasche, ohne mich bei Maggie zu melden.

Doch während die Welt mit hundertfünfzig Kilometern die Stunde an mir vorbeirast, denke ich an nichts anderes als unseren Kuss. Unseren zweiten ersten Kuss.

• • •

»Wie läuft das Studium?«, ist eine der ersten Fragen, mit denen mein Vater Ben konfrontiert, als wir am Tisch sitzen.

Melina sucht meinen Blick und lächelt mich aufmunternd an. Ich nicke ihr nur schwach zu und höre, wie mein Bruder beginnt, im Fachjargon zu erzählen. Ich will es nicht. Ich will es wirklich nicht. Doch ich kann den Schmerz nicht unterdrücken.

Meinen Vater mit so viel Interesse und Stolz zu sehen, spiegelt mir wider, wie sehr ich in seinen Augen versagt habe.

»Wenn du Hilfe brauchst …«, setzt mein Vater erneut an, doch Ben unterbricht ihn: »Ich weiß, dass ich mich jederzeit melden kann.«

»Denn dafür hat man Familie«, ergänzt meine Mutter und lässt sich auf den Stuhl neben mir sinken.

Ich habe mir fest vorgenommen, jegliche Kommentare an mir vorbeiziehen zu lassen, doch ich kann nicht verleugnen, dass ihre Worte mir wehtun.

»Könnten Sie mir einmal das Wasser reichen?«, fragt Melina verlegen.

Mir ist es ziemlich unangenehm, dass meine Eltern sich immer noch von Mel siezen lassen, während sie die Freundin meines

Bruders von Anfang an geduzt haben. Doch sie schlägt sich tapfer.

Ich bin mir sicher, dass sie das Gespräch von Bens Studium ablenken möchte, doch stattdessen zieht sie damit die Aufmerksamkeit auf sich.

»Melina, du müsstest auch bald deinen Bachelor haben, oder?«

»Im nächsten Jahr.« Ein höfliches Lächeln zeichnet sich auf ihren Lippen ab.

»Fantastisch.« Mein Vater klatscht in die Hände, nimmt dann sein Weinglas in die Hand und trinkt einen Schluck.

Ich kann es mir nicht verkneifen, genervt die Augen zu verdrehen. Leider bleibt dies nicht unbemerkt von meiner Mutter. »Leonard, wir haben die Hoffnung nicht aufgegeben, dass du irgendwann wieder zu Verstand kommst. Du könntest das Studium auch an einer anderen Universität anrechnen lassen. Euer Vater kennt den Dekan der Goethe-Universität hier in Frankfurt sehr gut. Deine Leistungen sind ausreichend gewesen, bevor du dir diesen Irrsinn in den Kopf gesetzt hast.«

Zu meinem Glück gehöre ich zu den Menschen, die nicht so schnell die Fassung verlieren. Deshalb schüttele ich nur wortlos den Kopf und gieße mir etwas von dem kalten Sprudelwasser ein.

»Ihr Sohn schreibt tolle Texte. Ich bin mir sicher, dass er ein ausgezeichneter Schriftsteller werden wird.« Dass Mel versucht, mich vor meinen Eltern zu verteidigen, ist einfach nur lieb. Dabei kann ich mich nicht daran erinnern, ihr jemals etwas Richtiges von mir zum Lesen gegeben zu haben. Trotzdem würde ich sie am liebsten zum Schweigen bringen. Am Tisch mit meiner gesamten Familie über das Schreiben zu sprechen, fühlt sich so falsch an, dass sich mir eine dicke Faust in den Magen gräbt.

Mein Vater lacht auf. »Es ehrt dich, Melina, dass du Leonard in seinen Tagträumen unterstützen möchtest, aber Geschichten erzählen? Das ist etwas für kleine Mädchen.« Er wirft einen Blick zu meiner Mutter. »Von Träumen kann man keine Familie ernähren. Leonard sollte endlich ein richtiger Mann werden. Wenn er wüsste, wie teuer es ist, eine Frau wie seine Mutter bei Laune zu halten.« Sein lautes Lachen ekelt mich an und schürt so viel Wut in meinem Bauch, dass ich sie mit Wassertrinken kaum unterdrücken kann. Und das, obwohl ich längst wusste, was für ein frauenverachtendes Arschloch in ihm steckt.

»Lasst uns doch erst einmal essen.« Meine Mutter ist wohl aufgestanden, ohne dass ich etwas davon mitbekommen habe. Denn mittlerweile ist sie an den Tisch zurückgekehrt und stellt eine Schale mit Kartoffeln ab.

Mir ist längst der Appetit vergangen, doch weil ich nicht noch mehr Aufmerksamkeit auf mich ziehen möchte, esse ich ein wenig.

Der einzige Gedanke, der mich diesen Abend überleben lässt, beschäftigt sich mit der Frage, wann ich Maggie wiedersehen kann.

Hin und wieder schnappe ich gedankenversunken ein paar Sätze aus dem Gespräch der anderen auf.

Den größten Redeanteil hat mein Vater. Vermutlich, weil die anderen sich kaum trauen, ihn zu unterbrechen. Als er sich wieder an mich wendet, bereite ich mich innerlich auf Abwehr vor.

»Leonard braucht für das alles halt etwas länger. Die Frauen stehen vermutlich auf Männer mit Pfiff und Ehrgeiz. Aber wer weiß ...« Er prostet mir mit seinem Glas zu. »Vielleicht kannst du es ja mit Liebesromanen versuchen.«

Ich atme tief durch und grinse meinen Vater dann hochmütig an. »Du brauchst dir keine Sorgen zu machen, denn ich bin bereits in einer Beziehung.«

Am ganzen Tisch breitet sich Schweigen aus. Es ist so still, dass ich die Kohlensäure in meinem Wasser tanzen hören kann.

Ich spüre Melinas fragenden Blick auf mir ruhen, suche den Augenkontakt mit meinem Bruder, der mir vorsichtig zunickt. Keiner der beiden glaubt mir, aber ich weiß genau, dass sie mir niemals in den Rücken fallen würden.

»Du hättest deine Freundin doch mitbringen können«, bemerkt meine Mutter.

»Sie hatte schon etwas anderes vor. Etwas Wichtigeres.« Ich hoffe insgeheim, dass ich nicht zu dick auftrage. Anderseits könnte ich mir für diese Lüge ohnehin eine Ohrfeige geben. Mit einer dramatischen Trennung, die zwangsläufig die nächsten Monate folgen muss, um nicht aufzufliegen, habe ich ein dickes Eigentor geschossen.

»Oh, sie ist toll.« Ben klopft meinem Vater freundschaftlich auf die Schulter. »Wir haben sie bereits kennengelernt.«

Melina nickt. »Sie werden sie ganz gewiss mögen.«

Ein zufriedenes Lächeln zeichnet sich auf den Lippen meines Vaters ab. Es scheint, als habe ich in seinen Augen heute Abend wenigstens eine Sache halbwegs richtig gemacht.

Auch wenn ich mich dafür in einem dicken Gerüst aus Unwahrheiten verstrickt habe. Und wozu? Um einem Mann zu gefallen, der schon vor Monaten jeglichen Respekt vor mir verloren hat.

• • •

»Wenn das mit dem Schreiben nicht klappt, wird er einfach Schauspieler.« Ben stellt das Radio leiser, und ich sehe zu, wie der Wagen langsam von unserer Einfahrt rollt.

Kaum vorzustellen, dass dieses Haus über zwanzig Jahre tatsächlich mein Zuhause gewesen ist. Je weiter wir uns von meinem Elternhaus entfernen, desto freier kann ich atmen.

»Das war doch gelogen, oder?«, setzt Mel hinterher.

»Zumindest derzeit«, antworte ich und rufe mir Maggies Gesicht in die Gedanken. »Danke, dass ihr mitgespielt habt.«

Ich sehe Bens Nicken auch von hinten. »Sie sind anstrengend.«

»Das ist noch zu bescheiden ausgedrückt«, bemerke ich schnaufend.

»Und trotzdem bin ich mir sicher, dass sie uns lieben.«

»Sie lieben dich«, korrigiere ich ihn. »Das haben sie immer. Mich haben sie mitgezogen, solange ich keinen Ärger mache.«

Bens Hände um das Lenkrad verkrampfen sich. »Sie interessieren sich für mich, solange ich funktioniere. Das hat nichts mit mir zu tun.«

Ich grinse. »Du meinst, ich war ihnen einfach zu anstrengend?«

Mein Bruder zuckt mit den Schultern. »Kann sein. Du hast ihnen vor Augen gehalten, dass sie nicht alles kontrollieren können. Wenn sie nur nicht so engstirnig wären.«

»Und so egoistisch«, füge ich hinzu.

»Konservativ«, ergänzt Melina und lacht.

Mehrere Minuten lang suchen wir verschiedene Adjektive, die nicht nur den heutigen Abend, sondern die allgemeine Persönlichkeit meiner Eltern beschreiben.

»Sie haben mich oft nach dir gefragt«, sagt Ben wie aus dem Nichts. »Immer wenn ich anrufe, erkundigen sie sich nach dir.«

Ich winke ab und fahre mir genervt durchs Haar. »Und? Wollten sie wissen, ob ich zur Vernunft gekommen bin?«

»Sie denken trotzdem an dich«, ignoriert Ben meine Frage. »Das heißt nicht, dass ich die Art, wie sie es tun, gutheiße.«

Mel nickt bestätigend.

»Es ist beschissen, nie genug zu sein.« Ich zucke mit den Schultern.

Kurz glaube ich, Ben wolle etwas sagen, doch stattdessen starrt er nur konzentriert auf die Autobahn.

»Sie heißt Maggie«, sage ich und blicke wieder aus dem Fenster. Draußen ist es mittlerweile so dunkel, dass man bis auf die Lichter der Autos kaum etwas erkennen kann.

»Das Mädchen, das du neulich kennengelernt hast?«, hakt Melina nach und verdreht sich beinah den Hals bei dem Versuch, mich auf der Rückbank zu sehen.

»Ich habe sie streng genommen nicht erst neulich kennengelernt«, erkläre ich und erzähle in knappen Worten von dem One-Night-Stand vor zwei Jahren, mit dem alles angefangen hat.

»Ihr habt miteinander geschlafen?«, wiederholt Ben und mustert mich im Rückspiegel.

»Was verstehst du an dem Wort One-Night-Stand nicht?«, frage ich und grinse.

Ben zuckt mit den Schultern. »Ich hätte bloß nicht gedacht, dass das dein Ding ist.«

»Eher deins?« Melina grinst, als sie meinem Bruder einen Seitenhieb verpasst.

»Hey«, protestiert er. »Ich muss aufpassen beim Fahren.«

»Es ist auch nicht mein Ding«, sage ich, um beim Thema zu bleiben. »Um ehrlich zu sein, weiß ich gar nicht mehr, was mein Ding ist. Sie bringt mich ziemlich durcheinander.«

Mel fängt an zu kichern und wirft einen Blick zu Ben. »So ging es mir auch, als ich dich kennengelernt habe.«

»Mir geht es manchmal immer noch so«, fügt mein Bruder hinzu und macht das Radio lauter. Ein schwungvoller Song, den ich nicht mit Namen kenne, füllt den Wagen mit Musik, und ich ertappe mich dabei, wie ich im Takt mitwippe.

Es ist fast Mitternacht. Seit vierundzwanzig Stunden hatten wir keinen Kontakt. Ich zücke mein Handy und öffne unseren Chat. Für einen Moment betrachte ich einfach nur ihr Profilbild. Es ist eine Seitenaufnahme von Maggie. Ich frage mich, wer dieses Bild geschossen hat, denn diese Person muss sie wirklich zum Lachen gebracht haben. Vielleicht war es Alicia? Maggies Strahlen erscheint mir so echt, dass ich selbst lächeln muss.

»Schreib ihr!« Schon wieder hat sich Mel zu mir nach hinten gedreht. »Die Spannung kann ja sonst niemand ertragen.«

Ich schaue auf und treffe Melinas Blick. »Vielleicht denkt sie genauso an dich.«

»Das ist das Problem«, sage ich. »Sie macht es mir so unfassbar schwer, zu erkennen, was sie denkt.« Erneut starre ich auf das Profilbild. Als ich mit den Fingern zur Seite wische und sich unser Chat öffnet, sehe ich, dass Maggie genau in diesem Augenblick online kommt.

Ich halte den Atem an und klicke das Textfeld an.

»Wie war dein Tag?«

»Sonntagig.« Ihre Antwort lässt kaum zehn Sekunden auf sich warten.

»Sind bei dir alle Sonntage gleich?«, tippe ich.

»Vermutlich nicht. Aber sie verbreiten alle so ein gewisses Sonntagsgefühl.«

Ich runzele die Stirn. »Das habe ich noch nie beobachtet.«

»Probier's aus. Wie war dein Sonntag?«, fragt Maggie.

»Elternig«, antworte ich und nicke Melina zu, die mich gebannt beobachtet. Sie klatscht sich vergnügt in die Hände, und ich verdrehe grinsend die Augen.

»Ist das gut oder schlecht, wenn ein Tag elternig war?«

Darüber muss ich nicht wirklich nachdenken. Dennoch lasse ich mir mit der Antwort Zeit.

»Lass mich raten«, tippt sie, bevor ich reagieren kann. »Nicht immer gleich, aber er verströmt ein gewisses Elterngefühl.«

Jetzt wird mein Grinsen breiter. »Ich denke, das beschreibt es ziemlich treffend.«

25. Kapitel

Maggie

An Leo zu denken, fühlt sich an wie Achterbahnfahren. Ich liebe Achterbahnen. Doch eben nur so lange, wie ich weiß, dass ich wieder sicheren Boden unter meinen Füßen spüren werde.

Kontrolliert die Kontrolle verlieren. Ich glaube, so habe ich es damals zu Leo gesagt.

Seit unserem letzten Treffen liege ich häufig nachts wach und zerdenke die Welt. Es ist, als würde ich in tausend kleinen Scherben liegen und mich fragen, wie ich dieses Puzzle jemals wieder zusammensetzen kann.

Dann überrollt mich eine Welle der Wut, und ich zerschlage die Scherben in noch kleinere Teile, denn manchmal erscheint es mir sicherer, etwas aufzugeben, als die ständige Panik zu spüren, es wieder zu verlieren.

Leo ist eine dieser Scherben. Eine ziemlich große Scherbe, wie ich feststelle, als ich Anfang der Woche das erste Mal eine handschriftliche Nachricht auf der Rechnung neben seiner leeren Tasse Kaffee finde. Manchmal nennt er mich seine Lieblingskellnerin, ein anderes Mal fragt er mich, welches Tier ich wohl sein würde, wäre ich nicht als Mensch auf die Welt gekommen.

Wir diskutieren eine Weile via Zettelchen, weil ich mich für einen leidenschaftlichen Tiger entscheide, Leo mich aber für eine Gespenstheuschrecke hält.

Als ich nachfrage, erklärt er, dass man denen besonders gute Tarnung nachsagt. Ich glaube, das sollte so etwas wie ein Kompliment sein, doch ich bin nicht sicher, ob ich das wirklich annehmen will.

Jeden Tag folgen ähnliche Botschaften.

Ich antworte auf seine Fragen, begrüße Leo an den nächsten Tagen mit einer neuen heißen Tasse Kaffee und versuche, mir nicht anmerken zu lassen, wie sehr mich seine Nachrichten freuen.

Als ich am Donnerstagabend den vierten Beleg aus meiner Hosentasche krame und zu Hause auf meinen Schreibtisch lege, klopft mein Herz so schnell, dass ich kaum noch Luft bekomme.

»Ich habe die ganze Zeit an dich gedacht«, hat heute auf dem Beleg gestanden, den Leo beim Gehen auf dem Tisch für mich hinterlassen hat.

Und ich habe an ihn gedacht. Viel zu häufig.

Weil ich weiß, dass ich morgen ausschlafen kann, sitze ich bis spät in die Nacht an meinem Laptop und tippe an meiner Hausarbeit.

Langsam gerate ich in Zeitstress, denn eigentlich wollte ich die vorlesungsfreie Zeit auch für die Vorbereitung auf nächste Klausuren nutzen. Doch bei der Hitze fällt es mir tagsüber noch schwerer, mich auf den Stoff für die Uni zu konzentrieren. Nach einem kurzen Temperatursturz ist es in den letzten drei Tagen wieder unerträglich warm geworden. Laut Wetterbericht soll es nächste Woche sogar noch heißer werden. Was für ein August! Erst wenn es abends kühler wird, schaffe ich es, mich überhaupt irgendetwas zu widmen.

Hin und wieder taucht Alicia in meinem Zimmer auf. Sie ist gerade dabei, ihren Kleiderschrank auszusortieren, und annonciert die meisten Teile davon bei eBay.

»Findest du, dass mir das steht?«, »Ist das Oberteil nicht viel zu freizügig?«

Ich bringe es nicht übers Herz, ihr zu sagen, dass ich so unmöglich vorankommen kann. Außerdem bin ich insgeheim dankbar für die Störungen. Jedes Mal, wenn ich zu lange Zeit mit mir allein verbringe, zieht es mich in einen Gedankenstrom, aus dem ich kaum ausbrechen kann.

Wir haben fast halb zwölf abends, als Alicia mit einem blauen Latzkleid vor meinem Bett steht und sich im Wandspiegel mustert. »Ich hätte schwören können, meine Brüste sahen darin auch mal besser aus.«

Es gelingt mir nicht, ein Schnauben zu unterdrücken. »Das sagst du mir?«, bemerke ich und steige träge von meinem Schreibtischstuhl.

»Vielleicht bin ich für so was auch einfach zu klein. Sehe ich nicht aus wie ein Kind?«

»Du siehst toll aus, Alicia«, erkläre ich und helfe ihr, das Kleid zu schließen. Dabei bin ich eigentlich viel zu müde. »Etwas verspielt, aber auch sexy. Du kannst die Haare auch hochbinden.«

»Sexy?«, sagt Alicia und fährt sich über ihren Kopf. »Fürchte, das hat noch nie jemand zu mir gesagt.« Sie grinst. »Danke.«

»Kein Ding. Aber jetzt muss ich schlafen«, murmele ich und lasse mich aufs Bett fallen. »Muss morgen arbeiten.«

Alicia nickt knapp, schiebt sich mit einem leisen »gute Nacht« aus meiner Tür und hinterlässt eine Stille, die nicht aufhören kann, mich anzuschreien.

Ängste kriechen wie fiese Blutegel durch meinen Kopf und saugen sich fest, ohne dass ich dagegen etwas tun kann. Es ist fast sechs Wochen her, dass Leo und ich uns im Café das erste Mal wieder über den Weg gelaufen sind, und seitdem hat alles von vorne begonnen. Es ist nicht nur Paulis Gesicht, das sich immer wieder in meine Gedanken schiebt, sondern auch die schmerzliche Wahrheit, dass wir keine Chancen haben werden. Heute nicht. Morgen nicht. Nicht, solange ich bin, wie ich bin.

• • •

Am nächsten Tag begrüßt Oman mich im Café mit einem lockeren Handschlag. »Wir sind heute allein. Meinst du, das kriegen wir hin?«

Schnell nicke ich.

»Sven hat Urlaub. Das ist mir komplett durch die Lappen gegangen. Und Nina hat sich heute Morgen krankgemeldet.«

Ich lächele Oman zuversichtlich an und binde mir die Schürze um meine Hüfte. »Das macht doch nichts. Wir haben vier gesunde Füße und noch ist nicht viel los.«

Als ich ein junges Pärchen bediene, das sich ununterbrochen verliebte Blicke zuwirft, wühlt das in mir etwas auf. Dieser Kuss ... diese Nachrichten. Immer wieder fällt mein Augenmerk auf die Tür, und ich verliere mich in einer Vorstellung, in der zwischen Leo und mir alles wie immer ist. Er würde mich grinsend von der Seite ansehen, während ich so tun könnte, als würde mich das alles kaltlassen.

»Maggie? Kannst du mal?« Oman drückt mir ein Tablett in die Hand und deutet auf einen der hinteren Plätze. »Ganz in der Ecke, die zwei Mädels.« Ich schlängele mich mit dem Tablett durch die Tischreihen zu dem Platz der beiden Mädchen. Als ich auf dem Rückweg zur Theke bin, beobachte ich, wie Oman sich mit festen

Schritten einem Tisch nähert. »Ihr habt noch eine Rechnung zu begleichen.«

Zwei Typen, ich sehe nur einen der beiden von vorne, haben sich von ihren Stühlen erhoben und fangen an, lauthals zu diskutieren. Die ersten Gäste sehen sich im Café um, suchen nach den Unruhestiftern. Obwohl mich das Geschehen überhaupt nicht betrifft, schießt mir augenblicklich die Röte ins Gesicht.

»Auf der Karte steht Schinken. Wenn ich einen Bagel bestelle, will ich keinen Sojascheiß«, feuert der größere der beiden Typen Oman ins Gesicht. »Für so einen Müll bezahle ich keinen Cent.«

Der andere, sein Gesicht ist mir immer noch abgewandt, nickt heftig. »Das ist Betrug.«

Oman lacht wütend auf. »Wir sind ein vegan-vegetarisches Bistro. Das steht vor der Tür angeschlagen.« Er reißt dem Typen die Karte aus der Hand und schlägt die erste Seite auf. »Und hier findet ihr auch einen Hinweis. Wenn ihr eure Rechnung nicht bezahlt, sehe ich mich gezwungen, die Polizei zu rufen.«

Was für Idioten ... Ob Oman sich häufiger mit so was rumschlagen muss?

»Dann ruf doch die Bullen«, keift der Bageltyp und ballt seine Fäuste.

Mein Herz macht einen Sprung. Mein Blick fährt über die Theke. Ich suche das verdammte Telefon, das immer dann verlegt ist, wenn man es am dringendsten braucht. Es fällt mir schwer, die Situation einzuschätzen. Besteht wirklich Gefahr, dass einer der beiden handgreiflich wird?

Ich zucke zusammen, als der Größere Oman am Kragen packt und ihm lauter Schimpfwörter ins Gesicht bellt.

Im Augenwinkel nehme ich wahr, wie der erste Gast von seinem Stuhl aufgesprungen ist. Allerdings scheint auch er nicht den Mut zu besitzen, sich den beiden in den Weg zu stellen.

Doch Oman ist ohnehin breiter und muskulöser als die meisten hier, sodass er sich mit einem kräftigen Ruck aus dem Griff des Typen befreien kann.

»Maggie!«

Mir sitzt der Schreck so in den Knochen, dass ich erst reagiere, als Oman ein zweites Mal meinen Namen sagt.

Blitzartig trete ich vor die Theke.

»Ich fürchte, wir kriegen das ohne Polizei nicht geklärt«, raunt Oman mir zu.

Vorsichtig hebe ich den Kopf, um zu nicken, da nehme ich Notiz von dem kleineren der beiden Kerle. Wenn ich nicht vorher schon unfähig war zu reagieren, bin ich es spätestens jetzt.

Verdammt. Ich wusste, dass es mich irgendwann einholen würde. Der dunkelhaarige Typ, der keine zwei Meter von mir entfernt steht und mit düsterer Miene seinen Kumpel fixiert, ist niemand anders als ein verfluchter One-Night-Stand von mir. Meine Sicht verschwimmt, und auf einmal ist da dieses Rauschen, das jede Stimme aus meinem Kopf ausblendet.

Malte. So hat der Typ geheißen. Eigentlich ist er optisch überhaupt nicht mein Beuteschema gewesen. Ich habe ihn in einer schwachen Stunde auf einer Dating-App nach rechts gewischt, und als die Nachricht kam, fühlte ich mich so einsam, dass ich dem Treffen zustimmte. »Alles in Ordnung?«

Ich scheine nach hinten gestolpert zu sein, Oman hat eine Hand auf meine Schulter gelegt und redet leise auf mich ein.

Dadurch scheine ich Maltes Aufmerksamkeit geweckt zu haben.

Unsere Blicke treffen sich, und ich spüre, wie die Erkenntnis ihm durch seinen unterbelichteten Schädel jagt.

»Man sieht sich immer zweimal im Leben«, sage ich mit einem gespielt höflichen Lächeln.

»Was willst denn du hier?«, blafft er mich erstaunt an.

»Ich arbeite hier.« Demonstrativ zeige ich auf meine beschriftete Schürze. »Tolles Essen. Ihr solltet mal den Schinken probieren.« Die Worte sind schneller aus meinem Mund geplatzt, als ich nachdenken konnte.

»Hattest du was mit der?« Auch Maltes Kumpel scheint jetzt ein Licht aufzugehen. Er spricht nicht sonderlich laut, dennoch bin ich mir sicher, dass Oman jedes Wort verstanden hat.

»Er kann ein richtiger Gentleman sein. Sogar mein Essen hat er unbedingt zahlen wollen«, sage ich plötzlich seelenruhig. »Ich schlage vor, das macht ihr diesmal auch.« In meinem Kopf rattert es. »Wäre halt mies, wenn etwas dazwischenkäme. Immerhin habe ich Maltes Adresse und Handynummer. Mit den ganzen Zeugen hier ...« Ich mache eine ausschweifende Handbewegung durch das Café. »Vermutlich stehen eure Chancen nicht gut, ohne Bezahlung durchzukommen. Vor allem, nachdem einer von euch meinen Chef angegriffen hat.«

Die Stimmung zwischen den beiden Jungs kippt schlagartig. Malte greift in seine Hosentasche, zieht den Geldbeutel aus der Tasche und knallt einen Schein auf den Tisch. »Das muss reichen. Mehr kann das Zeug ja nicht kosten.«

Bevor sein Freund etwas erwidern kann, sind die beiden auch schon an uns vorbei und haben das Café verlassen.

Die Gespräche im Raum werden endlich wieder aufgenommen. Die Gäste scheinen sich beruhigt zu haben. Anders als mein immer noch rasendes Herz.

»Ist das genug?«, frage ich und wende mich mit hochrotem Kopf an Oman. »Das Geld, ist das genug gewesen?«

Er nickt verblüfft. »Fast zwei Euro zu viel.«

Ich atme tief durch und lasse erleichtert die Schultern sinken. »Es tut mir echt leid, was gerade passiert ist.«

Irritiert betrachtet er mich. »Dir? Das ist doch nicht deine Schuld gewesen.« Vereinzelte Schweißperlen haben sich auf seiner Stirn gebildet. Angestrengt wischt Oman sich diese aus dem Gesicht.

»Trotzdem. Du glaubst gar nicht, wie unangenehm mir diese Situation gewesen ist.« Vorsichtig senke ich meinen Blick. »Das war nur etwas Einmaliges, und ich hatte nicht vor, den Kerl wiederzusehen. Schon gar nicht vor meinem Chef.« Ein peinlich berührtes Lachen dringt aus meinem Mund.

»Ach was.« Oman schüttelt bestimmt den Kopf. »Das geht mich überhaupt nichts an. Allerdings bin ich froh, dass du den Idioten vom Hals hast. Auch wenn er zu dir sicher anders gewesen ist.«

Missmutig nicke ich. »Vielleicht habe ich es einfach nicht gemerkt. An dem Abend ging es mir weniger um seine Charaktereigenschaften.« Hitze schießt mir augenblicklich durch die Adern.

»Du hast also nicht die große Liebe gesucht?«, witzelt Oman.

»Eher schnelle Ablenkung von einem platzenden Kopf«, antworte ich knapp und folge ihm hinter die Theke. Dort sehe ich zu, wie er sich ein kühles Wasser einschenkt und mir ebenfalls ein Glas anbietet. Dankbar nehme ich einen Schluck. Als die prickelnde Kohlensäure durch meinen Hals fließt, wird mir erst bewusst, wie durstig ich eigentlich gewesen bin.

»Kurz dachte ich, die beiden ticken komplett aus. Ich habe ernsthaft angefangen, mir Sorgen zu machen«, sage ich leise.

Oman lächelt. »Das ist lieb von dir. Tatsächlich ist so was schon häufiger vorgekommen.« Er wischt sich mit dem Handrücken das Wasser aus den Mundwinkeln und zuckt mit den Schultern. »Ich bin ein Schwarzer, schwuler Mann, Maggie. Du willst gar nicht wissen, was man mir bereits an den Kopf geknallt hat.«

Auf seine Bemerkung weiß ich nichts zu sagen. Dass Oman

schwul ist, wusste ich bis gerade nicht, und es tut mir in der Seele weh, dass er anscheinend schon häufiger im Leben Erfahrungen mit Diskriminierung und Rassismus gemacht hat.

»Ist das in Köln nicht eigentlich schon längst kein Thema mehr?«, frage ich vorsichtig. Meine Verblüffung wird mir im selben Augenblick als unheimliches Privileg bewusst.

Oman nickt. »Die meisten hier interessiert zumindest meine Homosexualität nicht. Ein Grund mehr, warum wir damals hierhergezogen sind. Allerdings sind Alicia und ich in einem konservativen Dorf aufgewachsen ...«

Weiter braucht er gar nicht mehr zu sprechen, denn den Rest kann ich mir fast schon denken.

Oman kippt sich den Inhalt des restlichen Wasserglases auf einmal in den Rachen und seufzt. »Lass uns über etwas anderes reden. Du suchst Leo, oder?«

Ich zucke beim Klang seines Namens heftig zusammen und bin kurz davor, alles abzustreiten, da wird Omans Grinsen so breit, dass ich genervt die Augen verdrehe.

»Du hast immer wieder zu seinem Platz gesehen, und ich war kurz davor, dir endlich zu sagen, dass er heute Morgen schon da gewesen ist und vermutlich nicht mehr kommt.«

Schon wieder ist da dieses verfluchte Herzrasen, das Flattern in meiner Brust, das sich bei dem Gedanken an unseren Kuss in mir ausbreitet.

»Es ist kompliziert, weißt du?«, antworte ich Oman unverbindlich. »Und ich fürchte, ich sollte mit meinem Arbeitgeber nicht über Liebesangelegenheiten sprechen.« Ich versuche mich in einer todernsten Miene, die sich unmöglich halten lässt.

Mit einem Augenzwinkern husche ich an Oman vorbei und schnappe mir eine Schüssel mit Salat. Die letzte Runde Bagel wartet darauf, belegt zu werden. Und ich hoffe, dass sie den Gästen hervorragend munden wird. Mit *Schinken* oder ohne.

26. Kapitel

Maggie

»Ich treffe mich gleich mit einer Freundin in der Innenstadt«, begrüßt Alicia mich, als ich zwei Tage später in die Küche trete.

»Hm?« Immer noch schlaftrunken nehme ich eine Tasse aus dem Regal.

»Wir gehen shoppen«, flötet Alicia und schwenkt eine große Handtasche.

»Bei der Hitze?«, frage ich und werfe einen Blick auf das Außenthermometer an der Wand. »Sechsunddreißig Grad. Wollt ihr bei diesem Wetter echt in den Einkaufsstraßen brutzeln?«

Alicia grinst. »Ich brauche dringend neue Tops. Mein Kleiderschrank gibt wirklich nichts mehr her.« Sie wirft einen Blick auf meine Tasse. »Vielmehr frage ich mich, wie du bei der Hitze Himbeertee trinken kannst.«

Ich zucke mit den Schultern, gieße heißes Wasser über den Beutel und setze mich dann an den Küchentisch. »Viel Spaß. Schick mir ein Foto, wenn ich was verpasse!«

Meine Freundin hält den Daumen in die Luft, dreht sich um und lässt ein paar Sekunden später die Wohnungstür ins Schloss fallen.

Ich nehme die Tasse in meine Hand, puste und trinke vorsichtig einen Schluck, als es an der Haustür klingelt. *Das muss Alicia sein, die ihren Schlüssel vergessen hat*, überlege ich, während ich schnell in den Flur haste. Noch immer bin ich barfuß und trage nichts weiter als ein dünnes Nachthemd.

»Oh Gott«, entfährt es mir, als ich feststelle, dass an der Haustür nicht Alicia steht.

Der Typ, der mich mit einem belustigten Grinsen mustert, ist mir dennoch mittlerweile fast genauso vertraut.

»Was machst du hier?«, frage ich Leo erschrocken. Reflexartig drücke ich die Tür so weit zu, dass ich nur noch durch einen dünnen Spalt in den Hausflur sehen kann.

»Ich …« Er hebt eine Stofftüte in die Luft und lächelt vorsichtig. »… habe Frühstück dabei. Vermutlich mache ich mich langsam wirklich zum Gespött, aber ich muss mit dir reden. Kann ich reinkommen?«

Unruhig trete ich von einem Fuß auf den anderen. »Ich bin nicht angezogen.«

Ein amüsiertes Grinsen breitet sich auf seinem Gesicht aus. »Das Kleid sieht aber hübsch aus.«

Wortlos knalle ich ihm die Haustür vor der Nase zu und bleibe kurz verblüfft im Flur stehen. Mein Herz schlägt so schnell, dass ich kaum einen klaren Gedanken fassen kann.

Blitzschnell eile ich in mein Zimmer, streife das Nachthemd von meiner Haut und tausche es stattdessen gegen ein ebenso luftiges Sommerkleid aus.

Als ich die Haustür wieder öffne, lehnt Leo an einer Wand im Flur und beißt herzhaft in ein Laugengebäck.

»Oh, sorry. Das sollte nicht unhöflich sein.« Er zuckt mit den Schultern und reicht mir dann die Tüte mit den Backwaren. »Als ich die Tür an der Nase kleben hatte, wusste ich nicht, ob du noch mal wiederkommst.«

Ich mache einen Schritt zur Seite: »Komm rein.« Ich kann einfach nicht verleugnen, dass ich mich freue, ihn zu sehen.

Er nimmt einen nächsten Bissen und folgt mir in das Innere der Wohnung. »Bist du allein?«

»Willst du mich überfallen?«, frage ich und laufe vor in Richtung Küche.

»Nicht unbedingt, aber deine Herzlichkeit bringt mich beinah in Versuchung«, kommentiert Leo trocken.

Seine Worte treffen mich mehr als gedacht. Röte schießt mir ins Gesicht, und plötzlich fühle ich mich ganz verunsichert.

»Möchtest du etwas trinken?« Ich kann es kaum abwarten, mich für einen Moment von ihm abzuwenden. Das letzte Mal, als wir gemeinsam in dieser Küche gestanden haben, ist wenige Sekunden später ein Teller zu Bruch gegangen.

»Vielleicht ein Wasser«, antwortet Leo leise. Er steht immer noch im Türrahmen.

»Du kannst dich ruhig hinsetzen, wenn du magst«, sage ich und lege den Kopf leicht schief. Seine Anwesenheit macht mich so nervös, dass mir für einen Moment die Worte fehlen.

»Ich habe dich gestern im Café vermisst.«

»Ich hatte frei.«

»Das habe ich dann auch erfahren.« Leo lässt sich auf einen Stuhl sinken und greift schließlich nach dem Glas, das ich vor ihn auf den Tisch gestellt habe. »Sorry, dass ich einfach vorbeigekommen bin.«

Ich beiße mir auf die Lippe und weiche seinem fragenden Blick aus.

»Ich hätte dich ja nicht reinlassen müssen«, sage ich vage. Es gelingt mir nicht, gedanklich eine Entscheidung zu treffen. Darf ich mich über seine Anwesenheit einfach so freuen?

»Maggie, ich möchte mit dir reden.« Leo steht auf und ist in zwei Schritten neben mir. Plötzlich sind wir uns so nah, dass ich mich nicht mehr traue, Luft zu holen.

»Reden«, wiederhole ich, um mir einen Moment Zeit zum Denken zu verschaffen.

»Ja, reden. Ich habe es wirklich versucht.« Er streckt seine Hand aus und berührt mich vorsichtig am Unterarm. »Ich habe mir Mühe gegeben, dir Zeit zu lassen, aber das zwischen uns verwirrt mich immer mehr.«

Ich fahre mir hektisch mit der Hand über das Kleid, als könne ich eine imaginäre Falte glatt streichen. »Es macht mich verrückt. Das alles. Mir macht das alles Angst, Leo. Du verstehst das nicht.«

Leo nickt. »Genau. Ich verstehe das nicht. Ganz einfach, weil du nicht versucht hast, es mir zu erklären.«

Womit er nicht ganz unrecht hat. Ich sehe mich nervös in der Küche um, als könne mich irgendetwas vor dieser Unterhaltung bewahren.

Genau in diesem Moment vibriert Leos Telefon. Er zieht es aus seiner Hosentasche, und ich meine zu erkennen, wie sich sein Gesicht verhärtet.

»Da muss ich kurz drangehen.«

Ehe ich mich's versehe, hat Leo sich umgedreht und ein Gespräch angenommen.

»Ich habe doch gesagt, ich melde mich«, sagt er leise ins Telefon.

Seine Körperhaltung wirkt verkrampft, und der Ton, in dem er spricht, ist deutlich gereizter als sonst.

Ich decke so leise wie möglich zwei Teller auf den Frühstückstisch und lasse mich auf einen der Stühle sinken. Ein paar Sekunden später ist das Gespräch auch schon beendet, und Leo wendet sich mir wieder zu.

»Alles okay?«, erkundige ich mich verunsichert.

»Meine Mutter.« Er setzt sich auf den Stuhl gegenüber von mir und greift in die Brottüte.

»Scheint so, als sei *elternig* für dich ein anderes Adjektiv für *schwierig*.«

»Wir haben ein angespanntes Verhältnis. Vor allem seitdem ich mein Studium abgebrochen habe, um Schriftsteller zu werden. Wusstest du, dass weniger als ein Prozent der Autoren von ihren geschriebenen Texten leben können?«

Erstaunt schüttele ich den Kopf. »Du weißt halt erst später, ob es funktioniert. Und ich denke, dass die meisten Menschen sich in ihrem Leben mal so eine Frage gestellt haben: Was wäre, wenn ich den Job damals angenommen hätte? Was wäre, wenn ich das Risiko eingegangen wäre?«

Leo nimmt einen Schluck seines Wassers. »Und du, Maggie? Vielleicht stellst du dir diese Frage auch später. Was wäre, wenn ich Leo damals einfach eine Chance gegeben hätte?«

Ich verschlucke mich beinah an meinem Brot und setze blitzschnell ein Grinsen auf. »Eine Chance worauf?«

»Eine Chance zu verstehen, warum du mich damals abgestoßen hast, und vor allem, warum du es mir so schwer machst, Zeit mit dir zu verbringen.«

Augenblicklich spannen sich meine Muskeln an, und doch verharre ich in einem starren Lächeln. »Wir verbringen doch Zeit miteinander.« Ich hebe meine Teetasse an und proste ihm symbolisch zu.

»Ach, Maggie.« Er verdreht die Augen. »Du weißt genau, wie ich das meine.« Mit der rechten Hand höhlt er die obere Seite seines Brötchens aus und lässt den fluffigen Teig auf den Teller fallen.

»Du hast mir nie von deinem Buch erzählt, weißt du das?«, führe ich unser Gespräch zurück zu seinem Ursprung.

Leo zuckt mit den Schultern. »Da gibt es nicht viel zu erzählen. Ich habe eine Agentur gefunden, die mein Projekt Verlagen angeboten hat. Und ein Verlag hat es genommen. Das ist unglaublich. Unglaublich und beängstigend zugleich. Denn es ist anders geworden, seitdem ich nicht mehr nur für mich schreibe.«

»Nicht mehr für dich? Du schreibst doch immer noch, weil es dir Freude bereitet?«, frage ich nach und stütze meinen Arm auf dem Tisch auf.

»Schon. Aber jetzt muss es besser sein.«

»Unsinn! Du hast sie mit dem überzeugt, was du bereits geschrieben hast. Sie hätten dich sonst nie genommen.«

Leo zuckt mit den Schultern. »Ist nun einmal mein eigener Anspruch an mich. Und was ist, wenn ich das nicht durchhalte?«

»Vermutlich sollte ich dir sagen, dass du es schaffen wirst. Dass du ein erfolgreicher Schriftsteller werden wirst. Aber das kann ich nicht wissen, und ich hasse es, mit leeren Versprechungen um mich zu werfen.«

Leo reagiert nicht darauf und betrachtet mich nur interessiert, sodass ich weiterspreche.

»Aber was ich dir sagen kann, ist, dass du es dennoch versuchen musst. Mein Vater hat früher immer gesagt …« Ich räuspere mich und senke die Stimme, um tiefer zu sprechen. »… Maggie, du kannst und musst nicht alles im Leben schaffen. Aber du kannst immer alles versuchen.«

Leo hält in seiner Bewegung inne, er scheint über diese Worte kurz nachzudenken. »Den Satz werde ich mir merken.«

»Unbedingt«, sage ich und schiebe mir das letzte Stück meines Brötchens in den Mund. »Hast du heute noch etwas vor? Wenn du es mit deinem Gewissen vereinbaren kannst, dass du mich von meiner Hausarbeit abhältst, könnten wir zum Aachener Weiher laufen und die Gänse füttern«, schlage ich vor und fege mit dem Zeigefinger die Krümel auf meinem Teller zusammen.

»Oh Hausarbeit ... Ich nehme an, mit der Schuld kann ich leben.«

• • •

»Zehn Grad weniger wären auch nett«, stöhnt Leo, als wir über den schattenfreien Bürgersteig in Richtung Aachener Weiher laufen.

»Im Winter wünschen sich die Leute Sommer, im Sommer Winter«, kommentiere ich und löse einen Fuß aus meinen Flipflops. Die Hitze brennt auf meiner Haut, als ich meine Zehen vorsichtig auf den Asphalt drücke. »Als Kind haben wir daraus ein Spiel gemacht. Wer barfuß am längsten auf den Platten am Schulhof aushält, gewinnt.«

»Kinder sind grausam.« Leo lacht und wischt sich mit dem Arm über die Stirn.

»Ich war eine typische Mitläuferin, ständig von der Angst erfüllt, ausgeschlossen zu werden«, gestehe ich und schlüpfe wieder in meinen rechten Flipflop.

»Das kann man gar nicht glauben. Auf mich wirkst du sehr selbstbewusst«, meint Leo und betrachtet mich von der Seite.

»Manchmal habe ich das Gefühl, das wechselt schneller, als ich denken kann. In einem Moment traue ich mir alles zu. Ich fühle mich stark, beinah beflügelt. Doch dann mache ich mir wieder unendlich viele Gedanken, was andere über mich denken.«

Leo zuckt mit den Schultern. »Ein bisschen geht es mir so ja auch mit dir. Du bist echt unberechenbar.«

»Dann wird dir wenigstens nicht langweilig.« Ich schirme mir mit der Hand die Sonne vom Gesicht ab und zeige in die Ferne. »Dahinten beginnt die Grünfläche. Ich kann es kaum abwarten, mich in die Sonne zu legen.«

Wir beeilen uns, noch vor einer Gruppe Touristen die große Wiese um den Aachener Weiher zu erreichen.

Die meisten Stellen sind belegt, von überall dringen Stimmen, und einige Leute haben sogar einen Grill mitgebracht.

»Hast du Lust auf ein Eis?«, fragt Leo.

Ich hatte ganz vergessen, wie leicht es sich anfühlt, Zeit mit Leo zu verbringen. In meiner Brust hat sich zum ersten Mal seit Tagen ein dicker Knoten gelöst, und ich nicke heftig. »Ein Fruchteis wäre toll.«

Wir laufen zu einem kleinen Stand und bestellen jeweils zwei Kugeln.

»Letztes Jahr haben Alicia und ich hier für die Uni gelernt. In der Wohnung war es kaum auszuhalten«, erzähle ich und nehme einen kleinen Löffel Eis in den Mund.

»Macht dir dein Studium Spaß?«, fragt Leo und stellt seinen Rucksack zwischen die Füße. Mir fällt erst in diesem Augenblick auf, dass er ihn überhaupt mitgenommen hat.

»Die meiste Zeit, ja«, antworte ich und überlege. »Es kam sicher schon häufiger vor, dass ich gezweifelt habe. Ich bin älter als viele der anderen, weil ich später angefangen habe. Anfangs hat mich das unter Druck gesetzt, aber ich denke, dass es keine Rolle spielen sollte, wann man seinen richtigen Weg findet. Hauptsache, man findet ihn.«

»Das stimmt.« Leo sieht sich auf der Wiese um. »Magst du dich irgendwo hinsetzen?«

Ich folge ihm langsam näher an das Wasser, doch der Platz scheint ziemlich knapp zu sein. »Vermutlich sind wir bei dem Wetter ein bisschen spät.«

Genau in dieser Sekunde spüre ich den Blick eines blonden Typen auf mir. Ich will verlegen wegsehen, da höre ich Leo laut »Hallo« rufen. Anders als bei seiner Mutter am Telefon wirkt er diesmal tatsächlich entspannt.

»Da-damit haben wir nicht gerechnet.« Der Typ ist sofort bei uns, klopft Leo kumpelhaft auf die Schulter und mustert dann erneut mich. Ein Grinsen zeichnet sich auf seinem Gesicht ab. Er wartet darauf, dass Leo mich vorstellt, doch der sieht ein bisschen überfordert aus.

»Maggie«, sage ich und reiche dem Blonden zögerlich die Hand.

»Ju-Julian«, stellt er sich vor. »Wir ...« Er deutet zuerst auf Leo, dann auf sich. »Wir si-sind Freunde.«

Ehe einer von uns auf Julian reagieren kann, taucht ein zweiter Typ hinter ihm auf. Er hat pechschwarzes Haar, einen südländischen Teint und trägt blau karierte Shorts. »Zufälle gibt's. Wir wussten gar nicht, dass du auch kommst«, sagt er zu Leo.

»Und er i-i-ist nicht alleine unterwegs«, bemerkt Julian. Röte steigt mir ins Gesicht, als der zweite Typ auf mich aufmerksam wird. »Oh no, wie unhöflich. Wahrscheinlich war ich so perplex, Leo hier zu sehen. Ich bin Tarek.«

Erneut stelle ich mich mit Namen vor und ernte fragende Blicke. »Wir sind Freunde«, erkläre ich also, ohne Leos Reaktion abzuwarten. »Eigentlich wollten wir hier nur ein bisschen abhängen, aber bei dem Wetter sind wir mit dem Vorhaben wohl nicht die Einzigen.«

Tarek nickt. »Wenn ihr mögt, könnt ihr mit zu unserer Decke.«

Er wirft Leo einen verschwörerischen Blick zu. »Philipp hat seine Freundin mitgebracht.«

Ich drehe mich zu Leo um, der mich fragend anschaut. »Ist das okay?«

Eigentlich wäre ich lieber mit Leo allein gewesen. Dennoch nicke ich. »Klar.«

Mitten auf der Wiese, nicht weit von uns entfernt, sitzt ein Pärchen eng beieinander und fixiert uns beim Näherkommen. Das Mädchen hat lange braune Haare, die zu einem Zopf geflochten sind, trägt einen grauen Sommerrock und ein weit ausgeschnittenes Top. Ihr Freund, der seinen Blick kaum von ihr lösen kann, erinnert mich mit seinen dunklen Locken ein bisschen an Harry Styles.

»Wir haben euch noch zwei mitgebracht«, merkt Tarek an und lässt sich auf eine große Picknickdecke fallen. »Ich weiß nicht, was uns mehr überrascht hat. Dass wir Leo hier getroffen haben oder dass er in Begleitung ist.« Er grinst und greift sich Waffeln von einem Teller.

Die beiden Schwerverliebten lösen sich aus ihrer Zweisamkeit. »Ich bin Philipp, und das ist meine Freundin Linda.« Das Mädchen lächelt und winkt mich mit einer freundlichen Handbewegung zu sich auf die Decke.

Kurz überlege ich, auf Leo zu warten, doch er scheint mit Julian in ein Gespräch verwickelt zu sein. Also lasse ich mich auf die Decke sinken und versuche, mir von meiner Unsicherheit nichts anmerken zu lassen.

»Ich dachte schon, ich bin die einzige Frau in der Runde.« Linda lacht. »Seid ihr schon lange zusammen?«

Ehe ich antworten kann, spüre ich eine Hand auf meiner Schulter und wende mich um. Leo ist hinter mir aufgetaucht.

»Jetzt lernen wir uns auch endlich kennen«, sagt er in Lindas

Richtung. »Ich bin Leo.« Er hockt sich neben mich auf den Boden und sucht meinen Blick.

»Wir sind Freunde«, versuche ich vor Linda klarzustellen. Gleichzeitig frage ich mich, warum mir das so wichtig ist. Dass sie Leo für meinen festen Freund gehalten hat, lässt mein Herz auf einmal so viel schneller schlagen.

Doch ehe ich länger darüber nachgrübeln kann, werden wir beide in eine Unterhaltung verwickelt, und ich komme kaum noch dazu, Leo auch nur von der Seite zu beobachten, geschweige denn ein tiefsinniges Gespräch mit ihm zu starten.

Die Zeit vergeht wie im Fluge. Der Waffelteller leert sich in einem atemberaubenden Tempo, und auch die Wiese um uns herum kommt mir irgendwann nicht mehr so überfüllt vor wie am Mittag.

»Wir gehen heute Abend noch was trinken. Möchtet ihr nicht mitkommen?«, fragt Philipp und sieht zuerst in die Runde, dann zu Leo und mir.

Ich spüre augenblicklich, wie sich mein Bauch verkrampft. Den ganzen Nachmittag haben wir in der Gruppe verbracht, und obwohl alle unheimlich aufgeschlossen gewesen sind, spüre ich den Wunsch, endlich entspannt durchatmen zu können und mit Leo allein zu sein.

Leo betrachtet mich nachdenklich und schüttelt dann den Kopf. »Das nächste Mal. Wir haben heute Abend schon etwas anderes vor.«

Ich gehe felsenfest davon aus, dass nun eine Rückfrage kommt oder jemand versucht, uns zu überreden, doch es folgt nichts dergleichen.

Linda beginnt, das Besteck wegzuräumen, Julian und Philipp rollen gemeinsam die Decke ein, und Tarek nimmt mich zuerst in eine lockere Umarmung. »War schön, dich kennenzulernen.«

Ich lächele ihn freundlich an. »Fand ich auch.«

Wir verabschieden uns nacheinander von der Truppe und entfernen uns zu zweit vorerst schweigend vom Weiher, bis ich die Stille breche: »Warum waren alle so erstaunt, dass du im Sommer bei über fünfunddreißig Grad am Wasser auftauchst?«

Leo sieht mich von der Seite an und grinst dann. »Das hast du dir gemerkt?«

Ich zucke mit den Schultern. »Zuerst Julian und dann Tarek. Beide schienen richtig überrascht. Dabei ist das doch ein beliebter Platz, wenn man relativ zentral wohnt.«

»Während des Studiums war das bei mir alles anders«, erklärt Leo. »Wir waren in der Uni oft zusammen. Auch, wenn wir nicht alle das Gleiche studieren. Manchmal sind wir beim Sport gewesen oder haben uns zum Lernen getroffen. Als ich mich selbstständig gemacht habe, ist sehr viel Zeit verloren gegangen, und ich konnte bei den Gesprächen weniger mitreden. Irgendwann haben sie seltener gefragt und auch Dinge ohne mich unternommen.«

Ich schlucke. »Sie scheinen sich aber wirklich gefreut zu haben.«

Leo lächelt. »Sie waren nur neugierig. Wegen dir.«

Lachend schüttele ich den Kopf. »Gar nicht wahr. Sie vermissen dich. Das merkt man auf der Stelle. Vielleicht wollen sie dich einfach nicht mehr bedrängen.«

»Ja, vielleicht.« Er stupst mit der Schulter sanft gegen meine. »Du hast für meine Probleme immer eine Antwort parat, aber kannst es nicht ab, über deine eigenen zu sprechen. Kann das sein?«

Ich bücke mich, um ein Gänseblümchen vom Rand zu pflücken. »Deshalb will ich Therapeutin werden. Aus der Entfernung sehen die Sorgen nämlich viel überschaubarer aus.«

Leo sieht mich irritiert an. »Lautet eine der wichtigsten Regeln in der Psychotherapie nicht, dass man über alles sprechen kann? Warum gilt das nicht für dich?«

»Weil die zweitwichtigste Regel lautet, dass man seinem Gegenüber vertrauen können muss.« Als die Worte meinen Mund verlassen haben, ist es, als würde auf Leos Gesicht das Lächeln sterben.

»Und das kannst du nicht?«

»Vielleicht. Vielleicht auch nicht. Das muss ich noch herausfinden.« Ich versuche, die Situation zu retten, und bleibe direkt vor ihm stehen. »Zum Beispiel, indem ich dich heute Abend zum Essen einlade.«

»Widerspricht das nicht deinem Vorsatz, mich nicht näher an dich ranzulassen?«, fragt Leo und hebt eine Augenbraue.

»Dieser ganze Tag widerspricht meinen Vorsätzen«, betone ich und ziehe mein Telefon aus der Tasche. »Also? Asiatisch? Italienisch? Mexikanisch?«

Achselzuckend geht Leo weiter. »Entscheide du. Wenn es nicht gut wird, kannst du mich nicht dafür verantwortlich machen, dass unser erstes offizielles Date schiefgeht.«

Meine Miene verdunkelt sich. »Das ist kein Date. Das hier ist ein Treffen unter Freunden.«

»Meinetwegen.« Er kann sein Schmunzeln nicht unterdrücken. »Aber dann pass gut auf, dass du dich nicht in mich verliebst.«

Ich winke ab. »Glaub mir, das kostet mich keine Mühe.« Vielleicht, füge ich im Geiste hinzu, weil ich im Grunde längst weiß, dass es dafür schon zu spät ist.

27. Kapitel

Leo

Wir sitzen schon über eine halbe Stunde im Außenbereich des Restaurants und warten auf unser Essen. Während Maggie angefangen hat, den Bedienungen vor Ungeduld strenge Blicke zuzuwerfen, habe ich begonnen, ihr zufällige Fragen zu stellen.

»Was ist deine Lieblingsfarbe?«

»Orange.«

»Warum Orange?«

»Weil niemand Orange mag.«

»Das ist keine Begründung.«

»Oh doch«, behauptet Maggie.

Sie erzählt mir die Geschichte von ihrem Kater Romeo, den ihre Familie als Kind aus dem Tierheim adoptiert hatte. »Er war der vermutlich hässlichste Kater, den sie uns zeigten, aber meine Mutter behauptete, wenn wir ihn nicht retten, werde es kein anderer tun. Und dann würde Romeo sein ganzes Leben im Tierheim verbringen. Weil alle Menschen immer nur Kitten suchen. Seitdem habe ich eine Vorliebe für vieles, was andere hässlich finden.«

Ich schärfe meinen Blick. »Sollte ich das persönlich nehmen?«

Sie nickt. »Unbedingt. Wäre das nicht der Fall, hätte ich dir schon längst gesagt, dass du deine Haare schneiden lassen solltest.«

Ich will beleidigt protestieren, da lacht sie vergnügt auf. »Nur ein Spaß. Deine Frisur steht dir. Wirklich. Und bilde dir da jetzt bloß nichts drauf ein, sonst muss ich mit meinen Komplimenten sparsamer umgehen.«

»Noch sparsamer?«

Sie antwortet auf die Frage mit einem Grinsen. »Welche ist deine Lieblingsfarbe?«

Keine Ahnung. Ich wusste nicht, ob ich so etwas überhaupt habe. »Blau vielleicht?«

»Warum?«

Auch darauf weiß ich nichts zu sagen. Deshalb beschließe ich, mit einer Gegenfrage zu antworten.

»Welche drei Gegenstände würdest du mit auf eine einsame Insel nehmen? Telefon gilt nicht!«

Maggie schüttelt den Kopf. »Bei der Frage muss ich mich leider enthalten. Ich werde mich niemals für drei Dinge entscheiden können. Sorry!«

»Dann hoffen wir, dass es nie so weit kommt«, entgegne ich mit einem Schmunzeln auf dem Gesicht.

»Wie würdest du dich denn entscheiden?«

Ich muss nicht lange überlegen. »Meinen Laptop, gute Laufschuhe und eine Mikrowelle. Vorausgesetzt natürlich, ich habe Strom.«

»Lasse ich durchgehen. Hmmm ... hast du einen Lieblingsort in Köln?«

Ich nicke. Doch bevor ich antworten kann, bringt die Kellnerin endlich unser Essen an den Tisch. Mein Magen knurrt mittlerweile fast so laut wie die Musik, die durch den Außenbereich des Restaurants dringt.

Augenblicklich versenke ich meinen Löffel im Curry und führe ihn langsam an den Mund, ohne mich zu verbrennen.

Kaum habe ich einen Bissen gekostet, verziehe ich automatisch das Gesicht. Das Essen ist vollkommen versalzen.

Weil ich den Abend nicht ruinieren möchte, überspiele ich mein Entsetzen mit einem Grinsen und nehme widerwillig einen nächsten Löffel.

»Wo waren wir stehen geblieben?« Vielleicht kann mich das Fragenspiel ja ein bisschen von dem grausamen Geschmack des Currys ablenken.

Maggie zuckt mit den Schultern. »Lieber ausgehen oder einen gemütlichen Abend zu Hause verbringen? Ich bin definitiv Team Letzteres.« Maggie nimmt einen Schluck ihres Sprudelwassers. »Ich habe jahrelang versucht, cool zu sein, wirklich«, beteuert sie. »Aber es hat einfach nicht funktioniert. Und du?«

Erst jetzt widmet sie sich ihrem Teller und pustet vorsichtig. »Schmeckt das gut?«

Ich zucke bei ihrer Frage beinah zusammen. »Ja, alles bestens. Und dass du uncool bist, stört mich nicht. Sonst würdest du vermutlich kaum Zeit mit mir verbringen. Ich meine, ich bin Studienabbrecher, Träumer ...«

»Ach du Scheiße.«

Ich will gerade entgegnen, dass ihre Bemerkung trotzdem etwas übertrieben ist und dass es auch Vorteile haben kann, mit einem Möchtegernautor Zeit zu verbringen, da merke ich, dass sich ihre Reaktion nicht auf mich bezieht, sondern auf ihren eigenen Teller. »Ich habe gehofft, deins ist besser«, entfährt mir ein Seufzen.

Maggie hebt den Kopf und betrachtet mich irritiert. »Der Koch muss schwer verliebt sein. Ist dein Essen auch so versalzen?«

Ich fange an zu lachen. »Und ob. Was sage ich denn nun meinem Magen?«

Maggie schlägt sich amüsiert mit der Hand gegen die Stirn. Dann steht sie von ihrem Stuhl auf. »Jetzt klären wir erst einmal, dass niemand von uns für das Essen bezahlt.«

»Magst du Pfannkuchen?«, fragt Maggie, als wir immer noch hungrig das Restaurant verlassen. Man hatte uns ein neues Curry angeboten, aber angesichts der Wartezeiten haben wir uns dagegen entschieden.

»Nur, wenn sie nicht versalzen sind.«

Maggie verdreht die Augen. »Sieht man mir nicht an, dass ich die weltbesten Bananenpfannkuchen der Welt machen kann?«

»Weltbesten Pfannkuchen der Welt, soso.« Ich mache eine demonstrative Pause und tue so, als würde ich überlegen. »Jetzt, wo du es sagst. Es hätte mir vorher auffallen müssen.«

Sie grinst zufrieden. »Wenn du nichts dagegen hast, kann ich bei mir welche zaubern.«

Und ob ich nichts dagegen habe … Nicht nur mein Magen wirkt über diesen Vorschlag wirklich erfreut, sondern auch mein Herz beginnt, schneller zu klopfen. »Das heißt, wir gehen bei unserem ersten Date schon zu dir?«

»Das ist kein Date«, wiederholt Maggie.

»Nur ein Treffen unter Freunden, schon klar.« Ich lege vorsichtig einen Arm um sie, spüre, wie sich ihre Muskeln unter meinen Berührungen verkrampfen. »Maggie.« Sofort zwinge ich sie, stehen zu bleiben. Ich mache einen Schritt vorwärts und drehe mich, um ihr direkt in die Augen zu sehen. »Du musst dir keine Sorgen machen.«

Sie beißt sich verunsichert auf die Unterlippe. »Ich mache mir keine Sorgen.«

Ganz langsam strecke ich meine Hand aus und berühre sie vorsichtig am Arm. Ich möchte Maggie keine Sekunde aus den Augen lassen, doch das erweist sich als nicht so einfach. Immer wieder verliere ich ihren Blick.

»Du machst dir sehr wohl Sorgen«, bemerke ich und ziehe meine Hand zurück.

Maggie schüttelt den Kopf. »Es ist mir einfach nur unangenehm, wenn du mich anfasst.«

Ich mache einen Schritt zur Seite, um ihr aus dem Weg zu gehen, und nicke dann. »Das wollte ich nicht. Tut mir leid. Ich wusste nicht, dass ...«

»Warte.« Maggie lächelt entschuldigend. »Ich habe keine Berührungsängste, wenn du das denkst.« Sie streicht sich eine Haarsträhne aus dem Gesicht und geht schließlich weiter. »Es ist nur so, dass ich komplett verschwitzt bin.«

Jetzt muss ich lachen. »Und das ist dir so unangenehm?«

Sie zuckt mit den Schultern. »Bescheuert, ich weiß.«

Ich lege einen Zahn zu, um sie aufzuholen. »Nein, nur etwas, worüber ich mir keine Gedanken gemacht habe. Aber dafür sind mir andere Sachen unendlich peinlich.«

»Und was?«, horcht sie mit neugieriger Miene nach.

Kurz denke ich nach. »Das eben ein bisschen«, gebe ich schließlich zu.

»Eben?«

Achselzuckend bejahe ich. »Vermutlich hätte ich das Essen einfach bezahlt und so getan, als habe es mir geschmeckt. Dann wäre ich gegangen und nie mehr wiedergekommen.«

Maggie reißt den Mund auf. »Und das ganze Geld umsonst ausgegeben?«

»Ich sage doch, ich bin der Letzte, der die unangenehmen Empfindungen anderer Leute bespotten sollte«, gebe ich belustigt von mir.

Mit ausreichend Abstand, damit sich unsere Schultern bloß nicht zufällig berühren, gehen wir nebeneinanderher zur Bahnhaltestelle.

Wir sind nicht mehr lange unterwegs, vielleicht zwanzig Minuten, bis wir ausgehungert die WG betreten. Maggie besteht darauf, sich zuerst frisch zu machen, bevor sie kurz darauf die Vorräte inspiziert. »Ich denke, wir haben alles da.«

Vorfreudig lasse ich mich auf einem Stuhl nieder und beobachte, wie Maggie alle Zutaten in eine Rührschüssel kippt.

»Wo ist Alicia?«, erkundige ich mich.

»Vermutlich noch unterwegs. Wir melden uns nicht andauernd beieinander ab. Außer für Dates. Man weiß ja nie, was das für Menschen sind.«

»Hey, mit mir bist du damals auch nach Hause gegangen«, erinnere ich sie.

Maggie winkt ab. »Wem hätte ich denn auch Bescheid sagen sollen? Meiner Mutter?«

Stimmt. Damals hat sie noch allein gewohnt. Trotzdem erschien mir ihre impulsive Entscheidung schon damals als ... gewagt?

»Ihr datet also regelmäßig?«, frage ich.

Sie dreht sich um und lehnt sich zögerlich gegen die Küchentheke. »Es geht. Seit Alicia nicht mehr mit Timon zusammen ist, geht sie öfter raus, und ich freue mich für sie. Hoffe nur, dass sie auf sich aufpasst.«

Verdammt, ich interessiere mich nicht für ihre Mitbewohnerin, sondern für sie. Und ich vermute schwer, dass Maggie genau das weiß. Das Lächeln, mit dem sie mich fixiert, ist zuckersüß und frech zugleich.

»Ich mache derzeit eine Pause.«

Kaum hat sie den Satz beendet, macht Maggie sich daran, die Zutaten mit einem Handmixer zu einem flüssigen Teig zu rühren.

»Woran liegt's?«, horche ich nach.

»Keine Zeit«, kommt es abrupt von ihr zurück.

Ich kann mir ein Lachen nicht verkneifen. »Das sagst du, während du den ganzen Tag mit mir unterwegs gewesen bist und nun Pfannkuchen backst.«

Maggie wirft mir einen bitterbösen Blick über die Schulter zu. »Das sagst du, nachdem du mit mir den ganzen Tag unterwegs gewesen bist, obwohl du seit Monaten kaum noch deine Freunde triffst.«

Der Teig fängt in der Pfanne an, laut zu brutzeln, und ich beschließe, mich jetzt nicht von ihr aus dem Konzept bringen zu lassen. »Das nennt man halt Prioritäten. Du bist mir einfach wichtig«, sage ich wahrheitsgemäß.

»Okay«, sagt Maggie zögerlich und kratzt sich nervös am Arm. Ich kann mir denken, dass sie mein kleines Geständnis überfordert hat.

»Und du isst deine Pfannkuchen wirklich mit Banane?«, wechsele ich das Thema.

»Immer«, antwortet sie wie aus der Pistole geschossen.

»Das habe ich tatsächlich noch nie gehört. Die meisten essen sie mit Schokocreme, oder?«

Gleichgültig zuckt sie mit den Schultern. »Dann musst du jetzt offen für etwas Neues sein.«

Damit kann ich leben. »Nachdem ich erfahren habe, dass du die weltbeste Pfannkuchenbäckerin der Welt bist, habe ich keine Bedenken«, nehme ich ihren Versprecher von eben mit auf.

Maggie muss schmunzeln. Sie widmet sich wieder konzentriert ihrer Pfanne, und ich sehe zu, wie sie eine reife Banane in dünnen Scheiben über den halb gebackenen Teig schneidet. Wenige Augenblicke später landet der erste Pfannkuchen auf meinem Teller. Der süße Geruch zieht mir direkt in die Nase, und ich kann nicht anders, als hungrig aufzustöhnen. »Das riecht pornös.«

»Das schmeckt auch pornös. Du kannst schon anfangen.«

Als Maggie erneut Teig in das heiße Öl gießt, schneide ich mir gierig ein großes Stück ab und stecke es in den Mund. »Erwartungen erfüllt, wenn nicht sogar übertroffen.«

Maggie setzt sich gegenüber von mir an den Tisch und grinst. »Das einzige Gericht, was mein Vater auf die Reihe bekommt. Wenn meine Mutter nicht zu Hause war, gab es also immer nur Pfannkuchen. Und während beide ein schlechtes Gewissen hatten, weil wir nichts Vernünftiges zu Mittag bekamen, habe ich mich vorher schon tagelang drauf gefreut.«

»Das wäre bei uns genauso gewesen. Hätte der liebe Herr dann nicht irgendwann ein Kindermädchen eingestellt.«

Maggie sieht mich interessiert an. »So wie im Film?«

»Je nachdem, was du für Filme guckst. Die meiste Zeit war sie in Ordnung.« Ich stecke mir das letzte Stück Pfannkuchen in den Mund.

»Kennst du *Mary Poppins*?«

Sofort muss ich lachen. »Das wäre vermutlich zu übertrieben. Also sicher nicht auf diese Weise in Ordnung.«

»Schade«, seufzt Maggie und runzelt die Stirn. Wortlos vertilgt sie ihren Pfannkuchen. Mir fällt nichts ein, was ich sagen könnte, um das Schweigen zu brechen. Deshalb sehe ich einfach aus dem Küchenfester auf die unbefahrene Straße.

»Du bist mir auch wichtig.«

Ich zucke beinah zusammen, als Maggie mich aus den Gedanken reißt. Erst einen Moment später wird mir bewusst, was sie da gerade gesagt hat.

Um meine Mundwinkel zuckt ein Lächeln.

»Weil du gesagt hast, dass man Prioritäten setzt. Vielleicht war es mir wichtiger, heute Zeit mit dir zu verbringen.«

Mein Herz rast. Ich weiß genau, wie viel diese Offenbarung für Maggie bedeutet.

»Auf die meisten meiner Dates bin ich gegangen, um mir nicht eingestehen zu müssen, wie ungern ich allein bin.« Ihre Stimme bricht.

»Niemand ist gerne allein«, sage ich langsam.

»Sag das nicht. Niemand ist gerne einsam. Es gibt viele Menschen, die gerne allein sind«, überlegt Maggie.

Ich muss ihr recht geben. »Allein und einsam, da ist definitiv ein Unterschied. Du bist nicht gerne allein?«

Sie nickt kurz. »Wenn ich allein bin, verrenne ich mich zu schnell in meinem Kopf. Ich jage jedem Gedanken nach, der auch nur kurz aufploppt. Sobald es still um mich herum wird, werde ich mir meines inneren Chaos bewusster. Ergibt das Sinn für dich?«

Schon bei der Vorstellung werde ich ganz unruhig.

»Sinn ja. Aber ich stelle mir das ständige Weglaufen vor den eigenen Gedanken ziemlich anstrengend vor.«

»Es ist auch anstrengend.« Sie greift nach ihrem Teller und dreht ihn langsam im Kreis.

Ohne es verhindern zu können, muss ich wieder an die Scherben auf dem Küchenboden denken, an die Wut, die hinter Maggies Augen geflackert hat, als ich das erste Mal diese Wohnung betreten habe.

»Und du?«, fragt sie und verharrt in ihrer Bewegung. »Bist du gerne allein?«

»Wenn das heißt, ob ich gut mit mir allein Zeit verbringen kann, dann ja«, antworte ich. »Ich brauche das zum Auftanken. Das nennt mal wohl introvertiert.«

»Vermutlich«, stimmt Maggie zu. »Und hast du auch Dates?«

»Die letzten Monate habe ich mich nur aufs Schreiben konzentriert. Von daher nicht.«

Mit klopfendem Herzen warte ich, ob es ihr eine Reaktion entlockt. Doch Maggie streicht sich nur mit der linken Hand durch die Haarspitzen und nickt dann. Schließlich steht sie auf, räumt nacheinander unsere Teller in die Spüle und bleibt dann unschlüssig mitten zwischen Tisch und Theke stehen.

»Leo.« Ehe ich klar denken kann, steht Maggie direkt vor mir. Ich spüre ihren Atem auf meiner Haut. Doch ihre Stimme geht in dem heftigen Pulsieren unter, das auf einmal durch mein Trommelfell schießt.

»Maggie«, sage ich ihren Namen, stehe langsam auf und verliere mich in ihrem Blick.

»Weißt du, ich würde dich gerade einfach verdammt gerne küssen …«, flüstert sie, dicht an mein Ohr gepresst.

Allein ihre Stimme und das, was sie sagt, lässt meine Hose enger werden. Ich spüre die Erektion gegen mein Bein drücken und bekomme kaum mehr als die Frage »Warum tust du es dann nicht?« heraus.

Zögerlich streckt sie ihre Hand in meine Richtung und berührt mich an meinem Hals. Hitze schießt durch meinen Körper, genau an die Stelle, an der wir durch ihre Finger verbunden sind. Ich fühle einen köstlichen Schmerz, der nicht viel mehr als ein klägliches Bitten um Erlösung ist.

»Weil ich dann nicht mehr aufhören könnte«, haucht sie. »Ich könnte nicht mehr aufhören, dich zu küssen, Leo. Heute nicht. Morgen nicht. Vielleicht gar nicht mehr.«

Meine Brust scheint jeden Augenblick zu explodieren. Aber es ist nur mein verzweifeltes Herz, das sie fest an mich ziehen möchte. »Dann tu es nicht. Dann hör niemals auf.«

28. Kapitel

Maggie

Die ganze Woche schwebe ich wie auf Wolken. Leo sitzt im Café auf seinem Stammplatz und sieht immer wieder auf, wenn ich mit einem Tablett an ihm vorbeigehe. Am liebsten würde ich nur noch zu ihm hinübergehen und eine neue Bestellung aufnehmen. Doch das Café ist mit Gästen gefüllt, sodass ich kaum eine ruhige Minute habe.

»Du wirkst zufrieden. Gelöster als sonst«, sagt Alicia, als ich von der Arbeit nach Hause komme. Ich bin ihr in die Küche gefolgt und lasse mich gut gelaunt auf einen der Stühle sinken.

»Vielleicht. Vielleicht auch nicht.« Ich unterdrücke ein Grinsen, lege den Kopf in den Nacken und lächle.

»Was bist du denn so eine Geheimniskrämerin? Sonst erzählst du mir doch auch mehr von deinen Dates.«

Ich winke ab. »Da geht es meist ja auch nur um Sex.«

»Ach, komm schon. So entspannt wie jetzt wirst du wohl kaum aussehen, wenn ihr nur Händchen haltet.« Meine Freundin grinst.

»Du wirst es nicht glauben, aber bisher haben wir uns nur geküsst. Für mehr gab es ja nicht die Gelegenheit«, erinnere ich sie an die Situation vor zwei Tagen. Nach dem Pfannkuchenbacken. Alicia ist mitten in unsere Knutscherei geplatzt.

»Frag dich mal, wieso.« Sie lacht. »Ich dachte, es brennt. Du hast den Herd angelassen, und es stank ziemlich heftig.«

Schnell winke ich ab. »Herd, dies das, Ananas. Leo sagt auch, ich sei die beste Pfannkuchenbäckerin der Welt.« Okay. Streng genommen ist diese Aussage ein wenig gekürzt, und vermutlich hätte er mir an dem Abend alles versprochen.

Alleine bei den Erinnerungen an unseren Kuss schießt mir Hitze in die Wangen. Nach dem gemeinsamen Abendessen habe ich Leo nur noch im Café gesehen. Tagsüber musste ich hauptsächlich arbeiten, und er hängt seiner Deadline sowieso schon nach. Doch heute Abend treffen wir uns zum ersten Mal wieder zu zweit.

Meine Freundin inspiziert unsere Essensvorräte im Kühlschrank.

»Ich bin heute Abend verabredet. Du brauchst also beim Kochen keine Rücksicht auf mich nehmen«, sage ich schnell und greife nach dem Apfelsaft, der noch vom Mittagessen auf dem Küchentisch steht.

»Okay. Ich bin gleich selbst wahrscheinlich noch kurz bei Oman. Lass mich raten, du siehst Leo wieder?« Alicia grinst breit.

Ich nicke und unterdrücke ein vorfreudiges Kichern.

»Du meine Güte, das ging aber jetzt alles ziemlich schnell.«

»Wieso schnell? Ich kenne ihn seit zwei Jahren.«

Streng genommen ist mittlerweile sogar noch mehr Zeit vergangen. »Du hast ihn vor zwei Jahren kennengelernt«, korrigiert Alicia. »Das ist etwas anderes. Versteh mich nicht falsch, ich freu mich doch für dich. Es kam nur überraschend. Letzte Woche dachte ich noch, du gehst ihm jeden Moment an die Gurgel, und jetzt siehst du aus, als läuten bereits die Hochzeitsglocken.«

Auch wenn ich Alicias Verwirrung verstehen kann, lässt sie einen Hauch von Verärgerung in meinen Bauch ziehen. Oder ist es Verunsicherung? Schnell spanne ich meinen Körper ab und zwinge mich zu einem neutralen Gesichtsausdruck.

»Willst du damit sagen, dass ich keine Entscheidungen treffen kann?«

Ich weiß, dass ich mit dieser Frage nur verlieren kann.

»Oh, Maggie. Das habe ich so doch nicht gesagt. Mal im Ernst: Wenn ich eines gelernt habe, seit wir uns kennen, dann ist es, dass du unberechenbar bist. Und jetzt guck nicht so!« Sie legt mir eine Hand auf die Schulter und zieht mich vorsichtig in eine Umarmung. »Das war doch nicht böse gemeint. Du bist halt ein Wirbelwind.«

Unberechenbar. Wirbelwind. Die Worte hallen in mir nach. So ähnlich hat Leo es auch einmal ausgedrückt, oder?

»Ich freue mich, dass jemand dein Herz endlich mit ein bisschen Wärme füllt.«

»Hmmm«, mache ich und werde den Verdacht nicht los, dass Alicia die Lage etwas unterschätzen könnte.

Mit ein bisschen Wärme füllen. Wie um alles in der Welt soll sie sich vorstellen können, dass meine Brust in Momenten wie diesen droht, viel zu schnell in Flammen aufzugehen?

Wir sind um achtzehn Uhr an der Bahnhaltestelle am Neumarkt verabredet. Ich habe den leisen Verdacht, dass Leo einen zweiten Versuch in Sachen »Essen gehen« wagen möchte, und bin dementsprechend ziemlich hungrig, als ich am Treffpunkt ankomme. Ich bin überrascht, aber tatsächlich ist Leo schon da. »Pünktlicher als zu meiner Abiturprüfung.« Er lächelt, als ich näher komme, und plötzlich wird mir klar, dass ich nur wenige Sekunden habe, um zu überlegen, wie wir uns begrüßen werden. Küssen? Unangenehm gegenüberstehen?

Verdammt, Maggie! Über so was hätte ich mir vielleicht vorher Gedanken machen sollen. Noch zwei Meter. Wäre es komisch, wenn ich mir jetzt den Schuh zubinde? Ja, vermutlich schon. In dem Moment, in dem ich mich dazu entscheide, ihm einen zarten Kuss zu geben, zieht er mich zur Begrüßung in eine Umarmung. Fuck. Meine Lippen landen irgendwo zwischen Ohr und Schläfe. »Ups«, entfährt es mir, und ich laufe innerhalb von Sekunden hochrot an.

»Stürmisch wie eh und je.« Leo grinst.

»Was haben wir vor?« Ich puste mir möglichst lässig eine Haarsträhne aus dem Gesicht und versuche, die peinliche Begrüßung zu übergehen. Wahrscheinlich wollte er mich einfach nicht bedrängen. Auweia!

»Ich habe mir was überlegt. Du kannst aber ehrlich sagen, wenn es nichts für dich ist.«

»Alles, nur bitte kein Sushi.« Ich verziehe das Gesicht.

»Du magst kein Sushi?«

Das Entsetzen, das augenblicklich in seinen Augen aufleuchtet, ist so eindeutig, dass ich Sorge bekomme, er könne genau das geplant haben.

»Nun ja. Habe eine schlechte Erfahrung damit gemacht. Vor Jahren. Lebensmittelvergiftung. Aber wenn du unbedingt willst, kann ich ja etwas anderes bestellen«, versuche ich es mit einem Kompromiss.

Leo hebt eine Augenbraue. Dann lacht er. »Nein, eigentlich habe ich an etwas ganz anderes gedacht.« Er beißt sich nachdenklich auf die Lippe. »Du hast mich das letzte Mal nach meinem Lieblingsort gefragt, und ich habe dir keine Antwort gegeben.«

»Stimmt. Das Curry.« Allein bei der Erinnerung daran spüre

ich den salzigen Geschmack auf meiner Zunge. »Danach hast du es mir nicht mehr verraten.«

Leo nickt, und er sieht plötzlich so glücklich aus, dass ich ihn am liebsten noch einmal küssen würde. Diesmal vielleicht auch so, wie normale Menschen es tun … oh Mann.

»Nun, ich weiß ja nicht, ob du Lust hast. Ich dachte, vielleicht zeige ich ihn dir einfach.«

Ohne zu zögern, nicke ich. »Natürlich will ich ihn sehen. Mal ganz davon abgesehen, dass alles besser als Sushi klingt.«

»Die Einstellung werden wir uns noch vorknüpfen müssen«, mahnt Leo. Wider meine Erwartungshaltung gehen wir nicht über die Schildergasse Richtung Dom, sondern in die entgegengesetzte Richtung.

»Jetzt bin ich aber gespannt«, murmele ich, als Leo meine Hand greift und mich in eine Seitenstraße zieht.

»Entweder willst du mich kidnappen, oder aber …« Ich lasse meinen Blick über die Straße wandern. Hier sind nur Häuser und wenige potenzielle Lieblingsorte. »Okay, du willst mich kidnappen. Das funktioniert aber nicht, denn erstens bin ich freiwillig mitgegangen, und zweitens kann ich mich verteidigen.« Spielerisch boxe ich ihn in die Seite, sodass Leo zu lachen beginnt.

»Ich denke, du hast hier keine Gefahren zu befürchten.« Er zieht einen Schlüssel aus seiner Hosentasche und lässt ihn vor meinem Gesicht baumeln.

»Gehen wir zu dir?«

»Viel besser. Dreh dich mal um. Siehst du das Haus da?« Leo deutet auf die andere Straßenseite. »Komm mit!«

Wir nähern uns dem den Eingang eines Geschäftes. Die Auslage ist frei geräumt und der Laden von innen nicht beleuchtet.

»Ich denke, wir sind zu spät«, murmele ich und zeige auf ein

Schild, das ich an der Tür entdeckt habe. »Dauerhaft geschlossen.«

Leo schüttelt den Kopf und winkt erneut mit dem Schlüssel. »Das gilt nicht für uns.«

»Woher hast du …?«, will ich fragen, doch stattdessen zucke ich zusammen, als Leo von hinten seine Hand auf meine Schulter legt. »Warte kurz!«

Er huscht an mir vorbei, und ich beobachte, wie er zuerst aufschließt und dann hineintritt.

»Worauf wartest du?« Das Lächeln auf seinem Gesicht ist so süß, dass ich mich nicht noch einmal fragen lasse. Erst als ich neben ihm im Eingang des Raumes stehe, schaltet Leo das Licht an. Wir sind in einer Buchhandlung. Einer kleinen, zugegebenermaßen etwas verlassenen Buchhandlung.

Und mit »verlassen« meine ich nicht unbedingt, dass wir die einzigen Besucher sind. Einige Regale sind bereits leer geräumt, und nicht nur das freie Schaufenster, sondern auch die vielen Kisten auf dem Boden lassen mich ahnen, worauf Leo hinauswill.

»Sie ziehen um?«

Leo schüttelt den Kopf. »Ich wünschte, es wäre nur das. Doch der Laden wurde aufgegeben. Sie haben einfach nicht mehr genug eingenommen. Die meisten Leute bestellen ihre Bücher im Internet, weißt du? Da haben unabhängige Buchläden schlechtere Chancen.«

Ich schürze nachdenklich die Lippen. »Oh Leo, das tut mir leid. Kennst du die Besitzer?« Fragend deute ich auf seine Hand, die er jetzt zu einer angespannten Faust gedrückt hat.

»Du meinst wegen des Schlüssels?«

Ich nicke.

»Nachdem wir uns aus den Augen verloren haben … damals …« Er räuspert sich. »Ich habe hier gearbeitet. Nur für zwei

Monate, dann habe ich es neben dem Studium einfach nicht mehr gepackt.«

»Wow. Das wusste ich nicht«, murmele ich verlegen.

»Konntest du ja auch nicht wissen.« Er lächelt. Es ist kein vorwurfsvolles Lächeln. Kein »du hast dich ja nicht gemeldet« oder ein »selbst schuld«. Stattdessen ist es ein Lächeln, das man jemandem schenkt, den man gernhat.

Ich habe Leo auch gern. Also lächle ich zurück, versuche, mein stolperndes Herz zu warnen, es solle nicht gleich einen Überschlag wagen.

»Ich habe es niemandem erzählt«, presst Leo plötzlich hervor. »Nicht einmal Ben. Nicht meinen besten Freunden. Du hast damals gesagt, dass man manche Dinge einfach nicht beginnt, weil man Angst hat ...«

»... Angst, dass man es nicht schafft«, ergänze ich und beiße mir nervös auf die Unterlippe. Wer könnte diesen Gedanken besser verstehen als ich. Ich, die aus der verzweifelten Angst, nicht anzukommen, ihre ganze Jugend weggelaufen ist.

»Also habe ich es probiert. In kleinen Schritten. Zuerst die Arbeit mit Büchern. Doch um ehrlich zu sein, hat mich an diesem Ort die Schreibwut noch viel mehr gepackt. Ich konnte an nichts anderes mehr denken.« Leo sieht mich an, und ich lese in seiner Miene eine tiefe Melancholie.

»Du hast an das Schreiben gedacht?« Ich mache einen Schritt auf das Regal neben dem Fenster zu. »Darf ich?«

Leo nickt. »Klar! Wir müssen nur aufpassen, dass wir nichts beschädigen. Die meisten Bücher gehen zurück zu den Verlagen. Alles, was nicht mehr verkäuflich ist, wird als Mängelexemplar verramscht.«

Ich sehe auf das Buch hinab, das ich gerade wahllos aus dem

Regal gezogen habe. Den Namen des Autors kenne ich vom Hören. *Sebastian Fitzek.*

»Ich glaube, ich habe den Film im Kino gesehen«, murmele ich und drehe das Buch um. »War ziemlich krank.«

»Sind die Bücher alle«, meint Leo. »Er hat Millionen Fans, die jedes seiner Bücher kaufen, Neuerscheinungen hypen und ihn vermutlich auch heiraten würden.« Jetzt lacht er. »Dann gibt es aber auch die, denen die Geschichten zu abgefahren sind. Entweder man feiert ihn also, oder man lässt komplett die Hände davon.«

Ich drehe mich um und nehme ein anderes Buch aus dem gegenüberliegenden Regal. Das Cover ist weiß mit pinker Schrift. *Nur noch ein einziges Mal* von Colleen Hoover.

»Und das hier?«, frage ich neugierig.

»Das ist ein Liebesroman. Mel verschlingt die Bücher der Autorin förmlich.«

»Mel?« Falls Leo den Namen bereits einmal erwähnt hat, muss ich ihn vergessen haben.

»Bens Freundin. Wir tauschen uns manchmal über Bücher aus.«

»Dann war sie sicher auch schon einmal hier?«

Langsam schüttelt Leo den Kopf. »Zumindest nicht mit mir. Ich bin meist allein hergekommen. Bis vor wenigen Wochen noch. Und jetzt wird es den Laden bald nicht mehr geben. Weißt du, was hier reinkommen wird?«

Ich sehe ihn abwartend an.

»Ein Nagelstudio.« Er lacht trocken auf. »Versteh mich nicht falsch. Das hat auch seine Daseinsberechtigung. Aber nicht hier. Nicht an diesem Ort, an dem …« Bevor er zu Ende gesprochen hat, dreht er sich um. »Ich habe hier ständig an dich gedacht.«

Seine Worte treffen mich unerwartet direkt ins Herz. »Hier?«

Leo nickt. »Ich habe mir vorgestellt, dass dir irgendwann einmal in einem Buchladen mein Buch in die Hände fallen wird. Dann, wenn du mich vielleicht schon vergessen hast.«

»Wieso denkst du, dass ich dich vergessen hätte?« Ich schlucke. Ein dicker Kloß breitet sich in meinem Hals aus.

Leo antwortet nicht auf meine Frage, sondern spricht einfach weiter: »Ich habe mich immer gefragt, ob du im Falle dieses Zufalls wüsstest, wie viel ich dir zu verdanken habe.«

Mein Herz macht einen Satz. »Mir?« Das soll ein Scherz sein, oder? Ich bin der Mensch, der ihn unheimlich verletzt hat, der ihn mit Fragen zurückließ, auf die ich bis heute keine Antwort geben kann.

Leo nickt: »Du warst der erste Mensch in meinem Leben, der je gesagt hat, dass ich es einfach tun soll. Es klingt für dich jetzt vielleicht bedeutungslos, aber das war es nicht. Nicht für mich.«

Ich gehe langsam auf ihn zu, strecke meine Hände nach ihm aus. Ganz vorsichtig berühre ich ihn an der Wange. »Du bist so mutig. So verdammt mutig.« Mutiger, als ich es vermutlich jemals sein werde.

Leo zieht mich an sich. Seine Lippen pressen sich auf meine, und ich erwidere den Kuss. Vielleicht sogar etwas verlangender, heftiger, sehnsüchtiger. So, als wünsche ich mir, jeden Augenblick von ihm aufgesaugt zu werden. Ihm noch näher zu sein. Vollends nah.

Seine Zunge gleitet über meine Unterlippe, und ich lasse mich tiefer in die Berührung fallen. Während wir uns küssen, ist es, als würde die Welt um uns herum in einen tiefen Schlaf fallen.

Ich höre absolut nichts. Nichts außer mein wild hämmerndes Herz in der Brust, das nicht weiß, womit es diese zweite Chance verdient hat.

29. Kapitel

Leo

Diesmal ist alles anders. Diesmal werde ich sie nicht verlieren. Ich werde nicht zulassen, dass etwas zwischen uns kommt.

Es ist fast neun. Ich habe eine Decke aus dem Lagerraum geholt und mich gerade auf den Weg gemacht, um etwas zu essen zu holen. Als ich mit zwei großen Sandwiches den Laden betrete, liegt die Decke ausgebreitet vor dem hinteren Fenster. Von hier aus kann man in den Garten sehen, der langsam in der Dämmerung versinkt. Er gehört nicht zur Buchhandlung, doch die Eigentümer haben uns den Zugang gestattet. So habe ich hier einige Male in meiner Pause gesessen, habe gelernt und irgendwie versucht, zwischen Herz und Verstand eine Entscheidung für mein Leben zu treffen.

»Hast du etwas bekommen?«, begrüßt mich Maggie.

»Klar.« Ich raschele mit der Tüte.

»Super. Wir können hier eigentlich picknicken«, schlägt sie vor.

»Braucht man fürs Picknick nicht ein wenig Auswahl? Ich fürchte, darauf war ich nicht vorbereitet.«

»Normalweise macht man das auch auf einer Wiese und nicht

in einem Buchladen«, erklärt sie und klopft neben sich auf die Decke. »Wir haben also sowieso schon jegliche Regeln gebrochen.«

Damit hat sie vermutlich recht.

»Du hast mir noch nicht gesagt, was diesen Ort zu deinem Lieblingsort macht«, sagt sie, als ich mich langsam neben sie setze. »Sind es die Bücher oder die hohen Regale?« Sie legt den Kopf zurück, um zur Decke zu sehen. »Die sind wirklich verdammt hoch. Wie kommt man da oben überhaupt dran? Mit einer Leiter?«

Ich nicke bloß, bin in Gedanken noch bei ihrer ersten Frage. »Es ist eine Mischung aus beidem. Die dunklen Regale sind toll. Sie sind ziemlich alt, aber halten schon seit Jahren all diese Bücher hier zusammen. Und die Geschichten ... Natürlich habe ich längst nicht alles gelesen. Aber ich habe es immer gemocht, zum Stöbern zu kommen.«

»Hmmm«, macht Maggie. »Und in diese großen Buchhandlungen gehst du weniger? Ich meine, da hast du sicher eine noch viel größere Auswahl.«

»Na klar. Und natürlich mag ich die auch. Aber vielleicht ist da noch etwas, was diesen Ort tatsächlich zu meinem Lieblingsort macht. In großen Buchhandlungen riecht es oft nach Menschen. Hier riecht es hauptsächlich nach Büchern.«

Maggies Blick ist stumm auf mich gerichtet, wandert von meinen Augen bis hin zu meinen Lippen. Was sie wohl gerade denkt?

»Willst du mir vielleicht etwas vorlesen?« Ich entdecke jetzt erst ein gebundenes Buch, das wohl die ganze Zeit schon neben ihr liegt. »Beim Essen?«

»Ich soll gleichzeitig essen und lesen?«

»Na, zum Kauen darfst du auch mal Pause machen«, erklärt sie großzügig.

Ich schiebe ihr eins der Sandwiches zu und nehme dafür das Buch in die Hand. »Das ist für Kinder.«

»Da sind tolle Zeichnungen drin.« Maggie kichert und faltet das Papier auf, um ihr Sandwich herauszunehmen. »Außerdem verpasse ich dann nicht so viel, wenn ich zwischendurch mal in Gedanken bin.« Sie wirft mir einen vielsagenden Blick zu, der ein heißes Prickeln auf meiner Haut hinterlässt.

»Vielleicht möchte ich aber lieber von diesen Gedanken hören.« Die Luft um uns herum fängt an zu knistern.

Maggie lehnt sich gegen die Wand und beißt sich schmunzelnd auf die Lippe. »Da wirst du dich noch gedulden müssen.«

Während Maggie langsam in ihr Sandwich beißt, schlage ich die erste Seite des Kinderbuches auf und beginne, laut zu lesen. Wie erwartet, komme ich kaum über die erste Seite hinaus, denn allein Maggies Blick in meinem Nacken bringt jedes meiner Nervenenden zum Glühen.

»Du darfst mich nicht so ansehen«, flüstere ich und kann mir ein Lächeln nicht verkneifen.

»Warum nicht?«

Ich studiere ihre feinen Gesichtszüge, will jeden einzelnen Zentimeter ihres frechen Lächelns mit einem Kuss versiegeln, sodass nie wieder dieser Ausdruck von Zufriedenheit aus ihrer Miene weicht. »Ich habe mich so nicht unter Kontrolle.«

»Wie auf der Achterbahn«, murmelt sie leise.

»Was ist mit der Achterbahn?«

»Du meintest, du hättest dort weniger Kontrolle.«

Verblüfft nicke ich. »Und du wolltest kontrolliert die Kontrolle verlieren.«

Sie nickt. »Leider funktioniert das nicht immer so. Im Leben, meine ich.« Ihre Wangen färben sich leicht rosa, und ihre grünen

Augen leuchten auf einmal so hell auf, dass es aussieht, als habe jemand ein Feuer in ihnen gezündet.

»Das mit dir ist für mich auch ein Kontrollverlust.« Ich bin überrascht über diese Offenbarung. Maggie ist schließlich niemand, der sich leichtfertig verletzlich zeigt. »Ein kontrollierter Kontrollverlust?«

Auf einmal ist ihr Gesicht wieder ganz nah. Sie neigt ihren Kopf zur rechten Schulter und verliert mich nicht aus den Augen.

»Nein«, wispert sie. Gerade laut genug, dass ich sie hören kann. »Nichts daran ist kontrolliert.«

30. Kapitel

Maggie

Würde mich jetzt jemand fragen, wie wir nach Hause gekommen sind, ich könnte es nicht mehr beantworten.

Die Minuten des Rückwegs haben sich angefühlt wie ein Traum. Vielleicht träume ich aber auch noch immer.

Leo hat mich dicht an die Wand im Wohnungsflur gedrängt. Seine Brust hebt und senkt sich unter dem weißen Shirt im Rhythmus seiner Atmung. Seine Hände schließen sich vorsichtig um meinen Nacken, und ich fühle seine Lippen, die zärtlich über meine fahren. Lustvoll öffne ich den Mund, um seine Zunge hineinzubitten, und streichele zärtlich sein Gesicht. Es braucht nicht mehr als seine Nähe, dass die Gier in mir bedrohlich auflodert.

Leo beginnt, sich meinen Hals hinabzuküssen, und ich erlebe, wie meine Haut unter jeder seiner Berührungen schmilzt.

»Willst du …?« Ich nehme seine Hand und führe ihn durch den Flur in mein Zimmer.

Ohne mich von ihm zu lösen, lasse ich mich vorsichtig auf meinem Bett nieder und ziehe Leo näher an mich heran.

Es ist, als würde die Welt um mich herum verschwimmen.

»Darf ich?«, fragt Leo und wartet, bis ich ihn mit einem Nicken beschwöre, mich aus meinem Kleid zu befreien.

Ich spüre die Erregung beinah schmerzhaft zwischen meinen Beinen. Vermutlich ist mein Slip komplett durchnässt. Was auch immer Leo an sich hat, seine Anwesenheit fühlt sich wie eine Droge für mich an. Ich lasse mich rücklings ins Kissen fallen und nehme Leos warmen Atem wahr, als er sich gierig über mich beugt. Plötzlich sind seine Finger überall. An meinem Bauch, entlang meiner Oberschenkel … Oh Gott, ich kann nicht glauben, dass sich das so gut anfühlt. Mit Daumen und Zeigefinger zieht er langsame Kreise über meinen Venushügel, erkundet jeden Zentimeter Haut. Ich winde mich unter seinen Berührungen, möchte ihn anflehen, endlich meinen empfindsamsten Punkt zu berühren.

»Das ist eines der Dinge, von denen ich träume, seit ich dich im Café wiedergesehen habe.«

Ich ziehe seinen Kopf näher, presse erneut meinen Mund auf seinen und koste den Augenblick mit jeder Faser meines erregten Körpers aus. »Was sind die anderen Träume, die du hast?«, hauche ich.

»Maggie.«

»Erzähl mir davon. Bitte.« Allein die Lust hinter seinen nussbraunen Augen aufflackern zu sehen, macht mich so heiß, dass ich immer mehr den Verstand verliere. Vermutlich könnten mich allein seine Worte irgendwann kommen lassen.

»Willst du das wirklich hören?«, flüstert er und drückt meinen Oberkörper zögerlich zurück ins Bett.

»Immer«, hauche ich und schließe die Augen. Ich kann mir kaum etwas Schöneres vorstellen, als Teil seiner Fantasie zu sein und mich dieser komplett hinzugeben.

»Ich will mit dir zusammen sein«, flüstert er. »So richtig,

weißt du? Ich will dich weiter kennenlernen. Jede Seite von dir. Mit allem, was dazugehört.«

Ich schlage die Augen wieder auf und sehe ihn an. Leo scheint auf eine Reaktion zu warten, doch ich bin plötzlich leer. Innerhalb von Sekunden. Gerade war alles noch perfekt. Doch jetzt leer. Die Stille liegt zwischen uns wie ein ungebetener Gast, der eine plötzliche Nervosität in mir aufkommen lässt.

»Maggie? Habe ich etwas falsch gemacht?«, flüstert er. Verunsichert presse ich die Beine zusammen. »Nein, nein. Ich will mit dir schlafen!« Meine Stimme zittert.

Leo, der im Gegensatz zu mir noch vollständig bekleidet ist, rutscht langsam von mir herunter. Sein beschämender Blick streift meinen Körper. »Du bist ...« Er sucht nach den richtigen Worten. »Maggie, du bist wundervoll. Und genau das ist das Problem.«

Ich spüre die Röte in mein Gesicht schießen. »Wie meinst du das?« Hastig ziehe ich meine Tagesdecke über meine unbekleideten Beine und versuche, nicht an den feuchten Slip zu denken, der sich auf einmal so schrecklich falsch anfühlt.

»Genau das.« Leo streckt die Hand aus und fährt sanft über meinen Arm. Ein Teil von mir möchte sich auf der Stelle jeder seiner Berührungen entziehen, doch ich bin wie gelähmt.

Auf einmal fühlt sich die Gänsehaut überhaupt nicht mehr gut an. Vielmehr wünsche ich mir, urplötzlich im Erdboden zu versinken.

»Ich möchte keinen Sex mit dir, Maggie.«

Ein dicker Kloß in meinem Hals macht es mir beinah unmöglich, Luft zu holen. Innerhalb von Sekunden fühle ich mich nackt. Nackter als nackt. Nicht unbekleidet. Sondern nackt. Mit der rechten Hand ziehe ich ein dickes Kissen an mich heran und versuche, zumindest meine Brüste mit dem Stoff zu bedecken.

»Ich möchte dich nicht küssen, mit dir schlafen und dich am nächsten Morgen verlieren. Ich möchte neben dir aufwachen und wissen, dass du bleibst.«

Mein Herz rast. Es ist, als würde es jeden Augenblick in meiner Brust explodieren. *Sag es*, befiehlt meine innere Stimme. *Sag ihm*, dass du das auch willst. Doch ich schaffe es nicht. Ich sehe Leo in die Augen und fühle nichts mehr. Nichts. Innerhalb von Sekunden ist es, als sei jegliches Gefühl aus mir gewichen. Er ist mir egal. Komplett egal.

»Weißt du was? Du nervst!«, entfährt es mir. Das sind nicht meine Worte, die aus meinem Mund dringen. Oder? »Deine ganze Gefühlsduselei. Es nervt mich.«

Ich weiß genau, dass es die Wut ist, die mir diese Bemerkungen entlockt. Die Wut, die sich gegen mich selbst richtet.

Tue ich dir weh, tut es mir weh. So ist es doch, oder?

»Geh einfach, du Idiot.«

Tue ich dir weh, tut es mir weh.

Und es tut weh.

Gut.

»Du hast Angst. Angst vor irgendetwas. Vielleicht auch vor allem. Ich weiß nicht, ob deine Schwester damit zu tun ...«

Wütend hebe ich eine Hand und bringe ihn zum Schweigen. »Oh nein, wir werden jetzt nicht über Paulina sprechen.«

Er schüttelt ungläubig den Kopf. »Jeder, der nicht komplett blind ist, sieht deinen Schmerz. Du bist nicht echt. Du lachst, obwohl in deinen Augen Traurigkeit steht. Du schüttelst mich ab, nachdem wir eine schöne Zeit verbracht haben. Alles, was du tust, erscheint mir als Widerspruch.«

Wie ein Messer bohren sich seine Worte in meine Brust. Ich will, dass er aufhört. Paulinas Tod hat damit nichts zu tun. Das weiß ich.

»Ich will, dass du gehst, Leonard.«

Er steht auf. Lässt mich auf meinem Bett zurück. Splitterfasernackt. Am Körper. Und viel schlimmer in mir drin. Ich bin nackt. In. Mir. Drin.

»Mir ist egal, wie du über mich denkst«, antworte ich ruhig. Äußerlich ruhig, hinter einer Fassade aus Beton. Innerlich kurz vorm Platzen. Wie ein Luftballon, der zu weit aufgepustet wurde. »Mir ist egal, was irgendwer von mir denkt.« Ist es nicht. Das weiß ich. Irgendwo in mir ist noch ein Teil meines Verstandes. Irgendwo bin noch ... ich?! Auch dann, wenn ich keinen Zugang mehr finde und sich innerhalb von Sekunden eine Wand vor mir aufgebaut hat.

»Erst lässt du mich an dich heran. Nur um mich dann fallen zu lassen. Findest du das irgendwie toll?« Er schnappt nach Luft. »Das ist nicht fair. Du bist manipulativ, weißt du das?«

Leos Worte treffen mich mit einer Wucht, die ich nicht erwartet habe. Ich hätte es wissen müssen. Mir hätte klar sein müssen, dass er es nicht ernst meint. Dass er geht. Wie damals. Da ist er auch gegangen, als ich ihm die erstbeste Gelegenheit bot, mich zu verlassen. Von wegen »mit allem, was dazugehört«. Das war gelogen. Wie konnte ich ihn überhaupt noch einmal in mein Leben lassen?

»Ich hasse dich.« Drei Wörter. Zwölf Buchstaben. »Ich hasse dich. Lass mich in Ruhe.« Die Wut steigt mir in die Kehle, schnürt mir die Luft zu, als würde sie mich mit bloßen Händen würgen. Doch Leo berührt mich nicht. Nicht wirklich.

Du bist manipulativ. Sein Satz.

Du bist manipulativ. Seine Gedanken über mich.

Doch nichts davon hat eine Bedeutung.

Leo verlässt mein Zimmer. Leo geht durch den Flur. Ich kann

seine Schritte hören. Das Fluchen, als er seinen Rucksack aus der Küche holt.

Leo ist wieder da.

Leo bleibt im Türrahmen stehen, fixiert mich mit seinem Blick.

»Was ist nur los mit dir, Maggie? Warum verabscheust du mich so?«

Warum, fragt mein Herz.

Weil er gehen könnte, antwortet die Angst.

• • •

Kalt. Draußen sind es sicher noch über fünfundzwanzig Grad, doch die Kälte beißt sich durch meinen Körper. Ich stehe in meine dünne Decke gehüllt hinter der geschlossenen Haustür und starre ins Leere.

In meinem Kopf dröhnt noch immer der Schlag, mit dem Leo die Tür ins Schloss geworfen hat.

Spannung zieht durch meine Muskeln wie ein Gift, das sich nach und nach im Blutkreislauf verbreitet.

Überall ist der Hass. Auf Leo. Aber noch viel mehr auf mich selbst. Zitternd ziehe ich die Decke fester um meine Schultern und flüchte mich zurück in mein Zimmer.

Ich brauche ein Ventil. Ich brauche irgendetwas, womit ich den Druck in meinem Körper abbauen kann.

Ich lasse mich aufs Bett fallen. Meine Hände krallen sich am Bettlaken fest, suchen Halt, verzehren sich nach einem Stopp.

Doch die Wut scheint mir unendlich.

Es gibt den Teil in meinem Gehirn, der weiß, dass es aufhören wird. Es gibt einen Rest meines Verstandes, der mich daran zu erinnern versucht. Doch es fällt mir schwer, daran zu glauben, während die Welt um mich herum immer weiter zu zerbrechen scheint.

Heiße Tränen strömen über mein Gesicht, hinterlassen eine brennende Spur auf meiner Haut. Ich wünschte, sie könnten mich für einen Moment erleichtern, doch nichts dergleichen geschieht. Der salzige Geschmack meiner Tränen schürt die Wut nur noch weiter. Den Hass auf die Situation, die mich schon wieder zu diesem Menschen gemacht hat, den ich so ablehne.

Ich spüre den Schmerz nicht sofort. Ich sehe nur die weißen Striemen auf meiner Haut, als ich das Tempo erhöhe und mit meinen Fingernägeln über das nackte Bein kratze.

Du hast das verdient. Du bist ein schlechter Mensch. Du machst alles kaputt. Ich muss keinen dieser Sätze laut aussprechen, um sie klar in meinem Kopf zu hören.

Du bist manipulativ. Das hat Leo gesagt.

Leo, den ich nie mehr wiedersehen will.

Ich schreie seinen Namen, ohne den Mund zu öffnen.

Ich füge mir selbst Verletzungen zu, ohne den Schmerz zu fühlen.

Die rasende Wut zerfetzt mich, lässt mein Herz immer weiter zerbrechen. Bis die Realität über mich hereinbricht. Immer noch bis auf den Spitzentanga entblößt liege ich auf meinem Bett und starre an die Wand.

Ich versuche zu begreifen, was passiert ist.

Wie mich diese überfordernden Gefühle so ausgeknockt haben können. Zögerlich werfe ich einen Blick auf meine Beine. Die roten Streifen leuchten wie ein Warnsignal, das mich daran erinnert, wie sehr ich mich selbst ablehne. Auch wenn keine dieser Spuren lange sichtbar bleiben wird, so verschwinden sie für mich jedoch nie.

Ich füge mir keine ernsthaften körperlichen Verletzungen zu, denn nichts lässt mich mehr bluten als mein geschändetes Herz.

Ein Kälteschauer durchfährt mich, und ich verkrieche mich hastig unter der Decke.

Binnen eines kurzen Moments bin ich aus dem Sturm der peitschenden Gefühle in ein tiefes Loch gefallen.

Mit der Hand taste ich vorsichtig über meine Brust. Ich nehme meinen rasenden Herzschlag wahr. Sonst ist da nichts weiter. Keine Tränen mehr, keine Wut. Nichts.

Hilflos fahre ich mit den Fingern über meinen kalten Brustkorb. Es ist, als könne mich meine eigene Berührung besänftigen. Als gäbe es jemanden, der mir subtil »du bist nicht allein« zuflüstert.

Ich weiß, wie das restliche bisschen Anspannung aus meinem Körper fließen wird. Ich weiß, wie ich mich endlich von dem Schmerz aus *zu viel* und *nichts* erlösen kann.

Als ich mit der rechten Hand meinen Unterbauch erreiche, schließe ich die Augen und konzentriere mich vollkommen auf eine gleichmäßige Atmung. Meine Finger streifen zuerst meinen Slip, dann lasse ich sie langsam tiefer zwischen beide Beine gleiten.

Du bist am Leben.

Alles wird gut.

Mit jeder Bewegung entferne ich mich ein Stück aus dem Nichts, lasse meinen Verstand von einem süßen Nebel küssen. Einem Nebel, der mich zwischen Wut, Angst und restlicher Hoffnung in vollkommene Ekstase führt.

31. Kapitel

Leo

Ich stehe teilnahmslos in meinem Noch-Zimmer, das Tuten des Telefons dröhnt unverhältnismäßig laut in meinem Kopf. Immerhin bricht es die Stille. Die Stille, die so schwer wiegt, als wolle sie mich gnadenlos zu Boden drücken.

Sollte ich nicht erleichtert sein?

Heute Morgen hat Ben mir nicht nur die Nummer eines potenziellen Vermieters überreicht, sondern auch die Botschaft meiner Eltern, sie würden die ersten drei Monatsmieten übernehmen.

Gerade habe ich mit dem Vermieter des Apartments gesprochen, und es sieht ziemlich gut für mich aus. Und doch weiß ich, dass mich so schnell nichts aus dem Tief rausreißen wird.

Der Streit mit Maggie hat mich die ganze Nacht wach gehalten. Immer wieder verfingen sich meine Gedanken in unserem Streit und peitschten so laut in meinem Kopf, dass an Einschlafen kaum zu denken war. Wenn ich heute die Augen schließe, kann ich noch immer ihr zartes Parfüm riechen und ihren süßen Kuss auf meiner Zunge schmecken. Ich habe mich ihr so nah gefühlt wie vermutlich in meinem ganzen Leben noch nie einem Menschen.

Ich kann es nicht erklären. Es gab nur diese eine Nacht, den Tag auf der Kirmes, und mehr brauchte es nicht, um mich Hals über Kopf in sie zu verlieben. Und obwohl sie mir danach brutal das Herz gebrochen hatte, gab es diesen Teil in mir, der nichts lieber wollte als eine zweite Chance. Wie soll ich vor mir selbst rechtfertigen, dass ich mich ein weiteres Mal von ihr habe verletzen lassen?

Und dennoch hoffe ich wieder, sie könne sich melden und alles durch eine simple Erklärung wiedergutmachen.

»Und? Hast du einen Termin?« Melina platzt in mein Zimmer. Sie hat den halben Vormittag damit verbracht, Viktors Katzenklo, seinen Kratzbaum, Futter, Körbchen und sonstigen Kram, den ein verwöhnter Kater dringend braucht, in die Wohnung zu schleppen.

»Morgen Nachmittag.« Ich versuche zu lächeln. »Danke noch mal.«

Melinas Mutter arbeitet als Maklerin. Ihr habe ich auch die sagenumwobene Telefonnummer zu verdanken, unter der sich eben ein freundlicher Herr gemeldet hat, der seine Zweizimmerwohnung vermieten möchte.

»Das ist das Mindeste, was wir tun können.« Mel lässt sich auf mein Bett fallen und betrachtet mich nachdenklich. »Du siehst echt nicht gut aus. Liegt das am Umzug?«

Eilig winke ich ab. Wenn ich jetzt eins nicht brauche, dann, dass einer der beiden wieder ein schlechtes Gewissen bekommt.

»Schlecht geschlafen«, presse ich hervor und setze mich an den Schreibtisch. »Immerhin bleiben mir noch knapp drei Wochen, um das Ende meines Manuskripts zu schreiben.« Der Kommentar sollte nicht so verbittert klingen, wie er mir über die Lippen kommt.

»Wenn du magst, kannst du mir die Datei schicken, und ich lese das, was du geschrieben hast«, schlägt Mel vor. »Vielleicht kann ich dir helfen.«

Die Vorstellung, jemand, den ich so gut kenne wie die Freundin meines Bruders, könne meinen Text lesen, hat mich bisher eher abgeschreckt. Wahrscheinlich, weil mir viele Szenen in einsamen Nächten über die Tastatur entglitten waren und es sich manchmal anfühlt, als handele es sich um eine Art Tagebuch. Ein ziemlich merkwürdiges Tagebuch, wenn man bedenkt, dass ich über Entführung und Mord schreibe.

»Das würdest du machen?« Ich gebe mir einen Schubs. »Das wäre ... toll.«

Sie strahlt über das ganze Gesicht. »Um ehrlich zu sein, bin ich schon die ganze Zeit ziemlich neugierig gewesen. Schick's mir per Mail! Ich fange gleich an.«

»Mache ich.«

Als Melina zufrieden mein Zimmer verlässt, atme ich tief durch. Eine erste Testleserin ist nicht die Lösung meiner Probleme. Aber zumindest der Bruchteil eines Anfangs.

• • •

So ein Katzenleben ist schon zu beneiden, denke ich in den nächsten Tagen wieder und wieder. Zumindest, wenn das Frauchen genauso vernarrt in einen ist wie Melina in Viktor.

Ich habe in meiner gesamten Kindheit nicht annähernd so viel Spielzeug besessen wie der übergewichtige Kater, dem Mel so gut wie alles durchgehen lässt. Immer wieder scheppert etwas, kippt um oder geht zu Bruch. Laut Mel liegt das Chaos – drei zerrissene

Zeitschriften, eine kaputte Vase und überall diese Katzenstreu – nur an Viktors Eingewöhnungsphase.

»Bald kannst du ein paar Mäuse jagen«, summt Mel ihm vor, wenn Viktor sich nach dem Einkaufen der Haustür nähert. Ich für meinen Teil kann mir nicht vorstellen, dass Viktor in seinem Leben überhaupt schon mal eine Maus gefangen hat.

Doch als ich diesen Verdacht geäußert habe, war Melina gekränkt. »So ein Quatsch! Ja, er hat die letzten Monate zugenommen. Aber das liegt nur daran, weil er eben nicht vor die Tür gekommen ist. Viktor war davor sehr sportlich und schnell.«

Danach habe ich beschlossen, mich nicht mehr in ihre Katzenerziehung einzumischen.

Seit Viktors Einzug erscheint mir unser Alltag insgesamt als deutlich trubeliger, was ich insgeheim gar nicht so schlimm finde. Der Stress hat schließlich den Vorteil, dass ich weniger Trübsal blase und meine Gedanken nicht in eine gefährliche Richtung abdriften.

Jedes Mal, wenn Maggies Gesicht vor meinem geistigen Auge auftaucht, spüre ich ein heftiges Ziehen in meinem Herzen.

»Können Kater eigentlich Liebeskummer haben?«, frage ich Viktor, der auf meinem Bett liegt und schnurrt. Er hat schnell gemerkt, dass es in meinem Zimmer am ruhigsten ist. Ich habe ihm sogar eine kleine Ecke auf dem Kopfkissen eingerichtet, aber wenn jemand fragt, behaupte ich, die eingerollte Pyjamahose sei bloßer Zufall.

Das leise Schnurren beruhigt mich, wenn ich am Schreibtisch sitze und ein paar Sätze in die Tastatur tippe.

Vielleicht sollte ich nach meinem Umzug selbst eine Katze aus dem Tierheim adoptieren. Oder vielleicht sogar zwei?

»Du bist wahrscheinlich kastriert, oder, Kumpel?«, überlege

ich laut. Der Kater hebt seinen Kopf, betrachtet mich irritiert über die plötzlichen Streicheleinheiten und gähnt.

»Scheinst du aber gelassener zu nehmen, als ich dachte. Das finde ich sehr reif.« Ein Grinsen huscht über mein Gesicht. »Vielleicht gibt's hier ja draußen trotzdem eine Katzenlady für dich. Macht ohne das Drumherum zwar weniger Spaß, aber sie könnte dir zeigen, wie man vernünftig Mäuse fängt.« Viktors Schnurren wird lauter. Er dreht sich genüsslich auf den Rücken und wartet, dass ich meine Hand in seinem weichen Fell versenke. »Aber vielleicht vermisst du ja auch gar nichts. Keine Frau.«

Ich drücke mich vom Bett ab und bewege mich nachdenklich Richtung Schreibtisch. Das Dokument am Laptop ist noch geöffnet, und ich befinde mich gerade an einer ziemlich spannenden Stelle. Der Ehemann des Entführungsopfers wurde selbst festgenommen. Nachdem der Leser oder die Leserin also die ganze Geschichte fest davon ausgegangen ist, dass der Mann sich nichts sehnlicher wünscht, als seine geliebte Elena zu finden, soll man sich zum ersten Mal die Frage stellen, ob er nicht sogar selbst etwas mit ihrem Verschwinden zu tun hat. Die Auflösung brennt mir schon in den Fingern, seit mir diese Idee gekommen ist, und zum ersten Mal seit Monaten spüre ich wieder die Lust, meine Geschichte weiterzuerzählen.

Die bekanntesten Werke der Literatur sind im Leid entstanden. Auch Goethe hatte mit depressiven Phasen zu kämpfen. Die kreative Arbeit habe ihm geholfen, seine eigenen Krisen zu überstehen. Stephen King schrieb einige Texte unter der Einnahme von Drogen, Karl May hat acht Jahre seines Lebens im Gefängnis verbracht und die Zeit zum Lesen genutzt. Später flossen aus seiner Feder Abenteuergeschichten, die ein breites Publikum fesselten.

Als Kind nutzte ich meine eigenen Geschichten als Flucht vor

Streit, Problemen in der Schule oder Ängsten vorm Erwachsenwerden. Die Hoffnung, das Schreiben als Ventil zurückgewinnen zu können, keimt in mir. Vielleicht lässt sich auch die quälende Zerrissenheit in meinem Herzen durch Kreativität besänftigen.

Ein ganzes Kapitel konnte ich heute endlich beenden. Ich scrolle durch die letzten Seiten meiner Geschichte und beginne noch mal zu lesen, da reißt mich ein Anruf aus der Arbeit.

Die Besichtigung in der potenziellen neuen Wohnung ist erst zwei Tage her, und ich bin ziemlich überrascht, als ich den Anruf des Vermieters annehme. Und zwar erst recht, als er mich mit den Worten »Sie haben die Wohnung« begrüßt. Das Telefonat geht nur wenige Minuten. Ich scheine der einzige Mieter zu sein, der schon in diesem Monat einziehen kann, und habe damit ein überzeugendes Argument geliefert. Als wir auflegen, überkommen mich so viele Gefühle auf einmal. Erleichterung. Angst. Hoffnung.

Diese Nachricht erscheint mir wie ein erster kleiner Erfolg der letzten Tage, und ich lasse mich so heftig in den Schreibtischstuhl fallen, dass Viktor beim Geräusch der Federung hochschreckt. »Sorry, Kleiner«, entfährt es mir, und ich springe sofort auf, um mich mit einer erneuten Streicheleinheit zu entschuldigen.

Ein Klopfen lässt mich aufschauen. Ehe ich etwas sagen kann, wird meine Zimmertür aufgestoßen.

»Sorry, aber ... oh, mein Gott.« Melina sieht vollkommen aufgelöst aus. »Ist das dein Ernst, Leo?«

Mit gerunzelter Stirn blicke ich Mel an und warte auf eine Erklärung.

»Ich bin durch. Zumindest bis zu der Stelle, die du mir geschickt hast. Und was zur Hölle hast du dir mit der letzten Szene gedacht?« Obwohl sie sich große Mühe gibt, böse zu gucken, zuckt ein Grinsen in ihren Mundwinkeln.

»Ähhhh, sorry?« Ich setze mich im Bett auf und kratze mich unsicher am Kopf. »Ist das jetzt gut oder schlecht?«

»Das war ein genialer Mindfuck.« Endlich erlöst mich Mel mit einem Lachen. »Ich muss unbedingt weiterlesen. Hast du schon mehr?« Ihr Blick fällt zuerst auf meinen Schreibtisch, dann zu Viktor und mir. »Ohhhh, du hast wieder Besuch.« Ihre Augen weiten sich, als sie den schlafenden Kater entdeckt. »Wir haben ihn eben schon gesucht.«

»Viktor geht's bei mir hervorragend. Wir sind ein gutes Team.« Ich lächle kurz. »Vielleicht schaffe ich es, gleich noch ein bisschen weiterzuschreiben. Außerdem habe ich noch eine gute Nachricht für euch. Theoretisch kann ich ab sofort in die neue Wohnung einziehen.«

Mel starrt mich entgeistert an. Dann breitet sich ein Strahlen auf ihrem Gesicht aus. »Leo, das ist doch super. Du wirst dich sicher wohlfühlen.«

Ich nicke stumm und warte, dass sie aus meinem Zimmer verschwindet, um die Neuigkeiten mit meinem Bruder zu teilen. »Und vergiss nicht, mir sofort alles weiterzuleiten.« Sie deutet auf den Laptop. »Ich muss dringend wissen, wie es weitergeht.«

Die Tür fällt zurück ins Schloss. Das Geräusch hallt noch Sekunden später in meinem Kopf.

Ja, ich würde auch zu gerne wissen, wie es jetzt weitergeht.

• • •

Am nächsten Morgen schleppe ich mich erneut ins Café. Ich versuche, mir einzureden, dass die Motivation hinter dem Besuch nichts mit Maggie zu tun hat, doch insgeheim weiß ich genau, dass ich es nicht aushalte, mich länger von ihr fernzuhalten.

Es ist noch nicht zu spät für ein vernünftiges Frühstück, beschließe ich, als ich die Tasche mit meinem Laptop auf den Stuhl sinken lasse und mich nach einer Bedienung umsehe. Nach Maggie?

Sven bemerkt mich als Erster. Er strahlt mich aus der hinteren Ecke des Cafés an und steuert schließlich direkt auf mich zu. »Das Gleiche wie immer?«

»Das Gleiche wie immer«, antworte ich. Wenn ich um diese Uhrzeit bereits im Café auftauche, bedeutet das nichts anderes als zwei Avocadotoasts und ein Latte Macchiato mit viel Hafermilch und Zucker.

»Blond und süß«, hat Sven das genannt, als ich meinen Kaffee das erste Mal so bestellt habe.

Ich lasse mich auf meinem Platz nieder und klappe den Laptop auf. Mein Blick sucht die Theke ab, doch von Maggie ist nichts zu sehen. Ein blonder Haarschopf tritt aus dem Inneren des Cafés hervor. Doch es ist nicht Maggie, sondern eine andere Kollegin, die ich erst ein paarmal im Café gesehen habe.

Offenbar ist Maggie heute nicht da. Die Enttäuschung legt sich auf meine Brust wie eine schwere Decke, doch ich versuche, freundlich zu lächeln, als Sven mir das Heißgetränk wenige Sekunden später schon vor die Nase stellt.

Ich sitze schon mindestens zwei Stunden an meinem Tisch, habe noch eine zweite Portion Toasts verdrückt, als in meinem Sichtfeld ein weiteres Gesicht auftaucht, das mir bekannt vorkommt. Alicia.

Mir fällt gleich auf, dass Alicia verändert aussieht. Seit ich schreibe und die Welt aufmerksamer wahrnehme, fallen mir unheimlich schnell kleine Details an Personen auf.

Doch diesmal bin ich mir gar nicht sicher, ob es eine neue Frisur, ein anderes Make-up oder Alicias Ausstrahlung ist, die insgesamt lebendiger erscheint.

»Oh, hi!« Unsere Blicke treffen sich, und ich verschlucke mich beinah an meinem Kaffee, als Alicia mich mit einem freundlichen Lächeln begrüßt. Aus irgendeinem Grund bin ich davon ausgegangen, dass sie mich spätestens nach dem Streit mit Maggie ignorieren wird. Machen das die meisten Freundinnen nicht so? Ach, was weiß ich schon.

»Hey.« Ich hebe verunsichert die Hand und lächle vorsichtig zurück. Zu meiner großen Verwunderung begrüßt Alicia mich nicht nur nett, sondern nähert sich langsam meinem Tisch. Schnell speichere ich das Dokument ab und klappe den Laptop zu. Das ist eine seltsame Angewohnheit, die ich vermutlich den vielen Jahren verdanke, in denen das Schreiben mein großes Geheimnis gewesen ist. Niemand soll einen Blick auf den Text erhaschen. Nun ja ... Niemand bis auf die unzähligen Menschen, die in den nächsten Monaten hoffentlich mein erstes Buch lesen werden. Ich schiebe den Gedanken zur Seite und räuspere mich: »Schön, dass wir uns sehen.« Unpassende Floskel, doch auf die Schnelle fällt mir tatsächlich nichts anderes ein.

Alicia nickt schnell. »Ich wollte eigentlich nur ...« Sie verharrt in ihrer Position und nagt nervös an der Unterlippe, wie auch Maggie das manchmal tut, wenn ich sie in Verlegenheit bringe.

»Du kannst dich ruhig setzen«, presse ich hervor. »Nur wenn du willst.«

Alicia nickt und lässt sich auf den Stuhl mir gegenüber sinken.

»Es geht mich überhaupt nichts an, das weiß ich«, holt sie auf einmal aus.

»Vielleicht mache ich mir einfach zu viele Sorgen, aber hast du etwas von Maggie gehört?«

Mein Herz macht einen Sprung.

»Wie meinst du das?«, frage ich alarmiert. Ich hoffe, dass ihr das Zittern in meiner Stimme nicht auffällt. »Ihr wohnt doch zusammen.«

Zu meiner Erleichterung nickt Alicia. Für einen Sekunde habe ich befürchtet, sie könne Köln verlassen haben.

»Sie sperrt mich aus ihrem Leben aus«, überlegt Alicia laut.

Ich lache bitter auf. »Was erwartest du? Wir reden hier von Maggie.«

»Da hast du recht. Vermutlich übertreibe ich, aber ich war mir sicher, dass das etwas mit dir zu tun hat. Ich weiß, dass zwischen euch etwas läuft.«

»Frag sie am besten selbst«, sage ich und zucke mit den Schultern. »Ich weiß nämlich wirklich nicht, was ihr Problem ist.« Meine Worte klingen böser, als sie gemeint sind.

»Leo«, sagt Alicia sanft. »Maggie hat schon viel durchgemacht.«

Erstaunt hebe ich den Blick und starre Alicia an. »Du weißt davon?« Maggie hat mir nicht den Eindruck gemacht, als würde sie leichtfertig ihre Geschichte erzählen.

Anderseits ... Die beiden Mädels sind enge Freundinnen ...

»Ich weiß nur, dass ihre Schwester vor ein paar Jahren gestorben ist. Wir haben nie darüber gesprochen, aber ich habe es am Rande mitbekommen.« Ich kann sehen, wie es hinter ihrer Stirn rattert, doch ich kann mich hier nicht einmischen. Es nicht meine Aufgabe, nein, nicht mein Recht, Alicia von Paulinas Unfall zu erzählen. »Ich kann ihr nicht helfen, wenn sie nicht mit mir spricht. Glaub mir, ich habe alles versucht. Man kann Menschen nicht retten, Alicia. Man kann sie immer wieder ermutigen. Aber das habe ich getan. Ich habe Maggie angeboten, ihr immer zuzuhören.«

»Sie hat gestern ihren gesamten Jahresurlaub eingereicht, sperrt sich seit Tagen in ihrem Zimmer ein und spricht kaum.«

Das Frühstück liegt mir auf einmal schwer im Magen. »Und was denkst du? Wie soll ich ihr helfen, nachdem sie behauptet hat, mich zu hassen?«

»Das hat sie gesagt?« Alicias Augen weiten sich.

Ich nicke stumm.

Irritiert sehe ich, wie sie sich vom Tisch erhebt und mich beunruhigt ansieht. »Oh, Leo. Vielleicht geht es ihr schlechter, als wir ahnen.« Mit diesen Worten dreht sie sich um, geht an der Theke vorbei und verlässt das Café.

32. Kapitel

Maggie

Ich habe in den letzten zwei Jahren und zwei Monaten über sechzig Briefe geschrieben. Und manchmal, an den schlechtesten der schlechten Tage, überkommt mich die Wut bei dem Gedanken, dass Paulina mir niemals antworten wird.

Genau genommen ist es Leo gewesen, der mich damals in jener Nacht, in der ich ihm von Pauli erzählt habe, mit seinen Worten motiviert hat, all die Erinnerungen aufzuschreiben, die ich mit meiner kleinen Schwester verbinde. Nur zu gut habe ich noch das Bertold-Brecht-Zitat im Kopf: »Ein Mensch ist erst wirklich tot, wenn niemand mehr an ihn denkt«, mit dem Leo mich zum Nachdenken brachte.

Leo. Leo. Leo. Leo. Ich versuche, jeden einzelnen Gedanken an ihn zu verdrängen, weil ich weiß, dass ich von meinen Gefühlen sonst erschlagen werde. Natürlich funktioniert das nicht so einfach.

Gerade sitze ich vor den vielen Briefumschlägen und sortiere sie nach Datum. Der älteste ist von Mitte Mai, keine Woche nachdem ich Leo begegnet bin.

Ich habe jemanden kennengelernt, in dessen Gegenwart ich zum ersten Mal wieder atmen konnte. Es waren nur wenige Stunden, die wir gemeinsam verbracht haben, doch alles fühlte sich wie ein Rausch an. Magisch. Klingt crazy, oder? Kannst du dir vorstellen, dass deine große Schwester so einen Kitsch schreibt? Wahrscheinlich nicht. Musst du auch gar nicht, denn so wie es aussieht, habe ich die Sache schon ganz allein in den Sand gesetzt. Du kannst dir vielleicht denken, was passiert ist. Was immer passiert ... Du kennst mich, Pauli. Du weißt, wie ich ticke. Und ich wünschte, du wärst hier.

Ich lege den Brief zur Seite, muss ihn nicht einmal zu Ende lesen. Auch so weiß ich, dass ich Paulina noch um einen Rat gebeten habe. Einen Rat, den ich auch Jahre später nicht erhalten habe. Niemals erhalten werde.

Vielleicht funktioniert die Sache mit dem Briefeschreiben anders.

Vielleicht ist der Glaube an eine Verbindung das, was diese überhaupt erst erschaffen kann.

Es fällt mir leichter, das Geschehene in meinem Kopf zu sortieren, meine Aussetzer zu verstehen und vor allem ... Es ist, als könne ich nur durch das Begreifen irgendwann beginnen, mir Teile davon zu verzeihen.

Die Schwere liegt mir tief in den Knochen, und auch Alicia scheint aufgefallen zu sein, dass ich mein Zimmer die letzten fünf Tage nicht verlassen habe.

»Gibt es Probleme bei dir?«, fragt sie mich am Donnerstagabend, als ich mit ungewaschenen Haaren in der Küche stehe, um einen Tee zu kochen.

Ja, gibt es. Will ich sagen. Seit knapp dreiundzwanzig Jahren gibt es nichts anderes.

»Oman sagt, du hast dir die nächsten Tage freigenommen. Wir machen uns Sorgen.«

Stattdessen schüttele ich den Kopf. »Erschöpft. Unistress. Die Hausarbeit liegt mir ziemlich im Nacken.«

Ich bin mir sehr sicher, dass Alicia mir die Ausrede nicht abkauft, aber immerhin ist sie zu taktvoll, um weiter nachzubohren. Was soll ich ihr auch sagen? Dass ich aus reiner Angst vor mir selbst den Menschen fernhalte, dem ich mich so nah gefühlt habe wie vorher niemandem?

»Wenn ich dir helfen kann, meldest du dich?«, fragt sie und schenkt mir einen mitfühlenden Blick.

»Mache ich, danke.« Als ich meine Freundin betrachte, fällt mir plötzlich etwas auf. Wahrscheinlich war ich in den letzten Tagen zu viel mit mir selbst beschäftigt, um eine Veränderung an Alicia zu bemerken. Ihr Gesicht hat Farbe bekommen, sie trägt buntere Kleidung, und heute glänzt ein feines Make-up auf ihrer Haut. Insgesamt wirkt sie irgendwie … lebendiger?

»Hast du etwas Besonderes vor? Das Make-up steht dir.« Ich fahre mir zur Andeutung über die Wange.

Ein Strahlen geht durch ihre Augen. »Das ist dir aufgefallen?«

Ich greife nach meiner Teetasse und nicke. »Steckt da ein neuer Typ hinter?«

Alicia schüttelt abrupt den Kopf und sieht mich entsetzt an. »Darf man sich etwa nur noch für Männer herausputzen?« Sie winkt genervt ab. »Ganz im Gegenteil …«

Spätestens jetzt hat sie meine Aufmerksamkeit gewonnen.

Mit leiserer Stimme fährt sie fort. »Seit dem Abend im Krankenhaus habe ich Timon auf allen Plattformen blockiert.«

Ich reiße die Augen auf und grinse. »Ehrlich? Das ist ja der Hammer.« Überschwänglich strecke ich die Hand aus, um mich mit ihr abzuklatschen, da winkt Alicia ab. »Hör erst mal zu«, sagt sie lächelnd. »Ich habe mir viele Gedanken gemacht und im Internet einen Podcast entdeckt. Eine junge Frau, sie ist ebenfalls betroffen gewesen …«

Alicia macht eine Pause und wartet auf eine Reaktion.

»Betroffen von einer toxischen Beziehung?«, hake ich vorsichtig nach. Es fühlt sich ungewohnt an, das Wort direkt auszusprechen. All die Zeit war ich mir nicht sicher gewesen, ob Alicia die Bezeichnung überhaupt kennt.

Meine Freundin räuspert sich. »Genau. Sie teilt nicht nur ihre Erfahrungen, sondern auch Geschichten aus der Community. Viele haben körperliche Gewalt erfahren. Andere sind Opfer von sexuellem oder emotionalem Missbrauch. Weißt du, Maggie, ich denke, das macht mir wirklich Mut.«

Mir fehlen die Worte. Schweigend nehme ich Alicia in den Arm. Eine Welle aus unverhofftem Stolz überrollt mich, und ich kann nicht anders, als meine Freundin liebevoll an mich zu drücken. »Du machst das so gut, Alicia«, höre ich mich flüstern und spüre, wie sich eine Träne aus meinem Auge löst.

»Hey!« Irritiert lässt mich Alicia los. »Das ist doch kein Grund zu weinen.« Sie errötet und grinst. »Und pass gefälligst auf, dass deine Heulerei mein Make-up nicht verschmiert.«

Ich gebe mir Mühe, beleidigt zu gucken, und lächele sie schließlich doch an. »Und das Make-up? Hast du das auch aus dem Podcast?«

Alicia zuckt mit den Schultern. »Nur indirekt.« Sie löst sich vorsichtig von mir und mustert sich verunsichert in der Fensterscheibe. »Es ist wichtig, dass man sich selbst wieder mehr Bedeutung gibt. Dass ich wieder Zeit in die Beziehung mit mir stecke. Ich muss mich als eigenständigen Teil wahrnehmen.«

Fassungslos sehe ich Alicia an. »Wer bist du, und was hast du mit meiner Freundin gemacht?«

Sie grinst. »Vielleicht lernst du irgendwann die echte Alicia kennen.«

Ich nicke nachdenklich. »Das würde mich sehr freuen.« Plötzlich fällt mir die Frage wieder ein, die ich Alicia noch eben gestellt habe: *Steckt da ein neuer Typ hinter?*

Vielleicht, so überlege ich auf dem Rückweg in mein Zimmer, ist genau dieser Gedanke das Problem.

Dass ich mein ganzes Leben lang versuche, von anderen Menschen akzeptiert zu werden. Und damit aufgehört habe, zu fragen, wer ich im innersten Kern eigentlich sein möchte.

• • •

Das Ziehen in meiner Magengegend wird immer stärker, durch meinen Kopf fegen Tausende Gedanken, und ich muss mich immer wieder an meine eigene Atmung erinnern, um nicht in dem engen Bahnabteil zu ersticken.

Während ich wenige Minuten später auf den Anschlussbus warte, ziehe ich mir aus einem Automaten eine gekühlte Sprite und trinke die Flasche in einem Zug leer. Ich quetsche die Pfandflasche in meine Umhängetasche, steige in den Bus und halte mich an einer der kühlen Eisenstangen fest. Ein paar Mal ruckelt es bedrohlich, doch ich schlage mich wacker und bleibe trotz freier Plätze im Bus stehen. Es gibt kaum etwas Schlimmeres als das furchtbare Gefühl, wenn der verschwitzte Oberschenkel mit dem Kunststoffsitz verschmilzt.

Als der Bus ein paar Minuten später ein zweites Mal hält, schlägt mein Herz so schnell, dass ich kaum etwas anderes wahrnehmen kann als das Rauschen in meinem Ohr.

Die letzten Meter ist es, als tragen mich meine Beine selbst an diesen Ort zurück, von dem ich mir geschworen hatte, ihn nie mehr zu besuchen. *Hier sind nur Irre! Ich bin nicht so.* Meine eigene Abwehrhaltung galt einer Gruppe von Menschen, zu denen ich nicht gehören wollte. Um keinen Preis.

Auch heute fühle ich mich nicht wohl bei der Vorstellung, in dieser Schublade zu sitzen, Probleme zu hören, die nicht Teil meines Lebens sein sollten.

Ich betrete den kleinen Flur vor dem Gruppenraum und spüre die Blicke der anderen auf mir. Einige Gesichter kommen mir bekannt vor, doch die meisten sehe ich zum ersten Mal.

Es hat mich viel Überwindung gekostet, herzukommen, aber ich weiß, dass ich es tun muss. Weil ich weiß, dass ich nichts zu verlieren habe. Weil die innere Leere mich sonst auffrisst. Weil ich sonst Leo verliere.

»Hallo.« Meine Stimme klingt fremd in meinen Ohren. Ganz weit weg. Als würde nicht ich sprechen, sondern jemand, der plötzlich Besitz von mir ergriffen hat.

»Oh, Maggie.« Als mich die dünne Frau mit den schwarzen Haaren registriert, weiß ich ihren Namen sofort.

Anders als zwischen den Regalen des Supermarktes vor einigen Wochen bin ich auf unser Treffen vorbereitet.

»Wie schön, dass du dich entschieden hast, herzukommen.«

»Ich wollte es noch mal versuchen«, sage ich mit einem vorsichtigen Lächeln und werfe einen Blick zu den anderen Frauen, die mich immer noch mit einer Mischung aus Neugier und Skepsis mustern.

»Das ist Maggie«, stellt mich Anne der Runde vor. »Sie kam vor einem knappen Jahr öfter in unsere Gruppe.« Mit einem strahlenden Lächeln deutet sie auf ein Mädchen in meinem Alter. »Ach, ihr kennt euch sicher noch.«

Tatsächlich ist mir Doro mit ihren hellblonden Haaren, den vielen Tätowierungen beim Hereinkommen sofort aufgefallen.

Obwohl – oder möglicherweise auch weil – sie optisch eine riesige Veränderung durchgemacht hat. Nur das zögerliche Lächeln und der trübe Blick kommen mir seltsam vertraut vor.

»Vielleicht erkennst du mich nicht mehr.« Doro streicht sich eine Strähne aus dem Gesicht. »Das letzte Mal hatte ich noch dunklere Haare, keine Tattoos oder Piercings.«

»Viel geredet hast du auch nie. Nur geheult«, ergänzt Anne, und die Gruppe beginnt zu lachen. Ich bin verblüfft über ihre direkte Art, doch selbst Doro scheint Annes Bemerkung mit Humor zu nehmen.

Ungefiltert schießen mir vereinzelte Bilder durch den Kopf. Eine schüchterne und unscheinbare Version dieser Frau, die direkt vor mir steht. Viele Tränen.

Doro war als Kind schwer misshandelt worden, fällt mir wieder ein. Von ihren eigenen Eltern. Mutter und Vater, die eigentlich ihre wichtigsten Bezugspersonen hätten sein sollen, waren es gewesen, die sie an fremde Männer aus dem Internet verkauft haben und erst Jahre später vor Gericht zur Verantwortung gezogen wurden. Doro war mit ähnlichen Auffälligkeiten und Problemen wie ich in die Gruppe gekommen. Nur dass ich kein solches Schicksal erlitten hatte. Und trotzdem war Doro hier. Seit über einem Jahr. Während ich weggelaufen war. Vor all dem. Vor mir selbst.

»Es hat seine Zeit gedauert, aber ich habe mich weiterentwickelt.« Ein Funkeln geht durch ihre Augen, bevor ihr Blick an mir herunterfährt, und ich spüre, wie sie mich aufmerksam scannt.

Es kostet mich Kraft, nicht auf dem Absatz umzukehren. Ich sollte hier nicht sein.

Die anderen scheinen sich gut zu kennen und miteinander auszukommen. Doch obwohl ich mein ganzes Leben lang immer den Wunsch nach Zugehörigkeit gespürt habe, erfüllt mich in diesem Moment plötzlich Gleichgültigkeit.

Eigentlich bin ich für meine Mutter hier, schießt es mir durch den Kopf. *Sie macht sich ziemlich ohne Grund Sorgen. Ich brauche das hier nicht. Ich bin stabil. Ich mache das nur für Mama.* Mein Gehirn sucht tausend Gründe, um mein Herkommen zu entschuldigen.

Doch ein Grund reicht, um mich zum Bleiben zu zwingen: Leo. Wenn ich will, dass wir eine Chance haben, muss ich mich meinen Problemen stellen. Ich folge den anderen in unseren alten Gruppenraum. Dabei werde ich von einer Welle aus Gefühlen überrollt. *Ich sollte nicht hier sein. Ich brauche keine Hilfe. Ich gehöre nicht hierher.*

Die Stimme in meinem Kopf ist beinah so laut wie die Stühle, die über den Linoleumboden geschoben werden und sich zu einem Kreis zusammenfinden. Ich nehme die Begrüßung der Gruppenleiterin wie durch Watte wahr. Als sie bei ihrem Blick durch die Runde auf mich aufmerksam wird, verkrampft sich alles in meinem Magen, und ich schlucke hastig. »Magdalena Freytag. Ich bin schon einmal hier gewesen, aber habe das Programm abgebrochen.« Im Raum ist es mucksmäuschenstill. Nicht wegen dem, was ich gesagt habe, sondern *weil* ich etwas gesagt habe.

Jeder hört dem anderen zu. Das sind die Regeln.

»Ich habe es mir anders überlegt und …« Der Knoten in meinem Hals schnürt sich immer weiter zu, und ich bekomme kaum noch Luft. »Ich bin hier, weil ich doch Hilfe brauche. Ich habe jemanden kennengelernt, und er weiß nichts von …« Es geht nicht über meine Lippen. Ich schaffe es nicht, das Wort auszusprechen. »Er weiß nichts von dem Problem.«

33. Kapitel

Leo

Es ist eine Woche her, dass das Mädchen meines Herzens mir einen Korb gegeben hat. Einen Korb, der es mit kaum einem anderen aufnehmen kann.

»Ich hasse dich.«

Wenn ich recht überlege, habe ich noch nie einen Menschen wirklich gehasst. Ich konnte meinen ungerechten Mathelehrer nicht leiden und die Nachbarin, die ihren Hund immer auf den Rasen vor dem Haus machen lässt, und okay ja, ich bin manchmal wütend, weil meine Eltern meine eigenen Wege nicht akzeptieren. Aber hassen?

Ich schiebe Viktor zurück auf die Mitte der Matratze. Immer, wenn der faule Kater auf meinem Bett einschläft, mache ich mir Sorgen, er könnte plötzlich von der Kante fallen. Als er den Kopf hebt und mich mit seinen großen gelben Augen ansieht, als habe ich ihn aus seinem schönsten Traum geweckt, hebe ich abwehrend die Hände. »Sorry, Kumpel, ich wollte dir nur einen unsanften Fall aufs harte Holz ersparen.«

Er scheint meine unverschämte Störung schnell vergessen zu haben, denn keine fünf Sekunden später schläft er schnurrend weiter. Ich liege neben ihm und versuche mich dazu aufzuraffen, die letzten Kartons fertig zu packen.

Seit dem Gespräch mit Alicia ist es, als sei mir die letzte Kraft aus dem Körper gewichen. Weder Joggen noch der anstehende Umzug konnten mir Anschwung geben.

Immer wieder ertappe ich mich dabei, Maggies Kontakt aufzurufen. Ich überlege, welche Songs sie gerade hört, welche Gedanken ihr durch den Kopf gehen, und verdammt, ja, ich kann nicht aufhören, mir die Frage zu stellen, ob sie auch an mich denkt.

• • •

Mein Umzug erfolgt die Tage darauf ziemlich unkompliziert. Die Wohnung ist glücklicherweise möbliert, weshalb ich außer meinem Laptop, Kleidung und ziemlich vielen Büchern kaum eigenes Zeug anschleppe.

Während mein Körper sich zweifelsohne nach einer Pause sehnt, bin ich tagsüber mit dem Einräumen beschäftigt, und nachts zwinge ich mich, die letzten Kapitel meines Thrillers in Angriff zu nehmen. Vermutlich ist meine Lektorin die Einzige, die sich über meinen Schmerz freut. Sie hat mich zum ersten Mal seit Wochen gelobt, als ich ihr ein neues Kapitel geschickt habe.

Es scheinen die neuen Eindrücke in der Wohnung zu sein, die mich inspirieren. Durch die weißen Wände, die nahezu leeren Regale und vor allem die Ruhe, die in den Zimmern liegt, fühle ich mich weniger abgelenkt als sonst.

Seit dem Gespräch mit Alicia bin ich nicht mehr ins Café zurückgekehrt. Oman hat sich bereits per Textnachricht bei mir erkundigt. Ich habe ihm gesagt, dass ich umgezogen bin, nicht mehr so nah am Café wohne. Ich habe einfach kein Bedürfnis, mit irgendjemandem zu sprechen. Wo Melina anfangs noch Sympathie gegenüber der ihr unbekannten Maggie empfunden hat, habe ich mittlerweile den Eindruck, dass sie ihr die Schuld an der Stille gibt, die in mich gekehrt ist.

Maggie scheint einen Kampf mit sich auszumachen. Und ein winziger Teil in mir weiß, dass es Kämpfe gibt, die andere Menschen nicht verstehen. Und vielleicht, so rede ich es mir ein, als ich den ersten Abend in meinem neuen Zuhause liege, ist es ein Kampf, den sie zuerst allein gewinnen muss. Obwohl ich so gerne für sie da sein würde. Jeden Schmerz gemeinsam mit ihr aushalten möchte.

34. Kapitel

Leo

Am Samstag findet Philipps Geburtstag bei ihm zu Hause statt. Die meisten Gäste kenne ich von anderen Feiern, und normalerweise wäre das ein Grund, mich zu freuen. Doch heute möchte ich einfach in meinem Bett liegen und von niemandem die Frage gestellt bekommen, warum ich müde aussehe oder schon früher nach Hause gehe. Denn jedes Mal, wenn ich an die Antwort denke, spüre ich, wie sich mir eine dicke Faust in den Magen gräbt.

»Du hättest deine neue Freundin auch mitbringen können«, begrüßt mich Tarek mit einem Schulterklopfen.

»Sie ist nicht seine Fr-Fr-Freundin. Sie ist nur eine Freundin«, verbessert ihn Julian und grinst.

»Ist klar.« Tarek runzelt skeptisch die Stirn.

»Sie hatte schon etwas vor.« Ich schiebe mich genervt an den beiden vorbei und wende mich Philipp zu. »Alles Gute. Danke für die Einladung.«

Er winkt uns ins Wohnzimmer, wo Linda bereits mit einer Freundin wartet. Die beiden sind in ein Gespräch vertieft, doch als wir hineinkommen, hebt zuerst Linda, dann das andere Mädchen den Kopf.

Sie hat lange braune Haare, ein fülliges Gesicht und ein Lächeln, von dem ich mir sicher bin, es könne äußerst ansteckend wirken. Wenn man nicht, wie ich, gerade gedanklich ganz woanders ist.

Philipp ist der Einzige von uns, der noch zu Hause wohnt.

Seine Familie lebt in einem großen Haus am Stadtrand von Köln, weshalb wir schon im letzten Sommer manchmal in den Genuss des großen Pools kamen.

»Die Jungs sind da«, ruft Philipp und spurtet zum Kühlschrank, um die ersten Getränke herauszunehmen. »Wollt ihr was haben? Kölsch? Cola? Fanta? Wir haben auch noch was anderes. Ihr könnt euch einfach bedienen.«

Ich entscheide mich für ein kaltes Mixbier, das bei dem Wetter eine gute Abkühlung verspricht.

Ein paar Minuten später haben wir uns alle in den Garten begeben. Bei der Hitze ist es am Pool am besten auszuhalten, und ich bereue es ein bisschen, meine Badehose nicht mitgenommen zu haben. Anderseits bin ich nicht gerade in der ausgelassensten Stimmung, als die Jungs in den Pool springen und die Wasserspritzer auf meiner Haut landen.

»Spring doch in der Boxershorts rein!«, ruft Tarek und versucht, mich mit einem Schwall Wasser zu treffen. Ich beuge mich rechtzeitig zurück und zeige ihm lässig den Mittelfinger. »Schwimm doch selbst nackt!«

Er verdreht die Augen, holt tief Luft und taucht unter Wasser. Vielleicht nervt es mich ein bisschen, dass die anderen so viel Spaß haben, weil mir dadurch bewusst wird, wie wenig ich an diesem Gefühl teilhaben kann. Mein Kopf ist viel zu sehr mit dem

Chaos beschäftigt, das mein Herz auch noch über eine Woche nach dem Streit mit Maggie angerichtet hat.

Linda und ihre Freundin, die sich mir als Mona (oder Nora? Verdammt, ich habe tatsächlich ihren Namen vergessen) vorgestellt hat, sitzen am Beckenrand und kreischen laut auf, als Julian und Philipp sie an den Füßen ins Wasser ziehen wollen. »Spinnst du? Ich habe mein Handy in der Hand«, ruft Linda und lässt das Smartphone erschrocken ins Gras fallen, bevor sie mit einem lauten Platschen ins Wasser fällt.

Mona-Nora springt lachend auf. »Bloß nicht. Es ist schon zu spät. Ich kriege meinen Bikini nicht mehr trocken, und ich habe keine Wechselsachen dabei.«

Als ich meinen Blick durch den Garten streifen lasse, treffen sich erneut unsere Blicke. Sofort zeichnet sich ein Strahlen auf ihrem Gesicht ab, und ich spüre, wie sich alles in mir zusammenzieht.

»Du bist also auch keine Wasserratte?«

Ich zucke mit den Schultern und antworte nur knapp. »Nicht ohne Schwimmsachen.«

»Ist ja bald dunkel. Dann sieht das niemand.« Sie beißt sich grinsend auf die Lippe.

»Kein Bedarf.« Ich versuche, ihr zu verklickern, dass mir wirklich nicht nach einem Gespräch ist, doch meine abweisende Art scheint sie nicht abzuhalten, mir weiter Fragen zu stellen.

»Bist du schon lange mit den anderen befreundet?« Vorsichtig streicht sie sich eine Haarsträhne aus dem Gesicht. Das Lächeln, das immer kräftiger in ihren Mundwinkeln zuckt, wirkt auf mich plötzlich bedrohlich. Will sie mich etwa anbaggern?

Augenblicklich schießt mir die Röte ins Gesicht, und ich spüre, wie sich die Nervosität in meinen Muskeln festbeißt.

»Ja«, presse ich hervor. »Also ja, bin ich.« Oh Mann, es ist, als sei mein Kopf innerhalb von Sekunden leer gefegt.

»Linda hat mir schon von dir erzählt. Natürlich nur Gutes.«

Die Situation ist mir unangenehm, sodass ich blitzschnell nach einem Ausweg suche.

»Ich hole mir noch mal etwas zu trinken.« Bevor sie reagieren kann, drehe ich mich um und steuere Richtung Tür ins Innere.

Die Küche ist herrlich klimatisiert, und ich nehme einen tiefen Atemzug. Obwohl es bald dunkel wird, ist die Luft draußen noch immer zu schwül.

Mit einer kühlen Limo lasse ich mich für einen Moment auf einen der Barhocker fallen und ziehe mein Smartphone aus der Tasche. 21:30 leuchtet die Uhrzeit auf meinem Display. Ich habe zwei entgangene Anrufe. Sieben Textnachrichten.

Erstaunt stelle ich die Flasche auf die helle Marmorplatte und scrolle durch meine Benachrichtigungen.

Verblüfft sehe ich, dass die Anrufe von Oman sind. Ich habe keine Ahnung, ob er mich je zuvor schon einmal angerufen hat. Auch die Textnachrichten stammen alle von ihm. *»Ist das okay? Bitte sag mir, dass es okay war, Leo«*, steht dort in Großbuchstaben geschrieben. Eilig öffne ich unseren vollständigen Chat.

»Maggie hat mich angeschrieben.«

»Sie wollte zu dir.«

»Ich habe ihr gesagt, dass du umgezogen bist. Darf ich ihr deine neue Adresse geben?«

»Verdammt, Leo. Ich glaube, es ist wichtig. Sie war irgendwie seltsam drauf.«

»Leo? Antworte! Sie möchte unbedingt zu dir fahren.«

»Leonard! Ich werde ihr jetzt einfach deine Adresse geben.«

»Ist das okay? Bitte sag mir, dass es okay war, Leo!!!«

Mein Herz überschlägt sich. Innerhalb von Sekunden ist mir

so kalt, dass mich die eiskalte Limo, die ich meinen Hals runterstürze, erschaudern lässt.

Meine Finger fahren wie ferngesteuert über das Display, während ich mich auf den Weg zurück in den Garten mache.

Die anderen sind aus dem Pool gekommen, sitzen in Handtücher gehüllt am Gartentisch und unterhalten sich laut miteinander.

»Hast du noch Bock auf Grillen?«, fragt Philipp, als er mich im Türrahmen entdeckt. »Ist zwar schon spät, aber Schwimmen macht hungrig.«

»Ich muss los. Sorry, Jungs.« Geistesabwesend schüttele ich den Kopf. »Und Mädels. Sorry. Mir ist etwas dazwischengekommen.« Ohne eine vernünftige Erklärung wende ich mich ab. »Danke für die Einladung.«

Doch so schnell lässt sich Philipp nicht abwürgen. Verwirrt folgt er mir durch den Flur. »Ist alles in Ordnung bei dir?«

Ich umklammere das Smartphone in meiner Hand fester. »Irgendetwas mit Maggie. Es tut mir leid, ich muss nach Hause und …« Ich bin so durcheinander, dass ich mich plötzlich im Wohnzimmer wiederfinde.

»Da lang.« Philipp deutet in die andere Richtung und begleitet mich zur Haustür. »Kann ich dir helfen? Wenn ich mitkommen soll …« Bevor er weitersprechen kann, bleibe ich abrupt stehen und schließe ihn wie aus dem Nichts in eine vertraute Umarmung. So, wie ich es noch nie zuvor getan habe. Wie keiner von uns es je zuvor getan hat.

Philipp erscheint verblüfft, doch er schließt mich ebenfalls fest in seinen Arm. »Fahr vorsichtig, okay?«

Ich löse mich von ihm und schlucke. »Mache ich.«

»Wir brauchen dich noch, Leo.«

Ein Nicken meinerseits. Mehr nicht. Aber seine Worte treffen mich.

»Immer noch *nur eine Freundin?*«, fragt Philipp vorsichtig und öffnet mir die Haustür.

Die Aufregung rauscht in meinen Ohren, als ich laut ausatme. »Nein. So viel mehr als das.«

35. Kapitel

Maggie

Ich lasse mich auf den Bürgersteig sinken und vergrabe das Gesicht in den Händen. Ich habe das Gefühl zu zerfließen, als würde alles von einem großen Loch in meinem Inneren verschluckt werden. Die Dämmerung hat längst eingesetzt, und je mehr die Dunkelheit über mich hineinbricht, desto verlorener fühle ich mich in der schwülen Nacht.

Als Kind und auch als Teenager bin ich häufig von zu Hause weggelaufen. Bei jedem Streit, der mich aus der Fassung brachte. Wenn ich mich nicht gesehen fühlte. Wenn das Leben mich aus dem Gleichgewicht brachte. Ich fing an, die Wut gegen meine Familie zu richten, um den Druck, der durch meinen Körper ging, irgendwie abzuladen. Meine Verzweiflung rauszuschreien. Ich kotzte mir die Seele aus dem Leib, nur um später wieder Unmengen in mich reinzustopfen. Ich zerkratzte mir die Unterarme, um die Energie zu entladen.

Und wenn das alles nichts brachte, zog ich durch die Straßen und wartete darauf, dass die Zeit verstrich.

Die ersten Male brachen meine Eltern noch in Panik aus. In höchster Alarmbereitschaft fuhren sie durch die Nachbarschaft und flehten mich in Textnachrichten an, endlich wieder nach Hause zu kommen. Doch mit der Zeit ließen ihre Bitten nach. Mein Telefon lag stumm in meinen Händen.

Kein *Wo bist du?*

Kein *Komm nach Hause.*

Kein *Wir lieben dich.*

Kein *Alles wird gut.*

Ich schürte weiter den Hass gegen sie, die mich allein ließen. Und ertrank damit in dem Hass gegen mich selbst.

So lange, bis die Anspannung aus meinen Muskeln wich und ich in innerer Zerrissenheit heimkehrte.

»Wieso habt ihr mich nicht gesucht?«, fragte ich meine Mutter eines Nachts unter erstickten Tränen. Ich stand klatschnass vor der Haustür und sah sie verzweifelt an. »Bin ich euch so egal?«

Doch sie nahm mich wortlos in den Arm. »Wir wollten dir deinen Freiraum geben«, flüsterte sie und presste mir einen Kuss auf die Stirn.

»Aber Mama.« Ich machte mich von ihr los. »Du verstehst das nicht.« Mit einem Feuerball aus Wut und Angst im Bauch stürmte ich in mein Zimmer, vergrub mich in meinem Elend und sperrte die Welt vor mir aus.

Die Wahrheit war: Es konnte niemand verstehen. Je lauter ich schrie, man solle mich loslassen, desto sehnlicher der Wunsch, für immer festgehalten zu werden.

Je tiefer die Verletzungen, die ich anderen mit meinen Worten zufügte, desto größer der Zorn und die Ablehnung gegen mich selbst.

Ich war nicht weggelaufen, weil ich Freiraum suchte.

Ich lief weg, weil ich gesucht werden wollte. Gesucht und gefunden. Weil ich mich so danach sehnte, geliebt und gebraucht zu werden.

Doch dieses Gefühl, so lernte ich mit der Zeit, war immer schon schlecht.

Dieser Gedanke bohrt sich zum wiederholten Mal in meinen Kopf, als ich meinen Blick hebe und auf die leere Straße schaue. Seit einer Viertelstunde, die ich hier sitze und nachdenke, sind mir keine Menschen begegnet. Entweder war ich zu beschäftigt, mich ans Atmen zu erinnern und die Angst aus den Tiefen meines Herzens zu verdrängen, oder Leo ist tatsächlich in ein ziemlich unbelebtes Viertel gezogen.

Die Mietpreise in Köln-Chorweiler sind dafür jedoch deutlich niedriger als in der Innenstadt, und ich denke, dass dieses Argument Leo überzeugt hat.

Es ist bereits drei Stunden her, dass ich Oman aufgelöst angerufen habe, und mittlerweile bin ich mir nicht mehr sicher, ob das eine so gute Idee gewesen ist.

Die Selbsthilfegruppe. Die Überforderung. Die Angst.

Leo, an den ich nur denken muss, damit es mir Luft und Verstand nimmt, stiehlt sich aus meinem Leben. Er ist innerhalb von nur einer einzigen Woche in eine neue Wohnung umgezogen. Zehn Kilometer entfernt. Und er hat es mir nicht erzählt. Nicht erzählen können.

Weil ich das kurze, aber intensive Band zwischen uns zerrissen habe. Zerrissen, in der Hoffnung, er könne zurückkommen. Um mich zu sehen. Um mich zu lieben. Doch er hat nichts davon verstanden. Weil ich ihm nicht die Chance gegeben habe, es zu verstehen.

Also kehre ich zum ersten Mal in meinem Leben selbst zurück, um es ihm zu erklären. Oder zumindest, um es zu versuchen.

»Maggie.« Mein Bauch vibriert vor Anspannung. Ich sehe auf,

spüre, wie mir das Blut durch die Adern fließt und sich alles in meinem Kopf dreht.

Ich hasse dich. Ich hasse dich. Ich hasse dich.

Meine eigene Stimme klingt schrill in meiner Erinnerung. Wie etwas Fremdes, das sich klammheimlich durch meine Gedanken schleicht und mich plötzlich Wahrheiten glauben lässt, die keine Wahrheiten sind.

Dass ich es nicht verdient habe. Dass ich wertlos bin.

»Leo.« Meine Stimme bricht.

»Maggie«, wiederholt er meinen Namen leise.

»Du bist gekommen.«

Er schüttelt den Kopf. »Ich wohne hier. Du bist gekommen.«

Ein ferngesteuertes Nicken meinerseits. »Ja.« Das, was ich eigentlich sagen möchte, verliert sich irgendwo im Nirgendwo, und gleichzeitig spüre ich die Gefühle überall.

»Ist alles in Ordnung bei dir?« Leo macht einen Schritt auf mich zu. Etwas in mir möchte zurückweichen, doch ich bleibe aufrecht sitzen und … atme. Atmen ist so viel. Atmen ist alles, was ich kann.

»Geht es dir gut, Maggie?« Dann ist er neben mir. Seine Nähe ist überall. Auch dort, wo ich es nicht wahrhaben will. Wahrhaben darf.

»Können wir reden?«, flüstere ich und strecke vorsichtig meine Hand nach ihm aus.

Ohne zu zögern, greift Leo danach und zieht mich vorsichtig zu sich hoch. »Möchtest du reinkommen?«

Kaum stehe ich aufrecht, lässt er mich wieder los und verschränkt seine Hände vor der Brust.

Ich zucke mit den Schultern. »Wenn das okay ist.«

»Klar.« Es fällt mir schwer, seine Stimme zu deuten, einzuschätzen, was er gerade denkt. Also folge ich ihm wortlos in Richtung Wohnblock und kämpfe dabei gegen das Gefühl der Übelkeit, das in meiner Kehle hängt.

»Ich wohne im sechsten Stock. Die Wohnungen waren günstiger«, sagt Leo, vermutlich, um die unangenehme Stille zu brechen. Im Treppenhaus ist es so kalt, dass sich die Härchen auf meiner Haut aufstellen. Ich streiche mit den Händen über die Arme, um mich ein bisschen zu wärmen.

»Ist der Fahrstuhl okay?«, fragt Leo und räuspert sich. »Oder siehst du die Gefahr, dass wir übereinander herfallen und lauter Fahrstuhl-Babys zeugen?« Sein Witz kommt trocken. Sofort schießen mir die Bilder unseres Kennenlernens durch den Kopf. Sein Lächeln. Das Herzrasen, das mir schon damals Angst gemacht hatte, weil wir uns doch gar nicht kannten. Doch heute fühle ich mich Leo fremder. Fremder als an diesem Abend, an dem wir kaum mehr voneinander wussten als unsere Namen.

»Ist okay«, antworte ich. »Also der Fahrstuhl. Nicht die Babys.« Das Lächeln schmerzt in meinen Mundwinkeln.

Wir steigen in den Aufzug ein. Unsicher drücke ich mich gegen die verspiegelte Wand und konzentriere mich auf meine Atmung.

»Ich habe einen Schrecken bekommen«, murmelt Leo und löst seinen Blick vom Boden. Als wir Augenkontakt haben, spüre ich, wie mein Herz heftiger in der linken Brust schlägt. Die Aufregung schnürt mir förmlich die Luft ab. »Als ich Omans Nachrichten gelesen habe, habe ich Sorge bekommen, dir sei etwas passiert.«

Ich schlucke. »Es tut mir leid, dass ich dir einen Schrecken eingejagt habe. Als ich gemerkt habe, dass du unterwegs bist, wollte ich wieder verschwinden, aber Oman meinte, er hätte dir bereits geschrieben.«

Leo schüttelt den Kopf. »Nein, das ist schon in Ordnung. Es

ist gut, dass wir miteinander sprechen. Ich … Ich bin froh, dass du da bist, Maggie.«

Mit einem Ruck bleibt der Fahrstuhl stehen. Die Türen öffnen sich, doch keiner von uns regt sich.

»*Ladies first*«, sagt er und presst sich gegen die Wand, um mir Platz zu machen. Auf wackeligen Beinen gehe ich an ihm vorbei, um kurz darauf überholt zu werden. Der Flur ist schmal und kurz. Die Wände sind heruntergekommen, und in der Luft liegt ein muffiger Geruch, den ich aus alten Gebäuden kenne.

»Es ist noch alles ziemlich provisorisch. Ich bin erst vor ein paar Tagen eingezogen«, erklärt er und zieht einen Schlüssel aus der Hosentasche. »Es war das Einzige, was bezahlbar und frei gewesen ist.«

»Kein Problem. Ich komme nicht zur Kontrolle, da kannst du sicher sein.«

Die Wohnungstür springt auf, und wir treten in ein kleines Apartment.

Leo schiebt mit dem Fuß einen Karton aus dem Weg. »Möchtest du was trinken? Du hast bei dem schwülen Wetter doch bestimmt lange genug draußen gesessen, oder?«

Das habe ich. Doch mein Herz überschlägt sich beinah in meiner Brust, und ich fürchte, jeden Augenblick zu platzen, wenn ich nicht endlich die richtigen Worte finde. Die richtigen Worte für was? Kann ich wirklich …?

Mit einem lauten Klirren reißt Leo mich aus den Gedanken. »Ich habe nur Leitungswasser.« Überrumpelt nehme ich das Glas entgegen und trinke einen Schluck. Als das kalte Wasser meinen Hals hinunterfließt, spüre ich erst, wie durstig ich eigentlich gewesen bin.

Ich schlucke den Kloß runter, der mich davon abhalten will,

die nächsten Minuten den Mund zu öffnen. Ich schiebe die Angst aus meinen Gedanken, die mir einflüstern will: *Tu es nicht.*

Aber ich bin lange genug weggelaufen.

»Ich habe Dinge gesagt«, flüstere ich.

Leos Hand liegt nicht weit von meiner entfernt. Ich wünsche mir nichts sehnlicher, als danach zu greifen und mich für ein paar Sekunden sicher zu fühlen.

»Ich habe Dinge gesagt, die ich nicht so meine«, presse ich hervor. »Die ein Teil von mir nicht so meint.«

Ich warte darauf, dass Leo etwas sagt. Dass er mich unterbricht. Doch stattdessen sieht er mich mit einem aufmerksamen Blick an und wartet.

»Leo.« Druck bildet sich hinter meinen Augen. »Ich kann nicht atmen.« Innerhalb von Sekunden schießen die Tränen heraus und brechen über mich herein. Ich spüre, wie meine Muskeln sich verkrampfen und die Anspannung durch meinen Körper zieht.

»Leo.« Erstickt rufe ich seinen Namen, greife nach dem Kissen, das direkt neben mir liegt, und drücke meine Faust fest in den Stoff.

»Maggie.« Seine Hand ist so warm.

»Maggie.« Seine Umarmung so fest, dass ich keine Chance habe, mich von ihm zu lösen. »Ich bin hier.«

»Du musst bleiben!«, schluchze ich. »Du bleibst. Du darfst nicht gehen.« Die Worte schießen wahllos aus meinem Mund.

»Ich bleibe«, sagt Leo. »Ich bleibe, solange du willst. Du musst nur atmen. Gleichmäßig und ruhig.«

Wir halten uns, während die Tränen haltlos über meine Wange rollen. Ich schaue Leo tief in die Augen und beschließe, ihm zu glauben. Ich beschließe, für einen Moment stärker als die Angst zu sein. Weil ich lernen will, zu vertrauen. Weil dieser wunderbare Mensch vor mir genau das verdient hat. Weil ich das verdient habe. Wir beide.

»Ich bin hier«, wiederholt Leo erneut seine Worte. »Ich bin hier, und ich bleibe.«

Ich atme. Ich beruhige mich. Ich lasse zu, dass er bleibt. *Weil ich es kann. Weil ich es will. Weil ich es brauche. Weil ich es darf. Weil … Weil ich es verdiene.*

»Das ist schon lange so«, sage ich mit verheulter Stimme. »Diese Gefühlsschwankungen. Diese Intensität. Ich glaube, ich war noch ein Kind, als das alles anfing.

Manchmal sage ich Dinge, die ich nicht so meine. Ich stehe unter einer Anspannung, die sich nicht ertragen lässt. Meine Gefühle übernehmen mich vollkommen. Sie wechseln von einem auf den anderen Augenblick von einem Extrem ins andere. Ich mag mich, wie ich bin, im nächsten Moment spüre ich nur noch Hass und Wut. Ich empfinde so viel Wut. Auf mich. Auf die Welt. Auf jeden, der etwas sagt, das mir wehtun könnte. Manchmal fühle ich aber auch nichts. Als wäre ich innerlich tot.«

Während ich anfange, immer schneller zu sprechen, streicht Leo sanft über meinen Handrücken.

»Ich habe große Angst, Menschen zu verlieren. Deshalb laufe ich fort. Ich gehe, um nicht verlassen zu werden. Aber wer mich gehen lässt, für den empfinde ich nur Abscheu. Jeder Verlust ist ein Beweis dafür, dass ich recht hatte. Ich zeige mich die meiste Zeit unverwundbar und distanziert. Doch viel zu schnell verliere ich mich in einem Gefühl. Dann bin ich einem Impuls vollkommen ausgeliefert.«

Atemlos halte ich inne. Mein Redeschwall muss Leo vollends verwirrt haben. Doch dann führt er sanft meine Hand an seinen Mund und presst einen zarten Kuss auf die verschwitzte Haut. »Ganz ruhig. Ich habe versprochen, dass ich nicht weglaufe.«

Er bleibt. Der Gedanke, diesen besonderen Menschen mit einem Schlag verlieren zu können, schürt unerträgliche Verlustängste in mir.

»Ich bin das erste Mal mit zwölf bei einer Therapeutin gewesen«, fahre ich mit immer noch rasendem Puls fort. »Meine Eltern waren überfordert mit meinen ständigen Ausbrüchen und suchten einen Grund.« Hastig streiche ich mir die Tränen aus dem Gesicht. »Die Wahrheit ist: Es gibt nicht den *einen* Auslöser.«

Leo nickt. »Aber sie konnten dir nicht helfen? Mit einer Therapie?«

Ich zucke schniefend mit den Schultern. »Ich habe mir nicht helfen lassen. Eine Therapie zu machen, war für mich völlig abstrakt. Ich konnte die Probleme nicht bei mir sehen, sondern war felsenfest davon überzeugt, die anderen Menschen seien nur zu blöd.«

In Leos Mundwinkeln zuckt ein Schmunzeln. »Das klingt nach deinem Dickkopf.«

Ich halte mich an seinem Arm fest und lasse nicht zu, dass er einen Zentimeter von mir abrückt. Nur solange er bei mir ist, schaffe ich es, weiterzusprechen.

»Meine Eltern hielten es für die Pubertät. Das ist das Alter, in dem alle Kinder Schwierigkeiten haben, dachten sie. Doch es hörte nicht auf, und die Ausbrüche zwangen mich immer wieder in die Knie. Ich bin zu Hause ausgerastet, habe angefangen, meine Grenzen zu testen. An dem einen Tag habe ich mich mit Essen vollgestopft, am nächsten überhaupt nichts gegessen. Ich habe mich in gefährliche Situationen gebracht.«

»Du hast nach einem Weg gesucht, diese innere Anspannung auszuhalten?« Leo zögert kurz. »Das kommt mir bekannt vor.«

Irritiert sehe ich ihn an.

Schnell winkt Leo ab. »Nicht von mir selbst.« Dann holt er

tief Luft. »Meine Mutter litt früher unter Panikattacken. Sie hatte beim Autofahren immer wieder Weinanfälle, verkrampfte sich im Sitz. Innerhalb von Sekunden geriet sie in so schreckliche Todesangst, dass sie mehrfach auf dem Beifahrersitz ohnmächtig wurde. Irgendwann habe ich nach Hilfe gesucht und stieß auf kleine Übungen, die Betroffene aus der Hochanspannung lösen können.«

Plötzlich muss ich an unsere gemeinsame Autofahrt ins Krankenhaus denken. »Das hast du bei mir versucht«, überlege ich laut. »Auf dem Weg ins Krankenhaus, nachdem meine Mutter mich angerufen und mich hergebeten hatte. Du hast mich nach dem Mond gefragt.«

Leo nickt. »Ich war mir sicher, du hättest eine Panikattacke bekommen. Ist das nicht irgendwie zu vergleichen?«

»Vielleicht«, antworte ich leise. »Bei mir ist es meist sehr viel Wut, die mich überkommt. Wut auf die ganze Welt, aber am allermeisten auf mich. Mein Herz ist so schwer.«

»Nicht schlimm. Ich trage dein Herz. Nur für heute, okay? Oder zumindest für ein paar Minuten.« Ich spüre Leos Hand auf meiner Schulter. Er zieht mich vorsichtig an sich heran, und ich lasse seine Nähe zu. Seine Hilfe zu.

»Irgendwann wurde der Leidensdruck so groß, dass ich mich doch für eine Therapie entschied. Und kurzfristig dachte ich, man könne mir helfen. Doch diese intensiven Gefühle blieben. Die Hochanspannung blieb. Die Angst davor, verlassen zu werden, blieb. Die Wut blieb. Mich gibt es immer nur ganz oder gar nicht. Mit zu vielen oder überhaupt keinen Gefühlen. Der Tod meiner Schwester hat alles nur noch schlimmer gemacht. Ich habe andauernd unter dieser Anspannung gelitten. Ich habe hier in Köln ganze zwei Mal eine Selbsthilfegruppe besucht. Das war nach unserer Zeit.« Ich schlucke. »Aber es hat nicht geholfen. Ich wollte nicht, dass es hilft. Vielleicht, weil ich nach Paulinas Tod dachte, ich hätte ein besseres Leben überhaupt nicht verdient.«

Ich nehme Leos vertrauten Geruch wahr und schließe die Augen, um die Wärme und Geborgenheit für einen Moment in mich aufzunehmen.

»Als Kind habe ich mich immer gewundert, warum die anderen Menschen mit ihren Gefühlen umgehen konnten, während ich die Kontrolle über mich verlor.«

»Hast du dich denn nie gefragt, warum es bei den anderen so leicht wirkte, während es dich so gequält hat?«

Nachdenklich schüttele ich den Kopf. »Nicht wirklich. Ich habe geglaubt, die anderen seien einfach besser darin als ich. Ich hielt mich für eine Versagerin, weil es mir nicht gelungen ist, meine Gefühle im Zaum zu halten. Andere haben sich gefreut, ich hatte Schmerzen vor Glück. Oder andersrum gab es bei mir selten normale Traurigkeit. Ich wollte immer direkt sterben.«

Leo fährt mit seiner Hand vorsichtig über mein Haar. »Was nicht bedeutet, dass du schwächer bist. Deine Gefühle sind nun einmal stärker.«

Ich seufze. »Ja. Dennoch ist es schwierig, den Menschen immer zu viel zu sein. Die meisten sagen das, wenn ich mich einmal fallen lasse. Sie halten diese Gefühlsschwankungen nicht aus. Das verstehe ich sogar.«

Leo nickt. »Ich auch.«

Verlegen beiße ich mir auf die Lippe. Er versteht es. Er denkt auch, dass ich eine Belastung bin.

»Also ich verstehe, warum andere Leute das so denken«, fügt er hinzu. Seine Worte schmerzen, obwohl er nur wiederholt, was ich selbst bereits gesagt habe. Trotzdem tut die Wahrheit aus seinem Mund noch viel mehr weh.

»Maggie, aber deshalb ist es noch lange nicht deine Schuld.«

Ich weiß nicht, was er sagen will.

»Lass mich überlegen. Vielleicht fällt mir ein Beispiel ein«, sagt Leo. »Stell dir vor, du hast einen Kinderstuhl in deiner Wohnung stehen. Wenn sich ein erwachsener Mann draufsetzt, bricht er vielleicht ein, oder?«

Verwirrt nicke ich. »Könnte sein.«

»Nun ja, würdest du dann auch sagen, dass der Mann abnehmen muss?«

Ich schüttele abrupt den Kopf. »Natürlich nicht. Er hat sich ja auf einen Kinderstuhl gesetzt. Ist doch logisch, dass das nicht hält.«

Leo lacht. »Genau das meine ich. Bloß weil andere Leute manchmal Schwierigkeiten mit dir haben, ist es doch nicht in deiner Verantwortung, ein anderer Mensch zu werden.«

Fuck. Wie kann er so perfekt sein?

Schweigend sehe ich ihn von der Seite an. Doch Leo scheint gerade erst in seiner Metapher aufzugehen.

»Du kannst vielleicht Rücksicht darauf nehmen und dich das nächste Mal auf einen Stuhl setzen, der dich aushält. Und solche Stühle gibt es. Einer davon bin vielleicht sogar ich.« Ein Lächeln schleicht sich um seine Mundwinkel. »Aber Gewicht verlieren musst du deshalb noch lange nicht.«

36. Kapitel

Leo

»Ich habe Angst«, höre ich Maggie leise wimmern. Zum ersten Mal, seit ich sie kenne, sieht sie wirklich verloren aus.

Mir wird bewusst, dass ihre Fassade an diesem Abend, auf meinem Bett, in meinen Armen, zum ersten Mal wirklich gebrochen ist. Die ganze Zeit über muss sie ihre eigene Verzweiflung durch Wut und Hass bekämpft haben. Doch nun spricht zum ersten Mal die echte Traurigkeit aus ihr.

»Ich halte dich fest, solange du willst«, flüstere ich ihr dicht ans Ohr.

Maggie betrachtet mich durch ihre schönen Augen, die vom Schmerz so gezeichnet sind, dass es mir wehtut.

»Ich bin vor ein paar Tagen wieder in einer Selbsthilfegruppe gewesen. Hier in Köln«, erzählt sie weiter. »Die anderen Teilnehmer hatten ähnliche Probleme. Zumindest die meisten litten ebenfalls unter einer emotional instabilen Persönlichkeitsstörung.«

Persönlichkeitsstörung? Die Bezeichnung verwirrt mich. Wie kann eine Persönlichkeit überhaupt gestört sein?

»Borderline«, sagt Maggie, als sie mein fragendes Gesicht

sieht. »Ich benutze den Begriff nie, weil er viel zu negativ aufgeladen ist.«

Diese Diagnose habe ich schon ein paarmal gehört, doch ehrlich gesagt konnte ich mir bis jetzt nicht viel darunter vorstellen.

»Wenn du Depressionen hast oder eine Angststörung, dann empfinden die meisten Menschen Mitleid. Niemand möchte das Opfer sein. Aber hast du schon einmal darüber nachgedacht, wie es sich anfühlt, ein Täter zu sein?«, unterbricht sie meine Gedanken. »Borderliner sind immer die, die Beziehungen zerstören und die anderen Menschen manipulieren. Die böse sind. Falsch.« Sie holt tief Luft. »Leo, das wollte ich nie. Ich wollte so jemand nie sein.«

Sofort schießt mir durch den Kopf, was ich Maggie in unserem Streit vorgeworfen hatte. Manipulativ zu sein. Erst jetzt wird mir bewusst, wie tief sie meine Worte verletzt haben müssen. »Du bist nicht so«, flüstere ich, doch Maggie bringt mich mit einem Abwinken zum Schweigen.

»Das waren deine Worte, Leo. Das, was du zu mir gesagt hast. Weil es stimmt. In mir steckt ein Anteil, der diese Dinge tut. Der anderen Menschen wehtut. Und ich möchte das Verhalten nicht durch diese Krankheit entschuldigen. Das, was ich tue ... Das ist nicht okay! Und das weiß ich, hörst du?«

Ich lege meine Hände fest auf ihre Schulter und schüttele sie vorsichtig. »Hör auf mit diesen Selbstvorwürfen. Das ist nicht deine Schuld. Du tust diese Dinge, weil du sie nicht anders gelernt hast.«

Maggie reißt sich los. Sie wischt sich erneut Tränen aus dem Gesicht und verschränkt entschlossen die Arme vor der Brust. »Leo, du verstehst das nicht. Ich bin nie vergewaltigt worden. Nie misshandelt. Ich habe vermutlich die großartigsten Eltern der Welt, erfuhr mehr Liebe als viele andere Kinder. Obwohl ich ...«

Sie bricht ab und legt den Kopf auf ihren Unterarm. Als sie wieder aufblickt, starrt sie mich mit einer Mischung aus Wut und Traurigkeit an. »Und trotzdem bin ich so geworden.«

»Das ist doch kein Wettbewerb«, unterbreche ich sie schnell. Maggie zuckt mit den Schultern. »Ich möchte es so gerne verstehen. Warum sage ich diese Dinge, die andere verletzen? Weshalb fühle ich mich innerlich so zerrissen?« Verzweifelt fährt sie sich durch das verstrubbelte Haar. »Ich habe alles versucht, um irgendwie normal zu sein. Um das nicht mehr fühlen zu müssen.« Sie macht eine kurze Pause, um mit gefestigter Stimme weiterzusprechen. »Ich habe Tabletten geschluckt, mir Arme und Beine zerkratzt, mir die Seele aus dem Leib gekotzt. Du weißt nicht, mit wie vielen Männern ich nach Hause gegangen bin. Ich habe nach dem Kick gesucht, versucht, diese innere Anspannung im Sex abzubauen. Doch jedes Mal, wenn ich dachte, diese Achterbahnfahrten zu beenden, kam quasi der nächste Looping, und ich überschlug mich mit einer noch heftigeren Intensität.«

Bei ihren Worten hat sich ein Kloß in meinem Hals gebildet. Ich sehe diese starke Frau vor mir, die mit aller Verzweiflung versucht, ihre inneren Dämonen zu besänftigen, und spüre, wie sich auch in meinen Augen Tränen bilden.

»Es gibt noch andere Wege, Maggie. Wege, bei denen du dir nicht wehtun musst.«

Sie nickt. »Das weiß ich. Aber manchmal habe ich keine Kraft mehr. Manchmal will ich, dass alles vorbei ist, Leo. Ich möchte nicht sterben. Wirklich nicht. Aber leben möchte ich dann auch nicht mehr.«

Ich kämpfe gegen den Druck an, der jeden Augenblick hinter meinen Augen platzt. Bloß nicht die Fassung verlieren. Es ist mir nicht unangenehm, wenn Maggie mich weinen sieht. Doch sie soll auf keinen Fall glauben, dass sie schuld an meiner plötzlichen Traurigkeit sei. Sie soll nicht glauben, dass sie an irgendetwas überhaupt schuld sei.

»Darf ich diese Nacht bei dir bleiben?« Plötzlich ist ihr Gesicht so nah. Ich rieche ein Parfüm an ihr, das mir vertraut vorkommt. Es ist ein anderes als das letzte Mal. Plötzlich bin ich mir ganz sicher, dass es der gleiche Duft gewesen ist, den sie schon an dem Abend getragen hat, an dem wir uns kennenlernten.

Unwillkürlich jagen die Bilder unserer ersten gemeinsamen Nacht durch meine Erinnerungen. Und obwohl ich jetzt wirklich nicht an so etwas denken möchte, bekomme ich die Sehnsucht nicht aus meinem Körper, ihr in diesem Moment so nah zu sein, wie es nur geht.

»Du kannst immer bei mir bleiben«, antworte ich ihr und suche erneut ihre Hand. »Ich denke, meine Hilfsmöglichkeiten sind nur begrenzt. Ich bin kein Therapeut und kein Arzt. Aber wenn ich eines tun kann, dann ist es, bei dir zu sein.«

Ein trauriges Lächeln zuckt in ihren Mundwinkeln. Ich bin unendlich erleichtert, als ich in ihren Augen wieder einen Hoffnungsfunken sehe.

»Darf ich dir eine Frage stellen?«

Maggie nickt zögerlich.

»In der Nacht, in der wir uns kennengelernt haben, bist du mit mir nach Hause gegangen. Es war, als hättest du kaum Bedenken. Ich glaube, es hat mich damals überrascht, dass eine junge Frau einfach so mitkommt.«

Als ich das Unbehagen auf ihrem Gesicht ablesen kann, lege ich behutsam einen Finger auf ihre Lippe. »Es tut mir leid. Du musst darauf nicht antworten. Ich wollte nicht …«

»Das ist eines der Probleme. Manchmal setzt mein Verstand aus, und ich empfinde keine Angst. Ich handele unüberlegt und aus einer Laune heraus.«

Bevor sie weitersprechen kann, beuge ich mich vor und küsse ihre Tränen weg.

»Leo, du hast mich heute Abend gerettet. Weißt du das?«

Ich schüttele instinktiv den Kopf. »Nein, Maggie. Du bist hergekommen, um dich anzuvertrauen. Du hast dich heute selbst gerettet.«

37. Kapitel

Leo

Wir liegen die ganze Nacht eng umschlungen nebeneinander. Als am nächsten Tag die Sonne aufgeht, habe ich noch kein Auge zugedrückt. Zu viele Gedanken schießen durch meinen Kopf.

Und jeder hat mit Maggie zu tun. Irgendwann, ich habe keine Ahnung, wie spät es ist, löse ich mich vorsichtig von ihrem warmen Körper, ohne sie zu wecken. Langsam schiebe ich die Bettdecke ein Stück zur Seite und setze mich auf. Meine Muskeln fühlen sich so verspannt an, als hätte ich am Tag zuvor stundenlang Sport getrieben, und hinter meiner Stirn pulsiert ein leichter Schmerz. Trotz dieser Müdigkeit weiß ich, dass es sich jetzt ohnehin nicht mehr lohnt, um ein paar restliche Stunden Schlaf zu kämpfen. Mucksmäuschenstill setze ich mich an den Schreibtisch und öffne mein Dokument. Als Erstes kontrolliere ich den aktuellen Stand. Vor ein paar Monaten sind zwei ganze Kapitel plötzlich verschwunden. Seitdem habe ich mir angewöhnt, nach jedem Schließen eine zweite Kopie zu machen. Als ich jetzt zum Textende scrolle, stelle ich erleichtert fest, dass noch alles da ist. Darauf bedacht, möglichst wenig Geräusche zu machen, lege ich die Finger auf meine Tastatur und tippe die ersten Worte.

Es ist kaum zu glauben, aber tatsächlich befinde ich mich endlich kurz vor der Schlussszene, und mein Herz hämmert bei dem Gedanken fest in meiner Brust. Ich spüre die schmerzhaften Tage in meinen Knochen, und dennoch ist es, als würde mit jedem Wort, das ich tippe, ein Teil der Schwere von mir fallen.

Die letzten Tage sind schreibtechnisch so gut gelaufen wie ewig nicht mehr, und ich verstehe einfach nicht, wie plötzlich dieser Knoten in meinem Kopf geplatzt ist.

Ich werfe einen Blick über die Schulter und spüre, wie die Gänsehaut über meine Arme fährt, als ich Maggies Hinterkopf auf meinem Kissen liegen sehe. Ihr Körper ist vollkommen unter der Bettdecke verschwunden, und kurz hoffe ich, dass ihre schlafende Seele sich geborgen fühlt. Am liebsten würde ich sofort aufstehen, mich wieder neben sie legen und ihrem gleichmäßigen Atem lauschen. Doch gleichzeitig möchte ich unbedingt den Moment nutzen, um das letzte Kapitel zu schreiben. *Das letzte Kapitel.* Allein die Vorstellung, all das hier nach monatelanger Arbeit abzuschließen, erfüllt mich auf einmal mit einer unerwarteten Leere. Nach der langen Schreibblockade fühlt es sich immer noch seltsam an, wieder auf den Bildschirm zu schauen und statt einzelner Buchstaben die vielen Bilder einer Geschichte zu sehen, die bald zu Ende erzählt sein wird.

Die kleine Uhr, die neben meinem Laptop steht, tickt. Die nächste Stunde vergeht wie im Flug. Durch das gekippte Fenster kann ich die Vögel zwitschern hören, die am Morgenhimmel ihre Runden kreisen.

Und plötzlich ist da dieses Flattern. Diese Aufregung und Nervosität, die meine Adern flutet, als ich den letzten Satz zu Papier bringe. Es ist fertig.

Verdammter Scheiß. Das Ding ist fertig. Mein Manuskript ist genau eine Woche vor der finalen Abgabe fertig geworden, und ich könnte schreien, heulen und mich vor Freude in der Tischkante festbeißen. Jetzt habe ich noch ein paar Tage zum Überarbeiten, die hoffentlich ausreichen werden, um zumindest die groben Fehler zu beseitigen.

Genau in dem Augenblick höre ich ein Rascheln hinter mir. Erschrocken drehe ich mich um und sehe, dass Maggie die Augen aufgeschlagen hat.

»Es tut mir leid«, entfährt es mir. »Ich wollte dich nicht wecken.«

Ein Lächeln geht über ihr müdes Gesicht. »Wie spät ist es?« Obwohl ich erst vor fünf Minuten auf die Uhr gesehen habe, drehe ich mich um und seufze. »Sechs Uhr dreißig. Du kannst noch weiterschlafen.«

Gähnend schüttelt Maggie den Kopf. »Ich bin nicht mehr müde.«

Sie sieht furchtbar niedlich aus, wie sie mit ihren schweren Lidern gegen den Schlaf ankämpft, um mir kein schlechtes Gewissen zu bereiten. »Was tust du gerade?«

Bei ihrer Frage macht mein Herz einen Sprung. Ein heißes Glücksgefühl zieht sich durch meine Sinne, und ich kann mir ein dickes Grinsen nicht verkneifen. »Ich bin fertig.«

Maggie sitzt aufrecht im Bett. »Fertig? Fertig-fertig?«

»Mit der Rohfassung. Der Text geht noch durch ein strenges Lektorat. Aber ich habe es pünktlich geschafft.«

Sie klappt stürmisch die Bettdecke zur Seite und ist mit einem Satz bei mir. Ehe ich mich‘s versehe, schließt sie mich in eine feste Umarmung. Für einige Sekunden verschlägt es mir nicht nur die Sprache, sondern auch die Gedanken.

»Du hast es geschafft«, flüstert sie dicht an mein Ohr gepresst. »Alle Zweifel umsonst.« Ihre Lippen streifen meine Wange, und für einen kurzen Augenblick überlege ich, sie festzuhalten und an mich zu ziehen. Ich wünsche mir nichts sehnlicher, als sie zu küssen.

»Es ist verrückt«, sage ich stattdessen und reiße mich zusammen. »Monatelang habe ich mich durch die Seiten gekämpft, und dann kam alles wie von selbst.«

Maggie beißt sich nachdenklich auf die Lippe.

»Ich habe kurz geglaubt, der Abstand zwischen uns hätte eine Muse in mir geküsst.« Ein Grinsen kitzelt auf meinen Lippen, als ich ihren beleidigten Gesichtsausdruck sehe.

»Aber das ist es nicht«, erkläre ich schnell. »Heute Morgen, während du geschlafen hast, fühlte es sich wieder so an, als könne das Schreiben meine Gedanken sortieren.«

Ich speichere das Dokument ab, klappe den Laptop zu und führe Maggie lächelnd zurück zu meinem Bett. Mein Puls rast, als ich über ihre Wange streiche und sie für einen köstlichen Moment einfach nur ansehe.

»Leo.« Ein Kichern dringt aus ihrem Mund, und ich kann nicht anders, als mich zu fragen, wie aus dem traurigen Bündel von gestern Abend wieder dieses helle Strahlen werden konnte, das mein Herz mit Leichtigkeit füllt. »Du machst mich ganz verrückt.« Sie schließt ihre Finger um meine Hand und senkt den Blick. »Ich kann dich so nicht ansehen.«

»Warum nicht?«, frage ich und streiche über ihre Wangen.

»Es ist seltsam. Ein bisschen, als könntest du in mich hineinsehen.«

Oh, Maggie. Wenn sie nur wüsste, wie weit sie damit von der Wahrheit entfernt liegt. Ich wäre schon froh, ein klitzekleines bisschen von ihr sehen und verstehen zu können.

»Leo?« Sie hat ihre Augen wieder geöffnet, und ich verliere mich in ihrem Blick. Die Sehnsucht nach ihr schießt mir von den

Zehenspitzen bis in den Kopf. Und das, obwohl diese wunderbare Frau direkt vor mir sitzt.

»Ja, Maggie?«, antworte ich.

»Darf ich dich küssen?« Die Verlegenheit in ihrer Stimme bringt das Fass zum Überlaufen. Als könne ich zu dieser Frage jemals Nein sagen, während mein ganzer Körper sich nach ihr verzehrt.

Anstatt ihr eine Antwort zu geben, streiche ich ihr sanft eine Haarsträhne aus dem Gesicht und beuge meinen Kopf so langsam vor, dass die Sekunden vor unserem Kuss mir wie eine schöne, aber schmerzhafte Ewigkeit vorkommen.

Als sich unsere Lippen verbinden, füllt mein Herz sich augenblicklich mit Wärme. Das Glücksgefühl, das mich wie eine Welle überflutet, lässt den Knoten in meiner Brust sofort platzen. Adrenalin schießt mir in Sekundenschnelle durch meinen Körper. Alles in mir will alles von ihr. Alles. So viel steht fest. Ich spüre Maggies Finger unter meinem Shirt. Ganz vorsichtig fährt sie meine Bauchmuskeln ab, bis ihre Hände den Bund meiner Jogginghose berühren. Meine Haut glüht. Nein. Sie steht in Flammen. *Ich* stehe in Flammen.

»Bist du dir sicher?« Mir entfährt ein Stöhnen. »Wir können uns auch anders nah sein.« Nachdem Maggie mir am Abend erst von ihren impulsiven Entscheidungen erzählt hat, habe ich die Befürchtung, sie könnte das hier zwischen uns später bereuen.

»Leo. Sehe ich so aus, als wolle ich irgendetwas anderes als das hier?« Als Antwort streift sie sich das Top vom Oberkörper und greift erneut nach meinen Händen. »Mir geht es gut. Ich bin okay.«

Jetzt. Jetzt ist sie okay. Aber was ist gleich? Was ist morgen? Was ist, wenn ein kleiner Auslöser sie wieder verändert?

»Ich weiß nicht, wie ich mich verhalten soll, Maggie«, flüstere ich und küsse ihren Handrücken.

»Lass es einfach drauf ankommen. Auf jetzt. Lass uns nicht so viel nachdenken. Ich will dich.«

Fuck. Dieses Mädchen ist so verdammt sexy, dass sich mir fast der Verstand ausschaltet. Trotzdem weiß ich nicht, ob ich das hier kann. Ich weiß nicht, ob ich es ertragen könnte, Maggie im nächsten Moment wieder zu verlieren.

»Ich will dich auch«, sage ich leise und atme tief durch. »Aber genau deshalb sollten wir ein bisschen warten. In unserer ersten gemeinsamen Nacht habe ich einen Fehler gemacht. Dir ging es nicht gut, und ich habe an nichts anderes gedacht, als der Lust nachzugeben. Aber jetzt kenne ich dich, Maggie. Ich habe deinen Schmerz gesehen. Und wir warten diesmal, bis wir uns beide sicher sind?«

Sie öffnet ihren Mund, um etwas zu sagen. Ich weiß, dass sie mir widersprechen möchte. Doch dann erstickt sie ihre Antwort in einem Räuspern. »Darf ich ... Darf ich dich denn noch einmal küssen?«

Wir berühren uns, schmecken uns, lieben uns. Dieser Kuss ist die Bestätigung für meine Entscheidung. Ich spüre so viel Zärtlichkeit in jedem ihrer Atemzüge, dass ich mir nichts sehnlicher wünsche, als sie für immer vor den eigenen Gefühlsausbrüchen zu bewahren.

38. Kapitel

Maggie

Wir liegen den ganzen Morgen eng umschlungen.

Da ist irgendwo die Angst. Da sind bestimmt die Erinnerungen. Da ist mit Sicherheit auch noch das Wissen darum, dass all diese Glücksgefühle bald wieder von einem tiefen Loch in meinem Inneren verschluckt werden und die Schuld wie eine Atombombe in die Luft gehen wird.

Doch all das ist in diesem Moment so weit weg.

Diese Gedanken sind hinter einer großen Mauer aus Hoffnung und Zuversicht verschwunden.

Er ist geblieben. Die letzten Wochen habe ich mir häufig die Frage gestellt, wie es sich anfühlen könnte. Ich stellte mir vor, wieder frei atmen zu können. Doch ich habe keine Vorstellung davon gehabt, wie das heiße Gefühl der Euphorie durch meine Adern fließen, mich leicht machen, mich fliegen lassen würde.

So hoch und schnell fliegen, dass ich mich kaum noch halten kann. Es ist, als fahre ich aus meiner eigenen Haut. So intensiv und plötzlich, dass nichts anderes mehr existiert.

Selbst das schönste Empfinden schmerzt in meiner Brust vor Intensität. Weil es nicht greifbar ist. Ich weiß nicht, wohin mit dem Glück. Wohin mit der Energie. Wohin mit der Sehnsucht nach jemandem, den ich mehr mag als mir guttut?

Als ich die Haustür aufschließe und der vertraute Geruch unserer Wohnung mich empfängt, habe ich das Bedürfnis, die ganze Welt in eine große Umarmung zu schließen.

Vielleicht kann ich mit Alicia anfangen.

Übermütig stürme ich durch ihre geöffnete Zimmertür. Doch meine Freundin ist nicht daheim. Mein Herz springt in meiner Brust so schnell auf und ab, dass es mir als Ding der Unmöglichkeit vorkommt, mich konzentriert an den Schreibtisch zu setzen. Viel lieber würde ich jetzt einen Marathon laufen, ohne eine Sekunde stehen zu bleiben.

Bleib ruhig, Maggie.

Je höher die Achterbahn fährt, desto tiefer fällst du wieder.

Ich muss durchatmen, meinen Puls besänftigen und die Hochgefühle vorbeiziehen lassen. Wie ein Zug, der mit der blinkenden Schrift »Bitte nicht einsteigen« in den Bahnhof einfährt.

Mit klopfendem Herzen greife ich nach meinem Smartphone und wische durch die letzten Benachrichtigungen. Nichts davon erscheint mir interessant. Also öffne ich WhatsApp. Der Chat mit meiner Mutter ist schon wieder weit nach unten gerutscht.

Die letzte Nachricht war ein einfacher Emoji mit Herzaugen, als sie mir einen guten Morgen wünschte. Danach folgte unser kurzes Gespräch im Café, das nicht sonderlich gut gelaufen ist. Und selbst das erscheint mir schon ewig lang her.

Ob ich es versuchen soll? *Heute ist ein guter Tag*, erinnere ich mich. Heute ist ein guter Tag, um eine gute Tochter zu sein. Wenn ich mich jetzt bei ihr melde, weiß ich, dass sie sich in der nächsten Zeit weniger Sorgen macht. Entschlossen drücke ich auf den Anruf-Button und halte den Atem an. Ich warte darauf, dass mir die Panik den Hals zuschnürt, dass die Übelkeit mich in die Knie zwingt … doch nichts davon tritt ein.

Ich bin oben. Ich bin ganz weit oben. Und nichts kann mich unterkriegen. Auch das nicht.

»Maggie?« Die Stimme meiner Mutter klingt, als hätte ich sie aus dem Schlaf gerissen. Dabei ist es fast zwölf Uhr vormittags. »Alles okay? Ist etwas passiert?«

Oh Mann. Das fragt sie immer, wenn ich mich freiwillig melde.

»Mir geht es gut«, sage ich wahrheitsgemäß. »Habe ich dich geweckt?«

»Nein«, antwortet sie sofort. »Ich habe mich nur etwas ausgeruht. Die Nacht war kurz.«

Wie immer.

»Vielleicht der Vollmond«, schiebt sie hinterher.

»Ja, vielleicht.« *Wohl eher aber nicht.*

»Wie schön, dass du dich meldest.«

»Eigentlich wollte ich nur mal kurz anrufen und hören, wie es dir geht. Mal deine Stimme hören.« Während ich die Worte ausspreche, wird mir bewusst, wie lange ich Sätze dieser Art nicht mehr in den Mund genommen habe. *Deine Stimme hören. Mal kurz anrufen.* Als wäre das etwas, was zu unserer Mutter-Tochter-Routine gehört.

»Das ist lieb. Ich freue mich so, meine Süße. Du weißt ja, dass ich dich vermisse.« Im Hintergrund raschelt etwas. Ich stelle mir vor, wie meine Mutter vom Sofa aufsteht. Das alte Ding im Wohnzimmer mit dem blauen Stoffbezug. Da hat sie sicher gelegen.

»Ich dich auch«, sage ich reflexartig. *Ich vermisse dich auch.*

»Wie geht es dir? Wie ist dein neuer Job?«

Erschrocken zucke ich zusammen. Oh. Das habe ich fast vergessen. Aber egal. Wenn ich Glück habe, kann ich den impulsiv eingereichten Urlaub noch zurücknehmen.

»Ich habe mir ein paar Tage freigenommen. Das Wetter ist so schön. Wahnsinn, dieser Sommer!«

»Stimmt«, sagt meine Mutter. »Die Sonne scheint. Ist es sehr heiß draußen?«

Sie muss tagelang nicht das Haus verlassen haben.

»Oh ja«, antworte ich. »Vielleicht gehe ich heute noch schwimmen.« Ich könnte Leo fragen, ob er am Nachmittag noch Zeit hat. Jetzt, wo er die Rohfassung seines Manuskripts beendet hat, können wir das vielleicht mit einem freien Tag feiern.

»Mit deiner Mitbewohnerin? Wie heißt sie noch gleich …?«

»Alicia«, werfe ich schnell ein. »Aber nein. Sie ist gerade unterwegs. Ich wollte Leo fragen.« Mein Herz macht einen Sprung. Eigentlich hatte ich nicht vor, meine Mutter in meine Liebesangelegenheiten einzuweihen. Doch das heiße Glücksgefühl in mir bringt mich beinah zum Explodieren.

»Leo?« Meine Mutter horcht auf. Natürlich tut sie das.

Ich presse das Telefon näher an mein Ohr und kneife die Finger zusammen. Mein Verstand ist überschwemmt mit Dopamin, und es ist, als wäre sie in diesem Moment wieder da. Diese Verbindung zwischen uns. Wie früher, als wir häufiger über das sprachen, was uns bewegte. Es fühlt sich auf einmal so nah an. So einfach. All diese Dinge wieder zu sagen.

Als ich mich übermütig auf mein Bett fallen lasse, schließe ich die Augen. »Oh, Mama. Ich bin glücklich, weißt du?«

Ich bin oben. Jetzt. Aber manchmal ist das *Jetzt* alles, was zählt.

• • •

»Schwimmen?«, fragt Leo und klingt dabei wenig überzeugt.

»Na klar! Bei dem Wetter. Komm schon, das wird super«, versuche ich ihn zu überzeugen. Ich liege auf meinem Bett, das Telefon auf der Brust platziert und auf Lautsprecher gestellt.

»Außerdem könnten wir Zeit miteinander verbringen.«

Ich werfe ein Kissen, das ich zwischen den Händen gedreht habe, in die Luft. Bevor es beinah auf meinem Gesicht landet, ziehe ich schnell den Kopf zur Seite.

»Dafür müssen wir nicht schwimmen gehen.« Sein Grinsen ist durch das Telefon zu hören. »Anderseits ... trägst du dann auch einen Bikini?«

Er ist unmöglich. Unmöglich frech. Unmöglich süß. Verdammt. Ich will jetzt bei ihm sein.

»Meistens«, antworte ich. »Wir können auch nackt schwimmen gehen. Wenn es dunkel wird, brechen wir ins Freibad ein und ...«

Er lässt mich nicht ausreden: »Wann soll ich dich abholen?«

»Zum Einbrechen?«, frage ich und unterdrücke ein Kichern.

»Träum weiter! Zum Schwimmengehen. Während der Öffnungszeiten.«

»Langweiler«, feixe ich.

»Von wegen. Einer von uns muss der Vernünftige bleiben«, erklärt Leo. »Ich will dich nicht bald im Knast besuchen kommen.«

»Wusstest du, dass es da auch Liebeszellen gibt?«, fantasiere ich, um ihn zu ärgern.

»Wusstest du, dass es da keine Freibäder gibt?«

1:0 für ihn. Das Kissen fällt neben mir aufs Bett. Ich greife nach dem Telefon. »Lass mich kurz ein paar Sachen packen. In einer Dreiviertelstunde an der Bahn?«

Leo ist einverstanden, und wir legen auf.

Ich stecke das Smartphone sicherheitshalber ans Ladekabel

und durchforste meinen Kleiderschrank nach einem geeigneten Bikini.

Zum zweiten Mal an diesem Nachmittag vermisse ich Alicia.

So muss ich mir allein aus dem Dilemma helfen und mich zwischen einem zu knappen, ziemlich unbequemen und einem *Mit diesem Ding hast du keine Brüste mehr*-Bikini entscheiden. Mist. Hätte mir das nicht einfallen können, bevor ich Leo zu einem Treffen ins Freibad überredet habe?

Ich wähle Letzteren, weil ich Bauch und Po nicht andauernd einziehen will. Wer hat diese Bademode erfunden? Oder besser gesagt ... Welche Idiotin hat sich diese Bikinis jemals gekauft? Ich muss über meine Fehlentscheidung den Kopf schütteln.

Eilig streife ich mir das Shirt vom Kopf und tausche mein Bustier gegen den gelben Bikini. Ich stopfe meine Unterwäsche, ein Handtuch, Sonnenmilch und -Brille in einen Jutebeutel und kontrolliere den Akkustand meines Telefons. *Die Bahn kommt schon in zwanzig Minuten*, stelle ich fest und mache mich auf den Weg in den Flur.

Alicia ist immer noch nicht zu Hause. Ich fürchte wie so oft, sie könne einen Fehler gemacht haben und zu Timon gefahren sein.

Alicia ist stark. Sie weiß, was gut für sie ist, versuche ich mich zu beruhigen.

Erst jetzt fällt mir auf, dass die hohe Gefühlswelle etwas abgeschwächt ist. Und das, ohne es gemerkt zu haben.

Ich atme tief durch, werfe einen letzten Blick in den kleinen Wandspiegel im Flur und verlasse die Wohnung.

Als ich die Tür nach draußen öffne, ist es, als laufe ich gegen eine Wand aus Hitze. Nach drei Schritten steht mir der Schweiß auf der Stirn. Na super.

Immerhin sind wir dann im Freibad genau richtig.

Mein Herz überschlägt sich, als ich Leo an der Haltestelle entdecke.

»Willst du was trinken?«, begrüßt er mich grinsend.

Ich nicke. »Man könnte meinen, der Weg habe sich in die Länge gezogen.« Trotzdem muss ich lächeln. »Aber ich will mich nicht beschweren. Diese Hitze ist mir lieber als jeder Winter dieser Welt.«

Leo zieht amüsiert eine Wasserflasche aus seinem Rucksack. »Heb dir noch was für den Weg auf. Wir müssen ein paar Haltestellen fahren.«

Ich nehme ihm die Flasche aus der Hand und drehe gierig den Deckel auf. Allein beim Anblick der Flüssigkeit fühlt sich mein Mund so verdammt ausgetrocknet an.

»Uahhh!« Überrascht zucke ich zusammen, als mir das Wasser den Hals runterläuft. »Das ist ja schon ganz warm.«

Leo reißt mir die Flasche aus der Hand und schüttelt grinsend den Kopf. »Sind wir heute ein bisschen verwöhnt?« Er nimmt einen großen Schluck. »Was hast du erwartet? Ich habe keinen Kühlschrank dabei.«

»Warum eigentlich nicht?«, frage ich und strecke ihm die Zunge raus. »Ich würde jetzt gerne mal kurz das Gesicht reinhalten.«

Leo grinst. »Wart's bloß ab! Deine Abkühlung bekommst du früh genug.«

Als die Bahn über die Gleise rast, treten wir einen Schritt zurück und warten, bis sie zum Stehen kommt.

Dann folge ich Leo ins Innere, das zum Glück halbwegs klimatisiert ist.

Wir müssen einmal umsteigen und ein ganzes Stück laufen.

»Das Stadionbad ist viel zu voll bei dem Wetter«, behauptet

Leo und schlägt stattdessen einen Badesee vor, der etwas außerhalb liegt.

Tatsächlich ist die Wiese hier um einiges geräumiger als letztes Jahr im Freibad. Wir breiten unsere Handtücher in einer kleinen Ecke unter zwei großen Bäumen aus. Dort sind wir fast unbeobachtet und etwas sonnengeschützter. Die meisten Familien sind näher am Wasser, weshalb es mir hier auch wesentlich ruhiger vorkommt.

Ich ziehe mein Shirt aus und lege mich rücklings aufs Badetuch. Die Luft ist selbst im Schatten so warm, dass sich kleine Schweißperlen auf meinem Dekolleté bilden.

Leo hat sich neben mir innerhalb von Sekunden aus T-Shirt und Shorts befreit. Er trägt nun blaue Badeshorts, die knapp über seinen Knien enden.

Während meine Haut trotz der vielen Sonne in den letzten Wochen noch farblos wirkt, hat Leo einiges an Bräune abbekommen, stelle ich fest und schließe schnell die Augen, bevor er auf die Idee kommt, ich könnte ihn beobachten.

»Warst du schon öfter hier?«

Ich spüre Leos Blick auf mir, ohne ihn anzusehen.

»Früher mal mit Kommilitonen. Einmal auch mit meinem Bruder. Als wir nach Köln gezogen sind, waren wir neugierig auf die Stadt und haben uns etwas durchprobiert.«

Ich klappe die Augen wieder auf und schirme das Licht mit einer Hand ab. »Versteht ihr euch eigentlich gut?«

Natürlich muss ich sofort an meine Schwester denken. Paulina und ich hatten ziemlich unterschiedliche Ansichten und Eigenschaften. Sie war so ruhig und angepasst. Ein kleiner Sonnenschein, der nie Probleme machte. Ganz im Gegensatz zu mir. Und dennoch hielt uns im Kern das gewisse Etwas verbunden.

»Er ist mein Zwillingsbruder. Diese Verbindung zwischen uns

war schon immer da. Egal, ob wir andere Interessen hatten oder andere Meinungen.«

Ich stütze mich auf die Ellenbogen und höre interessiert zu. »Benedikt zum Beispiel fand immer den besseren Zugang zu meinem Vater. Als Kind hat mich das wütend gemacht. Ich denke, ich war eifersüchtig, wenn die beiden Gesprächsthemen fanden, obwohl ich mich in Anwesenheit unseres Vaters verloren und unbrauchbar fühlte.«

Während Leo spricht, ziehe ich einen Grashalm aus der Erde und drehe ihn in meinen Fingern zu einem kleinen Ball zusammen. »Das kann ich verstehen.«

»Ich glaube, wir haben das ganz gut hinbekommen. Der Umzug, die Distanz von zu Hause. Dabei ist es nicht seine Schuld, dass sie uns miteinander vergleichen, weißt du? Benedikt hat das nie gewollt. Er wollte nie, dass ich mich so fühle.«

Pauli auch nicht.

»Und das macht es manchmal sogar noch schlimmer, oder?«, frage ich und senke den Blick auf die Wiese. »Irgendwann fängt man an, nicht nur unter seinen eigenen Gefühlen zu leiden, sondern auch darunter, dass man glaubt, sie nicht haben zu dürfen.«

Als ich aufblicke, trifft mich Leos verblüfftes Lächeln. »Das klingt wirklich, als würdest du dich auskennen.«

Ich zucke mit den Schultern. Gerade als ich zu einer Antwort ansetzen will, trifft mich ein fester Schlag auf der Schulter. Erschrocken schießt mein Oberkörper in die Höhe. Ein Wasserball hat mich mit voller Wucht getroffen.

»Grrr …« Verärgert halte ich ihn auf meinem Schoß fest und sehe mich nach den unachtsamen Besitzern um.

»Schau!« Leos Hände berühren mich an der Schulter. Er dreht mich vorsichtig in eine andere Richtung. »Ich glaube, da haben wir die Übeltäter.«

Ich stehe auf, klemme den Ball unter meinen Arm und laufe barfuß zu der Gruppe Jungs, die wie blöd grinsend ein paar Meter von uns entfernt stehen.

»Passt doch mal auf!«, rufe ich genervt und werfe ihnen mit Schwung den Ball zu. Ich gebe mir wirklich Mühe, ruhig zu bleiben. »Wenn ihr damit jemanden am Kopf trefft, kann das echt böse ausgehen.«

Der Größte von ihnen fängt den Wasserball auf und bedankt sich knapp. Wortlos drehe ich mich um und eile zurück auf mein Badetuch. »Hoffentlich halten sie ihr Zeug jetzt bei sich«, schimpfe ich und befreie meine Füße von einigen Grashalmen.

»Ich hoffe nicht«, sagt Leo amüsiert und pustet sich eine dunkle Strähne aus dem Gesicht. »Wenn du noch mal aufstehst und im Bikini Kindern die Leviten liest, komme ich nämlich vielleicht öfter mit dir hierher.«

Der Druck in meinem Bauch löst sich. Jetzt muss ich auch schmunzeln. »Halt die Klappe.« Ohne auf eine Erwiderung zu warten, springe ich auf und bin in einem Satz hinter ihm. Als meine Finger die warme Haut seiner Schultern fühlen, spüre ich für einen Moment ein Prickeln zwischen meinen Beinen. Das leichte Ziehen schießt durch meinen Körper, und ich merke, wie sich die Hitze in meiner Bikinihose ausbreitet. Vielleicht ist es gut, dass wir uns in der Öffentlichkeit befinden. Unter anderen Umständen könnte ich für nichts garantieren.

Leo dreht seinen Kopf in meine Richtung, sodass sich unsere Blicke treffen. Das Funkeln leuchtet in seinen Augen wie ein loderndes Feuer. Ich gebe mir Mühe, das Pulsieren in meinem Schritt zu ignorieren, und löse meine Hände von seinen Schultern. »Steh auf! Es gibt nichts mehr zu verhandeln. Wir müssen endlich ins Wasser. Sonst brennt mir gleich der Schädel weg.« *Und bevor du dich's versiehst, auch noch der ganze Rest.*

39. Kapitel

Leo

Maggie ist zuerst im Wasser. Sie steht bis zur Hüfte im See, als ich sie von hinten überrasche.

»Du Blödmann«, kreischt sie, als ich sie neckend nach unten drücke. Maggie strampelt, versucht sich lachend von mir zu befreien, aber leider, leider bin ich nun einmal stärker.

»Du wolltest schwimmen. Jetzt darfst du schwimmen«, rufe ich und halte die Luft an. Genau gleichzeitig tauchen wir unter. Das Wasser trübt meine Sicht nicht genug, um nicht zu erkennen, wie sie mir frech einen Mittelfinger vors Gesicht hält.

Als Maggie blitzschnell an die Oberfläche kommt, ziehe ich hinterher. Das Wasser ist noch nicht besonders tief, sodass ich problemlos stehen kann.

»Ich hätte es wissen müssen«, keucht sie und schiebt sich die nassen Haare aus dem Gesicht.

»Was wissen?«, frage ich und lege den Kopf schief. Mir ist beim Tauchen eine ganze Menge Wasser ins Ohr gelaufen.

»Dass ich mich in Acht vor dir nehmen muss. Schon nach der Nummer mit dem Taxi.« Mit einer raschen Handbewegung trifft mich ein ordentlicher Schwall Wasser.

»Hey«, beschwere ich mich und bin in zwei Schwimmzügen neben ihr. »Ich wollte dir nur die Entscheidung erleichtern, wann du untertauchst.«

Maggie richtet den Bikini und schüttelt den Kopf. »Wie großzügig. Ein richtiger Gentleman.«

Ich stoße mich vom Boden ab und schwimme ein Stück weiter in den See hinein. Das Wasser kommt mir gleich viel kälter vor, allerdings sind dafür auch weniger Menschen hier.

Die Sonne steht immer noch mitten am Himmel, und der See sieht aus, als läge eine glitzernde Folie darauf.

»Oh, mein Gott. Ich glaube, da sind Fische«, ruft Maggie. Sie ist noch einige Meter von mir entfernt.

»Echte Fische?«, frage ich ironisch. »Wie kommen die denn hier rein?«

»Darüber habe ich nicht nachgedacht«, antwortet sie. »Also, dass hier überhaupt Fische sind.«

Ich muss lachen. »Wir sind in einem See. Meinst du, sie haben die für die Besucher alle rausgeangelt?«

Sie zieht die Brauen zusammen. »Mach dich ruhig über mich lustig.«

In wenigen Schwimmzügen habe ich sie eingeholt. Wenn man sich ausreichend bewegt, kommt einem das Wasser nicht mehr so frisch vor.

»Das mache ich doch nur, weil ich dich so gerne habe.«

Uns trennen nur noch einige Zentimeter. Ich ducke mich, um Maggies Spritzern zu entkommen, und tauche wieder ins Wasser ein. Hier ist die Sicht deutlich klarer als am Ufer. Mittlerweile kann ich unter mir nicht mehr zum Boden sehen.

»Findest du das nicht irgendwie aufregend?«, fragt Maggie, als ich wieder an die Luft komme. »Wir wissen überhaupt nicht, was da unten ist.«

In gleichmäßigen Zügen bewege ich mich um sie herum. »Und macht dir das Angst?«

Sie zuckt mit den Schultern. »Keine Angst. Ich finde das vielmehr interessant. Stell dir vor, wir hätten jetzt Taucherbrillen.«

Ich nicke. »Vielleicht können wir ein anderes Mal herkommen und nachsehen, ob es nicht nur Fische, sondern auch Haie gibt.«

Sie verdreht die Augen. »Ja, ja. Reit ruhig weiter darauf rum.«

Ich halte mich mit den Beinen über Wasser, während ich meine Arme um Maggies Oberkörper schlinge und sie fest an mich ziehe. Sie lässt es widerstandslos geschehen. Auf dem Rücken bewegen sich unsere umschlungenen Körper durchs Wasser. Ganz langsam unter der heißen Sonne.

»Woran denkst du?«, frage ich neugierig und drücke ihr vorsichtig einen Kuss auf das nasse Haar. Es kommt mir vor, als könne ich selbst hier im See ihren zarten Duft riechen.

Einige Momente bleibt es still. In der Ferne sind Kinderstimmen zu hören.

»An alles und nichts«, flüstert Maggie und lässt die Finger rechts und links neben unseren Körpern durch das Wasser tanzen. Ich betrachte die Spur, die ihre Fahrten auf dem See hinterlassen.

»Das klingt ... vielsagend«, antworte ich und lächle.

»Hast du das auch manchmal? Dass so viele Gedanken irgendwo im Hinterkopf sind, doch keiner davon es wirklich an die Oberfläche schafft?«

Ich schätze, das habe ich auch. »Was sind das für Gedanken?«

»Viele. Alle durchmischt. Ich wüsste nicht, wo ich anfangen soll.«

Am liebsten möchte ich sie alle hören. Ich möchte gerne alles wissen, was Maggie beschäftigt. Einfach nur, um sie jeden Tag ein Stückchen besser zu verstehen.

Ich beuge den Kopf ein Stück vor, vorsichtig, um uns nicht im See zu ertränken, und fahre mit den Lippen sanft über ihre Haut. Ihre Schultern sind warm von der Sonne, und es ist, als wären diese Berührungen alles, was im Moment zählt. Wir beide. Auf diesem See.

Ich wünschte, dieser Augenblick könnte für immer halten.

»Leo.« Maggie löst sich langsam aus meinem Arm, greift stattdessen nach meiner Hand. Ihr Körper hebt und senkt sich bei jeder ihrer Schwimmbewegungen, die blonden Haare leuchten unter dem warmen Sonnenlicht golden, und ich frage mich, wie oft man sich neu in einen Menschen verlieben kann.

»Du ... du ... kennst du das, wenn selbst alles noch zu wenig ist?«

Verwundert sehe ich sie an. »Zu wenig?«

»Es ist zu viel und zu wenig gleichzeitig. Alles.«

Ich halte ihre Hand ganz fest. »Nein, ich fürchte, das kenne ich nicht.«

Maggie holt tief Luft. »Wenn ich bei dir bin, ist es, als sei mein ganzer Körper voll mit diesem einen Gefühl. Ich könnte platzen vor ... vor Glück. Und trotzdem kann ich nicht aufhören, mir noch mehr zu wünschen. Immer mehr. Mehr von dir. Selbst in deiner Umarmung bin ich dir nicht nah genug.«

In ihren grünen Augen spiegelt sich das glänzende Wasser.

»Nicht nah genug«, wiederhole ich und ziehe sie an der Hand näher an mich heran. »Daran können wir doch etwas ändern.«

Maggie lächelt etwas verlegen und für sie untypisch.

Erneut streiche ich mit meinen Lippen über ihre Haut, diesmal liebkose ich den Hals, der knapp über das Wasser ragt.

»Pass auf, dass wir nicht ertrinken«, flüstert sie.

»Wir ertrinken nicht«, antworte ich grinsend. »Zumindest

nicht im Wasser. Aber wenn du mich weiterhin so ansiehst, ertrinke ich in Leidenschaft.«

Mit der freien Hand spritzt sie mein Gesicht wieder nass. »Du wirst ja noch richtig kitschig.«

»Nur bei dir«, sage ich. »Das ist alles deine Schuld. Denn du machst das mit …« Mit *mir*, will ich sagen. Doch Maggie unterbricht mich, indem sie ihre Arme um meinen Hals schlingt. Ihre plötzliche Nähe, das heftige Pochen zwischen meinen Beinen, verschlägt mir die Worte.

»Leo, du machst es nicht besser«, sagt sie.

»Das Gefühl?« Wassertropfen rollen ihr die Schulter hinunter und vermischen sich wieder mit dem See.

»Alles. Es ist alles so viel …«

»Und nicht genug«, beende ich ihren Satz leise.

»Alles, was ich fühle, ist viel«, flüstert sie. »Und trotzdem will ich immer mehr. Ich würde es dir so gerne zeigen, damit du verstehst.«

»Dann beschreib es mir«, bitte ich.

»Wenn wir uns nah sind, sind die Gefühle so stark, dass ich immer höher fliege. Innerlich. Und ich verliere die Kontrolle über mich. Fast so, als würden mich diese starken Gefühle zerreißen.« Ich kann sehen, wie sie schluckt. »Das Gefühl steigt immer weiter auf, aber es ist nie genug, um wirklich zu platzen. Nie genug, damit ich über diesen höchsten Punkt geworfen werde. Den höchsten Punkt von diesem Gefühl.« Maggie atmet schwer, beinah ängstlich. »Wie auf einer Achterbahn. Ich fahre immer höher und höher, und ich brauche den Kick. Den Kick, bevor ich fallen kann. Ich will wieder nach unten fahren, Leo.« Ihr Mund ist so nah an meinem Gesicht, dass ich mich kaum zu ihr vorbeugen muss, um sie mit einem zärtlichen Kuss zum Schweigen zu bringen.

»Aber viele gute Gefühle sind doch … gut, oder?«, überlege ich laut.

Maggie beißt sich auf die Lippen. »Für dich. Für Menschen, die irgendwie normal fühlen. Für mich sind selbst die guten Gefühle zu stark. Schmerzhaft. Weißt du, wie ich das nenne?«

Ich betrachte ihre glänzenden Augen. »Wie?«

»Hufeisengefühle.« Sie lächelt. Doch es ist kein leichtes, fröhliches Lächeln, sondern eins, dem ich eine Mischung aus Schmerz und Überforderung entnehmen kann.

»Beide Enden vom Hufeisen sind ziemlich weit voneinander entfernt und dennoch parallel zueinander. Genau wie Traurigkeit und Glück. Für dich haben sie vermutlich nichts miteinander zu tun, aber bei mir sind sie auf einer Höhe. Wie bei einem Hufeisen. Starke Glücksgefühle sind genauso schmerzhaft wie starke Traurigkeit. Sie überfordern mich. Ich weiß nicht, wohin damit. Es ist, als würde ich in einer Bombe stehen, die mich jeden Augenblick in Fetzen reißt.«

»Ich will aber nicht, dass du meinetwegen mit dem überfordert bist. Möchtest du, dass wir gehen?«

Sie schüttelt den Kopf. »Du kannst das nicht verstehen, oder?«

Ich spanne meine Kiefermuskulatur an. »Vielleicht etwas. Ich versuche es, aber es ist schwierig.« Es tut mir weh, die Enttäuschung in ihrem Blick zu sehen.

»Ist okay«, flüstert sie. »Das liegt nicht an dir. Stell dir vor, ich würde dir eine Farbe beschreiben, die nur ich sehen könnte. Du hast überhaupt nicht die Chance, sie dir vorzustellen. Denn du wirst sie immer nur mit den Tönen vergleichen können, die du kennst, weißt du?«

Ich nicke stumm.

»Aber ich denke, diese Gefühle kennt niemand. Sie gehen über das hinaus, was andere wahrnehmen. Also kannst du sie auch schlecht begreifen.« Sie hält inne und schließt die Augen. »Glaubst du wirklich, dass es Hilfe gibt, Leo? Dass irgendwer auf der Welt das versteht? Dass irgendwer diese Farbe sehen kann?«

»Ja, das glaube ich«, sage ich wahrheitsgemäß.

»Manchmal wünsche ich mir nur das«, überlegt Maggie laut. »Dass es jemanden gibt, der mich begreift. Jemand, der mir sagt, dass all das hier ...« Ihre Hand liegt fest auf der linken Brust. » ... all das hier nicht falsch ist.«

»Du bist nicht falsch. Nichts an dir«, schwöre ich. »Ich verspreche es dir, Maggie. Und es gibt Menschen, die dir helfen können, das zu erkennen.«

»Ich denke darüber nach.« Als sie nickt, flutet mich Hoffnung.

»Denkst du, dass es für den Anfang reicht, wenn ich die Farbe zwar nicht sehen kann, dir aber glaube, dass sie existiert? Wenn ich dir glaube? Immer?«

Jetzt ist es Maggie, die meine Worte in einem hungrigen Kuss erstickt. Ihre Finger vergraben sich fordernd in meinem Haar, ihre Lippen pressen sich so fest auf meine, als wolle sie mich in sich aufsaugen. Mit jeder Sekunde wächst meine Begierde.

»Du hast gesagt, wir sollen warten«, keucht sie, als wir uns voneinander lösen. »Aber ich bin mir so sicher, dass ich dich will. So verdammt sicher.«

Am liebsten möchte ich sie bitten, das noch einmal zu sagen. Und noch einmal. So lange, bis die Welle meiner Sehnsucht wieder abgeflacht ist. Ich wieder Blut im Kopf habe. Oh, shit! Ihre Berührungen bringen mich fast um den Verstand. Aber nur fast. Verstohlen blicke ich mich um.

Es ist verblüffend, dass kaum jemand auf die Idee gekommen ist, weiter rauszuschwimmen. Hier hinten ist es doch viel schöner als direkt am Ufer.

»Wir würden die Fische verstören«, sage ich scherzhaft.

»Und die Haie?«, fragt Maggie und grinst.

»Und die Haie«, bestätige ich. »Wollen wir das etwa?«

Maggie tut so, als müsse sie überlegen. Dabei weiß ich genau, dass sie bereit ist, dieses Risiko in Kauf zu nehmen.

Mein Penis pulsiert in meinen Badeshorts, als wolle er mich daran erinnern, wie lange ich auf das hier gewartet habe.

»Wir haben kein Kondom dabei«, sage ich und fahre mit den Fingerspitzen langsam ihren Hals hinab. »Und wir wollten uns Zeit lassen.«

»Du wolltest uns Zeit lassen«, korrigiert sie mich.

»Weil einer von uns beiden die Vernunft bewahren muss«, sage ich rau und stupse mit meiner Nase gegen ihre. »Wenn wir auf dich hören würden, wären wir heute Abend wegen Einbruch verhaftet worden.«

»Nur, wenn wir uns hätten erwischen lassen.« Ihre Wangen sind vor Aufregung dunkelrot gefärbt. Fuck. Ich will sie so dringend. Fiebrige Erregung pulsiert überall in meinem Körper, als ich ihr einen Finger auf die Lippe lege. »Pssschtt.«

Meine freie Hand schiebt sich durchs Wasser zu ihr hinüber. Als sich meine Finger um ihre Kurven schmiegen, bringt mich meine Vorstellung schon so um den Verstand, dass ich tatsächlich aufpassen muss, uns über Wasser zu halten.

»Lass einfach los. Ich halte dich«, sage ich und umfasse ihre Hüfte. »Mach die Augen zu«, bitte ich sie. »Mach sie einfach zu. Du kannst dich entspannen.«

Ihre nassen Haare liegen klebrig auf meiner Schulter, als ihre letzten Arm- und Beinbewegungen nachlassen und sie schwerelos an meinem Körper lehnt.

Augenblicklich entfährt ihr ein unbewusstes Seufzen.

Es ist, als würde ihr Körper vor Hitze glühen. Und das, obwohl wir uns schon einige Zeit im See bewegen.

Ich ziehe sie fest an mich, sodass ihr Rücken gegen meine Brust lehnt. Meine Erektion stößt fordernd gegen ihren Po, doch ich konzentriere mich nur auf sie, halte Maggies atemberaubenden Körper über Wasser, während ich mit dem Daumen sanft über ihre Stirn fahre.

Natürlich weiß ich, dass sie gerade etwas anderes erwartet.

Doch vielleicht kann das hier ein kleines bisschen Ruhe in ihr wild hämmerndes Herz bringen.

»Ich halte dich«, flüstere ich.

»Wie meinst du das?«, fragt sie leise. Ihre Lider zucken, als müsse sie sich zwingen, die Augen geschlossen zu halten.

»Du musst nichts machen«, antworte ich und küsse sie sanft auf die Schläfen. »Ich halte dich so lange, bis du ganz ruhig geworden bist. Bis die Gefühle sich beruhigen. Ich bleibe.«

Zuerst geht ein Zucken durch ihre Muskeln, als würde sie sich verkrampfen. Doch davon lasse ich mich nicht beirren. Stattdessen ziehe ich sie fester an meine Brust.

»Ich bin hier. Direkt bei dir.«

Wir liegen gemeinsam im Wasser, eng verbunden, als würden unsere Körper einander in einem einzigen Augenblick suchen und finden. Ich denke an die Achterbahn. An die Farben. An ein Feuerwerk aus ganz vielem. Und aus nichts.

40. Kapitel

Maggie

Als ich die Haustür aufschließe, höre ich Musik aus der Küche in den Flur schallen. Unter normalen Umständen nicht mein Geschmack, doch in diesem Moment möchte ich die ganze Welt anhalten und zu jeder Melodie tanzen. Es ist schon fast achtzehn Uhr, doch ich fühle mich wie mitten am Tag und bin mir sicher, dass das nicht nur am Sommer liegt.

»Hallo, Lieblingsfreundin!«

»Verdammt. Du hast mich so erschreckt«, begrüßt Alicia mich. Sie steht mit einer viel zu großen Schürze in der Küche und backt. »Ich hätte beinah das Blech fallen lassen.«

Irritiert mustere ich die Zutaten auf der Ablage. Mehl. Bananen. Kakaopulver. Apfelmark. Sprudelwasser. Sojamilch.

»Was wird das?«, frage ich erstaunt.

»Muffins«, erklärt meine Freundin und versenkt einen Löffel in einer großen Schüssel Teig. »Kannst du mal helfen?«

Übermütig nicke ich. »Es gibt nichts, was ich lieber tun würde.«

Alicia runzelt die Stirn. »Bist du betrunken?«

Ein Glucksen dringt aus meinem Mund. »Betrunken vor Glück und Liebe.«

Alicia stellt das Blech auf die Kochplatte, klopft sich die mehligen Hände an der Schürze ab und mustert mich skeptisch. »Ich weiß nicht, ob ich mich gerade freuen oder besorgt sein soll.«

Ihr verdattertes Gesicht bringt mich erst recht zum Lachen.

Sie fängt schon an wie Leo. Dabei geht es mir wirklich gut. Das richtige Maß an guter Laune, ohne dass es dabei wieder zu schmerzhaft wird.

»Oh, du kannst froh sein«, erkläre ich also. »Da meine Liebesangelegenheiten nun geklärt sind, kann ich mich deinen Muffins widmen.«

Auf Alicias Lippen taucht ein Lächeln auf. »Dann warst du mit Leo unterwegs?«

Ich nicke. »Wir waren schwimmen. Am Badesee.«

»Ach, Maggie. Das freut mich so. Ich hab‘s die ganze Zeit gewusst. Da war diese Anziehung zwischen euch, die niemandem entgehen konnte.« Sie haucht mir einen Luftkuss zu. »Ich würde ja, aber hier ist überall Teig an meinen Händen.«

»Alles gut.«

»Und die Nacht warst du auch bei ihm?«, erkundigt sie sich.

Wieder nicke ich. »Wir haben viel geredet und sind dann eingeschlafen.«

»Nach heißem Versöhnungssex?« Alicia muss schmunzeln.

»Nein. Damit lassen wir uns Zeit«, widerspreche ich.

»Das soll ich dir glauben?« Meine Freundin hebt eine Augenbraue und sieht mich misstrauisch an. »Ich wohne seit über einem Jahr mit dir zusammen.«

»Mit ihm ist das etwas anderes. Etwas Wichtigeres.« Bei diesen Worten klopft mein Herz wie verrückt in meiner Brust. »Und jetzt mach mal Platz. Kriegen wir Besuch?«

Sie nickt. »Morgen. Ich habe ein paar Mädels aus der Uni eingeladen. Nur eine kleine Runde.«

»Okay«, sage ich irritiert. »Das klingt ziemlich spontan. Vermutlich eher nach mir als nach dir. Geht es dir gut?« Ich lege ihr grinsend die Hand auf die Stirn. »Vielleicht sollten wir Fieber messen und kontrollieren ...«

»Zu meinem Geburtstag.« Alicia lächelt.

Ein Schreck fährt durch meine Glieder. Bitte was? Kurz überlege ich, mir nichts anmerken zu lassen, doch anscheinend ist es dafür schon zu spät. Die Überraschung steht mir sicher ins Gesicht geschrieben.

»Nicht schlimm.« Ihr Grinsen ist echt. »Ich habe es extra nicht erwähnt, weil mir mein Geburtstag nicht so wichtig ist. Wir haben ihn nie groß gefeiert. Du konntest also kaum dran denken.« Sie wendet sich wieder dem Teig zu, und ich beobachte, wie Alicia ihn vorsichtig in kleine Förmchen füllt.

»Ich war die letzten Jahre mit Timon unterwegs. Er hat über alles bestimmt«, erklärt Alicia. »Er hat alles bestimmen wollen, sodass der Tag ziemlich an Bedeutung verlor.«

»Okay«, sage ich leise, weil mir die Worte fehlen. *Timon, dieser Mistkerl.*

»Dieses Jahr hatte ich spontan Lust, eine kleine Feier zu machen. Weil diesmal alles anders ist. Es kommt mir vor, als wäre es endlich wieder mein Tag. Meine Entscheidung.« In ihrer Stimme schwingt Wut mit.

Ich trete vor, um einen Arm um meine Freundin zu legen. »Wenn du wüsstest, wie stolz ich auf dich bin. Das wird der beste Geburtstag aller Zeiten.«

Alicia zuckt mit den Schultern. »Ich hätte dich vorher fragen sollen, ob das okay ist«, murmelt sie und greift nach dem Backblech.

»Quatsch«, entgegne ich. »Eine Geburtstagsparty ist cool. Wir stoßen auf dich an, Alicia. Auf deine neu gewonnene Freiheit. Auf das Leben. Und auf den ganzen Rest.« Ich spüre, wie mich eine Welle der Zuversicht überrollt.

»Bist du dir sicher, dass alles okay ist, Mag?« Alicia beißt sich verunsichert auf die Lippe.

Ich nicke heftig. »Mehr als okay. Wir müssen jetzt diese Muffins fertig bekommen. Sie riechen nämlich so verführerisch, dass ich sonst den Teig wegnasche.«

Alicia schiebt mich schneller zur Seite. »Nichts da. Das ist schon der zweite Anlauf. Die erste Ladung war zu lang im Ofen. War anscheinend abgelenkt.«

Ich muss grinsen.

»Dann behältst du die Uhr diesmal im Griff, und ich kümmere mich um die Glasur? Wenn wir Glück haben, gibt es im Regal noch Schokostreusel.«

»Das klingt super.«

Als die Muffins fertig sind und Alicia sie aus dem Ofen zieht, zähle ich das Blech ab. »Und wie viele Gäste erwarten wir morgen?«

Meine Freundin macht ein verlegenes Gesicht. »Fünfzehn? Oder vielleicht maximal zwanzig. Ich weiß, es ist bescheuert, aber ich habe mich verkalkuliert. Es war etwas schwierig. Eine Kommilitonin wollte ihre Freundin mitbringen. Eine andere war sich nicht sicher, ob sie es morgen schafft. Und wiederum eine andere musste ich einladen, weil ich niemanden ausschließen konnte …«

Bevor sie sich weiter rechtfertigen kann, winke ich ab. »Wir haben vierundzwanzig Muffins. Reicht also locker aus, damit ich schon einmal einen probieren kann.« Ich strecke ihr die Zunge raus, stibitze mir ein Förmchen vom Backblech und setze mich an den Küchentisch. Eigentlich sind die fluffigen Teilchen noch viel zu heiß. Doch nach dem Schwimmen habe ich einen Bärenhunger.

»Hättest du etwas dagegen, wenn ich Leo frage, ob er kommt?«, meine ich nachdenklich.

»Das kannst du machen. Solange du ihm auch noch einen Muffin überlässt«, sagt Alicia streng und zählt erneut das Backblech durch.

»Ich fürchte, ich kann für nichts garantieren«, erkläre ich und stecke mir den letzten Bissen in den Mund. Diese Dinger machen wirklich süchtig. Aber vielleicht ist es auch gar nicht der Muffin, der so herrlich schmeckt, sondern das Gefühl, okay zu sein. Mehr als okay.

41. Kapitel

Leo

Ich sitze seit einer Viertelstunde vor dem Postausgang und starre auf den Bildschirm. Im Sekundentakt wechseln die Gedanken von »Das ist vollkommen surreal« zu »Ich habe es wirklich geschafft«. Obwohl ich es die letzten Wochen nicht mehr für möglich gehalten habe, ist die E-Mail an den Verlag pünktlich zur Abgabe raus. Ich warte darauf, dass ein Glücksgefühl meinen Körper flutet, doch um ehrlich zu sein, bin ich viel zu erschöpft, um noch irgendetwas zu spüren.

Mit einer Ausnahme: Maggie.

An sie zu denken, flutet mich mit mehr Gefühlen, als ich mir je hätte vorstellen können. Doch immer wieder ist da auch die Angst.

Nachdem ich gestern vom Schwimmen heimkam, konnte ich mich nicht abhalten, das Internet nach Hilfsangeboten zu durchsuchen, und manche Artikel erschienen wirklich ernüchternd.

Hast du schon einmal darüber nachgedacht, wie es sich anfühlt, ein Täter zu sein?

Maggies Frage pulsiert in meinem Kopf, und ich bekomme ihren quälenden Gesichtsausdruck nicht aus meinen Erinnerungen vertrieben. Tatsächlich kann ich ihre Gefühle ein bisschen besser verstehen, seit ich die vielen Blogeinträge gelesen habe. Menschen im Internet sind böse. Wäre mir das vorher nicht schon bewusst gewesen, hätte meine gestrige Recherche mich vollends desillusioniert.

- Diese Störung zerstört Beziehungen.
- Wenn du vorher noch gesund warst, bist du spätestens nach einer Beziehung mit 'nem Borderliner ein Wrack.
- Such dir schon mal einen guten Therapeuten.
- Mein Beileid.
- Nie mehr eine Borderline-Beziehung.

Diese Leute haben keine Ahnung von uns, versuchte ich mich zu beruhigen. Viele von ihnen schienen frustriert über gescheiterte Beziehungen, sendeten Hassbotschaften ins Netz, um ihren eigenen Schmerz zu externalisieren. *Das mit uns ist anders*, habe ich mir gesagt. *Maggie bekommt Hilfe. Wir schaffen das.* Anstatt mich von den negativen Kommentaren runterziehen zu lassen, schrieb ich ihr eine Nachricht: »Wann sehen wir uns wieder?«

Keine fünf Sekunden später leuchtete die Antwort auf meinem Smartphone: »Morgen! Ich habe Neuigkeiten.«

Und so erfuhr ich von Alicias Geburtstag, der spontanen Feier, Maggies Überfall auf mich und meine Einladung heute Abend in die WG.

Es sind noch mehr als acht Stunden, bis ich losfahren muss, um den Mädels bei den letzten Vorbereitungen zu helfen. Ich habe angeboten, Getränke zu schleppen und einen großen Tisch aus dem Keller zu holen. Ich schließe den Laptop mit dem immer noch unwirklichen Gefühl, es geschafft zu haben, und beginne, die verbliebenen Kisten auszuräumen.

Als ich damit beginne, die zweite Kiste auszuräumen, vibriert mein Telefon. Ich sehe mich suchend nach dem Smartphone um. Ein zweites Vibrieren. Ich werde auf meiner Küchenablage fündig und entsperre rasch das Display.

Zwei neue E-Mails. Ein entgangener Anruf. Mein Agent hat versucht, mich zu erreichen.

Wir haben bisher nur selten telefoniert. Die Kommunikation ist hauptsächlich über E-Mail gelaufen.

Schnell drücke ich auf den Rückruf und bin erstaunt, als nach dem ersten Klingeln direkt jemand abnimmt.

»Guten Morgen, Herr Winter!« Er klingt erfreut, mich zu hören, und ich versuche, das als gutes Zeichen zu werten.

»Hallo«, antworte ich überrascht. »Entschuldigen Sie, bitte. Ich habe mein Telefon nicht gehört.«

Es raschelt in der Leitung, und ich halte nervös den Atem an.

»Kein Problem. Ich freue mich, dass wir uns so erreichen. Schön, dass mit dem Projekt alles geklappt hat, und danke, dass Sie mich bei der Abgabe in cc gesetzt haben.«

Ich nicke, obwohl er die Reaktion durchs Telefon ja überhaupt nicht sehen kann.

»Vermutlich kommt die Frage ein bisschen spontan, aber sind Sie heute Abend schon vergeben?«

Ehe ich antworten kann, spricht er weiter.

»Es hat sich zufällig ergeben, dass ich dieses Wochenende in Köln bin. Wenn Sie mögen, würde ich Sie heute Abend gerne auf ein Abendessen einladen. Wir können in Ruhe über nächste Projekte sprechen. Die nächsten Tage bin ich leider schon verbucht.«

Mein Herz macht einen Sprung. Nächste Projekte? Bisher hieß es immer, wir würden erst einmal abwarten, wie meine erste Veröffentlichung anläuft. *Das sind gute Nachrichten*, schießt es mir durch den Kopf. *Das ist alles, wovon du geträumt hast. Freu dich. Freu dich. Freu dich.*

»Wie klingt das für Sie?«, erkundigt mein Agent sich.

Ich bin mit Maggie verabredet. Gestern Abend habe ich ihr versprochen, dass wir uns heute Abend auf Alicias Geburtstag sehen. Ich habe ihr angeboten zu helfen. Die Getränke. Der Tisch. Maggie. Lauter Funken von Gedanken glühen in meinen Kopf auf. Verdammt.

»Das klingt gut«, höre ich mich sagen. »Das kann ich einrichten.«

Du verdammter Lügner. Was ist mit Maggie?

»Hervorragend. Ich freue mich, dass wir uns endlich persönlich kennenlernen. Wenn Sie mögen, schicke ich Ihnen einen Link mit der Adresse vom Restaurant. Oder haben Sie spezielle Wünsche? Asiatisch? Italienisch?«

Bevor ich es mir anders überlegen kann, schüttele ich den Kopf. »Ich bin flexibel. Suchen Sie etwas aus.«

Wir verabschieden uns und legen auf.

Verfluchter Mist.

Wo in meinem Herzen pure Freude hüpfen sollte, muckt das schlechte Gewissen auf. Dabei weiß ich doch, dass Maggie mir die Absage nicht krummnehmen wird. Immerhin ist dieser Abend eine riesige Chance für mich. Neue Projekte. Neue Verträge. Meine Zukunft.

Maggie weiß, wie hart ich für meinen Traum gekämpft habe. Und sie wird es verstehen. Verstehen können. Verstehen müssen.

Wir können uns an jedem anderen Tag sehen. Morgen. Übermorgen. Wann immer sie will.

Also beschließe ich für den Moment, einfach durchzuatmen und mich über den kleinen Erfolg zu freuen.

Die Dinge laufen wieder, und für mich wird es endlich Zeit, einfach mal in die Zukunft zu vertrauen.

Ich wähle Maggies Nummer. Doch sie nimmt nicht ab. Nach dem achten Klingeln lege ich erst einmal auf.

»Rufst du mich zurück? Ich muss dir etwas sagen«, tippe ich eine Nachricht an sie und lasse das Telefon wieder auf die Küchenablage sinken.

Als ich mich bücke, um den Karton weiter auszuräumen, klopft mein Herz immer noch so schnell, dass mir schwindelig wird.

Ich habe unendlich viele Schnipsel von Ideen auf meinem Laptop gespeichert. Die Aussicht, hoffentlich noch mehr Ideen auserzählen zu können, ist verlockend.

Anderseits sind da auch die Erinnerungen an die letzten Monate, die noch lange nicht verblasst sind. Es gab zu viele Tage, an denen ich mich vor den Bildschirm gequält habe und die Sätze mir nur schwer von der Hand gingen. Ist es das wert?

Ich werde aus meinen Zweifeln gerissen, als das Telefon erneut vibriert. *Das muss Maggie sein*, überlege ich und eile zur Küchenablage zurück. Und tatsächlich strahlt mir auf dem Display meines Smartphones ihr Profilbild entgegen. Schnell nehme ich den Anruf an.

»Das ist unser erstes Videogespräch«, begrüßt sie mich munter. »Und hey, so wie es im Hintergrund aussieht, hast du wirklich aufgeräumt.« Sie scheint ziemlich gute Laune zu haben. Ich fühle mich mies, weil ich sie mit meiner Planänderung vermutlich enttäuschen werde.

»Es ist nicht mehr viel«, sage ich schnell. »Um ehrlich zu sein, kamen mir die Kisten trotzdem mehr vor, als ich vor dem Umzug gedacht habe.«

Sie zuckt mit den Schultern. »Ich habe dir angeboten, zu helfen. Aber du wolltest es ja unbedingt allein machen.«

Ich sehe im Hintergrund Alicia durch den Raum laufen.

»Telefonierst du mit Leo?«, fragt sie, als sie auf mich aufmerksam wird.

Maggie nickt ihr zu. »Nur kurz. Bin gleich wieder da.« Dann wendet sie sich wieder an mich. »Kannst du vielleicht ein paar Softgetränke aus dem Supermarkt mitbringen? Ich gebe dir das Geld später wieder, aber wir haben viel zu wenig Limo. Und wenn du schon einmal dort bist, wäre ein Baguette auch richtig cool. Wir haben Dips. Glaubst du, wir brauchen auch noch mehr Alkohol? Du weißt ja, ich trinke kaum und habe dafür kein gutes Gefühl.« Maggie spricht so schnell, dass ich kaum dazwischenkomme.

Die Kamera fährt über den Boden, und ich bekomme einige Kästen Kölsch und etwas Hochprozentiges zu Gesicht. Das Bild ist zu unscharf, um Genaueres zu erkennen.

»Warte!«, unterbreche ich sie, bevor sie in den nächsten Wortschwall verfällt. Ich finde es unglaublich süß, wenn sie sich den Mund fusselig redet, und habe ein schlechtes Gewissen, ihr das Lächeln jetzt nehmen zu müssen.

»Ich fürchte, ich habe keine guten Nachrichten für heute Abend«, sage ich vorsichtig.

Sie sieht mich fragend an. »Ist etwas passiert?«

»Na ja. Eigentlich etwas ziemlich Gutes. Nur ein mieses Timing. Mein Agent hat angerufen und angeboten, sich heute Abend mit mir zu treffen.« Ich runzele missmutig die Stirn.

Innerhalb von Sekunden erstirbt das Licht in ihren Augen.

»Und du hast zugesagt?« Ich kann die Enttäuschung auf ihrem Gesicht ablesen.

»Es tut mir leid, Maggie, aber ich kann diese Chance nicht verstreichen lassen. Meinst du, wir können das Treffen vielleicht verschieben?«

»Das Treffen?«

»Na, also heute Abend«, erkläre ich und schiebe schnell hinterher: »Natürlich weiß ich, dass Alicias Geburtstag nur heute ist. Aber wir können uns vielleicht auch morgen sehen, oder?«

»Morgen?«, fragt sie. Es fällt mir schwer, ihren Tonfall zu deuten.

»Ja, oder übermorgen. Wann immer du magst. Vielleicht kann ich dich ausführen. Wir gehen noch mal schwimmen.«

Das Bild bewegt sich nicht. Hat die Verbindung den Geist aufgegeben? Nein, das ist es nicht. Maggie scheint einfach starr in die Kamera zu blicken, ohne etwas zu sagen.

»Oder wir bestellen etwas?«, wage ich überfordert einen zweiten Versuch. »Hey, vielleicht testen wir ein anderes Curry. Schlechter kann es kaum werden.«

»Curry?«, fragt sie knapp.

Ich nicke.

»Das ist nicht dein beschissener Ernst.« Für einen Moment glaube ich, dass sie den Anruf einfach beendet, da spricht sie weiter: »Weißt du was? Spätestens jetzt weiß ich, dass ich dir egal bin.«

Schnell hole ich aus. »Das stimmt nicht, Maggie. Du bist mir sehr wichtig, und ich würde mir wünschen, dass wir uns morgen sehen. Bitte, lass es mich wiedergutmachen.«

Meine Worte scheinen keinerlei Wirkung auf sie zu haben.

»Schon okay«, antwortet sie trocken. »Ich bin es gewohnt, versetzt zu werden.«

Kraftlos lasse ich mich mit dem Rücken an der Küchentheke hinabsinken und versuche es erneut diplomatisch.

»Was soll das heißen? Du weißt doch genau, wie wichtig das

für mich ist. Dieser Agent entscheidet über meine Zukunft, Maggie. Er hat ziemlich viel in der Hand. Wenn ich ihn heute Abend von meinen Ideen überzeuge …« Ich breche ab.

Maggie hat ihren Blick starr in die Kamera gerichtet. »Morgen hat Alicia aber nicht Geburtstag, sondern heute.«

Ich bin verblüfft. Und wütend. Ja, ich spüre, wie die Wut sich langsam, aber sicher in mir aufbaut. Nein, um ehrlich zu sein, wusste ich nicht, dass für Maggie dieser Geburtstag so von Bedeutung ist. Sonst hätte sie ihn nicht gestern Abend zum ersten Mal erwähnt.

»Du kannst doch eine Party nicht mit meiner Zukunft vergleichen.« Ich gebe mir Mühe, ruhig zu bleiben, denn genau das zählt eigentlich zu meinen Stärken. Im Gegensatz zu Maggie bin ich weniger aufbrausend.

»Ich habe doch gesagt, dass du zu diesem Treffen gehen sollst. Mir ist es egal, was du mit deiner Zeit machst. Komplett egal. Es ist ja dein Leben. Und da ich kein Teil davon bin, geht es mich überhaupt nichts an.«

Schmerz. Bitterböser Schmerz brennt in meiner Brust. In meinem Bauch. In meinem Herzen. Überall.

»Warum sagst du so was?«, flüstere ich fassungslos in die Kamera.

Maggie lacht auf. Kälte sticht in ihren Augen hervor. »Ich lege jetzt auf, Leo. Viel Spaß bei deinem scheiß Abendessen. Und melde dich nicht mehr bei mir.«

Mit diesem Satz bricht die Verbindung ab. Maggie hat aufgelegt und lässt mich mit einer Mischung aus Wut, Verwirrung und Fassungslosigkeit zurück.

42. Kapitel

Maggie

Ruf an, flehe ich wortlos in mein Telefon. *Bitte, ruf an.* Doch der verflixte Bildschirm bleibt tot.

Ich sitze auf dem Küchenboden, weil mir jegliche Kraft aus den Beinen gewichen ist. Mein Herz überschlägt sich beinah in meiner Brust, und ich merke, wie sich mein Hals weiter zuschnürt.

Panisch schaue ich mich in der Küche nach irgendetwas um, das den inneren Druck aushaltbar machen könnte, und nehme stattdessen nur wahr, wie Alicia in meinem Augenwinkel eine der vielen Packungen Chips in eine große Salatschüssel kippt. Sie ist gerade erst zurück in die Küche gekommen und scheint von den letzten Minuten des Gesprächs zwischen Leo und mir nichts mitbekommen zu haben.

»Alles in Ordnung?« Sie hält in der Bewegung inne, als sie meinen erstarrten Blick auffängt. »Du siehst aus, als hättest du einen Teufel gesehen.« Irritiert mustert sie das Telefon, das in meinen zitternden Händen liegt. »Habt ihr schon aufgelegt?«

Ich beiße mir so fest auf die Lippe, dass ich den eisenhaltigen Geschmack von Blut auf meiner Zunge habe. »Leo kommt nicht.«

Ich bemühe mich krampfhaft darum, ruhig zu bleiben, und hole tief Luft. »Er hat keine Zeit. Sein Agent hat angerufen.«

Alicia zieht die Nase hoch und kratzt sich am Kopf. »Oh, man. Das tut mir leid.« Ich will mich kraftlos gegen einen Küchenstuhl lehnen, da sitzt Alicia schon direkt neben mir. »Der Arme. Er hat sicher eine anstrengende Zeit. Tut mir wirklich leid.«

Mein Puls rast instinktiv in die Höhe. Was hat sie gerade gesagt? Leo hat eine anstrengende Zeit? Und was ist mit mir?

»Er hat es versprochen«, blaffe ich Alicia an und entschuldige mich im nächsten Moment. Sie kann nichts dafür, dass Leo mich im letzten Augenblick versetzt hat.

»Ich bin mir sicher, er wäre gerne gekommen«, sagt meine Freundin sanft. »Vielleicht könnt ihr euch ja morgen sehen.« Auf ihrem Gesicht leuchtet der Optimismus auf. »Außerdem haben wir dann heute Abend mehr Zeit für uns. Ich werde dir die anderen Mädels vorstellen. Einige kennst du noch gar nicht, und ich bin mir sicher, du wirst sie mögen.«

Vermutlich sollten mich ihre Worte aufmuntern, doch stattdessen spüre ich, wie die Wut sich immer weiter in meinem Körper ausbreitet.

Leo hatte mir gesagt, dass ich ihm wichtig bin. Dass er bleibt. Wie viel kann ich schon auf die Worte eines Lügners geben? Jemandem, der mich bei der nächsten Gelegenheit einfach gegen einen besseren Termin austauscht?

Ohne Alicia eines weiteren Blickes zu würdigen, ziehe ich mich am Tisch hoch. »Ich will meine Ruhe.«

Ich höre, wie sie Luft holt, um etwas zu erwidern, doch schließlich hält sie sich doch zurück. Ihr Glück. Mein Glück. Wer weiß, was ich ihr sonst an den Kopf schmeißen würde.

Dabei wünsche ich mir nichts sehnlicher, als die Gedanken aus meinem Kopf zu schütteln. Leo aus meinem Gedächtnis zu löschen und endlich zu akzeptieren, dass er ohne mich besser dran ist. Denn anscheinend, so hat er mir ja mehr als deutlich gemacht, bin ich für ihn nur ein störendes Anhängsel. Mit geballten Fäusten laufe ich in mein Zimmer, sehe mich Hilfe suchend nach den Ammoniakfläschchen um, die ich mir vor ein paar Tagen angeschafft habe. Ein Tipp aus der Selbsthilfegruppe.

Bei innerer Anspannung soll es helfen, sich intensiven Gerüchen oder Geschmäckern auszusetzen, um die Sinne auf etwas anderes zu konzentrieren. Etwas anderes als die unbändige Wut, die tief in mir brodelt.

Hastig greifen meine Hände nach der lilafarbenen Verpackung. Ich ziehe eine der Ampullen aus der Verpackung und drehe den Verschluss auf. Ein stechender Geruch schießt mir in die Nase, ich halte automatisch die Luft an, um dann erneut einen Zug zu nehmen.

Fuck. Dieses Zeug ist teuflisch. Ich drehe die Ampulle wieder zu und lasse sie auf den Schreibtisch sinken. Ist es der unerträglich beißende Geruch oder die Verzweiflung, die mir die Tränen in die Augen schießen lässt?

Mein Telefon vibriert.

Ein einziger Blick genügt, um die Anspannung in meinen Muskeln zu verstärken.

Doch ich gehe nicht dran. Ich lasse Leo warten. Ein Mal. Zwei Mal. Als er nach dem dritten Mal nicht mehr anruft, spüre ich den Jähzorn blitzartig durch meine verkrampften Hände jagen.

Rasend vor Tobsucht umklammere ich mein Smartphone, öffne unseren Chat und lasse meine unkontrollierbaren Finger eine Nachricht verfassen.

»Ich habe gesagt, du sollst mich in Ruhe lassen.«

Er ist sofort online. »Maggie, bitte lass uns reden.«

Spöttisch lache ich auf. »Ich will kein Wort mehr aus deinem Mund hören. Nie mehr.«

Es dauert einen Moment, bis eine weitere Nachricht auf meinem Display erscheint. »Das meinst du nicht so, Maggie. Das ist nur dein Gefühl.«

Was will er mir damit sagen? Dass ich wieder mal unverhältnismäßig ausraste? Dass meine Wut egal ist? Dass sie keine Daseinsberechtigung hat?

»Einen Scheiß weißt du über mich«, schreibe ich. »Du hast keine Ahnung, was ich fühle. Weil du ein Lügner bist.«

Der Druck hinter meiner Stirn erhöht sich. Meine Gedanken haben sich zu einem dicken Knoten zusammengezogen.

»Ich rufe dich jetzt noch mal an, okay?«

Wieder klingelt mein Telefon. Doch ich werde nicht drangehen. Leo verdient es, genauso zu leiden wie ich. Er soll zappeln und merken, wie sehr er mich verletzt.

Nach einer halben Minute lässt die Vibration in meinen Händen nach. Er hat aufgelegt.

Ich warte. Vielleicht versucht er es noch mal?

Ich warte.

Ich warte immer noch.

Zwei Minuten vergehen.

Drei.

Vier Minuten, in denen die innere Anspannung mich kaum noch atmen lässt. In denen die Tränen über meine Wangen strömen, verzweifelte Laute aus meinem Mund platzen.

Ich schreie stumm. In meinen Arm hinein. Als würde ich mich mit dem Schmerz, den ich mir durch den Biss zufüge, aus diesem Albtraum wecken.

Doch Leo ruft nicht an. Nicht mehr.

Ich bin ihm egal. Ich wusste, dass ich ihm egal bin.

Trotzdem trifft mich diese Erkenntnis mit einer immensen Wucht. Mein Smartphone knallt auf den Teppich vor meinem Bett. Ich schaue nicht nach, ob etwas kaputtgegangen ist, sondern konzentriere mich auf das Gefühl, das sich in meinen Adern ausbreitet. Ich japse nach Luft. Verzweifelt greife ich mir ins Haar und fange an, mir einzelne Strähnen vom Kopf zu rupfen.

Der Schmerz fühlt sich gut an. Als könne er den inneren Schmerz regulieren, für den Bruchteil eines Augenblicks erträglich machen. Allerdings hält die Wirkung nicht lange an, und ich muss den Reiz erhöhen.

»Leo«, keuche ich, fahre den Boden nach meinem Smartphone ab, das ich gerade noch gedankenlos von mir geschmissen habe.

Das Piepen dröhnt in meinem Ohr. Alles rauscht. Dann nimmt Leo ab. »Maggie.« Er sagt nur meinen Namen.

»Ich kann nicht«, stoße ich hervor. »Halt mich fest. Bitte.«

Mein Herz zieht sich schmerzhaft zusammen.

»Hey, Maggie.« Leo spricht so ruhig, dass es mich beinah nervös macht. »Was ist los? Ich verstehe überhaupt nichts mehr.«

Warum macht mich seine Unwissenheit nur so rasend?

»Es ist doch offensichtlich«, donnere ich also ins Telefon. »Warum tust du das hier? Warum? Sag mir einfach, warum?«

Ein Seufzen dringt in mein Ohr. »Hast du angerufen, um mich anzuschreien, oder willst du dich vertragen?«

Wie kann er nur? Ich bin fassungslos, dass er die Not nicht erkennt, in der ich mich befinde.

»Aha. Das ist es, was du eh über mich denkst. Dass ich ohnehin alles kaputt mache.« Mein Puls rast so schnell, dass ich keinen klaren Gedanken fassen kann. »Wenn hier heute Abend eine Bombe hochgeht, ist es deine Schuld. Ganz allein deine Schuld, Leonard.«

43. Kapitel

Leo

Die Warnungen aus den Blogeinträgen schießen mir in den Kopf.

Androhungen von Suizid. Manipulierendes Verhalten.

Ich muss die Ruhe bewahren.

»Aber hast du schon einmal darüber nachgedacht, wie es sich anfühlt, ein Täter zu sein?« Maggies Worte hallen durch meine Erinnerung.

»Atme! Hol tief Luft«, sage ich und ignoriere die letzten Sätze, die sie mir vor Wut entgegengeschleudert hat.

Ich sitze völlig aufgelöst auf meiner Bettkante und habe die linke Hand in einem Kissen vergraben. Mit der Rechten umklammere ich das Smartphone, als wolle ich damit das letzte bisschen von Maggies Vernunft festhalten.

Ein dumpfes Geräusch dringt durch das Telefon. Es klingt, als habe sie etwas kaputt gemacht.

»Bist du okay?«, frage ich und will die Frage im nächsten Augenblick am liebsten zurücknehmen. Ganz offensichtlich ist Maggie nicht okay.

»Du musst vorbeikommen.« Ihre Stimme zittert, und plötzlich gibt es nichts, was ich mir mehr wünsche, als zu ihr zu fahren. Bei ihr sein. Sie in den Arm nehmen. Ihr sagen, dass sie mich nicht wegstoßen muss. Doch habe ich nicht genau so was im Internet gelesen? Hektisch stelle ich das Gespräch auf Lautsprecher und öffne parallel den Browser.

Innerhalb von wenigen Klicks hab ich die Seite. Da steht:

Setzen Sie frühestmöglich Grenzen. Lassen Sie sich niemals erpressen.

»Kommst du vorbei?« Maggie weint leise, und meine Brust füllt sich schlagartig mit Beklemmung.

»Ich kann nicht«, antworte ich. Es tut weh, das zu sagen. Die Schuldgefühle hüllen mich ein wie ein Spinnennetz.

»Warum nicht?«, fragt sie knapp und zieht die Nase hoch.

Ich versuche, die Ruhe zu bewahren, und öffne eine neue Seite im Netz.

»Weil ich einen wichtigen Termin habe, Maggie.«

Für ein paar Sekunden liegt die Stille schwer zwischen uns. Ich weiß nicht, ob ich einen Fehler begehe. Vielleicht sollte ich besser aufstehen und mich sofort auf den Weg zu ihr machen.

»Du sollst mich nur in den Arm nehmen. Bitte.« Ihr Flehen trifft mich so tief, dass ich mir eine Hand ans Herz lege. Plötzlich spüre ich, wie mir Tränen in die Augen schießen.

»Das tue ich. Wirklich. Ich bin hier. Und wenn du willst, können wir uns morgen sehen.«

Ihr Schluchzen wird immer lauter. »Du könntest einfach vorbeikommen, und mir wird es besser gehen.«

Nein. Nein. Nein. Ich boxe die linke Hand tiefer in mein Kissen hinein. Wenn ich jetzt nachgebe, wird das nicht aufhören. »Und wie soll das weitergehen?«, frage ich und gebe mir größte Mühe, ruhig zu sprechen. »Das ist doch keine Lösung, Maggie.«

Sie antwortet nicht. Ich schließe das Internet und öffne unseren Anruf, um zu sehen, ob sie wirklich noch in der Leitung ist.

»Komm vorbei.« Es ist nur ein Flüstern, doch ich zucke zusammen, als sie das kurze Schweigen bricht.

»Ich bin da, Maggie. Hier. Vertrau mir. Ich kann nicht für dich aufstehen, wenn du umfällst. Ich kann dir nur beide Hände reichen und dir sagen, dass du genug Kraft hast, um das durchzustehen. Mit mir. Hier.« Die Hoffnung, meine Worte könnten sie da, wo sie sich gerade befindet, vielleicht doch noch erreichen, zerbricht, als das Weinen lauter wird. Es fällt mir schwer, sie überhaupt noch zu verstehen.

»Warum zerstörst du mich so? Warum?«

Schuldzuweisungen. Hass. Verzweiflung. Wer zur Hölle spricht da aus ihr, wenn es nicht meine Maggie ist, die mich so zornig anfährt?

»Ich zerstöre dich nicht, Maggie.« Alles in mir schreit vor Schmerz. »Ich bin hier, und ich liebe dich.« Da ist es raus. Die drei Worte, die der Wahrheit entsprechen. Drei Worte, die ich nicht aussprechen wollte, bis ich mir sicher bin, dass Maggie sie überhaupt begreifen oder gar annehmen kann. Aber jetzt ist es zu spät.

»Lüg nicht!«

Es ist, als würde ich gegen eine Wand knallen. Wenn ich gehofft habe, meine Liebeserklärung könnte sie aufwecken, ihr glaubhaft machen, dass ich auf ihrer Seite stehe, habe ich mich geirrt.

Der Zorn scheint sich noch rasanter in ihr auszubreiten.

Ich weiß nichts mehr zu sagen. Die Hilflosigkeit frisst sich durch meinen Verstand. Kraftlos sinke ich rückwärts ins Bett, vergrabe das Gesicht in der Decke und lasse die ersten Tränen los. Ich höre, wie Maggie meinen Namen sagt. Mehrfach. Doch ein Schleier aus Verzweiflung und Wut lässt mich taub fühlen.

Ein Teil von mir weiß, dass ich nicht wütend sein sollte. Sie kann nichts dafür, erinnere ich mich immer und immer wieder.

Doch manche Gefühle lassen sich rational nicht abwenden.

Als eine bleierne Stille über mich hineinbricht, weiß ich, dass Maggie aufgelegt hat.

Habe ich sie allein gelassen? Ist das hier ein Fehler?

Die Antwort ist: Ich weiß es nicht.

Eine Nachricht leuchtet auf. Vorsichtig ziehe ich mein Smartphone näher an mich heran und werfe einen Blick auf das Display.

Ich hasse dich.

Wieder diese Worte. Worte, die nichts bedeuten sollten. Ich weiß, dass es nicht stimmt. Ich weiß, dass es nur Maggies Verzweiflung ist. Doch es tut weh. Mein Verstand kann es meinem Gefühl nicht erklären.

Es ergibt jetzt keinen Sinn, ihr zu antworten, entscheide ich.

Vielleicht braucht Maggie Zeit, um sich selbst zu beruhigen. Und dann werden wir später über alles sprechen.

Diese Gedanken spenden mir für den Bruchteil eines Moments Kraft.

Doch dann trifft die nächste Textnachricht ein. Erneut beuge ich mich vor und lese, was sie geschrieben hat.

Und ein weiteres Mal trifft mich die Erkenntnis, dass ich diese Frau weniger verstehe, als ich geglaubt habe.

Erneut drei Worte, aber eine komplett andere Bedeutung:

Bleib bei mir.

Ich habe nicht mehr geantwortet. Und fühle mich jetzt wie der schlechteste Mensch auf der ganzen Welt.

Sollte man einer Person, die man liebt, nicht bedingungslos beistehen? Aber kann man von Beistand sprechen, wenn genau dieser Mensch dadurch emotional abhängig wird?

Verzweifelt lese ich zum zehnten Mal die Ratschläge durch, die ich im Internet gefunden habe. Ich fühle mich kein bisschen besser, und das, obwohl ich meine Grenzen bewahrt und mich nicht habe erpressen lassen.

Es kommt mir vor, als würde jemand die Minuten auf der Digitalanzeige meines Weckers vorspulen. Die Zeit vergeht, ohne dass ich etwas davon mitbekomme. In eineinhalb Stunden bin ich zum Abendessen verabredet. Vermutlich sollte ich hungrig sein, denn seit dem Frühstück habe ich keinen einzigen Bissen herunterbekommen. Doch ich spüre nur diese Beklemmung, die sich anfühlt, als hätte mir jemand eine Faust in den Bauch geschlagen und würde mir gleichzeitig den Hals abschnüren.

Ich drücke mich vom Bett ab und setze mich auf die Holzkante. Wie viele Stunden habe ich jetzt dort gelegen und an die Wand gestarrt? Zwischendurch war ich tatsächlich drauf und dran, den Termin heute Abend abzusagen. Aber wofür war das Ganze dann? Der Streit zwischen Maggie und mir würde noch weniger Sinn machen, und der Gedanke schmerzt.

Also raffe ich mich auf und öffne den Kleiderschrank auf der Suche nach etwas Brauchbarem. Was soll ich überhaupt anziehen?

Auf meinem Smartphone rufe ich den Link auf, den mein Agent mir geschickt hat. Das Restaurant sieht nach einem lockeren Italiener aus. Nicht zu chic. Aber aufwendiger als eine einfache Pizzeria.

Also entscheide ich mich für ein weißes Hemd und eine beige Chinohose. Das Outfit sieht vernünftig aus und lässt mich hoffentlich die hohen Temperaturen überstehen.

Unter der Dusche gehe ich meine Ideen für nächste Projekte durch.

Danach schwinge ich mir ein großes Duschhandtuch um die Hüfte und mustere mich im Spiegel. Auf der linken Schulter habe ich einen leichten Sonnenbrand, der kurz brennt, als ich in das Hemd schlüpfe.

Ich überlege kurz, Maggie noch einmal eine Nachricht zu schreiben. Vielleicht hat sie sich mittlerweile beruhigt? Doch die Angst, unser Streit könnte noch einmal von vorne beginnen, hält mich zurück. In weniger als einer Stunde muss ich halbwegs munter im Restaurant sitzen und mir möglichst nicht anmerken lassen, dass mein Leben die letzten Stunden einem gewaltigen Gefühlstornado glich.

Ich sammele die Papiere auf, die ich in einer Mappe auf dem Schreibtisch gesammelt habe, und werfe einen Blick auf die gedruckten Buchstaben: Meine Ideen der letzten Monate, wenig sortiert, aber vielleicht dennoch brauchbar.

Mit klopfendem Herzen spurte ich Richtung Wohnungstür und lasse sie hinter mir zufallen.

Dieser Termin entscheidet mindestens über mein nächstes Jahr, wenn nicht sogar über meine gesamte Zukunft.

Maggie. Maggie. Maggie. Immer wieder schleicht sie sich in meine Gedanken.

Doch ich mache mich auf zu meinem Abendessen.

Ich muss jetzt an mich denken. Nur so kann ich uns beiden helfen.

44. Kapitel

Maggie

Ich hasse diesen Abend, und ich hasse Menschen. Als die ersten Gäste kommen, sitze ich mit einer großen Flasche Wasser auf der Fensterbank in meinem Zimmer und beobachte, wie zwei Mädchen vor der Tür ein Geschenk aus der Tasche ziehen. Verdammt, das sieht so schwer aus, dass mir schon vom Zusehen die Arme abfallen. Ich habe Alicia heute Morgen ein neues Bullet Journal geschenkt. Ein Hoch auf den Blitzversand, der es möglich gemacht hat, ohne dass ich in die Stadt gehen musste.

Es klingelt an der Tür, doch ich bleibe regungslos sitzen. Stimmen dringen durch den Flur, und ich weiß, dass es verdammt unhöflich ist, die Gäste nicht zu begrüßen. Aber würde ich es schaffen, mich am Riemen zu reißen und nett *Hallo* zu sagen? Ich habe keine Ahnung, ob mir das fröhliche Lachen gelingt, das jahrelang Teil meiner Fassade war. Damit habe ich meine Schulzeit überlebt. Wenn mich irgendeine Kleinigkeit auf die Palme brachte, zählte ich die Kästchen auf der Tafel nach, zwängte ein Lächeln auf mein Gesicht und konzentrierte mich darauf, Luft zu holen.

Keinem meiner Lehrer und Mitschüler fiel auf, dass ich fehlte, denn ich war die ganze Zeit da. Körperlich. Innerlich kämpfte ich gegen Wut. Schon immer.

Manchmal frage ich mich, wann dieses Gefühl angefangen hat. Wann ich zu diesem Monster wurde, das mich so fremdbestimmt.

Meine Eltern glaubten zuerst, ich sei *nur* depressiv. Sie machten sich Sorgen, achteten darauf, dass ich genügend aß, Zeit mit Freunden verbrachte.

Und in den Momenten, in denen das Glück überkochte, mich vollkommen übermannte, freuten sie sich.

Irgendwann, da war ich maximal dreizehn, erklärte ich meiner Mutter beim Schlafengehen, meine Gefühle seien verwirrend.

»Manchmal bin ich so glücklich, dass ich nicht weiß, was ich tun soll«, sagte ich ihr.

»Wieso musst du dann etwas tun?«, fragte meine Mutter.

»Na, wie kann ich das Gefühl denn aushalten, wenn es so stark ist?«

Meine Mutter sah mich irritiert an. Ich muss heute nur die Augen schließen, und ich sehe die Verwirrung in ihrem Gesicht.

»Stell dir vor, jemand füllt ein Fass voller Glück, und irgendwann ist es voll«, versuchte ich ihr mein Seelenleben zu erklären. *»Aber das Glück wird immer mehr, und du willst einen Deckel auf das Fass setzen. Doch so einen Deckel gibt es gar nicht. Kannst du dir nicht vorstellen, wie weh das tut?«*

Konnte sie nicht. Sie sah mich mit so viel Sorge an, dass ich anfing zu lachen und ihr einen Kuss gab. *»War nur Spaß, Mama. Mir geht's gut.«*

Mir geht's gut, wiederhole ich im Kopf. Wenn ich mir wirklich Mühe gebe, dann kann ich es auch heute schaffen, den Schmerz auszuhalten.

Abrupt lasse ich mich von der Fensterbank ab und mustere mich in der Fensterscheibe. Nicht mehr lange, und die Dämmerung beginnt. Die Sommersonne ist schwächer geworden, das Licht dunkler und wärmer. Ob Leo seinen Termin wahrgenommen hat? Ich hoffe es. Ich hoffe es so sehr.

Ein Teil in mir weiß, dass ich mich falsch verhalten habe. Es gibt die Vernunft, die sich daran erinnert, wie schwer es mir fällt, Situationen richtig einzuschätzen.

»Manchmal kommen dir die kleinen Dinge wie große Explosionen vor.« So hatte es damals meine Therapeutin ausgedrückt. *»Wir können diese Explosionen lernen abzudämpfen.«*

Trotz dieses Versprechens habe ich irgendwann aufgehört, an eine Hilfe zu glauben. Ich habe angefangen, mein Leid zu akzeptieren, mich schlichtweg damit abgefunden. Weil es schmerzhafter war, jedes Mal aufs Neue enttäuscht zu werden. Also reiße ich mich zusammen und verlasse mein Zimmer.

»Oh, hallo. Schön, dass wir uns kennenlernen.« Ohne in den Spiegel zu schauen, weiß ich, dass mein breites Strahlen überzeugend ist. Ich umarme die beiden Mädchen, die mittlerweile in unserer Küche stehen.

Die beiden stellen sich als Louisa und Josi vor. Ich erfahre, dass sie mit Alicia Medienkurse belegen und sich in einem ziemlich langweiligen Seminar über Mediengeschichte kennengelernt haben.

»Schade, dass wir nie gemeinsam in der Mensa sind«, bemerkt Josi. »Du bist wahrscheinlich meist in der Humanwissenschaftlichen Fakultät, oder? Alicia sagt, du studierst Erziehungswissenschaft.«

Ich nicke. »Genau. Im Hauptgebäude habe ich selten Vorlesungen. Ziemlich schade, die große Mensa ist sicher um einiges besser.«

Wir lachen. Ich am lautesten. Weil ich immer am lautesten lache, wenn meine Seele weint. Als könne das Außen mein Inneres kompensieren.

»Geht es dir besser?«, flüstert Alicia, als die beiden Mädels es sich auf unseren Küchenstühlen bequem machen und die ersten Snacks verputzen.

»Alles supi. Nur ein kurzer Durchhänger.« Das Lächeln funktioniert auch bei Alicia. Zumindest hoffe ich das. Sie nimmt mich kurz in den Arm und drückt mir einen freundschaftlichen Kuss aufs Haar. »Ich bin so froh. Dieser Geburtstag wird der beste meiner letzten Jahre, und wie könnte ich ihn ohne dich verbringen?«

Eine dicke Faust gräbt sich in meinen Magen. »Oh ja.« Ich drehe mich im Kreis, als wolle ich anfangen zu tanzen. »Dieser Abend wird legendär.«

Ich liege auf dem Teppich in unserem Wohnzimmer, starre an die Wand und frage mich, warum das Leben so wahnsinnig lustig ist. Was auch immer gerade geschieht, ich könnte mich totlachen. Über die Musik, die aus den Boxen schallt, die Pizzaschnecken, die im Ofen etwas verbrannt sind, die Mädels, die in kleinen Gruppen überall verteilt in der Wohnung stehen, und Alicia, die versucht, mich unter die Arme zu nehmen.

»Maggie, hör auf mit dem Scheiß.« Sie versucht, mir die Flasche Bier aus der Hand zu nehmen. »Du hast heute genug gesoffen. Noch nie was von ›Kenn dein Limit‹ gehört?«

Häää? Ihre Worte ergeben in meinem Kopf keinen Sinn. »Kann man nicht mal Spaß haben?«, lalle ich und schlage ihre Hand weg. »Lass mich einfach hier liegen.«

»Du verträgst nichts. Das ist der Punkt. Du hast seit Jahren kaum Alkohol getrunken.«

Ja, überlege ich, vielleicht war das der große Fehler. Betrunken fühlt sich das Leben viel schöner an. Viel, viel schöner. Alles ist so einfach. So locker. So beflügelnd. Ich sollte tanzen. Doch shit ... Ich kann meine Beine überhaupt nicht mehr koordinieren. Als ich versuche aufzustehen, ist mir so schwindelig, dass mein Fuß wegknickt.

»Du kriegst heute keinen Tropfen mehr. Weißt du, wie gefährlich das ist?« Ich kann Alicias Sorge überhaupt nicht verstehen. Es ist doch alles gut. Ich lege mich einfach wieder auf den weichen Teppich und genieße die Aussicht auf unsere wunderschöne Zimmerdecke.

»Was ist mit Leo passiert? Seit eurem Gespräch bist du so durcheinander.«

Ich hasse es, dass Alicia versucht, wieder auf dieses Thema zu sprechen zu kommen. War sie es nicht, die mir gerade erst gesagt hat, wir sollten uns weniger um Männer scheren?

»Leo ist ein Loser«, trällere ich. »Ein Weichei. Es ist vorbei.« Ich hebe die Bierflasche an und schütte mir aus einigen Zentimetern Abstand einen Schluck in den Mund. Plötzlich spüre ich Nässe an meinem Kopf. Vielleicht ist etwas danebengegangen.

»Wenn du wüsstest, was für einen Bullshit du da gerade sprichst. Du wirst das hier morgen bereuen. Denk an den Kater.«

Alicia hat keine Ahnung.

»Ich habe Hunger«, seufze ich und versuche erneut aufzustehen.

»Ich bringe dir ein Stück Brötchen, okay?«, schlägt Alicia vor. »Du bleibst hier liegen und bewegst dich nicht. Einverstanden?«

Was für eine Frage, überlege ich. Als wollte ich mich gerade überhaupt irgendwohin begeben. Wo es doch hier so schön ist. »Einverstanden, Chefin.« Ich gluckse leise und mache eine wegwerfende Handbewegung zur Tür. »Und eine Pizzaschnecke. Die sind göttlich. Göttlich wie eine Göttin. Oder zwei. Oder drei.« Ich fange an zu singen. Etwas schräg, aber das wiederum bringt mich selbst erneut zum Lachen.

Alicia verschwindet kurz in der Küche, und ich habe endlich meine Ruhe. Ich finde es schön, wie alles um mich herum verschwimmt. Es ist, als würde die Welt tanzen, und ich kann endlich meine Gedanken ausschalten. Alicia taucht wieder in meinem Sichtfeld auf und hält mir ein Stück weißes Brot vor die Nase.

»Das ist wie Sex«, denke ich laut. »Besser als Sex. Die Welt verschwindet aus meinem Kopf, und ich bin in einem himmlischen Rausch.«

»Nur dass Sex nicht ungesund ist, dich vollkommen die Kontrolle verlieren lässt und du so einen Mist machst«, kommentiert Alicia und steckt mir das Brot in den Mund. Wie eine Vogelmama, überlege ich. Eigentlich ziemlich süß, dass sie mich füttern möchte. »Findest du eigentlich, dass ich ein schlechter Mensch bin?«, erkundige ich mich nebenbei bei ihr.

Mich trifft ein irritierter Blick. »Ein unvernünftiger Mensch. Das beschreibt es wesentlich besser. Manchmal bist du so impulsiv und tust Dinge, die ich nicht verstehe. Aber ich habe dich trotzdem gerne.«

Ich schlucke ein trockenes Stück Brot runter und schließe nur für ein paar Sekunden die Augen. »Vielleicht. Ich glaube trotzdem, dass ich ein schlechter Mensch bin. Aber das ist okay. Es gibt noch mehr schlechte Menschen. Vielleicht kann ich dazugehören.«

Alicia antwortet nicht, sondern bricht die Pizzaschnecke in zwei Teile. »Iss lieber und hör auf, Blödsinn zu reden.«

Das lasse ich mir nicht ein weiteres Mal sagen.

»Wo sind eigentlich die anderen?«, frage ich und hebe den Kopf, um mich umzusehen. Ich könnte schwören, vor ein paar Minuten waren hier noch mehr Stimmen zu hören.

»In der Küche«, murmelt Alicia und sieht auf die Uhr. »Zwei Mädels kommen noch.« Meine Freundin sieht gestresst aus. »Vielleicht sollte ich ihnen lieber absagen und dich ins Bett schicken.«

Erschrocken hebe ich meinen Oberkörper. Alles dreht sich, doch ich zwinge mich, sitzen zu bleiben. »Neiiiiin. Das ist dein Geburtstag. Wir wollten Spaß haben. Also, lass uns loslegen.« Es gelingt mir, mich auf den Beinen zu halten. Auch, wenn langsam ein Gefühl von Übelkeit aufkommt.

»Maggie?« Alicias Finger krallen sich an meinem Oberarm fest. »Bitte, pass auf dich auf, okay? Das hier überfordert mich.«

Ihr Gesicht verschwimmt vor meinen Augen, und ich spüre, wie der saure Geschmack des Alkohols meine Kehle hochläuft. Dann habe ich einen kurzen Moment der Klarheit. Ich sehe meine verzweifelte Freundin vor mir, merke, wie die Betrunkenheit meinen Körper vergiftet, und wünschte mir, es würde aufhören.

»Ich bin okay.« Ein tiefer Atemzug, zittrige Schritte in Richtung Flur. Und plötzlich ist da Bewegung an der Wohnungstür. Josi hat sie geöffnet und winkt zwei weitere Gäste herein. Stimmt, Alicia hat noch zwei Mädels angekündigt.

»Da seid ihr ja.« Meine Freundin stürmt an mir vorbei Richtung Tür und fällt einem Mädchen mit kurzen blonden Haaren in den Arm. Sie hat ihr Gesicht von mir abgewendet. »Ich freue mich, dass ihr es geschafft habt.«

Aus einer kleinen Entfernung beobachte ich die freudige Begrüßung. Erst jetzt fällt mir auf, dass ich ein Glas Wasser in der Hand halte. Hat Alicia mir das gebracht? Vorsichtig nehme ich einen Schluck, um gegen die Übelkeit und den Schwindel anzukommen. Doch dann geht alles so schnell.

Die Mädchen treten in den Wohnungsflur, ein Durcheinander entsteht, und ich entdecke eine weitere Gestalt. Es muss unser letzter Gast für diesen Abend sein. Zuerst nehme ich die roten Haare wahr. Dann höre ich ihre Stimme. Ihr Lachen.

Meine Knie werden weich. Ich bekomme keine Luft.

Die Wohnungstür fällt ins Schloss, die zwei Mädels drehen sich zu mir um. Und auf einmal treffen sich unsere Blicke. Es ist, als würde ich ihr direkt in die Seele gucken.

Ich weiß nicht, wem der Schreck mehr ins Gesicht geschrieben steht. Ihr oder mir. Wer von uns beiden zuerst erstarrt. Theresa oder ich.

Ich habe mich noch nie zuvor von Alkohol übergeben.

Doch an diesem Abend kommt das ganze Gesöff haltlos aus mir heraus. Ich habe mir die Haare hastig mit einem Zopfgummi zusammengebunden, das ich am Waschbecken gefunden habe. Um ehrlich zu sein, bin ich mir sicher, dass es nicht einmal mir gehörte. Doch während ich mir die Seele aus dem Leib kotze, gibt es nichts, was für mich weniger Relevanz hätte.

Verflucht sei die Entscheidung, an diesem Abend alle meine Grundsätze über Bord zu werfen. Jahrelang habe ich kaum mehr als ein paar Schlucke Bier getrunken und an diesem Abend einfach übertrieben.

Doch ich bin mir nicht einmal sicher, dass es allein der Alkohol gewesen ist, der mich die letzten Stunden hatte würgen lassen. Es war der Schreck, der mich in die Knie gezwungen hat. Was zur Hölle macht Theresa bei uns im Wohnzimmer? Ich habe keine Zeit gehabt, mit ihr zu sprechen, bin geradewegs ins Badezimmer gerannt, um jeden Schluck Gift zu speien, den ich meiner Leber zugemutet habe.

Die Übelkeit ist weniger geworden, als ich meinen gesamten Mageninhalt in der Toilette losgeworden bin. Der kalte Schweiß steht mir noch immer auf der Stirn, und zu allem Überfluss bin ich mir sehr sicher, mich die nächsten Minuten auch anderweitig entledigen zu müssen. Die Krämpfe in meinem Bauch verheißen zumindest nichts Gutes.

Ich spüle zum fünften Mal ab und wanke zum Waschbecken. Hastig drehe ich den Hahn auf und lasse das kalte Wasser über meine Hände laufen. Es tut verdammt gut.

Im Spiegel begegnet mir eine kalkweiße Maggie. Ich zucke zusammen, als ich die roten Augen sehe. Beim Würgen scheinen mir einige Adern geplatzt zu sein. Schlagartig erinnere ich mich an die Zeiten, in denen mich mein Spiegelbild täglich so angesehen hat. Auf dem Schulklo. Bei Freunden. Im Restaurant. Überall, wo ich die Chance bekam, meine Fressanfälle loszuwerden.

Immerhin fühle ich mich seit dem Erbrechen deutlich nüchterner.

Ich halte das Gesicht unter den Wasserstrahl und wasche damit die Gedanken an meine Vergangenheit ab. Als ich mich erneut im Spiegel betrachte, überkommt mich Gänsehaut.

Was auch immer geschieht ... Ich werde irgendwann das Badezimmer verlassen müssen. Es ist dreiundzwanzig Uhr. In den nächsten zwei oder drei Stunden wird irgendjemand die Toilette benutzen wollen, und ich belege den einzigen Raum, der hierfür zur Verfügung steht. Panik steigt in mir auf, bei dem Gedanken daran, Theresa noch einmal in die Augen sehen zu müssen. Ich bilde mir ein, ihren Atem auf meiner Haut zu fühlen. Ihre Küsse. Dann höre ich einen Motor. Ich höre mich schreien. Weinen. Rennen. Alles ist durcheinander. Als würden Realität und Angst sich ineinander verbeißen.

Die Maggie im Spiegel weint. Das bin ich. Ich weine. Doch davon bekomme ich gar nichts mit. Als würde nicht ich diese Situation erleben.

Erneut halte ich das Gesicht unter Wasser, werde aber durch ein Klopfen an der Tür aufgeschreckt.

»Maggie? Ist alles okay?« Es ist Alicia. Schnell Luft holen, die Nase hochziehen, räuspern ... Das alles geschieht nahezu automatisch.

»Ich brauche nur einen Augenblick. Alles in Ordnung«, antworte ich mit klarer Stimme. Wenn ich es nicht besser wüsste, würde ich mir meine Lüge vielleicht sogar abkaufen.

»Brauchst du Hilfe?«, höre ich ihre Stimme durch die Holztür.

»Alles okay«, wiederhole ich und warte eine halbe Minute. Ist Alicia von der Tür verschwunden?

Mein Magen krampft, und ich muss dringend auf die Toilette. Doch solange meine Freundin im Flur vor dem Badezimmer steht, kann ich unmöglich ... Ehe ich den Gedanken verfolgen kann, habe ich die Finger um das Türschloss gelegt und den Riegel zur Seite geschoben. Doch Alicia ist tatsächlich verschwunden. Entweder klang meine Antwort wirklich überzeugend, oder sie hat erkannt, dass ich am liebsten meine Ruhe haben will.

Ich will die Tür gerade wieder schließen, da schießt mein Puls in die Höhe. In der Ecke des Flurs steht Resa. Meine Theresa. Mit ihren roten Haaren, den funkelnden Augen und einem Blick, den ich nicht deuten kann. Unsicherheit? Angst? Misstrauen?

Ich weiß es nicht.

Wir starren uns einfach nur an. Zehn Sekunden. Zwanzig. Es ist, als sei mein Magen-Darm-Problem von selbst verschwunden. Denn ich fühle überhaupt nichts mehr. Keine Panik. Keine Scham. Nichts. Ich bin leer.

»Maggie.« Ihre Stimme, die einst Gänsehaut und Erregung in mir ausgelöst hat, prallt an mir ab. »Damit habe ich nicht gerechnet.«

Ich auch nicht.

»Ihr wohnt also zusammen? Alicia und du.«

Ich sollte antworten. Aufhören, sie anzustarren. Doch ich kann nicht. Mein Reaktionsvermögen ist wie abgestellt. Als gäbe es einen Stecker, den man einfach so ziehen kann.

»Geht es dir nicht gut?« Sie macht vorsichtig einen Schritt auf mich zu. »Brauchst du Hilfe?«

Endlich schaffe ich es, den Kopf zu schütteln. »Mir geht's gut.« Wie weit entfernt kann man eigentlich von der Wahrheit sein?

»Das ist ... gut?« Soll das eine Frage sein? Ich nehme an, sie glaubt mir nicht. Verständlich. Denn vermutlich muss ich aussehen, als habe ich ein Gespenst gesehen.

»Ich wusste nicht, dass du hier wohnst. Franzi hat mich mitgeschleppt. Franzi ist meine Freundin.« Sie senkt den Blick, als müsse sie sich für diese Bezeichnung rechtfertigen.

»Das dachte ich mir«, sage ich knapp und suche Halt am Türrahmen.

»Alicia und sie studieren zusammen. Ich hatte wirklich keine Ahnung.«

Verständnislos schüttele ich den Kopf. »Du musst dich nicht entschuldigen.«

Theresa nickt. »Das weiß ich.« Unsicher sieht sie sich im Flur um. »Ich dachte nur ...« Sie holt tief Luft, wirft erneut einen Blick über ihre Schulter und zuckt dann mit den Achseln. »Vielleicht können wir kurz reden.«

Mein Herz rast. »Reden? Worüber?« Abweisend schiebe ich die Tür ein Stück weiter zu.

Theresa hebt eine Augenbraue. »Ich bin mir sicher, du weißt genau, was ich meine. Damals ...« Sie darf ihren Satz um keinen Preis hier im Flur beenden. Abrupt reiße ich die Tür auf.

»Komm rein. Ich habe nicht viel Zeit.« Wow, das klingt, als

hätte ich einen wichtigen Termin, als hätte ich mich nicht die letzte halbe Stunde kotzend im Bad eingeschlossen.

Theresa lässt sich nicht zweimal bitten. Ich hoffe inständig, dass der saure Geruch des erbrochenen Alkohols sich mittlerweile durch das geöffnete Fenster verzogen hat.

Einen Moment stehen wir uns unschlüssig gegenüber. Keine von uns weiß, was sie sagen soll. Diese Situation ist so absurd, dass es selbst mir die Sprache verschlagen hat.

»Willst du dich setzen?« Ich deute auf den Badewannenrand und beiße mir verlegen auf die Lippe.

Als Resa sich etwas unschlüssig auf das vergilbte Porzellan sinken lässt, lehne ich mich nervös gegen eine Wand. Die Aufregung jagt durch meine Adern, und ich schaffe es nicht, mich hinzusetzen.

»Können wir das nicht einfach vergessen? Du bist hier mit deiner Freundin. Es ist viel Zeit vergangen. Es freut mich, dass du glücklich bist.« Tatsächlich bin ich mir ziemlich sicher, dass der letzte Satz stimmt. Egal, wie tief ich in mich reinhöre, ich empfinde nichts mehr für sie.

»Danke.« Ein schüchternes Lächeln zieht über ihr Gesicht. Ich kenne diesen Ausdruck. Vor drei Jahren hätte mich ein solcher Blick um den Verstand gebracht. Doch heute spüre ich nur ... Angst. Angst vor dem, was Resa sagen könnte. Was sie weiß. Was sie ahnt.

»Ich habe oft versucht, dich zu erreichen. Einmal stand ich bei euch vor der Tür. Deine Mutter fragte, ob ich eine Freundin von dir sei.« Sie lacht traurig auf. »Weißt du, was ich ihr erzählt habe?«

Beklemmung sitzt tief in meinem Hals.

»Ich habe behauptet, jemand hätte mir eine falsche Adresse gegeben. Ich erfand einen Namen, und als deine Mutter mir nicht helfen konnte, fuhr ich heulend nach Hause.«

Warum zur Hölle erzählt sie mir das? Glaubt sie wirklich, dass ich nicht genug gelitten habe?

»Zuerst dachte ich, dass dein plötzliches Abtauchen das Schlimmste auf der Welt war«, fährt sie fort. »Doch irgendwann wurde mir klar, dass etwas anderes noch viel schlimmer ist. Das Bewusstsein, niemandem von meinem Schmerz erzählen zu können. Und manchmal habe ich mich gefragt, ob es dir gerade genauso geht. Aber warum solltest du irgendetwas davon fühlen, wenn du meine Nachrichten ignorierst und meine Anrufe wegdrückst?«

Ich bilde mir ein, Tränen in Resas Augen zu sehen.

»Es tut mir leid«, höre ich mich sagen. Ganz weit entfernt. Als stände ich mit einem gigantischen Abstand zu mir selbst am anderen Ende eines großen Raums.

»Das muss es nicht mehr«, antwortet Resa und streicht sich eine kleine rote Locke aus dem Gesicht. »Ohne diesen Vorfall hätte ich mich vielleicht nie bei meinem Vater geoutet. Als ich Franzi kennengelernt habe, war die Angst zu groß, sie zu verlieren und genau wie nach dir mit niemandem reden zu können.«

»Was hat er gesagt?« Ich ignoriere den Rest ihres Satzes.

»Er liebt sie wie eine eigene Tochter. Und heute weiß ich, dass er dich genauso geliebt hätte. Weil er mich liebt. Und ich glücklich mit dir war.«

Dieser verdammte Kloß in meinem Hals macht es mir unmöglich, vernünftig Luft zu holen.

»Die Sache mit Paulina habe ich erst ein paar Tage später in den Nachrichten gehört. Die Leute im Café haben geredet. Plötzlich ergaben die Dinge einen Sinn. Ich wollte dir helfen und für dich da sein.«

Ich versuche, das Gesicht nicht zu verziehen, während mein

Magen sich verkrampft. *Sag ihren Namen nicht. Sag ihn einfach nicht*, schießt es mir immer wieder durch den Kopf.

Ich habe keine Ahnung, was Resa weiß. Wie viel sie von dieser Nacht verstanden hat. In meinen Erinnerungen sind die Bilder. Blitzschnell. Dunkel. Verschwommen.

Die Angst, sie könnte den Knoten entwirren, die Bombe platzen lassen, lähmt mich.

Ich lehne immer noch an der Wand, starre auf die Fliesen des Badezimmers und zähle im Kopf bis zehn. Als würde ich nach diesem Countdown aus einem Traum erwachen und laut lachen, weil mich mein Unterbewusstsein hochgenommen hat.

»Es ging nicht«, flüstere ich. »Es ging einfach nicht.«

Theresa kratzt sich am Haaransatz. Ich sehe, wie sie sich zuerst auf die Lippe beißt und sich dann mit dem Ärmel über ihre Nase wischt. Ihr Körper sieht angespannt aus.

»Ich habe mich häufiger gefragt, ob wir uns irgendwann zufällig mal begegnen. In der Innenstadt. In einem Supermarkt. Und dann treffen wir uns ausgerechnet hier in Köln. So viele Kilometer von Düsseldorf entfernt.«

Dieser Fluch des Schicksals ist mir auch schon durch den Kopf gegangen. Und dann bin ich auch noch angetrunken.

»Was willst du, Theresa?« Ich verschränke zögerlich die Arme vor der Brust, als wolle ich einen selbstsicheren Eindruck machen.

Sie seufzt schwer. »Nur verstehen. Hattest du Angst, ich könne jemandem von uns erzählen? Von dem Anruf?«

Resa drückt sich vom Rand der Badewanne ab und bleibt drei Schritte von mir entfernt stehen. Unsere Blicke verharren ineinander. Dort, wo einst das Feuer der Leidenschaft geflackert hat, sitzen jetzt Misstrauen und Enttäuschung. Das alles ist die Abrechnung für meine letzten Jahre. Für die Feigheit. Für den Egoismus. Für das Versteckspiel.

Als Resa einen Schritt auf mich zumacht, zucke ich zusammen. Meine Fingerspitzen fühlen sich taub an, als ich Halt an der Wand suche.

»Nach allem, was wir miteinander durchgemacht haben ...« Ihre Stimme entzündet ein weiteres Feuer der Angst. »Nach all dem bist du abgehauen. Ohne ein einziges Wort. Maggie? In der Nacht, in der deine Schwester verunglückt ist ... Später ... Ich meine ... Wo bist du gewesen?«

45. Kapitel

Leo

Ich habe am Abend nur ein Glas Wein getrunken, und trotzdem dröhnt mein Kopf, als lande auf dem Dach meiner Wohnung ein großer Hubschrauber. Das Gespräch ist gut gelaufen. Wenn ich Glück habe, versuchen wir es vielleicht sogar mit einer mehrteiligen Reihe. Die erste Veröffentlichung ist vermutlich die schwierigste. Wenn man sich einmal eine Leserschaft aufgebaut hat, wird es hoffentlich einfacher … Nach dem Restaurantbesuch habe ich also viele Gründe, mich zu freuen. Doch mein Herz steht in Flammen, und in meiner Magengegend ist ein schmerzhafter Druck.

Auf dem Heimweg vom Restaurant habe ich überlegt, Maggie anzurufen. Es war kurz vor Mitternacht. Sicherlich hätte ich noch nachkommen können. Doch als ich mein Telefon in die Hand nahm, war da diese Mischung aus Angst und Wut in mir. Sie sollte sich melden.

Normalerweise finde ich diese Spielchen lächerlich. Ich habe noch nie eine Textnachricht rausgezögert, um mich interessanter zu machen. Doch heute erwarte ich eine Entschuldigung. Oder zumindest eine Erklärung. Etwas, was meinen Schmerz der vergangenen Stunden etwas dämpft.

Mein Wecker neben dem Bett zeigt halb drei nachts. Ich sollte längst schlafen. Doch immer wieder verfangen sich meine Gedanken in unserem Gespräch. Ich höre ihre Worte durch meinen Kopf rasen, spüre die Verletzungen.

Während mein Verstand weiß, dass Maggie mein Leben nur weiter durcheinanderbringt, kann mein Herz nicht aufhören, schneller zu schlagen, wenn ich an sie denke.

Es ist schwül in meiner Wohnung. Ich liege verschwitzt auf meinem Bettlaken und habe alle Decken von mir gestrampelt. Wenn ich die Augen schließe, bilde ich mir ein, Maggies Geruch in meinem Kissen wahrzunehmen. Kann das wirklich nur die Sehnsucht sein?

Schließlich gebe ich auf, knipse das Nachtlicht an und setze mich auf. Es gibt viele Dinge, die ich jetzt tun könnte. Ich könnte an einer neuen Geschichte plotten. Vielleicht gelingt es mir dabei, ein paar Gefühle zu sortieren.

Vor ein paar Tagen hat sich ein Charakter in meinen Kopf eingeschlichen. Normalweise ist die Idee als Erstes da, doch diesmal sah ich das Gesicht eines lockigen Jungen, der von der ganzen Welt nicht verstanden wird. Ich versprach ihm, sein Auftreten in meinem Kopf ernst zu nehmen, doch bislang ist noch nichts über ihn auf dem Papier gelandet. Ist das hier der richtige Zeitpunkt, um einem einsamen Jugendlichen Raum zu geben?

Ich schüttele den Kopf, streiche mir eine Haarsträhne aus der verschwitzten Stirn und stehe auf. Wenn man zu lange wach liegt, habe ich mal gehört, soll man das Bett verlassen. Nur so kann der Körper sich daran gewöhnen, im Bett auch schnell einzuschlafen. Wie auch immer ... Ich habe viel zu tun. In meinem Zimmer wartet noch ein Bücherregal darauf, aufgebaut zu werden. Obwohl ich mir sicher bin, dass Maggie längst schläft, stecke ich mein Smartphone in die ausgebeulte Tasche meiner Jogginghose. Es könnte ja sein, dass sie sich noch meldet.

Maggie kann mich mal.

Genau das muss ich mir nur oft genug sagen.

Sie hat mich wie Dreck behandelt, mich immer wieder abgestoßen. *Aber sie macht das nicht extra.* Es gibt eine Stimme in meinem Kopf, die sie verteidigt. Die versichert, Maggie wäre Opfer der Umstände. Doch ich glaube, genau da liegt der Fehler. Es gibt kein Opfer. Es gibt keinen Täter. Es gibt einfach nur uns. Maggie und mich. Und obwohl ich weiß, dass ich noch immer alles dafür tun würde, ihr zu helfen, spüre ich die Wut, die mir in die Rippen sticht, zu deutlich.

Ich greife nach einem riesigen Paket, in dem sich mein Bücherregal befindet. Wenn ich heute Nacht damit anfange, kann ich mich tagsüber sicher entspannen. Mein Herz und meine Gedanken rasen so schnell, dass ich ohnehin keine Chance habe, die nächsten Stunden einzuschlafen.

Während ich die Pappe aufreiße, zwinge ich mich, die Gedanken an Maggie wegzuschieben. Ich denke an den Jungen mit den lockigen Haaren, stelle mir seine Stimme vor und frage mich, welche Geschichte er mir von sich erzählen möchte.

Wo sind seine Eltern? Was macht ihn so traurig?

Ich lege die Bretter parallel nebeneinander und drehe die Schrauben in die vorgesehenen Löcher. Die Gebrauchsanweisung ist irgendwo zwischen der Verpackung verloren gegangen, aber ein einfaches Regal schaffe ich auch ohne Anleitung.

Ich habe kein Problem mit Stille. Unter normalen Umständen kann ich stundenlang schweigen, Gedanken nachhängen und die Welt vergessen. Doch heute fühlt sich die Luft nicht still, sondern leer an. So ausgesaugt.

Manche Menschen sagen, sie hatten eine Vorahnung. Sie behaupten, etwas gefühlt und kurz darauf die Nachricht bekommen zu haben, dass etwas Schreckliches passiert ist.

Ich konnte diese Beschreibungen nie verstehen. Nie glauben.

Bis zu dem Moment, in dem sich eine schwere schwarze Wolke über mir entlädt. Mein Telefon vibriert.

Die Angst schießt durch meine Adern. Ich sehe eine fremde Nummer auf meinem Display. Nicht Maggie. Der Schreck hängt immer noch in meiner Brust, als ich Alicias Stimme am anderen Ende der Leitung höre.

»Leo? Bist du dran?« Sie klingt aufgelöst.

Ich höre das Blut in meinen Ohren rauschen.

»Was ist passiert?« Niemand ruft um diese Uhrzeit einfach mal so an, um *Hallo* zu sagen.

»Ist Maggie bei dir?« Sie versucht, ruhig zu sprechen, trotzdem glaube ich zu hören, dass sie weint.

»Nein, natürlich nicht. Sie ist doch auf deiner Party.«

Es kommt mir vor, als würde Alicia stundenlang gar nichts sagen. Schließlich holt sie tief Luft, als müsste sie sich sammeln.

»Das war sie, Leo. Aber sie ist verschwunden. Wir haben es eben erst gemerkt.«

Gemerkt?

»Sie hat getrunken. Sie war anders. Ich dachte, sie wolle sich nur ausruhen.« Jetzt höre ich erstickte Tränen in ihrer Stimme.

»Ihr habt sie allein gelassen? Als sie betrunken war?«, frage ich aufgebracht.

»Leo. Es war halb drei. Ich habe über zwanzig Mädels zu Besuch, und ich dachte …«

»Was dachtest du?«, fauche ich.

»Ich dachte, dass Maggie einmal allein klarkommt. Niemand hat sie gezwungen, sich volllaufen zu lassen.« Alicia ist wütend.

Zumindest will sie wütend sein. Doch ich bin mir ganz sicher, dass es ihre Art ist, die Angst abzudämpfen.

»Weißt du, wo sie sein könnte?«

Ich bekomme keine Luft mehr. Was ist, wenn sie sich etwas angetan hat? *Wenn hier heute Abend eine Bombe hochgeht, ist es deine Schuld. Ganz alleine deine Schuld, Leonard.*

War das eine Ankündigung? Meinte sie das ernst?

»Ich weiß es nicht, Leo. Deshalb habe ich dich angerufen. Theresa meinte, sie habe eine Schlaftablette genommen. Sie fühlte sich wohl nicht gut.«

Bei dem Namen halte ich inne. »Theresa?«

»Nein, Maggie natürlich.«

Ich ignoriere dieses Missverständnis und horche alarmiert auf. »Und wer ist diese Theresa?«

»Sie ist die Freundin einer Kommilitonin. Die beiden kannten sich wohl. Also Maggie und Theresa. Komplizierte Geschichte.«

Gar nicht kompliziert, schießt es mir durch den Kopf.

Wenn ich mich nicht komplett täusche, ist Theresa der Name von Maggies Ex-Freundin gewesen. Die beiden sind ein Paar gewesen, bevor Maggies Schwester bei dem Autounfall ums Leben kam.

»Ich habe sie alle nach Hause geschickt und gesagt, dass ich mich um Maggie kümmern muss. Erst als ich in ihr Zimmer gekommen bin, ist mir aufgefallen, dass sie nicht mehr dort ist.« Es fällt mir schwer, Alicia durch die Tränen zu verstehen.

»Ich hole dich ab.« Mein ganzer Körper zittert, als ich auflege und ein Taxi bestelle.

• • •

»Hat sie sich gemeldet?« Alicia steht aufgelöst vor ihrer Wohnungstür. Im Hausflur ist es dunkel, und angesichts der Situation empfinde ich es als unheimlich.

»Ich habe versucht, sie anzurufen. Sie drückt mich weg«, antworte ich. Sofort drängen sich die Bilder unseres letzten Streits in meinen Kopf. Wie sie mich angeschrien und weggestoßen hat.

»Mich auch.« Alicia atmet tief aus.

»Sie hat etwas genommen?«, frage ich aufgeregt und stürme in Richtung von Maggies Zimmer.

»Glaubst du, wir sollten einen Rettungswagen rufen? Oder die Polizei?« Während ich diese Frage stelle, bewege ich mich zu ihrem Bett vor und taste den Nachttisch ab.

»Sie nimmt keine Drogen, Leo«, schimpft Alicia. »Das waren Beruhigungs- oder Schlafmittel. Ich habe erst ein paar Mal mitbekommen, dass sie die nimmt. Meist nach Telefonaten mit ihrer Mutter.«

In dem Augenblick entdecke ich einen Blister Medikamente auf ihrem Nachttisch. Zu meiner Erleichterung fehlen nur wenige Tabletten.

»Sie wollte sich schlafen legen?«, frage ich erneut.

Alicia nickt. »Maggie ist launisch. Sie ist impulsiv. Wahrscheinlich kommt sie gleich wieder. Das ist schon einige Male passiert. Wenn es ihr schlecht geht, muss sie eine Runde raus.«

Launisch, wiederhole ich im Kopf. Unter diesem Begriff verstehe ich etwas anderes als den Zustand, den ich bei Maggie erlebt habe.

Ich wähle erneut ihre Nummer. Mein Herz setzt beinah aus, als auf der anderen Seite jemand abnimmt.

»Maggie?« Alicia und ich beugen uns gleichzeitig über das kleine Display meines Telefons. »Maggie? Wo bist du?« Wir reden aufgebracht durcheinander, doch die Antwort ist nur ein Rauschen.

»Sie ist draußen«, flüstert Alicia und schlägt sich mit der Hand auf den Mund, als ein lautes Geräusch auch mich innehalten lässt. »War das ein Zug?«

Es ist, als würde mir das Blut in den Adern gefrieren. »Maggie? Bist du am Bahnhof?«

Plötzlich höre ich Maggies Atem, schnell und hektisch.

»Leo.« Und ich höre ihre Stimme. »Leo? Bist du da?«

»Maggie«, wiederhole ich ihren Namen. Mein Hirn funktioniert nicht. »Wo bist du? Was hast du vor?«

»Leo.« Schon wieder bekomme ich keine klare Antwort. Aber ich weiß, dass sie da ist. Dass sie lebt.

»Ich wollte nur, dass du bei mir bist.« Sie weint. Maggie weint. »Vielleicht denkst du, dass ich ein schlechter Mensch bin. Vielleicht bin ich das auch. Ein Monster. Aber ich wollte das nie. Ich habe das nie gewollt.«

Es fällt mir schwer, in dem Durcheinander ihrer Worte einen Zusammenhang zu erkennen.

»Alles ist gut.« Ich gebe mir Mühe, ruhig zu sprechen. Dabei ist nichts gut. Ich bin nicht ruhig.

»Nein«, widerspricht auch sie mir. »Alles ist furchtbar. Du hast keine Ahnung, wie furchtbar alles ist.«

Alicia rauft sich die Haare und läuft unruhig durch das Zimmer. Plötzlich bleibt sie stehen. »Maggie. Wo zum Teufel bist du? Wenn du uns nicht sagst, dass du okay bist, werden wir die Polizei rufen.«

Wieder ist da dieses Rauschen. Kurz fürchte ich, unsere Leitung könnte unterbrochen sein.

»Nein. Bitte. Ich flehe euch an, bitte nicht.« Ihr Weinen ist nicht leise und traurig. Nicht ängstlich. Ihr Weinen ist laut, aufgewühlt und verzweifelt.

»Dann sag uns, was du vorhast. Und wo du bist.« Ich drehe

mich von Alicia weg, schirme den Lautsprecher ab. Wenn sie weiter so aufbraust, wird Maggie vielleicht gar nichts mehr sagen. Dabei verstehe ich Alicia zu gut. Am liebsten möchte ich mir all die Wut und Panik aus der Seele brüllen.

»Ich weiß es nicht. Was soll ich denn tun?« Im nächsten Moment bin ich mir ganz sicher, dass im Hintergrund ein Zug einfährt. Maggie muss irgendwo ganz nah an Schienen stehen. Ich glaube, ich muss mich übergeben.

»Bist du am Hauptbahnhof?« Meine Stimme bebt. Wir müssen die Polizei rufen. Jetzt. Sie ist nicht zurechnungsfähig. Ich habe keine Ahnung, wozu sie wirklich in der Lage ist. Was tut ein Mensch, der so fühlt? Der diese Gefühle hat?

»Maggie, bitte tu mir das nicht an. Bitte. Du darfst das nicht tun.« Ihr Schluchzen mischt sich mit meinem verzweifelten Flehen.

»Wer braucht mich denn noch? Ihr werdet mich alle verlassen. Alle.«

In meinem Bauch ist so viel Wut. Ich möchte sie am liebsten schütteln. »Nein, niemand wird dich verlassen. Und das weißt du genau. Wären wir sonst hier? Es ist fast halb vier. Du bist verschwunden, und zwei Menschen, denen du viel bedeutest, sterben fast vor Sorge. Ist es das, was du wirklich willst? Dass wir hier vor elender Angst kaputtgehen?«

Die Sorgen und der Ärger haben sich in meiner Brust aufgestaut, und nun ist der Knoten geplatzt. Die Worte haben meinen Mund verlassen, ehe ich klar denken konnte. Ausgerechnet in diesem einen Augenblick, in dem es schlimmer nicht sein könnte.

46. Kapitel

Maggie

Ich habe nie vorgehabt, mein Leben zu beenden. Doch als ich einen Zug in den Bahnhof einfahren höre, dröhnt es in meinem Kopf so unerträglich, dass ich mir wünsche, diese laute Welt einfach ausschalten zu können.

Es ist mitten in der Nacht, und trotzdem ist es an den Gleisen voller, als ich dachte. Die meisten Personen sind mehrfach unterwegs. Es ist, als würden sie wie Wasserfarbe ineinander verlaufen. Doch jedes Mal, wenn ich mich jemandem nähere, halbiert sich dieser verschwommene Körper, und sie sind wieder allein. Ich fühle mich reingelegt. Von allen. Für dumm verkauft. Als würde ich nicht merken, dass sie mit mir spielen.

Die letzten zehn Minuten ist es schlimmer geworden. Jeder Schritt kostet mich immense Kraft, und die Orientierungslosigkeit macht mir Angst.

Ich bin am Bahnhof. In Düsseldorf. Eigentlich wollte ich Paulina besuchen. Mich in die kühle Erde legen und sie fragen, ob wir uns wieder vertragen.

Doch seitdem ich zwei von diesen Tabletten geschluckt habe,

drückt es hinter meinen Schläfen, und die Leute um mich herum scheinen wirklich zu glauben, sie können mich verarschen.

Hey, will ich schreien, als sich der Mann am Bahnsteig direkt vor meinen Augen auflöst. Ich bin nicht blöd.

Doch er bleibt nicht stehen. Er verschwindet, als sei das alles nur eine verdammt bescheuerte Fata Morgana.

Irgendwo hier in der Nähe ist Leo gewesen. Doch ihn konnte ich ausknipsen. Weg war er. Und ich umso verlorener.

»Geht es Ihnen gut?« Plötzlich ist der Mann wieder da. Er ist alt. Glaube ich. Und dick. Nein, er ist nicht dick. Nur doppelt. Ich antworte nicht. Warum auch? Wahrscheinlich existiert er gar nicht wirklich.

Meine Umgebung trickst mich einfach aus.

»Haben Sie Drogen genommen?« Der Mann bleibt hartnäckig.

Ich will mich an ihm festhalten, doch meine Hände greifen immer daneben. Im nächsten Augenblick habe ich das Gefühl, tausend Ameisen würden mir den Oberschenkel hinunterlaufen. Doch es ist nur eine Vibration. Mein Telefon. Leo. Sein Name steht auf dem Display.

»Wo bist du?«, frage ich in den Hörer und ignoriere den verdutzten Mann, der keine zwei Meter von mir entfernt steht.

»Maggie. Es tut mir leid, was ich gesagt habe. Sag mir einfach, wo du bist.«

»Ich besuche meine Schwester«, antworte ich mit fester Stimme ins Telefon. Wo sollte ich auch sonst sein?

»Was soll das heißen?«, höre ich Alicia im Hintergrund rufen. »Sie besucht ihre Schwester? Was soll das heißen? Ihre Schwester ist tot. Will sie sich umbringen?«

Ich schwanke zur Rolltreppe und stelle nacheinander beide Füße auf die Stufe. Während ich langsam vom Gleis runterfahre, versuche ich mich auf den Weg zu konzentrieren. Es ist so verdammt schwer, die Augen aufzuhalten.

»Sie fährt zum Friedhof«, schlussfolgert Leo. Die beiden sprechen nicht mehr mit mir, sondern miteinander.

»Du fährst zum Friedhof, Maggie. Oder?« Erst jetzt wendet er sich wieder mir zu.

Ich nicke, als könne er mich sehen. »Ich muss dorthin.«

»Kannst du mir einen Gefallen tun?«

Jeden. Ich möchte nur, dass er bleibt.

»Du schickst mir deinen Standort und bewegst dich nicht von der Stelle, okay? Wir kommen zu dir.«

Aber ich muss zu Pauli. Ich muss mich entschuldigen.

»Wenn du dich jetzt weiter in Gefahr bringst, müssen wir den Krankenwagen rufen.« Leos Stimme.

»Wenn du das nicht sofort ausspuckst, fahren wir dich ins Krankenhaus«, höre ich meinen Vater schreien. *»Oder in die Psychiatrie.«*

»Maggie, komm doch endlich zur Vernunft.« Das ist meine Mutter. Ich höre auch Paulinas Schreie. Sie ist noch jünger und hat keine Ahnung, warum ihre große Schwester diese schrecklichen Dinge tut.

Das alles findet nur in meinen Gedanken statt. Nur in meiner Erinnerung.

»Nein.« Das bin ich. Jetzt. »Meine Mutter überlebt das nicht.«

Rationale Gedanken aus einem Kopf, in dem sich alles schneller dreht als auf einer Achterbahn. *Mama. Meine Mutter überlebt das nicht. Paulina.*

ALLES.

IST.

SO.

VIEL.

Irgendwo in meiner Tasche finde ich eine angebrochene Wasserflasche. Meine Finger umfassen den Plastikhals, und ich stürze den restlichen Inhalt gierig hinunter. Die Flüssigkeit tut gut. Es fällt mir leichter, einen Gedanken zu verfolgen.

»Wenn wir uns wiedersehen, Leo«, setze ich vorsichtig an. »Bist du dann wütend auf mich?«

Ich höre sein schnelles Atmen. *Natürlich ist er böse. Jeder ist böse auf mich. Schon immer. Weil ich laut bin, wenn andere leise sind. Weil ich schreie, wenn ich eigentlich nur Liebe will. Weil alles, was ich tue, ein Widerspruch ist.*

»Ich will nur, dass du in Sicherheit bist.« Er antwortet nicht auf meine Frage. »Wir reden in Ruhe, okay?«

Nein. Ich will nicht mit ihm reden. Er soll mich in den Arm nehmen. Bitte. Nicht mehr loslassen. Nie wieder.

»Du wirst gehen.« Ein Wimmern dringt aus meinem Mund. Leo wird gehen. Obwohl er versprochen hat zu bleiben. »Du wirst weggehen von mir.« Die Angst sitzt so tief, dass ich an kaum etwas anderes denken kann. Nur an die Leere. Die Zerrissenheit. Daran, dass er mich verlässt.

»Ich bin doch hier«, versucht Leo, mich zu beruhigen. »Du merkst doch, dass ich hier bin. Ich möchte mit dir sprechen.«

Er wird gehen.

»Du bist mir wichtig, Maggie.«

Ich bin ihm egal.

»Alles wird gut, hörst du?«

Er wird gehen.

Ich kämpfe mich durch den Bahnhof. Hier unten ist tatsächlich kaum etwas los. Mittlerweile kann ich zumindest besser sehen. Vielleicht hat das Wasser geholfen.

»Wir fahren jetzt los, Maggie. Wir holen dich ab.«

Leo kommt.

47. Kapitel

Leo

Adrenalin jagt durch meinen Körper, und immer wieder versuche ich, die Übelkeit runterzuschlucken. Ich werde mich jetzt nicht erbrechen. *Das hier ist eine ganz normale Reaktion*, sage ich gedanklich zu mir selbst. *Der Sympathikus ist aktiviert. Übelkeit ist eine ganz normale Reaktion.*

Maggie kann nicht mehr als drei Tabletten genommen haben, erinnere ich mich immer wieder. Das sorgt zwar für geistige Verwirrung, ist aber laut Internet nicht gefährlich. Trotzdem lässt mich der Gedanke nicht los, dass wir einen Krankenwagen rufen sollten. Und dann? Stecken sie Maggie in eine Psychiatrie? Mir schießen die Bilder von einsamen weißen Räumen durch den Kopf. Von Schreien, die durch die Gänge hallen. Vermutlich sind das nur Vorstellungen aus einem Horrorfilm. Was weiß ich, wie es da heutzutage aussieht. Was, wenn Maggie sich dann erst recht etwas antut?

»Bitte, Leo. Ich bin okay. Bitte nicht«, fleht sie mich durch das Telefon an, als ich Alicia gegenüber noch einmal meine Sorge äußere.

Laut Taxifahrer sind wir in weniger als zehn Minuten da. Die

Häuser hinter dem Fenster rasen an uns vorbei. Mehr nehme ich überhaupt nicht wahr.

Als Maggies Akku kurz davorsteht, den Geist aufzugeben, legen wir auf. Die restlichen Prozente brauchen wir für die Ortung.

»Sie läuft vom Bahnhof weg.« Alicia hält mir ihr Smartphone vor die Nase. Mit einem Live-Standort können wir jede von Maggies Bewegungen verfolgen.

Ich reiße ihr das Telefon aus der Hand und beuge mich zum Taxifahrer vor. »Ist dort in der Nähe ein Friedhof?«

Dieser wirft nur einen flüchtigen Blick auf die Karte. »Fünf Minuten entfernt vielleicht. Müssen Sie dahin?« In seiner Frage schwingt Verwirrung mit. Die Tatsache, dass zwei aufgewühlte Fahrgäste in seinem Wagen mitten in der Nacht einen Friedhof besuchen wollen, scheint ihm sicher nicht ganz geheuer zu sein.

Alicia nickt heftig. »So dringend wie möglich.«

Unsere Anspannung ist so erdrückend, dass ich kaum noch atmen kann. »Es aktualisiert nichts mehr.« Wir starren gebannt auf den kleinen Punkt, der Maggies Standort sein sollte.

»Verdammt. Ihr Akku muss leer sein.« Ich raufe mir verzweifelt das Haar. Doch zumindest scheinen wir nicht mehr allzu weit von ihr entfernt zu sein.

»Sie können den Friedhof von zwei Seiten begehen. Je nachdem, wo Sie hinwollen. Der Osteingang wird häufiger benutzt.«

Alicia und ich tauschen kurz Blicke aus. Sofort sind wir uns einig, dass wir uns aufteilen werden.

Kaum hat der Wagen angehalten, reiße ich die Tür auf. Ich habe keine Zeit zum Warten. Wir reichen dem Fahrer einen Geldschein und überlassen ihm den Rest als Trinkgeld.

Alicia läuft den Friedhof vom Nebeneingang ab, ich wähle den Osteingang. Obwohl ich seit Jahren regelmäßig jogge, bekomme ich nach ein paar Hundert Metern Schnappatmung. Doch der Adrenalinschub lässt mich beschleunigen. Es ist egal, dass meine Beine sich schwer anfühlen. Es ist egal, dass ich weinen, schreien und mich gleichzeitig übergeben möchte.

Dafür habe ich später Zeit.

Eine Gestalt bewegt sich in der Dunkelheit. Maggie. Ist das Maggie? Ich beschleunige mein Tempo erneut. Doch es ist nicht Maggie. Es ist Alicia.

»Hast du sie gefunden?«, rufe ich, als ich näher komme.

»Nein. Und du?« Anscheinend ist Alicia genauso durch den Wind.

Ich schüttele den Kopf und wische mir den Schweiß mit der Hand aus dem Gesicht.

Aus dem Augenwinkel sehe ich einen Schatten.

»Maggie?«

Sie ist da. Wie ein Häufchen Elend sitzt sie auf der gemähten Wiese vor einem Grab.

Als sie meine Stimme hört, hebt sie den Kopf. Ihr Blick ist noch immer benommen. Ich weiß nicht, ob meine Worte irgendwo in ihrem vernebelten Geist ankommen.

Wir stürzen zu ihr. Ich sinke auf die Knie und will sie festhalten, doch schneller als gedacht kommt Kraft in ihren Körper. »Es ist okay.« Tatsächlich ist auch ihre Stimme wieder klar. Nur ihre Augen wirken so klein und verloren, dass ich nicht anders kann, als Maggie fest an mich zu drücken.

»Ich wollte nur vorbeischauen.« Tränen über Tränen. Sie sind überall. Auf meinem Gesicht, das ich eng an ihres gepresst habe. Oder sind das meine eigenen?

»Mitten in der Nacht?«, fragt Alicia. Ich kann ihr nicht verübeln, dass ein klitzekleiner Vorwurf in der Sorge mitschwingt.

»Ich weiß es nicht.«

Es macht keinen Sinn, mit Maggie über Vernunft und Verstand zu diskutieren. Mir ist klar, dass diese Entscheidung nie rational getroffen wurde.

»Wie viele von den Tabletten hast du genommen?«, frage ich stattdessen und taste ihre Stirn ab.

Maggie hebt zwei Finger. »Das ist nicht gefährlich. Ich verspreche es.« Sie holt tief Luft. »Ich hatte dieses Mittel früher schon einmal, und ...« Ein vages Schulterzucken. »Es ist nicht das erste Mal, dass ich mehrere genommen habe.«

Verdammter Mist. Ich will sie schütteln für diese Dummheit, doch gleichzeitig weiß ich, dass es überhaupt keinen Sinn ergibt.

Maggie ist krank. Maggie braucht Hilfe. Nicht von Alicia und mir. Sondern von jemandem, der sich mit diesem Problem auskennt.

»Ich wollte mich nicht umbringen.« Ein Schluchzen kommt über ihre Lippen. Dann noch eins. Das Zittern, das durch ihren ganzen Körper geht, wird immer stärker.

»Was wolltest du dann?« Alicia hat sich neben uns gekniet. Ihre Stimme ist sanfter geworden.

»Nur kurz weg«, flüstert Maggie dicht an mein Ohr gepresst. »Nur kurz alles ausschalten. Nicht mehr fühlen. Nicht mehr denken. Weg. Ich wollte mich bestrafen. Etwas tun, das diese Anspannung lindert. Was diesen Druck aus meinem Körper lässt.«

Darauf weiß ich nichts zu sagen. Ich tausche mit Alicia einen Blick aus. Diese beugt sich vor und streicht Maggie vorsichtig über den Rücken. Vermutlich ist sie genauso überfordert wie ich.

Als ein Moment der Stille über uns hineinbricht, wird mir bewusst, dass wir auf einem Friedhof sitzen. Vor dem Grab eines jungen Mädchens, das ich nie gekannt habe. Maggies Schwester. Ich traue mich kaum, die Augen von den beiden abzuwenden, um den Stein zu betrachten. Maggie scheint für einen Moment abgelenkt zu sein. Ich beiße die Lippen zusammen und betrachte das mit Blumen bepflanzte Grab. Der Mond scheint hell auf den großen, rund geschliffenen Stein.

Paulinas Name ist in dünnen Buchstaben eingraviert, direkt darunter ein kleines Foto. Das dunkelblonde Mädchen mit dem lebhaften Lächeln hat Ähnlichkeiten mit einer sorglosen Version der Frau, in die ich mich haltlos verliebt habe. Maggie und Paulina haben fast dieselbe Nase und eine ähnliche Augenpartie.

Ich spüre, wie mir bei dem Gedanken selbst Tränen aufsteigen.

»Sie war jünger und trotzdem klüger. Paulina war stiller und zarter. Während ich vor Wut gebrüllt und getobt habe, schrieb sie ihren Kummer in ihr Tagebuch.«

Ich zucke unmerkbar zusammen, als Maggies Stimme in mein Ohr dringt.

»Sie war vernünftiger, wisst ihr? Das dachte ich all die Jahre. Wenn jemand etwas total Bescheuertes getan hat, dann war ich das. Nicht sie. Ich habe den Ärger gemacht, sie hat ihn geradegerückt. Ich habe den Kummer verursacht, und sie hat die Familie zusammengehalten.«

Meine Hand greift nach Maggies. Ich hoffe, dass sie weiterspricht. Dass sie etwas über Schmerz begriffen hat. Nämlich dass er nicht weniger wird, wenn man schweigt. Sondern sich nur unter einem dicken Morast verbirgt und darauf wartet, einen doch wieder einzuholen.

Mitten in der Nacht. Auf einem Friedhof.

»Sie war abends auf dieser Hausparty. Bei einer Freundin aus der Schule. Sie hatte ein paar Monate vorher Abi gemacht und zu den meisten kaum noch Kontakt. Pauli war keine dieser beliebten Mädels aus der Stufe. Dafür war sie zu unscheinbar. Sie wollte da unbedingt hin, hat schon Wochen vorher davon erzählt. Als sie mich angerufen und gefragt hat, ob ich sie abholen kann … Ich habe Nein gesagt.«

Wieder werden ihre Worte von Tränen erstickt. »Wir haben aufgelegt, und ich war mir sicher, sie ruft sich ein Taxi. So wie wir es immer gemacht haben, wenn eine von uns getrunken hat. Das Taxi hätte für die kurze Strecke keine zehn Euro gekostet.«

Alicia hat sich im Schneidersitz neben Maggie auf den Boden gesetzt. Die beiden Mädchen halten sich fest an den Händen. Noch immer geht ein Zittern durch Maggies Körper, das mir beinah das Herz bricht.

Maggies Blick fährt zögernd über die Blumen. »Ich bin seit ihrer Beerdigung kein einziges Mal hier gewesen. In knapp drei Jahren nicht. Ist das komisch?« Sie lacht auf. Ein trauriges, verzweifeltes Lachen, das vermutlich das Loch in ihrem Inneren zu füllen versucht. »Es hat mich nichts hierhergezogen.« Maggie zieht die Nase hoch und wischt sich erneut Tränen aus den Augen. »An diesem Ort liegt ihre Asche, aber keinerlei Erinnerungen.«

Der Gedanke leuchtet mir ein. Allerdings frage ich mich, warum sie ausgerechnet heute Nacht diesen finsteren Platz aufsuchen wollte.

»Können wir heim? Ich … ich bin einfach nur verwirrt.« Maggie hat sich aus Alicias Arm gelöst. Ihre Finger fahren unruhig durch das Gras, bis sie vorsichtig aufsteht.

Oh, Maggie.

Am liebsten würde ich sie einfach in die Arme schließen und darauf hoffen, dass wieder alles gut ist. Doch mein Herz blutet allein bei der Vorstellung, dass diese Nacht nur eine von vielen gewesen ist. *Es ist nicht das erste Mal, dass ich mehrere genommen habe.* Warum fügt sie sich diesen Schaden zu? Warum tut sich ein Mensch selbst so weh? Maggie hat das nicht verdient. *Kein Mensch hat das verdient*, korrigiere ich mich gedanklich selbst.

»Wir sind mit dem Taxi gekommen. Ist ja schon spät, und wir hatten kein Auto«, sagt Alicia leise und zieht ihr Smartphone aus der Tasche. Es ist mittlerweile halb fünf. Bald wird schon die Sonne aufgehen.

»Es tut mir so leid.« Maggie sinkt in das Gras zurück und vergräbt das Gesicht in den Händen. »Das war so dumm. Es tut mir so leid.« Ihre Finger krallen sich in ihr Haar, und sie beginnt, sich einzelne Strähnen von der Kopfhaut zu rupfen.

Ehe ich klar denken kann, hat Alicia die Arme um ihren Oberkörper geschwungen und hält sie in einem festen Klammergriff. »Was zum Teufel tust du da?«

Ich will genauso irritiert und erschrocken sein. Vielleicht, weil das Unverständnis bedeuten würde, dass ich diese Maggie nicht kenne. Doch vielleicht ist es auch nicht Maggie, die sich vom Selbsthass entzweit die Haare vom Kopf reißt. Sondern das abscheuliche Gefühl ... dieser laute Gedanke in ihr, sie habe es nicht verdient, einfach für einen Moment wertvoll und geliebt zu sein.

»Ich habe nicht alles gesagt.« Maggie löst sich aus Alicias Umarmung, springt auf und ist in wenigen Schritten direkt neben Paulinas Grabstein. »Der Unfall. Ich habe euch nicht alles gesagt.«

Mein Herz macht einen Sprung. Innerhalb von Sekunden spult sich unser Gespräch aus jener Nacht in meinen Erinnerungen ab.

Maggie, die mir von dem Anruf erzählt und einer Bitte, die sie nicht ernst nahm. Von einer Nacht, die sie lieber mit ihrer Ex-Freundin verbringen wollte. Und dann von dem Autounfall.

»Ich habe gesagt, ich bin nicht losgefahren.« Sie hustet, fährt mit den Fingern über den Grabstein.

»Ich bin losgefahren. Ein paar Minuten später.« Sie schnieft. »Ein einziges Mal wollte ich auch die verantwortungsbewusste, große Schwester sein. Die aus den Bilderbüchern. Also habe ich mich umentschieden. Paulina hat mich kotzen gesehen und exzessiv Sport machen. Ich habe mir die Haare ausgerissen und versucht, mich selbst zu tätowieren. Ich habe auf grausamste Art und Weise versucht, diese unerträglichen Gefühle von mir zu stoßen.« Nach einer kleinen Pause fährt Maggie wieder fort. »Und einmal wollte ich die bessere Schwester sein. Verantwortungsbewusst. Verlässlich. Beschützend. Also habe ich Resa sitzen lassen und bin hingefahren.

Ich bin über diese abgelegene lange Landstraße gejagt, um pünktlich anzukommen. Das ist der einzige Weg zu dem Ort, den Paulina mir genannt hat. Plötzlich war da dieser Wagen. Überschlagen. In Flammen. Ein Reh auf der Straße, das meine betrunkene Schwester nicht gesehen hat.« Maggies Hand fährt noch immer zärtlich über den Grabstein. Kurz habe ich das Gefühl, sie ist wieder benommen. Ganz weit weg von uns. Wie in einer anderen Welt.

»Ich bin ausgestiegen. Ich habe versucht, ihr zu helfen. Meiner kleinen Schwester. Ich habe sie gesehen. Paulina, die niemals mit Alkohol intus Auto gefahren wäre. Zumindest dachte ich das. Doch es war zu spät. Sie hat sich nicht mehr bewegt. Gar nicht mehr. Ich war wie gelähmt. Bin weggefahren. Habe sie alleine gelassen.«

»Maggie, sie war tot.« Zögerlich greife ich nach ihrer Hand.

»Aber diese Bilder ... seitdem verfolgen mich diese Bilder überallhin. Manchmal reißen sie mir wortwörtlich den Boden unter den Füßen weg.« Kraftlos lässt Maggie sich wieder auf den Rasen fallen, spricht immer leiser und langsamer, als bekomme sie von all dem kaum noch etwas mit. »Sie ist tot. Doch ich musste weiterleben. Allein. Obwohl ich nicht einmal wusste, was das wirklich bedeutet.«

48. Kapitel

Maggie

Die Sonne scheint.

Ich schlage die Augen auf, und das ist der erste Gedanke, der durch meinen Kopf schießt.

Die Luft ist warm und riecht nach Sommer.

Ich versuche, meinen Oberkörper anzuheben, doch sofort falle ich zurück ins Kissen. Mein Körper fühlt sich bleiern an. Ich schaue mich um. Diese Wohnung kenne ich.

Ich kenne dieses Bett.

Leo.

Die Nacht.

In der ich unter Einfluss von starken Medikamenten auf einem verdammten Friedhof gewesen bin. Auf *dem* Friedhof. Das erste Mal seit der Beerdigung meiner kleinen Schwester.

Meine Hände krallen sich im Bettlaken fest. Wenn ich die Augen zukneife, ist es vielleicht so, als sei das alles nicht geschehen. Doch hinter meinen dunklen Lidern wartet der Schwindel auf mich, der mir seit gestern allzu vertraut vorkommt.

Und trotzdem lasse ich die Augen geschlossen.

»Du bist wach.« Eine Stimme dringt in mein Ohr. Und gleichzeitig ist sie so weit weg, als gäbe es auch nur sie in meinen Erinnerungen. Doch Leo ist da. Er ist echt. Er ist im Jetzt.

Und trotzdem möchte ich nicht antworten.

Ich wünschte, ich könnte alles zurücknehmen.

Wenn ich meinen Mund verschließe und nie mehr ein Wort sage, werden mich alle vergessen. Ich muss die Scham nicht ertragen. Ich muss nichts mehr fühlen. Es wird nie wieder passieren. Das alles hier. Die Gedanken peitschen durch meinen Kopf.

»Bist du okay?«, fragt Leo.

Diese Frage überfordert mich. Bin ich okay? Ist das überhaupt noch wichtig?

»Wir müssen nicht darüber sprechen.« Die Matratze senkt sich. Ich spüre Leos Hand an meinem Arm. Noch immer sind meine Augen geschlossen. »Zumindest nicht sofort. Vielleicht gehe ich erst mal eine Runde laufen, und du wirst richtig wach.«

Er will joggen gehen? Jetzt? Nachdem er die halbe Nacht nicht geschlafen hat?

»Du hast Wasser neben dem Bett stehen. Falls du Kopfschmerzen hast.« Leo räuspert sich. Es klingt, als habe er sich von mir abgewandt. Vorsichtig blinzele ich und zucke unbemerkt zusammen, als er eine Flasche Sprudelwasser in Reichweite stellt.

Ich sehe, wie Leo sich wortlos von mir entfernt. Augenblicklich beginnt mein Herz zu rasen. *Geh nicht!*

Er darf nicht gehen. Meine Brust zieht sich allein bei dem Gedanken, wieder allein zu sein, schmerzhaft zusammen.

Blut schießt in meine Handballen. Noch immer haben sie sich im Betttuch festgekrallt. Ich öffne auch das zweite Auge. Jeder Muskel verkrampft sich. Er. Darf. Nicht. Gehen.

Bleib.

Nur für einen Augenblick. Nur, bis ich mich beruhigt habe. Nur, bis das Gefühl nachlässt. Nur, bis ich wieder atmen kann.

Leo. Bleib.

»Warte.«

Und da war es vorbei mit dem Schweigen. Die Worte haben meinen Mund schneller verlassen, als ich bis drei zählen kann. »Bitte, geh jetzt nicht.«

Die Anspannung tickt wie eine Zeitbombe in mir.

»Ich weiß nicht, was ich sagen soll, Maggie.« Seine Stimme ist trocken. Nicht böse. Aber auch nicht so fürsorglich wie sonst.

Er hasst mich. Das muss es sein. Er hasst mich.

Ich denke, ich hasse ihn.

Weil es einfacher ist, jemanden zu hassen, den man verlieren wird.

»Okay. Dann geh halt«, fauche ich. Verdammt. Ich muss mich zusammenreißen. Sonst geht das wieder von vorne los. »Nein. Bleib. Bitte. Ich habe das nicht so gemeint.«

Es gibt diese zwei Seiten in meinem Kopf, die mich gleichzeitig in ihre jeweilige Richtung ziehen. Und da bin ich. Ausgeliefert. Hilflos. Erschöpft. Ich lasse zu, dass meine Gefühle mich steuern. Dass sie Tauziehen mit mir spielen.

»Wir können das nicht ungeschehen machen, aber ich weiß, dass ich das nicht aushalte.«

Er hasst mich. Er hasst mich. Er hasst mich.

Wiederholungen in Endlosschleife. Gedanken, die mit Edding in meinen Verstand gekrakelt wurden.

Stopp! Ich bringe das Karussell zum Halten.

»Du hast gesagt, wir müssen nicht darüber sprechen«, sage ich blitzschnell. Es fühlt sich seltsam an, vor ihm im Bett zu liegen. So verletzlich. Ich setze mich kerzengrade auf, schiebe die Decke zur Seite. Meine Beine stecken in den hellen Sommershorts von gestern. Außerdem trage ich noch immer das gelbe

Top, das ich für Alicias Geburtstag angezogen habe. Für ihre Party.

»Ja. Das habe ich.« Leos Brust hebt und senkt sich unter seinem weißen Shirt. »Ich weiß nicht, was ich denken soll. Ich weiß nicht, was ich sagen soll. Ich weiß gar nichts mehr. Das ist alles zu viel.«

Was, wenn ich ihn doch nicht hasse? Wenn ich diesen einen Menschen, den ich so dringend verabscheuen möchte, einfach nicht hassen kann? Schutzschild, Maggie. Schuldschild.

Er. Tut. Dir. Weh.

Aber nein. Ich spüre keinen Hass. Und für ein paar Sekunden ist sogar die Wut aus meinem Körper gewichen. Ich will ihn in den Arm nehmen, an mich drücken, festhalten, küssen.

»Ich brauche Hilfe«, stoße ich hervor. »Nicht von dir. Richtige Hilfe.« Augenblicklich schießen mir Tränen in die Augen.

Leo atmet tief durch. Er fährt sich mit der rechten Hand durchs Gesicht, als könne diese Geste die Verzweiflung aus seinem Hirn radieren.

»Es tut mir wirklich so leid. Ich wollte das nicht.« Ich komme gar nicht nach, mir die Tränen von den Wangen zu wischen.

Dann schwimmst du mir davon. Diese Worte hat Leo für meine Tränen gefunden, als ich ihm damals von der schrecklichsten Nacht meines Lebens erzählt habe. Damals wollte ich davonschwimmen. Plötzlich bin ich mir ganz sicher. Ich wollte meinen Schmerz in dieser einen Nacht betäuben, meinen Körper in unserer Zweisamkeit verlieren und danach für immer aus seinem Leben verschwinden.

Doch diesmal ist es anders.

Während ich auf seinem Bett sitze und darauf hoffe, dass er mir die Chance gibt, mich zu ändern, will ich zum ersten Mal eins: bleiben.

Leo ist laufen gegangen. Es hilft ihm, den Kopf frei zu bekommen. Ich verstehe das. Vielleicht. Ich versuche es zu verstehen. Dass er wiederkommt. Dass es nicht an mir liegt. Dass wir uns wieder vertragen werden.

Während er draußen ist, will ich das Bett neu beziehen. Auf dem Laken sind Spuren von Erde und Dreck. Doch als ich mich auf den Schreibtischstuhl stelle, um das Regal mit der frischen Wäsche erreichen zu können, schwankt in meinem Kopf wieder alles.

Mein Reaktionsvermögen ist verlangsamt, ich bekomme alle paar Minuten Schluckauf, und es fühlt sich an, als wäre ein Laster über mein Gehirn gefahren. Es ist vierzehn Uhr. Die Wirkung der Tabletten müsste längst nachgelassen haben, doch noch immer fühle ich mich nicht wohl in meiner Haut. Zumindest kommt in mein Herz langsam wieder Ruhe. Es schlägt gleichmäßiger. Weniger panisch.

Die Anspannung ist aus meinem Körper gewichen, und ich habe das Gefühl, immer mehr Luft zu bekommen. Der Druck ist geplatzt, und mein Kopf füllt sich mit rationaleren Gedanken. Und Schuld.

Ich habe überreagiert.

Ich habe die Situation falsch eingeordnet.

Ich brauche Hilfe.

Es kommt mir vor, als könne ich plötzlich mit Abstand auf den Abend und die Nacht sehen und feststellen, welche Dinge schiefgelaufen sind. Es tut weh, die Augen zu öffnen und die Scherben zu sehen. Die Scherben, die ich selbst verursacht habe.

Aber … aber ich kann das schaffen. Mich durchfährt eine Welle der Zuversicht, während in meinem Kopf noch alles schwankt.

Ein Stapel Handtücher löst sich aus der Schublade, als ich mit einem heftigen Ruck versuche, das Bettlaken runterzuziehen.

Verdammt. Direkt vor dem Bett sieht es aus, als habe ein Einbrecher in der Wäsche gestöbert.

Ein paar Badetücher sind auf dem Schreibtisch gelandet. Ich steige vom Schreibtischstuhl und hebe die frische Wäsche vom Tisch. Leos Laptop leuchtet auf. Ich muss gegen die Tastatur gestoßen sein.

Ich will nicht hinsehen. Wirklich nicht. Aber die Schlagwörter springen mich so schnell an, dass ich kaum wegschauen kann.

Verlust und Borderline. Trauma und Borderline.

Emotional instabile Persönlichkeitsstörung heilbar? Therapiemöglichkeiten. Hilfe für Angehörige.

Leo muss versucht haben, sich zu informieren. Vielleicht an diesem Morgen.

Mein Herz klopft aufgeregt in meiner Brust. Was er wohl gelesen hat? Ob ihn die Angst gepackt hat, als er diese Beiträge von rachsüchtigen Ex-Freunden entdeckte, die Google sofort ausspuckt? Diese Erfahrungsberichte über das Leben mit dem aggressiven Bordi, von dem man sich am besten fernhalten sollte?

Ich könnte es verstehen. Ich kann jeden Menschen verstehen, der damit nicht umzugehen weiß. Und trotzdem tut es so verdammt weh zu wissen. Zu wissen, dass er recherchiert hat. Aber noch viel mehr, ahnen zu können, wie ihn diese Texte entsetzt haben müssen.

Schnell schließe ich seinen Internetbrowser. Ich möchte diese Foren nicht mehr sehen.

Stattdessen falte ich rasch die Handtücher, lege sie zurück in das Regal und konzentriere mich darauf, Luft zu holen.

Ich bin okay. Ich bin kein Monster. Ich habe Probleme. Ich bin nicht das Problem.

Es gibt Hilfe. Das hat Leo gesagt. Und daran muss ich mich festhalten.

Unruhig blicke ich mich in seinem Apartment um, suche nach einer Ablenkung. Vielleicht kann ich noch etwas Gutes tun. Frühstück machen zum Beispiel. Vielleicht gibt es in der Nähe einen Bäcker, und bis Leo zurückkommt, habe ich frische Brötchen geholt?

Dieser Gedanke gibt mir eine Perspektive. Etwas, wonach ich greifen kann. Was ich tun kann.

Ich husche zur Wohnungstür, werfe noch einmal einen Blick aus dem großen Fenster.

Vielleicht würden wir hier Vögel beobachten, wenn ich nicht diese Gefühle hätte, die mich ständig überrollen. Vielleicht würden wir heute zusammen Fenster putzen. Am Ende würde es vielleicht in einer Wasserschlacht ausarten.

Wenn ich nicht ich wäre. Wenn wir nicht dieses schreckliche Gespräch vor uns hätten.

Meine Finger liegen auf der Türklinke. Ich drücke sie ein zweites Mal runter. Dann noch mal.

Er hat abgeschlossen. Leo hat mich eingesperrt. Na, herzlichen Dank. Spätestens jetzt weiß ich genau, wie er über mich denkt. Ich bin ein Vogel im Käfig. Und die Wahrheit ist: Ich hasse Käfige.

Der Schlüssel bewegt sich im Schloss. Ich sitze mit verschränkten Armen auf dem Teppich und flechte Zöpfe aus den Laschen. Vielleicht machen das Vögel im Käfig auch so: wahnsinnig werden.

»Magst du einen Tee?«, fragt Leo. Auf seinem verschwitzten Gesicht schimmert ein Lächeln. Das Laufen scheint ihm gutgetan zu haben.

»Körner wären gut«, versuche ich es mit einer bissigen Anspielung.

»Müsli? Also so Haferflocken? Kannst du haben.« Er bückt sich, um aus einem unteren Schrank eine Packung Cerealien zu ziehen.

Ich verdrehe die Augen. »Und wie wäre es mit einem Futternapf, einer Sitzstange und etwas Sand? Vielleicht stellst du mich dann auch ein bisschen vors Fenster und wartest, dass ich singe?«, knurre ich und wende mich empört ab.

Natürlich weiß ich, dass Leo diese Maßnahme nur zu meinem eigenen Schutz getroffen hat. Dennoch bohrt sich ein Pfeil in mein Herz. Es bestätigt meine eigene Annahme über mich selbst. Die Annahme, dass mir nicht zu trauen ist.

»Du sprichst davon, dass ich abgeschlossen habe, oder?« Leo zieht seine Sportschuhe aus und donnert sie in die Ecke. »Klar, das ist mies. Aber weißt du auch, was ich seit gestern Nacht mitmache? Jeder normale Mensch hätte einen Notarzt gerufen, Maggie.«

Wieder spüre ich den Druck hinter meinen Augen. Jeden Moment fange ich an zu weinen. Wie immer.

»Weißt du, warum ich den Rettungswagen nicht gerufen habe?« Leo versucht, ruhig zu bleiben. Seine Fäuste verkrampfen sich, und ich beobachte, wie er vor Frust eine Schublade in der Küche zuknallt. »Ich habe geglaubt, dass du Angst hast, aber dass du bei all dem Irrsinn trotzdem weißt, was gut für dich ist. Ich wollte dich nicht entmündigen, ich vertraue dir.«

Er macht eine Pause und zieht sich das verschwitzte Shirt über den Kopf, während er sich auf den Boden sinken lässt.

Beim Anblick von Leos freiem Oberkörper beiße ich mir auf die Lippe. Am liebsten würde ich mich fest an ihn pressen. Der Schweiß ist mir vollkommen egal.

»Danke.« Vorsichtig entknote ich die Arme vor meiner Brust.

Kurz sagt keiner von uns beiden was.

»Ich war nur einen kurzen Moment weg. Unter der Matte liegt ein Schlüssel. Im Notfall hättest du mich angerufen, und ich hätte ihn dir gegeben. Ich hätte dich nie ...«

»Okay«, unterbreche ich Leo und setze mich im Schneidersitz neben ihn. »Ich verstehe das.«

»Darf ich dich etwas fragen, Maggie?« Leo betrachtet mich, als könne er in meinem Gesicht direkt eine Antwort lesen.

»Frag!«, antworte ich und lächle knapp.

»Wie viel Wahrheit steckt in dem, was du sagst, wenn du *so* bist?« Die Frage scheint ihn einiges an Überwindung zu kosten, doch ich kann mir sofort vorstellen, worauf er hinauswill.

»Ich habe dich nie gehasst, Leo«, antworte ich schnell. »Es ist kompliziert. Alles in meinem Kopf ist kompliziert. Aber ich habe dich nie gehasst. Nie. Du ... du bist innerhalb so kurzer Zeit der wichtigste Mensch in meinem Leben geworden, und ... das macht mir Angst.«

Auf der Stelle legt sich eine Schwere um mein Herz.

»Mein erster Freund und ich haben uns damals sehr unschön getrennt«, sage ich mit brüchiger Stimme. »Wir waren nur ein paar Monate zusammen. Doch die ganze Beziehung war voller Eskalationen. Schon ein paar Wochen nach unserem Kennenlernen fingen die Aussetzer an. Ich habe ihm die absurdesten Dinge unterstellt, weil ich panische Angst hatte, er könnte mich wieder verlassen. Und weißt du, was dann passiert ist?«

Ein dicker Kloß in meinem Hals macht es mir schwer zu sprechen. Leo schüttelt den Kopf.

»Er hat mich verlassen.« Ich mache eine kurze Pause, um im nächsten Moment weiterzureden. »Was für eine Ironie, oder? Eine

Sich-selbst-erfüllende-Prophezeiung: Meine größte Angst wurde wahr, weil ich so große Angst hatte, sie könnte wahr werden.«

Mir entfährt ein trauriges Lachen.

»Und ihr habt darüber nicht gesprochen?«, fragt Leo.

Ich runzele die Stirn. »Wir haben über gar nichts gesprochen. Er wusste nichts von den intensiven Gefühlen. Welcher siebzehnjährige Typ will eine Freundin, die sich *freiwillig* die Seele aus dem Leib kotzt oder beim nächsten Streit Gegenstände durch die Wohnung schmeißt?« Ich hole tief Luft. Vielleicht fragt er sich, warum ich ihm davon erzähle. Vielleicht sind das auch Geschichten, die er überhaupt nicht hören möchte. Doch immer wieder passiert es, dass Leo mich ansieht und ich das Gefühl habe, verstanden zu werden. »Letzteres hat dann dazu geführt, dass er eine gute Freundin von mir geküsst und sich von mir getrennt hat.«

»Okay, wow.« Leos Gesichtszüge verhärten sich bei meinen Worten. »Maggie, das tut mir leid.«

Bevor er noch etwas sagen kann, senke ich den Blick. »Eine ertrinkende Person zieht in Todesangst die Menschen mit in die Wellen, die versuchen, sie zu retten. Wenn ich ertrinke, tue ich das Gleiche. Nur dass mein Ertrinken niemand versteht. In diesen Momenten, in denen ich so …« *Impulsiv* bin? *Aggressiv? Wütend? Teuflisch? Verrückt? Gestört? Krank?*

»Verletzt bin?«, fragt Leo.

Verletzt.

Ja. Ich bin verletzt. So, so, so verletzt.

Aber ich ziehe mich nicht zurück, wie andere Menschen es tun. Ich gehe in Angriff. Ich vergesse alles um mich herum. Auch mich.

»Zerfetzt.« Ich schlucke. »Ich denke, ich fühle mich einfach zerfetzt. Und zu viel. Und zu laut. Es tut *mir* leid, was ich gesagt habe, Leo. Alles. Ich würde dir gerne sagen, dass es nie wieder vorkommt, aber das kann ich nicht. Ich kann dir nur sagen, dass ich Gefühle für dich habe. Sehr starke Gefühle.« Als ich wieder aufsehe, verharren unsere Augen für eine Sekunde ineinander. Mein Herz beginnt, noch wilder in meiner Brust zu schlagen, und der Schwindel in meinem Kopf ist plötzlich wieder da. Das sind nicht die Tabletten, das weiß ich. Doch etwas in mir wünscht sich, es gäbe diese einfache Erklärung für die Verwirrung in mir. Für diese Gefühle.

Ich kann nicht mehr zählen, wie häufig ich bereits vor Leo in Tränen stand. Wahrscheinlich sollte es mich beunruhigen. Es sollte mir Angst machen, weil meine Gefühle, wenn sie einmal ausbrechen, nicht mehr gezähmt werden können.

Doch ich habe keine Angst. Ich lasse zu, dass Leo seine Arme um meinen bebenden Körper schlingt. Tabletten. Alkohol. Sex. Das sind Dinge, die ich begreife. Sie lösen Emotionen aus, die ich einordnen kann.

Und das hier? Es überfordert mich auf eine andere Art und Weise als der vertraute Schmerz. Es ist anders als die Wut. Es ist ... *schön. Schön und trotzdem schmerzhaft. Schöner Schmerz. Schmerzhaft schön.*

49. Kapitel

Leo

»Du kannst es diesmal anders machen und reden. Über diese Gefühlsachterbahn, aber natürlich auch über die Nacht, in der deine Schwester verunglückt ist. Das, was du erlebt hast, klingt ziemlich wie ein Trauma. Du warst gestern Nacht beim Erzählen plötzlich paralysiert, als würdest du im Stehen einschlafen. Dieser starre Blick …« Ich rede nicht weiter, denn Maggie nickt langsam: »So was habe ich schon häufiger erlebt, aber ich weiß nicht, was da passiert, Leo.«

»Du musst mit jemandem reden.« Flüsternd dringen diese Worte noch einmal aus meinem Mund. »Nicht mit mir. Sondern mit jemandem, der dir wirklich helfen kann.«

Der Gedanke, dass Maggie wieder und wieder in diese unerträgliche Finsternis gerissen wird, lässt meine Brust sich schmerzhaft zusammenziehen. Ich sehe sie wieder vor mir, wie sie gestern auf dem Grab saß. Ich sehe ihre Verzweiflung. Ich spüre meine Angst, sie könne sich etwas angetan haben.

»Meine Eltern wissen nichts davon. Also nichts von Paulinas Anruf. Und sie wissen nichts davon, dass ich zu spät kam. Einfach *zu spät*, um sie retten zu können.«

»Es ist nicht deine Schuld gewesen, Maggie. Das war es nie. Deine Schwester ist in diesen Wagen gestiegen, obwohl sie betrunken war. Das bist nicht du gewesen.«

»Aber ich hätte es verhindern können, wenn ich einmal etwas richtig gemacht hätte. Verstehst du das? Wäre ich an diesem Abend nicht zu Theresa gefahren oder früher zurückgekommen, würde meine Schwester heute noch leben.«

»Das konntest du aber nicht wissen. Du hast das getan, was du in dem Moment konntest.«

Ich bin mir sicher, dass es diesen rationalen Anteil in ihr gibt, der weiß, dass sie zu hart zu sich ist. Und trotzdem scheint unterbewusst ein Gedanke an dieser unerträglichen Schuld festzuhalten. Und das Schlimme ist, dass ich es verstehe. Ich kenne den Unterschied zwischen Kopf und Herz, weiß, wie unerträglich der Schmerz ist, etwas wieder und wieder fühlen zu müssen, obwohl der Verstand sich dagegen wehrt.

Wenn ich nur die Augen schließe, sehe ich meinen Vater die losen Papiere von meinem Schreibtisch fegen. Ich erinnere mich, wie er meine vielen Ideen in den Papierkorb stopfte und glaubte, mir die *mädchenhaften* Fantasien aus dem Hirn zu jagen. Und wie ich ihm jahrelang geglaubt hatte ...

Hitze steigt mir in den nackten Oberkörper. Mir fällt jetzt erst wieder auf, dass ich immer noch kein Shirt trage, geschweige denn duschen gewesen bin. Ich wische mir mit dem Stoff des Sportshirts über die Stirn.

»Du gehst oft laufen, oder?«, fragt Maggie auf einmal. Offenbar ist ihr das Thema zu viel geworden.

Ich zucke mit den Schultern. »Es befreit mich. Und du? Magst du joggen?«

»Keine wirkliche Ausdauer vorhanden, aber ich find es cool. Die meisten Läufer sehen so beflügelt dabei aus. Als wäre das überhaupt nicht anstrengend. Du müsstest mich mal nach den ersten Metern sehen.« Sie lächelt. Es ist ein schwaches Lächeln. Vorsichtig. Aber immerhin lächelt sie.

Ich kann nicht anders, als zurückzulächeln. »Vielleicht gehen wir mal zusammen laufen? Neben dem Schreiben ist es der perfekte Ausgleich.«

Sie nickt. »Sie haben es mir mehrfach empfohlen. Therapeuten, meine ich. Sport kann helfen, die Anspannung abzubauen. Diese Wut und Aggression, die ich gegen mich und andere lenke.«

Allein bei der Vorstellung spüre ich das Adrenalin durch meine Adern pumpen. »Also kannst du diese Gefühle auch ganz anders ableiten?«

Sie streicht sich eine Haarsträhne hinters Ohr. »Auf gute Wege und auf schlechte. Ich habe mir als Kind manchmal die Haare abgeschnitten. Aus einem Impuls heraus. Einfach, weil ich wütend gewesen ...«

»Erzähl mir von den guten Wegen«, unterbreche ich sie. »Ich will alles über das Gute wissen.«

Sie unterdrückt ein Seufzen. »Sport kann helfen. Boxen zum Beispiel. Manchen Betroffenen hilft auch ein intensiver Geruch, der von dem Impuls ablenkt. Das nennt sich Skills. Damit haben wir mal in der Therapie begonnen, aber bei mir hat das bisher wenig die Anspannung gelindert. Früher hat das Malen geholfen.« Ich erinnere mich. Vor zwei Jahren in der Kölner Innenstadt. Maggie hatte sich für einen Straßenkünstler interessiert.

»Ich habe Musik oder Hörspiele gehört und dabei die Gefühle in ein Bild transportiert.«

»Das erinnert mich ans Schreiben«, überlege ich laut. »Das Schreiben ist eine Art Tagebuch für mich geworden. Und obwohl ich nicht über meine eigenen Gefühle und Gedanken schreibe, erleichtert es ein Stück weit meine Seele.«

»Ja, das kann man vielleicht vergleichen«, sagt sie leise.

»Und warum malst du nicht mehr?« Ich mustere meine Hände, als könne ich dort einen alles entscheidenden Hinweis finden.

Maggie zuckt mit den Schultern.

»Du weißt es nicht?«, frage ich ungläubig.

»In Hollywoodfilmen gäbe es jetzt eine dramatische Erklärung. *Sie nimmt keinen Pinsel mehr in die Hand, um sich für den Tod ihrer Schwester zu bestrafen*«, erklärt sie sarkastisch und schwingt ihre Arme dramatisch in die Höhe.

Ich lache auf. »*Sie hat ihre große Leidenschaft, das Malen, aufgegeben, weil sie vorher mit ihrer kleinen Schwester gemalt hat. Der Tod veränderte alles.*« Ich beiße mir auf die Zunge und hoffe, dass diese Spur von Humor für sie nicht zu weit gegangen ist, doch noch immer ist dieses zarte Lächeln auf ihren Lippen zu sehen.

»Es hat mir einfach keinen Spaß mehr gemacht«, sagt sie dann etwas stiller. »Haben diese Dinge immer einen Grund? Vielleicht verändern wir uns einfach. Vielleicht hatte ich gestern mehr Bock auf Pizza, und morgen wähle ich den Burger. Vielleicht war ich gestern ein anderer Mensch als heute und ...« Ein selbstironisches Grinsen huscht über ihr Gesicht. »Vielleicht bin ich aber auch nicht das beste Beispiel für natürliche Veränderungen. Bei mir geht das ja innerhalb eines Tages.«

Womit sie recht hat. »Ich weiß trotzdem, was du meinst.«

Maggie lächelt schwach. »Jedenfalls hat es einfach keinen Spaß mehr gemacht.«

»Vielleicht irgendwann wieder.« Nachdenklich zucke ich mit den Schultern. »Und du denkst, dass andere Skills für dich nicht funktionieren?«

Maggie zuckt mit den Schultern. »Die Angst war immer da. Dass es ausgerechnet für mich keine Hoffnung gibt.«

»Vermutlich braucht so was einfach Zeit und Übung. Ich nehme an, das lernt man alles in der Therapie, oder?«

Jetzt nickt sie. Für einen Augenblick ist es wieder still zwischen uns.

»Nun weißt du wahrscheinlich alles über mich.« Sie lacht trocken auf, und ich kann nur erahnen, wie schwierig es für sie und ihre Verlustangst gewesen sein muss, sich vollkommen zu öffnen.

»Keine Geheimnisse mehr?« Ich rutsche ein Stück dichter an sie heran und lege meine Hand auf ihre.

Sie will gerade einschlagen, da schnappt sie hörbar nach Luft. »Fehlt da nicht noch etwas?«

Verdutzt blicke ich sie an.

»Du hast mir vor zwei Jahren versprochen, dass ich dein Manuskript lesen darf. Wenn es keine Geheimnisse geben darf, gehört das auch irgendwie dazu, oder?«

»Das ist doch kein Geheimnis. In ein paar Monaten wird das jeder da draußen lesen können.« Hitze schießt in mir allein bei dem Gedanken in den Kopf.

»Das ist etwas anderes. Anonymer.«

Schon seit Wochen habe ich den Wunsch, ihr meinen Text zu zeigen. Gleichzeitig spüre ich auch Angst bei dem Gedanken, sie könne ihn schlecht finden.

»Du willst es wirklich lesen? Ich dachte, du magst keine Bücher?«

»Das habe ich nie gesagt.« Sie boxt mir in die Schulter. »Ich lese nur viel zu selten. Aber für dich mache ich eine Ausnahme. Du musst nur wissen ... Ich meine, ich kann dir keine ...« Sie sucht nach den richtigen Worten. »Also muss ich dir irgendwelche Tipps geben?«

Ich muss schmunzeln. »Du hast also Angst, dass es dir nicht gefällt?«

Viel zu schnell schüttelt sie den Kopf und schaut verlegen auf den Boden. »Ich habe einfach Sorge, dass …« Sie bricht ab und wechselt von einem Fuß auf den anderen. »Etwas, das dir so viel bedeutet. Was ist, wenn ich etwas Falsches sage?«

Und schon wieder kann ich nicht anders, als Maggie einfach in die Arme zu schließen.

Ich kann dir nicht versprechen, dass es wieder passiert. Ihre Worte liegen schwer auf meiner Seele.

»Vielleicht muss ich dir auch mal etwas über mich erzählen.«

Schnell greife ich nach ihrer Hand und führe sie an meinen Schreibtisch. Der Laptop steht seit Tagen aufgeschlagen auf der Holzfläche und wartet, dass ich mich wieder an die Arbeit mache. »Setz dich!«

Maggie lässt sich auf den Stuhl sinken, während ich im Stehen das Dokument öffne. »Die Idee für den Thriller kam mir ein paar Monate nach unserem Kennenlernen. Sie ließ mich abends wach liegen und ging mir einfach nicht mehr aus dem Kopf. Anfangs war es wie eine Sucht. Ich setzte mich vor den Laptop und fing an, diese Geschichte zu erzählen, als hätte ich keine Wahl. Ich wusste, dass sie mich nicht mehr loslassen würde. Die Charaktere haben mich durch den Alltag verfolgt, und überall fand ich neue Inspiration.«

Maggies Augen fangen an zu leuchten. »Das klingt unglaublich schön.«

Ich nicke. »Das war es.« Allein über diese Zeit zu sprechen, lässt mich auf der Stelle melancholisch werden. »Dann kam die Zusage für den Vertrag. Mein großer Traum wird wahr, dachte ich. Die ersten Tage habe ich mich noch motivierter gefühlt und nur geschrieben. Ich habe beschlossen, mein Studium abzubrechen.« Ich hole tief Luft und scrolle mit der rechten Hand durch das Dokument. »Mit dieser Geschichte ist auf der einen Seite also mein großer Traum in Erfüllung gegangen. Anderseits habe ich gemerkt, dass ich mich verirrt habe.«

»Du redest von der Schreibkrise, oder?«, fragt Maggie.

Ich zucke mit den Schultern. »Wie man es nennt. Vielleicht war es keine wirkliche Krise, sondern vielmehr eine Erkenntnis.« Ein Lächeln zuckt in meinen Mundwinkeln, als ich ihr verwirrtes Gesicht sehe. »Jahrelang habe ich das Schreiben geliebt. Es gab nichts, was ich dringender wollte. Doch plötzlich, als alles gut lief, hat mich etwas gebremst. Ich hatte so viele Selbstzweifel wie noch nie und keine Ahnung, warum. Erst in unserem Streit ...« Ich senke die Stimme. »Erst als ich mich so schwer vor Kummer gefühlt habe, saß ich wieder am Laptop.«

»Du meinst also, dass dich dein eigener Schmerz inspiriert?«, fragt Maggie und unterdrückt ein ironisches Grinsen. »Ich bin sicher, ich bin die perfekte Muse.«

»Nicht direkt. Es ging nicht um diese unerträglichen Gefühle, sondern mehr um den Fokus. Weißt du, warum ich als Kind nie diese Selbstzweifel hatte?«

Sie schüttelt den Kopf.

»Weil ich es mich nie gefragt habe. Ich habe mich nie gefragt, ob ich besser als andere oder gar gut genug bin. Als Kind habe ich einfach nur geschrieben, weil es mich erfüllt hat. Diese Ängste kamen erst, als ich wusste, dass meine Geschichte jemandem gefallen muss. Der Druck ist gewachsen und meine Erwartungen an mich und vor allem an meinen Text. Er sollte jeden begeistern. Meinen Agenten, den Verlag und vor allem die Leser.«

Ich sehe, wie es hinter Maggies Stirn arbeitet und sie sich Mühe gibt, meinen Sätzen zu folgen.

»Als es mir schlecht ging, zog es mich des Schreibens wegen an den Schreibtisch. Ich arbeitete zum ersten Mal seit Monaten nicht mehr an meinem Text, weil ich es *musste*, sondern weil ich es *brauchte*. Für mich.« Ich frage mich, ob mein plötzlicher Redeschwall überhaupt irgendeinen Sinn ergeben hat, und beobachte nervös Maggies Reaktion.

»Wow«, sagt sie verblüfft. »Darüber habe ich nie nachgedacht. Zumindest nicht auf diese Weise.« Sie stützt ihr Kinn in die Hand. »Aber das leuchtet mir trotzdem ein. Und was hast du jetzt vor?«

Wenn ich das nur wüsste. Sofort schnürt mir Sorge die Luft ab. Ich fahre mit den Fingern über den Laptop und seufze. »Das ist eine gute Frage. Die Geschichte ist erzählt, und in einigen Monaten wird mein erstes Buch in den Buchläden liegen. Die Vorstellung ist aufregend, und ein Teil von mir will sich an dem Wunsch festhalten, dass es so weitergeht.«

»Und der andere Teil?«, fragt Maggie.

Der schmerzt.

»Der andere Teil glaubt, dass es nicht mein Weg ist. Dass ich mich in etwas verrannt habe«, antworte ich. »Nicht im Schreiben selbst, aber in den Gründen, weshalb ich es tun sollte.« Das auszusprechen kostet mich mehr Anstrengung, als ich geglaubt habe.

»Was ich eigentlich sagen wollte«, denke ich laut und möchte damit meine Gedanken zu Ende führen. »Es ist in Ordnung, wenn es nicht deins ist, solange es mir gefällt. Daran muss ich mich auch noch selbst erinnern.«

Maggie lächelt. »Wäre es okay, wenn ich es allein lese? Du darfst mich dabei nicht beobachten.«

»Das ist mehr als okay«, sage ich, obwohl ich am liebsten nicht mehr aufhören möchte, diese Frau anzusehen.

»Leo?«, fragt sie dann.

»Ja?«

»Warum hast du keine Angst?« Sie berührt meinen Arm zögerlich mit den Fingerspitzen, als fürchte sie, sich bei zu viel Körperkontakt zu verbrennen.

»Wieso glaubst du, dass ich keine Angst habe?«, frage ich ungläubig und betrachte die Haare auf meinem Arm, die sich bei ihrer Berührung wie elektrisiert aufstellen.

»Weil du immer weitermachst. Selbst dann, wenn du merkst, dass du dich verlaufen hast.« Sie presst die Lippen aufeinander.

»Oh, Maggie«, sage ich lächelnd. »Ich tue die Dinge nicht, *weil* ich keine Angst habe. Ich tue sie, *obwohl* ich eine verdammt große, verflucht unerträgliche Scheißangst habe.«

Auf einmal ist ihr Gesicht wieder so nah. Ich spüre ihren Atem an meiner Wange und sauge ihre Anwesenheit gierig in mich auf.

»Du machst mir Mut, Leonard. Dass ich es vielleicht auch schaffen kann«, flüstert sie, und Gänsehaut ergreift meinen ganzen Körper. »Vielleicht hast du recht.«

»Das habe ich fast immer«, sage ich leise und greife nach ihren warmen Händen. »Aber vor allem mit dir. Ich weiß, dass ich recht damit habe, dass du kein hoffnungsloser Fall bist und es Hilfe für dich gibt.«

»Okay.« Eine einsame Träne rollt über ihre Wange.

»Okay«, wiederhole ich und lasse sie dabei nicht aus den Augen. Ihre Pupillen glänzen in dem Licht, das durch das große Fenster über den Schreibtisch fällt.

»Und jetzt?«, fragt Maggie erstickt. Die Erschöpfung in ihrem Blick ist kaum zu übersehen. Doch ihre Frage bezieht sich nicht auf den Moment. Nicht auf heute. Ich lese in ihrer Angst, dass sie von *uns* spricht. Als ich mich vorbeuge und sie sanft auf den Mund küsse, überkommt mich erneut eine Welle des Verlangens.

»Ich bin hier. Und ich bin nie weg gewesen«, erkläre ich entschlossen.

»Das weiß ich«, sagt Maggie. »Aber ich könnte es verstehen.«

Ich lege meinen Zeigefinger auf ihre Lippen. »Solange du mutig bist, bin ich hier und bleibe. Solange du das willst.«

»Das will ich«, antwortet sie sofort. »Das wollte ich die ganze Zeit.« Sie klammert sich an meinem Arm fest. »Ich wollte es selbst, als ich gesagt habe, du sollst gehen. Vielleicht wollte ich es sogar in diesem Moment am meisten.«

50. Kapitel

Maggie

Als ich die Tür aufschließe, lege ich mir bereits die ersten Sätze im Kopf zurecht.

Womit soll ich anfangen? Was sagt man in Augenblicken wie diesen? Dass es mir leidtut? Dass es nie wieder vorkommen wird? Dass der letzte Satz vermutlich gelogen ist?

»Ich habe Tee gekocht.« Mit dieser Begrüßung ruiniert Alicia schließlich mein Konzept. »Falls du welchen haben willst. Er steht noch in der Küche. Vielleicht ist er mittlerweile auch zu kalt. Ich wusste nicht, wann du kommst.«

Sie steht im Flur, trägt eine blaue Jogginghose und hat die braunen Locken zu einem lockeren Dutt hochgebunden. Ich habe sie noch nie in diesem Outfit gesehen.

»Danke«, antworte ich verblüfft, lasse die Sneakers im Schuhschrank verschwinden und tapse ihr unbeholfen hinterher in die Küche. »Tee ist gut«, schiebe ich deshalb vorsichtig nach.

»Tee ist immer gut.« Alicia schmunzelt und nimmt einen Schluck aus ihrer Tasse. »Das habe ich von dir gelernt.«

Ich zwinge mich auch zu einem Lächeln und gieße mir ein.

»Bevor du eingezogen bist, hätte ich jeden für verrückt erklärt, der mir bei dem Wetter zu Himbeertee geraten hätte, aber mittlerweile bin ich infiziert.«

Ich weiß, dass Alicia diese banalen Dinge sagt, um von der Tatsache abzulenken, dass wir über das reden müssen, was an ihrem Geburtstag passiert ist.

»Du bist die Beste.« Vorsichtig puste ich gegen den Dampf, der von meiner Tasse aufsteigt. Definitiv heiß genug. »Nicht nur wegen des Tees, das ist dir hoffentlich klar?«

Meine Freundin zuckt mit den Schultern. »Du hättest es mir sagen können, weißt du?« Sie lässt sich auf den Küchenstuhl sinken und blickt aus dem Fenster. »Mein Bruder, also nicht Oman, sondern Oliver, ist seit Jahren wegen seiner manisch-depressiven Erkrankung in Behandlung. Ich bin mit solchen Themen aufgewachsen. Ich kann verstehen, dass es nicht einfach ist, darüber zu sprechen.«

Leo muss ihr von meiner Krankheit erzählt haben. Obwohl ich ihm absolut nicht böse bin, spüre ich ein Unbehagen in meiner Magengegend.

»Es tut mir leid«, sage ich leise.

»Das soll es nicht«, erwidert Alicia. »Es tut *mir* leid, dass ich dir nicht das Gefühl gegeben habe, du könntest dich mir öffnen.«

Typisch Alicia. Niemand würde nach dem gestrigen Abend auf die Idee kommen, sich bei mir zu entschuldigen. Ich bin in wenigen Schritten bei ihr und schließe sie in den Arm. »Sag so was nicht«, warne ich. »Das lag nie an dir. Für mich war es so einfach leichter. Wenn jemand über meine Ausraster Bescheid weiß, ist es manchmal, als würde es nur schlimmer werden. Weil ich mich dann nicht mehr zusammenreißen muss.«

Alicia nickt zögerlich.

»Die Menschen, die mir nahestehen, sind auch die, die am meisten betroffen sind.« *Weshalb ich mich nie wieder verlieben wollte.*

»In Freundschaften habe ich dieses Problem zumindest weniger als in Liebesbeziehungen. Also diese Verlustängste und das ständige Problem mit dem Vertrauen.« Ich nehme einen Schluck Tee, um mich für einen Moment zu sortieren. Meine Gefühle sind zu wirr, zu kompliziert und zu anstrengend.

»Was ist mit deinen Eltern?«, fragt sie.

»Ob sie von der Krankheit wissen?«

Alicia nickt. »Genau.«

»Ja«, erkläre ich. »Ich habe die Diagnose mit achtzehn bekommen. Früher wird das selten benannt, weil die Persönlichkeit sich noch entwickelt. Meine Mutter hat mich nach meinem Umzug überredet, hier in Köln eine Selbsthilfegruppe zu besuchen. In meinem neuen Umfeld kannte mich immerhin niemand.«

»War nicht das Wahre?«, fragt Alicia.

»Man kann immer nur so viel helfen, wie sich jemand helfen lässt. Und das habe ich nie.« Ich zucke mit den Schultern. »Zumindest bis jetzt.«

»Das heißt also, dass du etwas verändern willst?« Alicia hat ihren Stuhl wieder in meine Richtung gedreht und sieht mich mit einem aufmunternden Lächeln an.

»Ich habe Hoffnung«, sage ich und umfasse meine Tasse fester. Allein bei dem Gedanken, darüber zu sprechen, kriecht mir die Übelkeit in den Hals. Sich selbst öffnen heißt immer, sich auch verletzlich zu zeigen. Sich angreifbar zu machen. Mit allen Schwächen. Ich weiß mit jeder Faser meines angespannten Körpers, was das bedeutet. Menschen mit einer emotional instabilen Persönlichkeitsstörung in rasende Wut zu versetzen, gehört wahrscheinlich zu den einfachsten Dingen überhaupt.

Alles, was ich von mir preisgebe, ist letztendlich eine Gefahr. Doch ist es das nicht auch, wenn ich so weitermache? Wenn ich irgendwann in den intensiven Gefühlen aufflamme und verbrenne?

Ist es nicht unerträglich, mein Leben lang der einsamste Mensch der Welt sein zu müssen, weil mich jede Bindung in einen Konflikt aus *Ich hasse dich – verlass mich nicht* bringen wird?

»Ich habe meine Mutter angerufen«, sage ich leise, ohne Alicia dabei anzusehen. »Vielleicht werde ich noch mal nach Hause fahren. Nicht jetzt, aber demnächst.«

»Ich hätte nie gedacht, dass ich dich das mal sagen höre«, sagt Alicia.

»Ich selbst noch weniger«, antworte ich und setze mich ihr gegenüber an den Tisch. Eine Weile schweigen wir, beobachten die Vögel, die auf einem Ast sitzen und sich das Gefieder putzen. »Kannst du dir vorstellen, dass es in ein paar Monaten schneit?«, fragt Alicia plötzlich, und ich sehe sie irritiert an.

»Wie kommst du darauf?«

»Einfach so. An Tagen wie heute, bei über dreißig Grad, ist es, als wäre das unmöglich.«

Ich nicke nachdenklich. »Glaub mir, ich kann mir alles vorstellen«, überlege ich laut. »Auf die hellsten Tage folgen meist die dunkelsten. Zumindest ist das bei mir so. Und oft, wenn ich denke, dass mich nichts mehr vom Hocker reißen kann, weil alles so bunt, lebendig und wunderschön ist, dann zieht es mich plötzlich richtig ins tiefe Loch.«

Meine Freundin sieht mich an und runzelt besorgt die Stirn. »Das klingt ... beängstigend.«

Ich nicke. »Schon. Aber weißt du? Manchmal an den dunkelsten Tagen, an denen ich nicht mehr glauben kann, dass irgendwas irgendwann irgendwie auch nur annähernd erträglich wird, zieht plötzlich aus dem Nichts die Sonne auf, und ich stehe wieder im puren Glück. Aber dieser Wechsel ...« Ich beobachte, wie einer der Vögel vom Ast fliegt und ein leises Zwitschern durch das Küchenfenster dringt. »Dieser Wechsel ist halt das Leben.«

51. Kapitel

Leo

Als mein Telefon vibriert, zucke ich zusammen. Es muss Maggie sein.

»Bist du zu Hause?«, lese ich auf dem Display.

Hastig fliegen meine Finger über die Buchstaben.

»Bin ich. Ist alles okay? Willst du anrufen?«

»Ich bin in einer halben Stunde da«, antwortet Maggie, und ich blicke auf. Ist etwas passiert, oder will sie mich einfach nur besuchen?

Als auf meinem Telefon fünf Sekunden später noch ein »Ich vermisse dich« aufblinkt, sackt mein Herz vor Erleichterung eine Etage tiefer. Allein die Tatsache, dass ihre Nachrichten mich so in Angst und Schrecken versetzen, zeigt mir, wie tief noch Tage später meine Sorge sitzt.

»Bis gleich.« Maggie.

»Beeil dich«, tippe ich.

»Klar. Ich schiebe die Bahn an.« Ich stelle mir ihre ironische Stimme vor, während ich die Textnachricht lese und den letzten Umzugskarton zerreiße. Neben meiner Wohnungstür hat sich in den letzten Tagen ein riesiger Haufen Pappe gestapelt, den ich hoffentlich später noch an die Straße bringen kann. Das Chaos macht mich schon jetzt vollkommen verrückt.

Ungeduldig laufe ich durch das Apartment, räume ein paar Bücher zur Seite, die noch immer keinen Platz in dem kleinen Regal gefunden haben. Ben hat mir vorgeschlagen, die Bücher doch einfach in einer Bücherei auszuleihen, um das Platzproblem zu umgehen.

Auch Melina musste bei dieser Idee herzlich lachen. Was das angeht, sind wir einfach zu unterschiedlich. Während Ben die Bücher, die er in seinem Leben gelesen hat, an einer Hand abzählen kann, wird es durch die vielen Stapel aus dicken Wälzern in meiner kleinen Einzimmerwohnung langsam, aber sicher tatsächlich eng. Als ich ein Regalbrett einsortiert habe und mit dem Ergebnis einigermaßen zufrieden bin, ist die halbe Stunde fast vorüber. Länger kann ich es auch nicht mehr aushalten. Ich will Maggie endlich in die Arme schließen und sehen, dass es ihr gut geht. Das Klingeln der Schelle droht mein Ohr beinah zu zersprengen. Noch nie bin ich so schnell an der Tür gewesen wie heute. Es kommt mir vor, als hätten wir uns Jahre nicht gesehen. Dabei sind erst zwei Tage vergangen.

Und da steht sie. In einem kurzen Sommerrock und einem blau gestreiften Shirt. Die dunkelblonden Haare, die sie zu einem lockeren Zopf gebunden hat, fallen ihr auf beiden Seiten ins Gesicht. Auf der Stelle will ich sie an mich ziehen und küssen.

»Hi.« Ein vages Lächeln umspielt ihren Mund.

»Schüchternheit steht dir nicht«, sage ich und schüttele grinsend den Kopf.

»Nicht schlimm«, erwidert sie und tritt an mir vorbei. »Ist deine Freundin da?«

Verwirrt sehe ich sie an, bis ich die Anspielung verstehe. »Wie denkst du über mich?«

Sie zuckt mit den Schultern. »Wie über jemanden, der seine Freundin betrügt.«

Ich versuche, mir ein Lachen zu verkneifen. »Wieso meinst du, dass ich sie betrügen würde? Bisher habe ich nur ein mittelloses Mädchen in meine Wohnung gelassen?«

Maggie verschränkt selbstbewusst die Arme vor der Brust. »Soso. Und du kannst dir nicht vorstellen, dieses mittellose Mädchen zur Begrüßung zu küssen?«

Und wie ich mir das vorstellen kann.

»Das muss ich erst meine Freundin fragen«, antworte ich und spüre, wie sich die Hitze in meinem Körper ausbreitet.

»Angenommen, sie wäre einverstanden ...«, setzt Maggie an, ehe ich meine Hände um ihre Taille gepackt und sie so schnell an mich gezogen habe, dass ihr ein überraschtes Keuchen entfährt.

»Ist sie das?«, flüstere ich dicht an ihr Ohr gepresst.

»Sie ist.« In ihrem Blick spiegelt sich eine Mischung aus Verlangen und Hingabe.

Ich beuge mich zu ihr hinunter und fahre sanft mit meinen Lippen über ihre Wange. Sofort spüre ich, dass Maggie die Vorsicht mindestens so verrückt macht wie mich selbst.

»Küss mich«, haucht sie flehend. »Leo. Bitte.«

Mit einer Hand fahre ich zärtlich über ihren Rücken, spiele mit den Fingern am Saum ihres Shirts und wünsche mir, nichts auf der Welt würde unsere Körper in diesem Moment voneinander trennen. Nichts. Keine Kleidung. Keine Worte. Nur wir. Hier.

»Leonard Winter«, sagt sie mahnend. »Wenn du mich nicht gleich küsst, werde ich ...«

Sie schafft es nicht, den Satz zu beenden, denn ich bin schneller.

Ich presse meine Lippen diesmal entschlossener, suchender, verlangender auf ihren Mund und schmecke ihre tiefe Sehnsucht.

Unsere Zungen spielen miteinander und kosten den Augenblick aufs Vollste aus. Dieses Mädchen ist unberechenbar, das habe ich mittlerweile verstanden. Auf eine tiefe, düstere und dunkle Art, aber auch auf eine Art, die keine Grenzen kennt. Maggie ist wie ein Regenbogen. Bunt. Strahlend und selten. Es braucht den Regen, um manche Seiten von ihr sichtbar zu machen. Aber wer einen Blick für diese Kostbarkeit hat, findet diese Schönheit am Himmel schneller als gedacht.

Maggie entweicht ein schwacher Schrei, als ich sie hochhebe und langsam in Richtung Schlafzimmer trage.

»Bist du okay, Maggie?«, frage ich, ohne mich von ihr zu lösen.

»Ich bin okay«, antwortet sie, schlingt ihre Beine um meine Hüfte und legt sich beschwörend die Hand aufs Herz. »Bist du okay?«

»Mehr als das«, flüstere ich und liebkose ihre Schulter.

»Ich will dich«, sage ich leise.

Ich will sie.

Ich will sie auf der Stelle ausziehen, ihren Körper mit Blicken und Berührungen kosten.

Ich will, dass sie sich vor Lust windet.

Ich will sie schreien hören. Sehen, wie sie sich in meinen Armen fallen lässt.

Ich will, dass wir eins sind. Hier in diesem Moment. Aber genauso auch für immer. Denn ich will diese Frau lieben. Mit allem, was sie ist.

»Und ich dich«, antwortet Maggie und zieht mich an sich heran. »Ich will das alles hier. Jetzt.«

Das werde ich mir nicht noch einmal sagen lassen. Immerhin habe ich auf diesen Moment über zwei Jahre gewartet.

Unsere Lippen berühren sich, und in meinem Kopf zieht sich die Realität zu einem winzigen Punkt zusammen. Ich will auf

Pause drücken, diesen Moment abspeichern bis ins kleinste Detail, um an schlechten Tagen dahin zurückkehren zu können. Zu diesem Gefühl. Zu uns.

Vorsichtig streife ich Maggie das Shirt über den Kopf.

Sie trägt nur noch ein türkisfarbenes Bustier, das ihrer hellen Haut schmeichelt.

»Du bist schön«, flüstere ich.

Ihr Oberkörper erhebt sich, als wolle sie sich selbst mustern.

»Nein, Maggie.« Sanft drücke ich sie zurück ins Kissen. »Du bist schön. Du. Alles an dir. Dein Humor. Deine Verrücktheit. Deine Seele. Dein Herz.«

Ihre Augen glänzen. »Das hat noch nie jemand zu mir gesagt.«

»Das Wichtigste ist auch, dass du es dir irgendwann selbst sagst«, antworte ich und fahre mit meinen Fingern über ihren weichen Bauch. Jede Berührung lässt die Sehnsucht in mir weiter wachsen.

»Das ist ziemlich praktisch mit dem Rock, weißt du das?« Ich kann mir ein Grinsen nicht verkneifen. »Der steht dir so gut. Es wäre fast zu schade, ihn auszuziehen.«

»Können wir den Teil mit dem Reden überspringen?«, wimmert Maggie und zieht an meinem T-Shirt. Schnell ziehe ich mir das lästige Ding über den Kopf. »Wir haben so viel Zeit«, necke ich sie und streiche über ihren Oberschenkel.

Es ist zu köstlich, ihre unruhigen Bewegungen und das Zucken ihres lustvollen Körpers zu beobachten. Hastig befreie ich mich aus meiner Hose.

Mein Verlangen wächst mit jeder Sekunde, als ich den obersten Knopf ihres Rockes öffne und den Stoff hochschiebe. Ganz behutsam fahre ich entlang ihres Venushügels über ihren feuchten Slip und höre, wie sich Maggies Atmung beschleunigt. Gierig drückt sich ihre Hüfte gegen meine Handinnenfläche.

Ich streife ihr den knappen Stoff von der Hüfte und merke, wie mir ein erregtes Seufzen entfährt.

Vorsichtig schiebe ich meinen Finger in sie hinein, und schon diese Bewegung bringt sie zum Stöhnen. Ihr Unterleib pulsiert so heftig, dass mich der Druck zwischen meinen Beinen selbst fast zum Explodieren bringt.

Ich bewege meinen Finger schneller in ihr, weniger fragend, mehr bestimmend, spüre das starke Pochen, als sie sich weiter anspannt. Schneller. Tiefer. Härter.

Sie ist so heiß. Glühend heiß.

Aber anstatt sie direkt zu erlösen, gleite ich behutsam mit dem Gesicht zwischen ihre Schenkel.

»Leo.« Maggie schnappt nach Luft. »Bitte.«

Ich schmecke ihr ungeduldiges Flehen und ihre Lust, kann nicht aufhören, in kreisenden Bewegungen mit der Zunge um ihren empfindsamsten Punkt zu streichen.

Erst als ihr Winseln fast zu einem Schreien wird, kann ich mich nicht mehr zurückhalten. In der Kommode neben meinem Bett ist eine Packung Kondome. Ungeduldig reiße ich eins davon auf und streife es über mein hartes Glied. Ich will sie spüren. Überall. Sofort.

Maggie fixiert mich mit ihrem Blick. Ihre Augen funkeln, als mein Oberkörper plötzlich direkt über ihr ist.

Ich liebe ihre Augen. Ich liebe diese Verrücktheit darin. Ich liebe dieses Temperament. Ich liebe sie.

»Das ist besser als Achterbahnfahrten, freches, blondes Mädchen.«

»Kontrolliert die Kontrolle verlieren«, flüstert Maggie, und ich muss ihr recht geben.

Egal, ob sie will oder nicht. Heute Abend soll sie loslassen. Sie soll sich verlieren. In meinen Armen. Mit mir. Und ich wünsche mir, dass wir uns wiederfinden. Dass wir uns neu erfinden.

Mit dem ersten Stoß überkommt mich eine weitere Lustwelle.

Mit dem zweiten wird mein Hirn mit so viel Dankbarkeit und Glück geflutet, dass ich meine Lippen erneut auf ihre presse und meine Stirn an ihre lege.

Wieder und wieder gleite ich in sie hinein, ohne meinen Blick von ihr zu lösen. Ich erhöhe den Druck mit meiner Hand, indem ich vorsichtig über ihren Unterbauch fahre, bis meine Finger ihre Mitte erreichen. Meine Hände streichen über ihren empfindsamsten Punkt und entlocken ihr ein Wimmern.

Wir sind überall. Überall zusammen. Unsere Körper verbunden. Unsere Seelen eins.

Das überwältigende Gefühl lässt mich tiefer in einen Rausch aus Glück fallen.

Als Maggie ihre Augen aufreißt, zieht sich ihr Unterleib enger zusammen. Ich höre nicht auf, ihre Klitoris sanft zu massieren. *Lass los*, will ich sagen. *Lass dich fallen.*

»Leo«, keucht sie meinen Namen. Ich bewege mich schneller auf ihr, spüre, wie sie ihre Hüfte fordernd gegen mich drückt.

Das fühlt sich zu gut an.

Ein Beben kommt über sie. Ihre Finger krallen sich in meinen Oberarm, als wolle sie sich festhalten. Die Hitze ist überall in meinem Körper. Ich will noch nicht kommen. Es soll nicht vorbei sein. Doch allein zu sehen, wie die Lust sie in Ekstase versetzt, macht mich verrückt.

»Ich bin ... ich bin hier«, flüstere ich und ersticke ihr Stöhnen erneut in einem Kuss.

Als der Höhepunkt Maggie zum Explodieren bringt, ist es, als würde sie in glühenden Flammen stehen. Die Erregung macht mich so hungrig nach ihr, dass ich die Geschwindigkeit erhöhe und mit den Händen ihre Brüste umfasse.

Der Orgasmus überkommt mich mit so einer Intensität, dass ich schwören könnte, diese Frau sei eine Göttin. Meine Göttin. Solange sie das will.

Erschöpft lasse ich mich neben sie in die Matratze sinken, spüre, wie ihre warme Haut meine Schulter kitzelt, und bin für diesen Augenblick der glücklichste Mann der Welt.

»Leo?«

»Ja.«

»Du bist geblieben.«

»Ja, Maggie. Ich habe es doch versprochen.«

Ich muss an ihre Worte denken, die sie für ihre Gefühle gefunden hat: *Nur, dass mein Ertrinken niemand versteht.*

Maggie wird schwimmen. Schwimmen müssen. Luft schnappen und glauben, dass sie ertrinkt. Ich werde zusehen müssen, wie sie strampelt, die Augen vor diesem Bild verschließen wollen. Weil ich weiß, dass ich nicht ihr einziger Rettungsring sein darf. Und doch werde ich am Beckenrand stehen und auf sie warten.

Immer.

Epilog
Vier Monate später
Maggie

Der Schnee knirscht unter meinen Füßen. In Köln hat es dieses Jahr noch kein einziges Mal geschneit, während in Düsseldorf auch jetzt noch Nachbarn den Bürgersteig frei schippen. Als ich in der Einfahrt meines Elternhauses stehe und einen Blick hinauf zu dem großen Fenster werfe, ist es, als würde der eisige Dezemberwind direkt in meine Seele wehen.

Sofort kehren auch die Erinnerungen an die vielen Momente zurück, in denen Pauli und ich im Haus winkend vor der Glasscheibe standen und darauf warteten, dass unser Vater von der Arbeit nach Hause kam. Meistens viel zu spät, nachdem das Essen schon abgekühlt und bei unserer Mutter der Geduldsfaden längst gerissen war. Ich wünsche mir augenblicklich die Diskussionen zurück, die meine Eltern anschließend beim Abendessen geführt haben und nie zu Ende bringen konnten, weil Pauli und ich sie ermahnten, am Tisch nicht zu streiten.

Frau Tillmann sagt, die Beziehung zu unseren Eltern sei die prägendste Beziehung überhaupt. Die Erfahrungen, die wir als Kinder in unseren ersten Lebensjahren machen, speichern wir unterbewusst ab. Viele Verhaltensweisen wiederholen wir unser

Leben lang. Frau Tillmann ist meine Therapeutin. Nachdem ich mehr als zwei Monate auf einen Therapieplatz warten musste (man sagte mir, ich habe Glück wegen der *geringen* Wartezeit), besuche ich sie mittlerweile einmal die Woche.

Es wäre gelogen, wenn ich sagen würde, dass es jetzt viel leichter ist. Dazu liegen zu viele Momente hinter mir, in denen ich am liebsten um mich geschlagen oder einen Rückzieher gemacht hätte. Wachstumsschmerzen haben wir dieses Gefühl in der Therapie genannt. Am Anfang kommt einem die Therapie wie ein zielloser Weg durch die Pampa vor, doch irgendwas in mir sagt, dass genau dieser Weg mich zu einem besseren Leben führen kann. Mit Leo. Langsam bemerke ich, dass sich Grenzen verschoben haben. Immer, wenn ich dachte, es gehe nicht mehr weiter, zeigte sich ein neuer Weg, eine neue Strategie, mit diesem Gefühlschaos umzugehen. Wir haben den Ausbrüchen einen Namen gegeben. Luna. Der Mond, der für mich viele Bedeutungen hat.

In schwierigen Situationen konzentriere ich mich auf den Himmel, das Hier und Jetzt. Erinnere mich daran, dass alle Gefühle kommen und gehen. Außerdem denke ich an den Abend zurück, an dem Leo mich das erste Mal nach dem Mond gefragt hat. Immer, wenn sich in meinem Kopf ein Schalter umlegt, stelle ich mir die Frage, ob gerade Maggie fühlt, handelt oder spricht oder ob es Luna ist, die überhandnimmt.

Ich denke, seitdem arrangieren wir uns ganz gut und meistern gemeinsam die Herausforderungen des Lebens.

Vor einigen Monaten habe ich in einem langen Gespräch am Telefon erfahren, dass meine Eltern sich getrennt haben. Ihre Beziehung konnte das alles irgendwann nicht mehr überstehen. Meine Mutter hat ewig gezögert, es mir zu erzählen, sodass ich es schließlich erst erfuhr, als mein Vater schon ausgezogen war.

Sie waren friedlich auseinandergegangen, und so war es für

beide das Beste. Jeder Mensch geht unterschiedlich mit Trauer um. Die einen verkriechen sich, die anderen suchen Ablenkung, manche überspielen die innere Leere, sodass der Schmerz nach außen unsichtbar bleibt. Und obwohl ich anfangs unglaublich traurig und gekränkt war, dass ich es so spät erfahren habe, weiß ich selbst am besten, dass wir manche Geheimnisse nicht aus Egoismus bewahren, sondern um andere zu schützen.

Genau wie ich selbst in der Therapie beschloss, manche Wahrheiten aus der Nacht, in der meine kleine Schwester ums Leben kam, nicht mit meinen Eltern zu teilen.

Es geht mir gut damit, weil ich weiß, dass es keinem von uns helfen würde, die Bilder der Dunkelheit zu besprechen, die bei mir zu einer posttraumatischen Belastungsstörung führten.

In den letzten Monaten habe ich meinen Körper deutlich seltener und kürzer verlassen. Dissoziation nennt man den Trancezustand, in dem ich mich auf dem Friedhof befunden habe. Meine Psyche blendet durch solche Abspaltungen meine belastenden Erfahrungen einfach aus.

Als ich einen Stein zur Seite kicke und den Rucksack auf meinem Rücken straffe, wird mir bewusst, wie lange ich nicht mehr hier gewesen bin. Fast hätte ich vergessen, dass ich immer noch einen eigenen Schlüssel besitze. Trotzdem kommt es mir seltsam vor, einfach die Haustür aufzuschließen. Als ich den Finger auf die Klingel drücke, schlägt mein Herz so schnell, dass ich kaum Luft bekomme.

»Du schaffst das, mein Liebling.« Beim Klang von Leos Stimme hinter mir zucke ich zusammen.

Obwohl Leo mir die letzten Monate immer zur Seite gestanden hat, fällt es mir noch schwer, daran zu glauben, dass er bleibt.

»Ich habe wohl keine andere Wahl mehr«, sage ich und drücke seine Hand.

Meine Mutter taucht hinter dem schmalen Glasspalt neben der Tür auf, und meine Seele zerspringt ein weiteres Mal in zwei Extreme: Angst und Sehnsucht.

Sie öffnet die Tür.

»Maggie.«

Binnen einer Sekunde ist die Distanz zwischen uns verschwunden. Ich spüre ihre zerbrechlichen Arme, wie sie sich um meinen Körper schließen, atme ihren vertrauten Geruch ein und ... und ... und ... ich weiß es nicht. Da ist einerseits diese Beklemmung. Aber gleichzeitig auch so viel Kraft, die durch meine Muskeln fließt und mich daran erinnert, wie sie mich als kleines Mädchen nach jedem Wutausbruch wieder aufgerichtet hat. Sooft sie mich auch bei meinen selbstzerstörerischen Anfällen angebrüllt oder geschüttelt hat, war sie im nächsten Moment da, las mir aus Kinderbüchern vor und half mir, meine Angst vor der Einsamkeit zu überwinden.

»Mama«, wispere ich und lasse zu, dass sie mich zuerst auf den Kopf und dann auf die Wange küsst. »Ich geh nicht weg«, sage ich und streiche ihr sanft über die Schulter.

»Oh, Maggie«, entfährt es ihr immer wieder, als könne sie nicht glauben, dass ich direkt vor ihr stehe. »Ich wusste nicht, wann ich dich wiedersehe.«

»Mama«, wiederhole ich sanft. »Wir waren nur vierzig Kilometer getrennt.«

Meine Mutter umklammert mich sehnsüchtig, und ich glaube, erst in diesem Augenblick begreifen zu können, wie tief der Schmerz meiner Abwesenheit sie wirklich getroffen hat. Wie tief er mich getroffen hat.

Als ich sie vorsichtig von mir schiebe, wird sie auf Leo aufmerksam, der ihr höflich die Hand reicht. Meine Mutter ignoriert sie und schließt auch ihn in die Arme. »Ich freue mich so, dass wir uns jetzt richtig kennenlernen. Dabei wusste ich damals an dem Abend im Krankenhaus schon, dass da etwas zwischen euch ist.«

Ja. Da ist etwas gewesen. Etwas, das, sosehr meine Angst es auch provozierte, blieb. Bis heute. Und vermutlich auch noch weit darüber hinaus. Zumindest weiß ich das an den guten Tagen. Dann, wenn ich auf mich vertraue und darauf, dass mein innerster Kern die Liebe verdient, die Leo mir selbst dann, wenn wir uns nicht sehen, jeden Morgen beim Aufwachen und jeden Abend beim Einschlafen mit einer kurzen Textnachricht neu versichert.

Meine Mutter winkt uns durch den Flur hindurch ins Esszimmer. Es riecht nach Waffeln und Puderzucker, stelle ich hungrig fest. Gibt es etwas Besseres in der Weihnachtszeit?

Vor zwei Tagen haben wir das Geschenk für meine Mutter gemeinsam ausgesucht. Seit Leo seine Ausbildung zum Buchhändler angefangen hat, schaffen wir es nicht mehr, uns täglich zu sehen. Deshalb schaue ich immer öfter bei ihm in der Buchhandlung vorbei und suche einen Grund, ihn möglichst lange an der Kasse ins Gespräch zu verwickeln. Wer hätte gedacht, dass ich anfange, Bücher zu kaufen, und vor allem auch noch Gefallen daran finde, sie tatsächlich zu lesen? Ausschlaggebend dafür war aber ohnehin Leos Manuskript, das ich in einer Nacht verschlungen habe. Seitdem zählen wir gemeinsam die Tage, bis sein erstes Buch wirklich erscheint.

Neben dem Malen kann Lesen sogar tatsächlich meine Anspannung reduzieren. Frau Tillmann sagt, ich soll die konstruktiven Dinge, die mir helfen, in schwierigen Momenten ruhig zu bleiben, aufschreiben und sammeln.

»Lieber Kakao oder Tee?«, fragt meine Mutter und reißt mich aus den Gedanken.

»Himbeertee«, antwortet Leo schneller als ich. Seit ein paar

Wochen hat er angefangen, mehr Tee zu trinken als ich. Und das soll etwas bedeuten.

»Wir haben dir etwas mitgebracht«, sage ich und ziehe Mamas Geschenk aus dem Rucksack. Leo musste mir beim Einpacken helfen, denn es stellte sich heraus, dass ich dabei zwei linke Hände besitze. Das Geschenkpapier ist immer wieder gerissen oder zerknittert. Mittlerweile sieht mein Paket aber ziemlich ansehnlich aus, und ich überreiche es meiner Mutter stolz. Ich habe ein Bild von Leo und mir eingerahmt. Es zeigt uns gemeinsam auf der Kölner Kirmes im Herbst. Nachdem ich Leo ein weiteres Mal auf die Achterbahn zwingen konnte, musste ich mich breitschlagen lassen, Lebkuchen mit ihm zu essen. Im Oktober und damit mindestens einen Monat zu früh.

Das Foto, das meine Mutter in den Händen hält, zeigt uns beide zusammen zwischen leuchtenden Fahrgeschäften. Ich liebe es. Aber noch mehr liebe ich uns.

»Es ist toll.« Meine Mutter lächelt. »So habe ich euch immer bei mir.«

»Das war der Plan.« Ich stehe auf, um sie zu drücken, doch sie winkt aufgeregt ab. »Warte. Ich habe doch auch etwas für euch.«

Leo und ich tauschen neugierige Blicke aus, als sie blitzschnell aufspringt und aus der Küche verschwindet.

»Ich habe keine Ahnung«, flüstere ich und hauche ihm einen Kuss auf die Wange. »Tu einfach so, als würdest du dich freuen.«

»Woher weißt du, dass ich mich nicht wirklich freue?«, fragt Leo dicht an mein Ohr gepresst.

Ich komme nicht mehr dazu, zu antworten, denn meine Mutter taucht wieder am Esstisch auf und überreicht mir ein kleines Kästchen.

»Vielleicht ist es nicht das richtige Geschenk für eine Mutter.« Sie lächelt verunsichert. »Aber ich musste an euch denken, weil es zu Köln passt. Der Verkäufer meinte, die jungen Paare finden das sehr schön. Also vergesst einfach, dass ich es gewesen bin, die es euch geschenkt hat, okay?«

Diese Ansage irritiert mich. Was soll das denn bedeuten? Ich hoffe inständig, dass uns jetzt nichts Unangenehmes erwartet.

Hastig öffne ich die Schachtel. Als ich einen Blick hineinwerfe, muss ich auf der Stelle anfangen zu grinsen.

»Du musst jetzt ganz stark sein«, wispere ich in Leos Richtung, schiebe ihm das Kästchen über den Tisch zu und beobachte, wie sich sein Gesichtsausdruck ändert.

»Das ist ...« Er sucht nach den richtigen Worten. »Das ist ja schön.«

Oh, Leo, geht es mir durch den Kopf. *Du bist der charmanteste Lügner der Welt.*

Nach Weihnachten liegen wir eng umschlungen auf meinem Bett. Leo hat mir eben von einer Idee für seinen neuen Liebesroman erzählt. Seit er die Texte wieder für sich schreibt, sprudelt sein Kopf voller Inspiration, und es ist faszinierend, ihm beim Erzählen zuzuhören. Doch heute haben wir noch einen Auftrag zu erfüllen.

»Guck mich nicht so an«, schimpft er und senkt lachend den Blick.

»Wie gucke ich denn?«

»So, dass man dir nichts abschlagen kann«, erklärt er.

»Komm schon. Wir haben es meiner Mutter versprochen«, sage ich und verbiete ihm mit einem Kuss, mir zu widersprechen. Wenn wir beieinander sind, ist es, als würde es die pechschwarze Welt in mir nicht geben. Keine Tränen, keine Furcht, keine Schreie und keine Wut.

Ich schmecke in unseren Küssen jedes Mal aufs Neue sein Versprechen, so lange an meiner Seite zu sein, wie ich an mir arbeite und nicht aufgebe.

»Was ich nicht verstehe«, sagt Leo nachdenklich, als wir uns voneinander lösen. »Bist du es nicht gewesen, die keine zehn Pferde dazu bringen würden, sich mit einem Liebesschloss an der Hohenzollernbrücke zu verewigen?«

Ich beiße mir verlegen auf die Lippe. »Wir machen das nur für meine Mutter.«

Leos Blick schärft sich. »Ich glaube dir kein Wort.«

»Warum nicht?«, frage ich scheinheilig.

»Weil du dafür zu glücklich aussiehst, wenn du an das kitschige Ding aus der Schachtel denkst.«

Ertappt greife ich nach einem Kissen und werfe ihn damit ab. Das kann Leo natürlich nicht auf sich sitzen lassen.

»Das ist gemein«, klage ich, als mich das Kissen trifft. »Du bist viel stärker als ich.«

»Dafür bist du viel frecher«, sagt Leo und hält mich an den Händen fest. Mit einem Satz ist er direkt über mir. »Wenn du mir nicht auf der Stelle die Wahrheit über das Liebesschloss sagst, ersticke ich dich mit tausend Küssen.«

»Das ist keine Drohung.« Ich entspanne mich unter seinem Griff und warte genüsslich auf meine Bestrafung.

»Oder ich halte dich als meine Lustsklavin«, ergänzt er und beugt sein Gesicht direkt über mich.

»Du bist der schlechteste Erpresser der Welt, Leonard Winter«, antworte ich und möchte ihn am liebsten auf der Stelle an mich ziehen. »Wenn du mich aber jetzt küsst, verrate ich es dir vielleicht trotzdem.«

Unsere Lippen berühren sich in dem Augenblick, in dem ich die Worte ausgesprochen habe. Es ist ein warmer, zarter Kuss.

Mehr ein *Nach-Hause-Kommen-* als ein *Zieh-dich-aus-*Kuss. Aber vielleicht habe ich genau das gesucht und gebraucht.

»Ich wusste wirklich nichts von dem Geschenk. Das schwöre ich«, sage ich leise. »Aber ich habe trotzdem gelogen. Auf der Brücke damals bei unserem ersten Treffen.«

»Ehrlich?«, fragt Leo erstaunt. »Du hast gesagt, du würdest niemals ein Liebesschloss an die Brücke hängen.«

Ich nicke. »Das habe ich gesagt, weil du es gesagt hast.«

Leo sieht mich irritiert an.

»Als mir damals das erste Mal mein Herz gebrochen wurde, ist mir eine Sache klar geworden«, sage ich und ignoriere, dass meine Brust vor Aufregung fast explodiert. »Alles, was ich fühle, ist viel. Ist schnell. Ist wild und intensiv.« Mein Puls rast noch schneller, als ich das ausspreche. »Genauso ist auch meine Liebe. Ich schließe jemanden schnell in mein Herz. Aber dafür wilder und intensiver. Das hat viele Vorteile, das weiß ich. Und trotzdem störte es mich damals, immer die zu sein, die *mehr* liebt.«

Leo starrt mich an. »Du denkst, dass ein Liebesschloss etwas darüber aussagt, wie intensiv man Liebe wahrnimmt?«

Ich zucke mit den Schultern. »Das Schloss ist doch nur das eine. Es geht mehr um das Gefühl, etwas zu wollen, das jemand anders nicht will. Einfach zu wissen, dass man immer die Person sein wird, die mehr braucht, mehr will, mehr fühlt ...« Hitze schießt mir in den Kopf.

Leo stößt sich vom Bett ab. Mit einem Satz kniet er neben mir auf der Matratze. »Magdalena Freytag.« Leos Gesichtsausdruck ist todernst.

»Werden wir jetzt heiraten?«, frage ich ironisch und setze mich kerzengrade auf.

»Noch nicht«, beschwört er. »Aber ich möchte dich hier und jetzt fragen ...« Er holt tief Luft. »... ob du bereit wärst, unsere

Liebe heute, am Abend des 15. Januar, mit einem extrem kitschigen, ein wenig hässlichen, aber dennoch bedeutungsvollen Liebesschloss zu verewigen?«

Ich kann nicht anders, ich muss lachen.

»Du musst antworten«, flüstert Leo, doch auch in seinen Mundwinkeln zuckt ein Grinsen. Ein Grinsen, das so süß und unwiderstehlich ist, dass ich die Bettdecke zur Seite schiebe und zu ihm auf den Schoß krieche.

»Wir müssen das nicht tun«, sage ich.

»Ich will aber unbedingt«, erwidert Leo, ohne eine Miene zu verziehen. »Ich kann mir kaum etwas Schöneres vorstellen.«

»Als ein Liebesschloss aufzuhängen?«, frage ich neckend.

»Nein.« Wir sind uns so nah, dass ich seinen warmen Atem auf meiner Haut spüre. *Dieser Mann macht mich verrückt.* »Ich will dir zeigen, dass deine Gefühle niemals zu viel sind, Maggie. Sie sind wild. Sie sind schnell. Sie sind intensiv. Aber sie sind perfekt. Und sie sind einer der Gründe, warum du für mich perfekt bist. Einer der Gründe ...«

Hör nicht auf zu sprechen. Hör nicht auf.

»... warum ich dich liebe.«

Ich kann nicht atmen. Da ist kein Platz für Sauerstoff. Da ist kein Platz für nichts. Für nichts anderes als dieses Glück.

»Ich liebe dich«, antworte ich und kralle meine Finger vorsichtig in seinen Arm. Ich möchte ihn festhalten.

»Und ich darf dich behalten?«

»Ja, Maggie. Du darfst.«

Mein Herz. Es schlägt.

Wild. Schnell. Intensiv.

Einfach wie ich.

Nachwort

Liebe Leserinnen und Leser,

eine der häufigsten gestellten Fragen nach der Veröffentlichung meiner Autobiografie lautete auf Lesungen: »Hat der Schreibprozess zu deiner Heilung beigetragen?«

Ich musste jedes Mal verneinen, denn, um ehrlich zu sein, hatte ich zu Beginn des Schreibens von *Wie viel wiegt mein Leben?* mit dem Thema Essstörung ziemlich abgeschlossen. Deshalb muss ich, auch wenn es ziemlich unromantisch klingt, gestehen, dass die Texte mich emotional längst nicht mehr so berührt haben. Immerhin wusste ich, dass die Magersucht keinen Platz mehr in meinem Leben hat.

Warum ich euch das erzähle? Weil es diesmal anders gewesen ist. Die Geschichte von Leo und Maggie hat mich beim Schreiben manchmal so bewegt, dass mir Tränen kamen, ich den Computer am liebsten ausgeschaltet und mich nicht der Tatsache gestellt hätte, dass ich in viel zu vielen Momenten eine Maggie bin, in denen ich lieber ein kluger und durchdachter Leo sein würde.

Wie viele von euch wissen, habe auch ich eine Borderline-Persönlichkeit. Und nein, ich sage bewusst nicht mehr »Störung«. Denn in den letzten Monaten habe ich verstanden, dass die emotional instabile Persönlichkeit nicht lebenslang als Störung gesehen werden muss. Erinnert ihr euch, dass Leo sich gefragt hat, was es bedeutet, wenn eine Persönlichkeit gestört ist? Heißt das einfach, dass man nicht der Norm entspricht?

Ich habe mich mit der Antwort abgefunden, dass eine Persönlichkeitsstörung bedeutet, dass man selbst oder andere Schaden am eigenen Handeln, Denken oder Fühlen nimmt oder nehmen. Und ich möchte hier nichts beschönigen. Denn all das habe ich. Schaden genommen. Viel zu lange.

Nachdem ich 2019 die Diagnose »emotional instabile Persönlichkeitsstörung« erhielt, brach für mich eine halbe Welt zusammen. Und das, obwohl dieses Puzzlestück für mein Leben so viel Sinn ergab. Trotzdem wollte ich nach fünf Jahren Therapie nichts mehr davon hören.

»Das habe ich nicht. Das bin ich nicht.«

Wie gesagt, manchmal erkenne ich mich in Maggie wieder.

Ziemlich lange habe ich den Worten des Internets geglaubt.

Borderliner sind schlechte Menschen.

Sie zerstören dich vollends.

Ich habe auch Menschen verletzt. In meinen Wutanfällen habe ich die Personen von mir gestoßen, die mir am meisten bedeuten. Dinge gesagt, die ich nie so meinte.

Ich habe mich selbst in riskante Situationen gebracht, weil ich in Augenblicken der tiefsten Verzweiflung nicht wusste, wie ich mit dem Druck in mir umgehen kann.

Doch mittlerweile bin ich an den meisten Tagen okay. Mehr als das.

Borderline ist insofern nicht heilbar, als dass ich nicht eines Tages aufwache und weniger emotional, weniger impulsiv veranlagt bin. Diese Charaktereigenschaften gehören zu mir. »Ich werde Ihnen nichts davon jemals wegnehmen wollen«, hat einmal ein Therapeut zu mir gesagt. »Ich möchte nur, dass Sie lernen, Ihre Kräfte zu steuern. Damit sie Ihnen weniger wehtun.«

Ich für meinen Teil habe mittlerweile einiges gelernt und gerate immer seltener in Situationen, die mich selbst in Gefahr bringen. Und das ist es, was ich dennoch als einen Weg der Heilung bezeichnen würde.

Vielleicht ist es ein bisschen so wie mit der Metapher vom Feuer. Du kannst damit etwas Tolles machen, aber auch einen ganzen Wald in Brand setzen. Ich trage mein Feuer durchs Leben, und an den meisten Tagen gelingt es mir, damit wundervolle Dinge zu tun (ohne meine intensiven Gefühle hätte ich das Schreiben vielleicht nie für mich entdeckt). An den seltensten verbrenne ich mir mal die Finger, aber gebrannt ... gebrannt hat es lange nicht mehr.

Und das, obwohl ich einst geglaubt habe, irgendwann mit hoher Wahrscheinlichkeit in Flammen aufzugehen.

Maggies Geschichte ist nicht meine Geschichte. Das ist mir wichtig zu betonen, weil ich – seien wir mal ehrlich – das sowieso gefragt werde. Hätte ich meine Geschichte aufgeschrieben, hättet ihr sie an der ein oder anderen Stelle nicht geglaubt (und ihr würdet erst recht eine Rezension verfassen, in der steht, dass die Protagonistin an einigen Stellen völlig unverhältnismäßig, unrealistisch und unsympathisch gehandelt hat).

Maggie ist mehr eine Person, die jedem, der sein ganz persönliches Feuer trägt, zeigen soll, wie weit er kommen kann, wenn er es wirklich zulässt.

Ich hätte nie gedacht, dass ich das mal sagen würde, aber Maggie hat auch mir Mut gemacht. Verrückt, weil ich doch die Person sein sollte, die ihre Fäden in der Hand hält. Doch in einigen Situationen hat sie mir eine neue Perspektive geschenkt. Schließlich habe ich von außen betrachten können, wie manches beispielsweise von Leo ganz anders wahrgenommen wurde. Ich habe ein Verständnis für die Menschen um mich herum entwickelt, aber vor allem auch für mich.

Denn wahrscheinlich ist es das, was Menschen mit Borderline das Leben oft schwer macht: Wir verstehen uns häufig selbst nicht. Und das macht so verdammt wütend.

Was mir besonders wichtig ist: Während des Schreibens dieser Geschichte galt meine große Sorge der Frage, ob ihr die Intention hinter Maggies Geheimnis fehlinterpretieren werdet. Ich weiß, dass es als äußerst kritisch gilt, eine psychische Erkrankung als eine Art Plot-Twist zu behandeln, und meine Absicht ist es nicht gewesen, damit reine Spannung aufzubauen.

Ich habe lange überlegt, ob ich euch, meine Leser und Leserinnen, viel früher mit dem Begriff Borderline konfrontiere und gar kein großes Geheimnis aus Maggies Diagnose mache.

Allerdings habe ich mich schließlich aus dem einfachen Grund dagegen entschieden:

Borderline ist, wie ich in der Geschichte auch schreibe, sehr negativ besetzt, und tatsächlich hatte ich Sorge, ihr könntet durch diese Information abgeschreckt sein und Maggie nicht so unvoreingenommen betrachten, wie sie es verdient.

Ich wollte, dass ihr euch auf ihre Gefühlswelt einlasst und versteht, warum sie manchmal – für euch wahrscheinlich – nicht nachvollziehbar handelt.

Für Leserinnen und Leser, die selbst Borderline haben, sollte die Erkenntnis um Maggies Diagnose allerdings nicht so überraschend sein, und ich hoffe, dass diese Geschichte euch in der Buchwelt eine Stimme geben konnte. Solltet ihr betroffen sein, möchte ich einige der Erkenntnisse mit euch teilen, die sich für mich als hilfreich herausstellten:

1. Reden. Ich weiß, das klingt unspektakulär, aber ihr wisst nicht,

was es wirklich ausmachen kann, wenn man den Menschen in seinem Leben wirklich einmal versucht, die eigenen Gefühle zu erklären. Nein, natürlich können Nicht-Betroffene das nicht 1:1 nachfühlen, aber sie können es glauben.

Die meisten Dinge haben sich bei mir klären lassen, indem ich frühzeitig mit offenen Karten gespielt habe. Die Menschen um mich herum wissen mittlerweile von meinem Feuer, und wenn mich etwas in Schwierigkeiten bringt, ein Gespräch emotional zu aufwühlend ist, dann sage ich genau das: »Du, für mich ist diese Diskussion gerade einfach zu belastend.« Das funktioniert. Wirklich. Manchmal habe ich danach sogar eine Erklärung gefunden, wo genau mein Trigger lag.

2. Das Frühwarnsystem. Als Mensch mit Borderline bekommt man häufig zu hören, dass man überreagiert. Dass die eigenen Gefühle nicht stimmen, komplett überdreht sind. Aber das ist nicht wahr. Unsere Gefühle sind niemals falsch, sie sind für andere vielleicht nur nicht sofort nachvollziehbar. Wenn du eine Spannung in dir bemerkst, solltest du auf sie hören und deine Selbstschutzstrategien nutzen. Dich aus der Situation zurückziehen, mit jemandem sprechen, eine Runde laufen gehen, dich in eine feste Umarmung ziehen lassen …

Ich nutze für meine Anspannungsbereiche mittlerweile die einfache Skala von 1 bis 100. Sagen wir, bei 70 beginnt die Hochspannung. Wenn du dich häufiger am Tag fragst, wo du gerade stehst, und zwischendurch mal die Temperatur checkst, kann das Nudelwasser nicht überkochen.

3. Frag dich nach deinem eigentlichen Bedürfnis. Ich habe mal zu meinem Freund gesagt, dass ich mich in den Situationen, in

denen meine Gefühle mich überwältigen, wie ein hilfloses Baby fühle, das sich nur durch Schreien verständigen kann.

Und vielleicht trifft es das sogar ziemlich präzise, denn letztendlich haben Betroffene in ihrer Kindheit genau das nicht gelernt: Emotionen zu regulieren.

Ich fühle mich also schnell machtlos, meinen Gefühlen so ausgeliefert, dass ich in eine haltlose Wut gerate. Wut, in der ich das Bedürfnis nach Zuneigung früher nicht anders zeigen konnte, als zu schreien. Ziemlich verständlich, dass meine Umgebung das etwas fehlinterpretiert hat, oder?

Und hier, liebe Leute, sind wir wieder bei Punkt Nummer 1. Verzeiht es mir, aber woher auch immer dieser Spruch »Reden ist Silber, Schweigen ist Gold« kommt, die Person hatte in meinem Fall zumindest so was von unrecht.

Und weil wir dieses Nachwort auch mit einer typischen Lesungsfrage begonnen haben, enden wir auch genau damit. Eine der ebenfalls am häufigsten gestellten Fragen lautet: Wann kommt ein neues Buch von dir?

Und ich kann freudig verkünden, dass ihr Maggie und Leo im nächsten Jahr noch ein Stückchen weiter begleiten könnt, wenn ihr die Geschichte von Melina und Ben lesen werdet.

Bis dahin wünsche ich euch allen eine gute Zeit, viele wunderbare Bücher und Bananenpfannkuchen.

Oh je, jetzt habe ich ein bisschen ausgeholt ... Schriftstellerkrankheit, ich sag es euch ... und ich fürchte, die ist wirklich nicht heilbar.

Danksagung

Ich freue mich jedes Mal besonders darauf, die Danksagung eines Buches zu schreiben. Weil es ein bisschen so ist, als könne man all den wunderbaren Menschen um sich herum ein klitzekleines bisschen zurückgeben. Dafür, dass sie an meiner Seite gewesen sind, als ich von nichts anderem gesprochen habe als diesem Projekt.

Mein allererster Dank gilt meiner Literaturagentur, der Thomas Schlück Agency, besonders natürlich meiner Agentin Kathrin. Ich glaube, du hast bis heute keine Ahnung, was es mir bedeutet, dass du an mich glaubst.

Genau aus diesem Grund auch eine dicke Umarmung an das ganze Team von Forever, das mich mit der ersten E-Mail beinah zu Tränen gerührt hat. Tabea, das, was du über diese Geschichte geschrieben hast, war wahrscheinlich das Schönste, das jemals jemand zu mir gesagt hat. Als ich diese Worte gelesen habe, wusste ich, dass ich bei euch richtig bin. Ich danke dir, ich danke euch allen!

Ich danke Luca, dem dieses Buch unter anderem gewidmet ist. Dass ich diese Geschichte erzählen konnte, verdanke ich zum größten Teil dir. Weil ich durch dich weiß, dass es funktionieren kann. Und weil ich wollte, dass noch mehr Menschen klar wird, wie sehr sie Liebe verdienen.

Tausend Umarmungen gehen an meine Herzensfreundin Carrie. Danke für deine Ehrlichkeit. »Ich würde es dir auch mit dem Kommentar ›ist scheiße. Mach's neu‹ zurückschicken.«

Nimm es nicht persönlich, aber in deiner Anwesenheit fühle ich mich so herrlich normal.

Ein großer Dank geht an meine Autorenkollegin und Freundin Maike Voß, die all meine Sorgen, Bedenken und Freuden gleichermaßen getragen hat und mich letztendlich selbst an den Tagen an den Schreibtisch gezogen hat, an denen die Welt düster und schwarz gewesen ist.

Du bist okay. Wirklich.

Mein Dank gilt natürlich auch meinen Testleserinnen Sarah O., Marie, Juli, Sonny, Franka, Danielle, Silja, Katharina, Natascha und vor allem Ava. Danke für deine Worte, danke, dass du mich seit Jahren bestärkst, meinen Weg zu gehen, und vor allem danke, dass Maggie das »E« an ihrem Namen trägt. Ich hoffe, dass wir bis zu dieser Seite allen hier das Würzsauce-Kopfkino ersparen konnten.

Ganz besonders drücke ich auch Hannah und Sarah Stankewitz, die mich quasi von erster Stunde an mit ihren »Kann ich weiterlesen?«-Nachrichten aufgebaut haben. Manchmal habe ich Zweifel, wie ich die Geschichte ohne euch hätte beenden sollen.

Auch dir meinen größten Dank für deine Meinung, liebe Alex. Du bist Inspiration für mich. Falls ihr mehr über Borderline erfahren wollt, kann ich euch Alex' Instagramseite (@__alexjeanne__) sehr ans Herz legen.

Ganz viel Liebe geht an meine Familie und meine Freunde. An all diejenigen, die von klein auf an mich geglaubt haben. An meine Mutter, die »keine Zweifel« hatte, dass ich meinen »Weg gehe«, bis heute jede Rezension liest, und an meinen Vater, der versprochen hat, dass dieser Roman seit Jahrzehnten der erste wird, den er nicht nur kauft, sondern auch liest.

Toja, du kannst ja zwischendurch einfach vergessen, dass ich die Szenen geschrieben habe.

Ich habe euch lieb.

Zuletzt möchte ich vor allem euch danken: Meinen lieben Leserinnen und Lesern. Danke, dass ihr Maggie und Leo begleitet habt. Danke, dass ihr mich dabei unterstützt, meine Träume wahr werden zu lassen.

Ich hoffe, wir lesen uns bald wieder!

Eure Toni

Hilfsangebote

Nummer gegen Kummer e. V.

Kinder- und Jugendtelefon: 116 111
Elterntelefon: 0800 111 0550

Telefonseelsorge: 0800 111 0111

Jugendnotmail.de

Empfindliche Themen

(Enthält Spoiler für die gesamte Geschichte)

Liebe Leser:innen,

ich möchte euch darauf aufmerksam machen, dass *Wenn ich uns verliere* Themen enthält, die euch belasten können. Diese Themen sind: selbstverletzendes Verhalten, Medikamentenmissbrauch, schwere Trauerbewältigung und PTBS.

Passt auf euch auf!

Wenn du den Boden unter den Füssen verlierst, musst du nach den Sternen greifen

Nach einem One-Night-Stand mit ihrem besten Freund Carter flieht Skylar überstürzt aus der Wohnung. Auf dem Heimweg hat sie einen Unfall, der ihr Leben für immer verändert. Sie wird nie wieder gehen können und sitzt von nun an im Rollstuhl. Carter verlässt am Morgen nach ihrer gemeinsamen Nacht für ein halbes Jahr das Land, um als Musikjournalist durch Europa zu touren. Skylar möchte nicht, dass er für sie seinen Traum aufgibt, und so verheimlicht sie ihm den Unfall. Und ihre Gefühle für ihn, die weit über eine Freundschaft hinausreichen. Doch seine Rückkehr naht, und bald müssen sie sich der Wahrheit stellen ...

Sarah Stankewitz
Rise and Fall
Roman

Klappenbroschur
Auch als E-Book erhältlich
forever.ullstein.de

FOREVER

Die emotionale New-Adult-Liebesgeschichte der beliebten Bloggerin wort_getreu

Offen, optimistisch, lebensfroh – das ist Kate. Bis ein zutiefst traumatisches Erlebnis sie aus der Bahn wirft. Sie bricht das College in London ab und zieht sich zurück. Nur eines hält sie aufrecht: ihr Traum vom eigenen Café. Als sie die Chance bekommt, einen kleinen Laden in London zu mieten, setzt sie alles auf eine Karte. Doch sie hat die Rechnung ohne Aidan gemacht. Der Neffe der Inhaberin möchte das Geschäft in einen Buchladen verwandeln. Um ihren Traum zu verwirklichen, muss Kate mit Aidan zusammenarbeiten. Dabei kommen sie einander gefährlich nahe. Doch Kate kann es sich nicht leisten, dass jemand einen Blick hinter ihre Fassade wirft und entdeckt, dass ihre Seele in Scherben liegt …

Jennifer Bright
Everything We Had
Roman

Klappenbroschur
Auch als E-Book erhältlich
www.ullstein.de

ullstein